SUTTON KRIMI

Jürgen Rath

DIE NAMENLOSEN VON AMRUM

Ein Insel-Krimi

SUTTON KRIMI

Über den Autor

Jürgen Rath, gelernter Seemann mit Kapitänspatent, promovierter Historiker und Personalmanager, hat sich zunächst einen Namen als Schifffahrtshistoriker und Sachbuchautor gemacht. Mit seinen Kriminalromanen »Nordhörn« und »Im Schatten des Krans« hat der Hamburger neben profunder Sachkenntnis sein großes erzählerisches Talent bewiesen.

Sutton Verlag GmbH
Hochheimer Straße 59
99094 Erfurt
www.suttonverlag.de
www.sutton-belletristik.de

Gestaltung und Satz: Sutton Verlag
Lektorat: Hamburger Buchkontor, Dorothée Engel
Korrektorat: Ida Leitlof, Leipzig
Karte Seite 6: Klaus Baring
Umschlaggestaltung: coverdesign uhlig, Augsburg, www.coverdesign.net
Umschlagbild: Mario Reinstadler, Heikendorf, www.meeresfoto.de
Druck: CPI books GmbH, Leck

978-3-95400-455-3

»Eine Leiche in zwei Gräbern«, sagte L., »das kann nicht sein.«

Dann, sehr viel leiser: »Oder liegen zwei Leichen in zwei Gräbern?

Aber wer ist dann der zweite Tote?«

»Historische Vorarbeiten sind in gewisser Hinsicht mit einer Art Jagd zu vergleichen, bei der man das Wild – in diesem Fall die Dokumente – in den Blätterwäldern der Archive aufzuspüren hat.«

Egon Caesar Graf Corti,
Untergang und Auferstehung von Pompeji und Herculaneum

AMRUM
um 1960
Odde
Wattwanderweg nach Föhr
Rettungsboot-
Schuppen
Alter Schuppen
Norddorf
Kniepsand
Nebel
Strandkiosk
Friedhof
der Heimatlosen
Steenodde
Fischerhafen
Strandhütte
von Bruno
Süddorf
Wittdün
Anleger
FKK-Platz
Bäckerhof
Camping-Platz
Kniepsand
N
W
O
S
1 km
Wald
Heide
Dünen

Teil 1

Insel Amrum

1

Insel Amrum, Ende Mai 1964

Die Fähre pflügte durchs Watt und nahm Kurs auf die Halligen, die sich wie gestrandete Schiffe am Horizont aufreihten. Steffen stieg zum Sonnendeck hoch, lehnte sich an die Reling und blickte übers Meer nach Westen, dorthin, wo er schon einmal mit einem Schiff unterwegs gewesen war. Er wollte sich abwenden, sich auf etwas anderes konzentrieren, doch da hatte sich bereits das dunkle, engmaschige Netz der Erinnerung über ihn geworfen. Damals, vor fünf Jahren, war er an einem kalten Januarmorgen mit der Fähre nach Nordhörn gereist. Monatelang hatte er auf dieser kalten, unwirtlichen Insel aushalten müssen, fast wäre er dabei zu Tode gekommen. Inseln konnten schreckliche Landschaften und ihre Bewohner unangenehme, gehässige Menschen sein. Das hatte er vor einiger Zeit am eigenen Leib erfahren müssen. Jetzt war er erneut zu einer Insel unterwegs. Wieder auf dem Weg in eine Katastrophe?

Er wischte sich übers Gesicht. Du bist im Urlaub, sagte er sich; die Sonne scheint, der Himmel ist blau, alles wird gut. Er blickte auf das Hauptdeck hinunter. Unter ihm suchten die Radfahrer einen sicheren Stand für ihre Räder, Scherze flogen hin und her, am Heck knipste ein älterer Mann mit seiner AGFA-Box dem entschwindenden Festland hinterher. Das Schiff war nur mäßig belegt, es war noch keine Ferienzeit, die meisten Reisenden an Bord schienen Insel- oder Küstenbewohner zu sein.

Auf dem Deck standen die Wagen in lockerer Reihe und nicht eng aneinandergerückt, wie es wohl in der Hochsaison der Fall war. Ein Lastwagen, auf dessen Plane »Feinkost Hinrichsen« stand, ein schwarzer Benz-Leichenwagen mit grauen Raff-Gardinen, daneben parkte ein neuer Mercedes 180 in der modernen Ponton-Form, die Steffen so gerne mochte. Ihm fiel auf, dass die kleinen Autos, die

Kabinenroller, Isettas und Gogomobile, fast alle verschwunden waren, auch die Motorräder waren weniger geworden. Das Wirtschaftswunder hatte also auch hier Einzug gehalten. Man fuhr inzwischen Ford 15M oder Opel Kapitän und manchmal sogar Mercedes.

Er setzte sich im Salon ans Fenster, bestellte einen Kaffee und blickte aufs Meer hinaus. Die Entscheidung – er sollte wohl besser sagen die Notwendigkeit – nach Amrum zu fahren, war erst vor wenigen Tagen gefallen. Genau genommen am letzten Donnerstag. Er hatte mit Dr. Zöllner in ihrem gemeinsamen Büro gesessen, Sergio, der freiberufliche Fotograf, war hinzugebeten worden.

»Dringende Sache«, hatte Sylvia am Telefon geraunt, »macht euch auf was gefasst.«

Die Stimmung war so angespannt gewesen, dass es Steffen nicht mehr am Schreibtisch gehalten hatte. Er tat das, was er in solchen Situationen immer tat: Er wanderte im Büro auf und ab. Sieben Schritte zur Tür. Umdrehen. Sieben Schritte zum Fenster. Halt! Waren es sieben oder sechs gewesen? Er hatte zu Dr. Zöllner, zu Sergio und dann zum Telefon geblickt. Es blieb stumm, glücklicherweise. Und doch schien es ihm, als würden die beiden Glocken in dem schwarzen Gehäuse bereits vibrieren. Er konzentrierte sich wieder auf die Strecke zwischen Fenster und Tür: sieben Schritte, also doch. Und von der Tür zum Fenster? Mitten in seinen Messungen schrillte der Apparat.

»Ja?«

»Jetzt will er dich sprechen.« Sylvias Stimme war weich und dunkel. »Du kannst kommen.«

Er hatte sich die feuchten Handflächen an der Hose abgewischt und noch einmal zu Dr. Zöllner hinübergeblickt.

Seit dem Gespräch mit dem Chef saß er nur wortlos da und starrte in den dunklen Innenhof, die Kiefer so fest zusammengepresst, dass die Kaumuskeln deutlich hervortraten. Hilfesuchend wandte er sich an Sergio, aber der kramte ohne Unterlass in seiner Fototasche.

Im Sekretariat mischte sich der Duft von frischem Kaffee mit einem diskreten Hauch von Parfüm. Sylvia hämmerte auf ihre Schreibmaschine ein. »Du kannst reingehen«, sagte sie, ohne von der Vorlage aufzublicken.

»Seine Laune ist schlecht?«

Sylvias Gesicht war unergründlich wie das einer Sphinx. »Geh schon rein, Steffen. Er wartet nicht gerne.«

Professor Hübner saß breit und bullig hinter seinem riesigen Schreibtisch. Er stand nicht auf, er stand nie auf. Steffen nahm auf dem Besucherstuhl vor dem Schreibtisch platz. Hübner starrte ihn wohl eine halbe Minute lang an, ohne das Gespräch zu eröffnen. Steffen starrte scheinbar gelassen zurück, doch sein Gehirn lief auf Hochtouren. Wie immer in solchen Situationen fragte er sich, was Hübner eigentlich für einen Eindruck von ihm hatte, was er von ihm hielt, was für ein Mensch er in seinen Augen war. Gleichzeitig hoffte er, Hübner würde es ihm nie sagen, weil es sicherlich nicht sehr schmeichelhaft wäre. Jedenfalls schien der Professor immer wieder überrascht, Steffen zu sehen, wenn sie sich auf den renovierungsbedürftigen Fluren des Sozialhistorischen Instituts begegneten. So als würde er sich jedes Mal fragen, durch welchen Zufall oder durch welche Tür dieser merkwürdige Mensch in sein Institut gekommen war. Damit waren Hübners Überlegungen nicht allzu weit von Steffens eigenen Gedanken entfernt, weil auch er sich des Öfteren fragte, was er als Archivar bei den Historikern wollte.

»Ich habe gestern mit dem Verlag telefoniert«, dröhnte Hübners Organ jetzt durch den Raum. »Bücher über Friedhöfe verkaufen sich schlecht in der letzten Zeit.« Er machte eine unheilschwangere Pause. »Der Verlag hat mir angedroht, keinen Friedhof mehr zu veröffentlichen. Was sagen Sie dazu, Herr Stephan?«

Normalerweise war Steffen nicht besonders schlagfertig, doch in dieser Situation sagte er instinktiv das einzig Richtige. Nun ja, er sagte das, was er für richtig hielt: »Wir sollten endlich damit aufhören, immer nur auf die Verkaufszahlen zu starren. Wie wäre es denn, wenn wir der wissenschaftlichen Erkenntnis wegen Friedhöfe erforschten. Wir …«

Hübners unwirsche Handbewegung schnitt ihm das Wort ab. Der Professor beugte sich weit über den Schreibtisch, seine Stimme war kalt und schneidend. »Ich will Ihnen etwas sagen, junger Mann. Bisher haben die Friedhofsveröffentlichungen das Geld gebracht, das wir im Institut für unsere anderen Forschungen brauchten. Aber wissenschaftlich sind Friedhöfe genauso tot wie die Leichen, die dort liegen. Nicht einmal einen Studenten im ersten Semester könnten Sie in ein Seminar über Friedhöfe locken. Ohne die Prachtbände wären Sie schon lange arbeitslos.«

Der Professor lehnte sich in seinem gut gepolsterten Sessel zurück. Steffen versuchte in Hübners Gesicht zu lesen, wie ernst es gemeint war mit der Arbeitslosigkeit, doch das Gesicht des Chefs war absolut neutral, nur auf einer Seite zuckte sein Mundwinkel etwas.

»Die Friedhofsgruppe wird verkleinert«, erklärte Hübner kühl. »Dr. Zöllner verlässt das Institut mit sofortiger Wirkung. Sergio Conetti wird bis auf weiteres keine Fotoaufträge mehr von uns bekommen.« Er beugte sich nach vorn, in seinen Augen zeigte sich ein Hauch von Versöhnlichkeit – allerdings ein sehr versteckter Hauch. »Von Ihnen erwarte ich, dass Sie sich ein neues Konzept einfallen lassen. Ein Konzept, für das sich der Verlag erwärmen kann. Aber warten Sie nicht zu lange damit.«

Der Teppich im Vorzimmer fühlte sich merkwürdig weich an, dabei waren die Böden des Instituts hart und abgetreten. Außerdem schien der Weg zum Flur ungewohnt weit.

»Steffen.«

Er hielt sich an der Klinke fest. »Ja?«

Sylvia strich sich eine Haarsträhne aus dem Gesicht, ihre großen, braunen Augen ruhten nachdenklich auf ihm. »Lass uns zusammen Essen gehen.«

»Hab keinen Hunger.«

»Dann gehen wir in die Milchbar. Ich hol dich ab.«

Dr. Zöllner hatte bereits den Schreibtisch ausgeräumt und die wenigen persönlichen Sachen in seiner abgeschabten Aktentasche verstaut. Er griff nach Trenchcoat und Hut, dann streckte er Steffen die Hand hin. »Ich geh dann mal«, sagte er leise.

Sergio nahm seine Fototasche und verabschiedete sich ebenfalls.

»Was wirst du jetzt machen?«, fragte Steffen.

»Ich habe gleich einen Fototermin. Kläffende Hunde ablichten, die stinkendes Tierfutter in sich hineinschlingen. Ekelhaft! Ein schrecklicher Auftrag.«

»Immerhin hast du Arbeit.«

»Friedhöfe haben mir mehr Spaß gemacht. Das ist die hohe Kunst der Fotografie. In den Gräbern steckt ein wahnsinniges Energiepotenzial.« Er blickte sehnsüchtig auf das große Foto mit den keltischen Kreuzen an der Wand. »Und dann diese Nähe zum Jenseits. Unglaublich.«

Der Kaffee tat gut. Steffen hätte gern einen Calvados dazu bestellt, doch Alkohol gab es in der Milchbar nicht. Er blickte durch die Scheiben in den Hamburger Nieselregen, Sylvia rührte endlos mit dem Strohhalm in ihrem Bananenmilchshake.

»Lass mich raten«, sagte sie schließlich. »Der Chef hat dich nicht rausgeschmissen wie Dr. Zöllner, aber er hat dir einen Vorschlag gemacht.«

»Nein, keinen Vorschlag. Er will, dass ich mir ganz schnell etwas Neues einfallen lasse.«

»Hast du eine Idee?«

»Natürlich nicht! Ohne Dr. Zöllner bin ich aufgeschmissen. Er war der Historiker, und ich bin der Zuarbeiter, der in die Archive geht. Ihr habt mich doch nur genommen, weil die Friedhofsstelle frei war und sich niemand die Finger schmutzig machen wollte.«

Sylvia beugte sich zu Steffen hin, ihre Augen blickten ungewohnt ernst. »Du solltest dir ganz schnell etwas einfallen lassen. Der Professor hat nicht mehr viel Geduld mit der Friedhofsgruppe.«

Oha, das war eine sehr deutliche Warnung. So direkt sprach sie sonst nie über die Vorstellungen ihres Chefs. Steffen wollte nachfragen, wollte herausfinden, ob sie noch mehr wusste, doch sie starrte mit verschlossenem Gesicht vor sich hin und teilte eine Apfeltasche mit harten Bewegungen in mundgerechte Stücke.

Vielleicht sollte ich auch etwas essen, dachte er, Zucker soll ja die Nerven beruhigen. Er strich über die Rundung seines Bauchs und zuckte zurück. Nein. Es reichte schon, dass er durch diesen Dosenfraß, den er seit Doreens Auszug in sich hineinschaufelte, immer dicker wurde. Da mussten es nicht auch noch Süßspeisen sein. »Warum hat Hübner eigentlich Dr. Zöllner rausgeworfen und nicht mich?«

»Ich denke, Dr. Zöllner war zu eingefahren in seinem Arbeitsgebiet. Ein trockener Historiker eben. Die Friedhofsgruppe braucht aber ein ganz neues Konzept.«

Steffen fragte nicht weiter nach, sie würde ihm ohnehin nichts erzählen, sie war ihrem Chef gegenüber loyal.

Sylvia beugte sich über den Tisch, ihre Oberweite brachte den Milkshake in erhebliche Schwierigkeiten. »Du solltest Urlaub machen, Steffen. Nimm Doreen und fahr mit ihr ans Meer. Die Nordsee ist nicht weit, verliebt am Strand entlangzulaufen, kann sehr anregend sein. Da kommt man schnell auf neue Ideen.«

»Das geht nicht mehr.« Steffen hüstelte verlegen. »Doreen ist vor zwei Monaten ausgezogen.«

»Ach nein. Wirklich?« Sylvia versuchte erfolglos, über ihren großen Busen hinweg in das Getränk zu schauen. Schließlich räusperte sie sich. »Sie ist also weg. Nun gut. Sie passte ohnehin nicht zu dir.«

»Woher willst du das wissen?«

»Eine Frau spürt das.«

»Ich war glücklich mit ihr.«

»Nur zu Anfang.« Sylvia machte eine wegwischende Handbewegung, es war die gleiche, die auch ihr Chef machte. »Du fährst also jetzt in den Urlaub und ich besorge dir ein Zimmer. Ihr Wissenschaftler seid ja bei solchen Dingen völlig überfordert. Warum eigentlich?«

»Weil wir in anderen Jahrhunderten und Jahrtausenden leben. Das bringt der Beruf so mit sich.« Urlaub ist eigentlich kein schlechter Gedanke, dachte er, damit wäre ich erstmal aus der Schusslinie von Hübner. »Wie du weißt, habe ich nicht viel Geld, also such mir was Billiges.«

Sie waren schweigend zum Institut zurückgegangen. Plötzlich war Sylvia stehengeblieben und hatte ihn angestrahlt. »Ich bringe dich nicht in einer Pension unter, ich habe eine andere Idee. Du wirst dich wundern.«

Steffen schreckte aus seinen Gedanken hoch. Der Kellner hatte gerade die Tasse auf die Tischplatte geknallt, ein Teil des Kaffees sammelte sich auf der Untertasse. Ärgerlich blickte er dem Mann nach, dem es offensichtlich an Professionalität und Höflichkeit mangelte. Dann schaute er sich im Salon um. Nicht weit von ihm hatte sich eine Gruppe junger Männer um einen großen Tisch versammelt. Wegen der harten Aussprache und den friesischen Einsprengseln vermutete er, dass es Einheimische waren. Vielleicht das Treffen einer früheren Schulklasse? Ein langer, dünner Mann mit schwarzem Anzug und schwarzer Krawatte, offensichtlich der Fahrer des Leichenwagens, unterhielt die Gruppe prächtig, denn immer wieder brandete lautstarkes Gelächter auf. Steffen schmunzelte. Wahrscheinlich war ein Beerdigungsunternehmer in einer fröhlichen Gesellschaft ebenso beliebt wie ein Arzt oder ein Strafverteidiger, weil auch er allerhand Skurrilitäten aus seinem Berufsalltag zum Besten geben konnte. Jedenfalls schien dieser dünne Mensch durch den Umgang mit Leichen nichts von seinem Humor verloren zu haben.

Nicht weit von der Gruppe entfernt machte sich ein kleiner, rundlicher Mann in einem weißen Kittel mit dem aufgestickten Schriftzug »Feinkost Hinrichsen« über eine riesige Portion Kartoffelsalat mit Bockwurst her. Der Kahlschädel, der mit ihm am Tisch saß, blickte angeekelt auf das majonäsetriefende Gericht.

Steffen wollte gerade an Deck gehen, als ihm der Atem stockte. Ein Mann war in den Salon getreten und steuerte zielstrebig die Toilette an. Steffen konnte ihn nur von hinten sehen, doch das genügte, um sein Innerstes erzittern zu lassen. Er war diesem halslosen, bulligen Menschen schon einmal begegnet. Wo war das noch? Er konnte sich nicht erinnern, doch sein Gefühl sagte ihm, dass es eine unangenehme Begegnung gewesen war. Sollte er auch zur Toilette gehen? Aber dann wäre er vielleicht mit dem Mann allein. Du bist kein Held, sagte er sich, du musst dich nicht in Gefahr begeben, du bist im Urlaub. Und wenn es auf der Insel aus irgendwelchen Gründen tatsächlich gefährlich werden sollte, kannst du immer noch mit der nächsten Fähre zurückfahren oder notfalls auch zu Fuß übers Watt nach Föhr flüchten. Wir sind doch hier nicht auf Nordhörn!

Als die Fähre in Wittdün anlegte, hielt sich Steffen unauffällig in der Nähe der Landungsbrücke auf und beobachtete die Fußgänger und die Autoinsassen beim Verlassen des Schiffes. Bei niemandem schlug sein Gefühl Alarm. Also doch ein Trugbild, hervorgerufen durch eine Erinnerung, diese unzuverlässige und lästige Begleiterscheinung des täglichen Lebens.

Inzwischen hatte die Dämmerung die Insel in ein mildes Abendlicht getaucht. Steffen fragte sich zur »Pension Sonnenstrand« durch. Die Einheimischen schienen zunächst belustigt, doch dann wiesen sie ihm den Weg. Schließlich stand er ziemlich ernüchtert vor der Anmeldung eines Campingplatzes. Sicherlich hat sich Sylvia vertan, dachte er, die Sache wird sich schnell aufklären.

»Ihr Platz hat die Nummer fünf«, sagte der junge Mann im Flachbau. »Über den Bohlenweg Richtung Strand, vor der ersten Düne links.«

Steffen blickte ungläubig. Er wäre nicht sonderlich überrascht gewesen, hätte ihm der Mann ein Leihzelt über den Tresen geschoben. Doch er legte nichts auf den Tisch, vielmehr druckste er herum, schien etwas sagen zu wollen.

»Ist noch was?«, fragte Steffen nervös.

»Wir haben es nicht geschafft, den Wohnwagen rechtzeitig einzuheizen. Vielleicht ist es etwas kühl …« Seine Stimme verlor sich im Raum.

Es war nicht kühl – es war kalt. Saukalt. Und feucht. Die Polster rochen so, wie es eben in einem Wohnwagen riecht, der den Winter über nicht bewohnt worden war. Der kleine Petroleumofen, den der junge Mann heranschleppte, schaffte es zwar, den Wagen in kurzer Zeit aufzuheizen, aber der muffige Geruch blieb. Bald rieche ich genauso, dachte Steffen. Lustlos warf er den Schlafanzug aufs Bett und prüfte die Matratze. Sie war weich – und kalt.

Trotz des Moders in den Kissen hatte Steffen ausgezeichnet geschlafen. Sicherlich hätte er den Morgen mit seinem herrlichen Sonnenschein verpasst, wäre nicht eine Abordnung besonderer Art vorbeigekommen: eine Familie Rebhühner. Der Herr und Gebieter stand auf einer Düne, plusterte sich auf und krächzte nervtötend laut. Unbeeindruckt vom Lärm ihres Gatten kümmerte sich die Mutter gurrend und pickend um ihre acht Küken. »Guten Morgen, Familie Rebhuhn«, grüßte Steffen. Frau Rebhuhn würdigte ihn keines Blickes: Mutter im Dienst, bitte nicht stören.

Das Frühstück auf der kleinen Terrasse und der Blick auf die weißen Dünen versöhnten Steffen mit seinem Domizil. Da es sein letztes Frühstück für lange Zeit sein sollte, genoss er es in vollen Zügen. Danach machte er es sich in der Sonne mit einem schmalen Heftchen bequem, das ihm Sylvia vor der Abreise in die Hand gedrückt hatte: »*Heilfasten, neue Energien in nur neun Tagen*«. Der Autor des Sachbuchs garantierte ihm, dass er sich nach neun Tagen wie neugeboren fühlen werde, wobei er allerdings in den ersten Tagen unangenehm riechen würde, da erst einmal die Giftstoffe seinen Körper verlassen müssten. Außerdem versprach ihm der Autor ein neues Verhältnis zu Lebensmitteln, zu seinem Körper, zur

Umwelt und eine nicht unerhebliche Reduzierung des Gewichts. Damit war Steffen durchaus einverstanden, besonders mit dem Gewichtsverlust. Dass er nicht rauchen durfte, störte ihn nicht, allerdings wurde ihm kein Bier, nicht einmal eine Limonade gegönnt. Was bot der Autor als Ersatz? Wasser. Igitt! Und dann gleich drei Liter pro Tag. Davon bekommt man Läuse in den Bauch, behauptete seine Mutter immer. Aber für eine schlanke Taille und ein neues Bewusstsein musste man wohl einige Jahrtausende in der Ernährungsentwicklung zurückgehen. Immerhin, dachte Steffen nach der Lektüre des Buchs beruhigt, scheint Heilfasten keine ganz so schwierige Sache zu sein.

Im Nachhinein betrachtet, war es dann doch nicht so einfach, wie er es sich vorgestellt hatte. Es fing schon mit dem Abführmittel an: »Glaubersalz« stand im Buch.

»Sie sollten keine großen Spaziergänge machen, wenn Sie das nehmen«, hatte die junge Apothekenhelferin gesagt.

Steffen verstand sie nicht.

»Nun ja«, meinte sie verlegen, »Sie könnten es plötzlich sehr eilig haben.«

Kopfschüttelnd hatte er mit einem Salztütchen den Laden verlassen.

Das Problem begann bereits beim Schlucken. Seine Kehle weigerte sich schlichtweg, das bittere Zeug durchzulassen. Es blieb im Gaumen hängen, und er musste eine Menge seiner neuen Lebensenergie vergeuden, um den Körper davon zu überzeugen, wie wichtig es war, den Darm von Lebensmittelresten reinzuwaschen. Sein Körper ließ sich widerwillig überzeugen, doch dann rächte er sich mit ungeahnter Schnelligkeit. Beinahe hätte es Steffen nicht mehr zur Toilette geschafft.

Und dann diese Sache mit der Gemüsebrühe. Aus frischem Gemüse eine köstliche Brühe zuzubereiten, war für Steffen kein Problem. Er hatte ohnehin beim Fasten nicht viel zu tun, er langweilte sich zu Tode, ging häufig spazieren, wartete auf die neuen Energien, die spirituelle Eingebung, die unangenehmen Körperausdünstungen und die Gewichtsabnahme. Da konnte er zur Abwechslung auch mal in der Wohnwagenküche stehen und Grünzeug schnippeln. Kurz darauf zogen die verlockenden Düfte einer frischen Gemüsesuppe durch den Raum. Mit liebevoller Hand goss Steffen die Brühe durch ein Sieb, strich noch einmal mit andächtigem Blick über all diese Köstlichkeiten, die Mutter Natur den Menschen schenkte – und kippte sie erbarmungslos in den Mülleimer. Frustriert trank er die Brühe, die einzige Mahlzeit heute. Abgesehen vom Wasser natürlich. Wegen der Läuse.

Fastende sind Menschen, die sich aus der Gesellschaft verabschiedet haben … Kaum hatte Steffen mit der Kur begonnen, wurde ihm klar, was das Leben und die Psyche zusammenhielt: der menschliche Kontakt. Ein Kneipenbesuch verbot sich von selbst und das Gemüse, das er beim Krämer erstanden hatte, reichte für mindestens eine Woche. Schließlich sank er so tief, eine Boulevardzeitung zu erwerben, nur um der netten Studentin, die in dem kleinen Einkaufsladen arbeitete, ein Gespräch aufzudrängen.

Am zweiten Tag des Fastens registrierte Steffen erfreut, dass sein Darm den Dienst eingestellt hatte. Das Glaubersalz hatte die Wände sandgestrahlt, den Ausgang auf schmerzliche Weise auch, es gab keinen Nachschub mehr, die Gemüsebrühe verließ ihn auf andere Weise. Sein Darm und er verabschiedeten sich voneinander, er war frei, eine ungeahnte Leichtigkeit bemächtigte sich seiner.

Am dritten Tag machte sich Steffen erstmals zu einem größeren Ausflug auf. Er wollte zwischen den hübschen jungen Frauen mit ihren knappen Badeanzügen und den unzüchtigen alten Männern, die ganz ohne Trikotagen ins Wasser gingen, am Strand entlang nach Nebel wandern. Allerdings hatte ihn die Diät wohl doch stark geschwächt, denn mitten im Nebeler Wald verengte sich sein Blick, Blitze zuckten vor seinen Augen, das Rauschen des Meeres verebbte. Er schleppte sich zum Kiosk bei den Dünen, ließ sich auf eine Bank fallen und trank einen halben Liter Limonade. Mit der Zeit ging es ihm besser und er nahm seine Umwelt wieder wahr. Dort, wo die Asphaltstraße in den Sandweg überging, stand der Lkw von »Feinkost Hinrichsen«. Der Fahrer in seinem weißen Kittel trank mit dem Kioskbesitzer einen Kaffee am Ausschank, beide blickten zu Steffen hin.

»Was ist denn das für ein komischer Vogel?«, hörte Steffen den Fahrer fragen.

Der Besitzer zuckte mit den Schultern. »Scheint ein wandernder Bayer zu sein, dem die Seeluft nicht bekommen ist.«

Steffen stand auf und tapste zur Haltestelle. Die Strecke bis Nebel legte er per Bus zurück.

Er wusste bereits, was ihn erwartete, noch bevor er den Friedhof erreichte. Er hatte alles schon in den Bildbänden gesehen, die in den Zeitungsläden auslagen: die hübsche, weiß gestrichene Kirche und die hohen Grabplatten mit den Lebensdaten der Kapitäne aus der Walfangzeit. Eine Augenweide waren diese Steine ohne Zweifel, aber merkwürdigerweise elektrisierten sie ihn nicht mehr so stark, wie es bei den Grabsteinen der früheren Friedhöfe der Fall gewesen war. Eigentlich elektrisierten sie ihn überhaupt nicht. Was hatte er noch mit Friedhöfen zu tun? Ein neues Leben mit einem neuen Körperbewusstsein und vielleicht auch einem neuen Arbeitgeber wartete auf ihn; alle Friedhöfe dieser Welt konnten ihm gestohlen bleiben.

Deshalb war er ziemlich überrascht, als er zweihundert Meter weiter wieder auf einem Friedhof stand. Eigentlich wollte er nur an der Windmühle vorbei zum Strand, als etwas in einer hohen Hecke seine Aufmerksamkeit erregte. Ein weißer Torbogen mit der Aufschrift *»Es ist noch eine Ruhe vorhanden«* und dahinter ein nicht sonderlich großes Rechteck mit mehreren Reihen Gräbern. Alle waren gleich: ein schmales, mit Bodendeckern zugewachsenes Beet, an der Stirnseite ein einfaches Holzkreuz, fast wie auf einem Soldatenfriedhof. Auf den Kreuzen waren jedoch keine Namen, sondern Zahlenreihen eingraviert, wahrscheinlich die Sterbedaten.

Steffen schritt die Gräber ab und zählte. 26 Plätze waren belegt, einige noch frei. Das erste Grab hatte das Datum 23.8.1906 und das letzte das Datum 4.6.1959. Einige der Daten kamen doppelt vor, andere lagen Jahre auseinander. In der Mitte des Friedhofs stand eine Säule mit der Aufschrift: »*Freuet euch, dass eure Namen im Himmel geschrieben sind.*« Dagegen war nichts einzuwenden. Vielleicht spendete es den Angeschwemmten, die hier begraben lagen, einen kleinen Trost.

Steffen setzte sich auf die einzige Bank und schloss die Augen. »Entspannen Sie sich ganz, und denken Sie an nichts«, hatte der Heilfasten-Autor dringend empfohlen. Also entspannte er sich und bemühte sich intensiv, an nichts zu denken. Das war nicht einfach, aber die Stille des Ortes schaffte es schließlich, sein Bewusstsein einzulullen.

Merkwürdigerweise hörte er jetzt Laute, die ihm vorher nicht aufgefallen waren. Der Wind strich durch die Heckenrosen, unaufhörlich brummten die Insekten auf ihrem Weg zur Arbeit, von Zeit zu Zeit schnaubte ein Pferd auf der Koppel nebenan. Und dann diese Geruchssymphonie: Betäubender Rosenduft hing in der warmen Luft, von der See strich eine salzige Brise über die Gräber, gelegentlich durchmischt mit den Ausdünstungen des unsichtbaren Pferdes.

Sich geistig zu entspannen, war offenbar eine ziemlich gefährliche Tätigkeit. Da drängten Gedanken an die Oberfläche, die Steffen an einem so schönen, sonnigen Tag überhaupt nicht gebrauchen konnte. Gedanken an seine augenblickliche Situation, die alles andere als rosig war. Sehr erfreulich war das Gespräch bei Hübner nicht gerade gewesen und wenn er sich nicht ganz schnell etwas einfallen lassen würde, wäre er demnächst ebenso arbeitslos wie Dr. Zöllner.

Damals, vor fünf Jahren, war er durch Zufall auf die freie Stelle im Institut aufmerksam geworden und überraschenderweise hatte ihn Hübner eingestellt. Seither recherchierte und dokumentierte er die letzte Ruhestätte von wichtigen und unwichtigen Verblichenen. Es war nicht gerade das, was er für den Rest seines Lebens machen wollte, doch von irgendwo musste schließlich das Geld für die Miete und die Sonntagsbrötchen herkommen.

Seine Gedanken schweiften zum Festland. Da wohnte er nun in einem angemieteten Reihenhaus, in dem die Hälfte der Räume leer stand und die andere Hälfte Erinnerungen von besseren, liebevollen Zeiten ausströmte. Ganz gegen seinen Willen musste er lächeln. Damals, vor drei Jahren, hatten Doreen und er billige Ringe gekauft und waren als Ehepaar aufgetreten, sonst hätten sie das Haus nicht bekommen. Man durfte nicht unverheiratet zusammenwohnen, das war undenkbar, sogar verboten. Ach, Doreen! Irgendwie lief es schon ziemlich zu Anfang nicht gut mit ihnen. Er hätte es wissen müssen, doch er war zu verliebt gewesen.

Dann dachte er an Julia. Das wäre die richtige Frau für ihn gewesen, damals auf Nordhörn. Doch sie wollte die Insel nicht verlassen, keinesfalls. Er hätte dort bleiben können, hatte es sogar erwogen, doch was sollte er auf dieser feindseligen Insel ohne Arbeit? Ich gerate immer an die Falschen, dachte er mit einem Anflug von Bitterkeit, bei der Arbeit und bei den Frauen. Besonders bei den Frauen.

2

Insel Amrum, Anfang Juni 1964

Steffen hatte sich eingerichtet. Er hatte seinen Tagesablauf immer gleich strukturiert, hatte inzwischen eine Rentner-Mentalität entwickelt. Am Vormittag begrüßte er statt eines Frühstücks die Rebhuhnfamilie, danach las er, kochte Suppe und trank seine Brühe. Später schlenderte er zu den namenlosen Toten auf dem kleinen Seemannsfriedhof, öffnete die erbarmungswürdig quietschende Pforte, setzte sich auf die Friedhofsbank und hielt einen Mittagsschlaf.

Noch zu Beginn des Urlaubs war Steffen durch den Kiefernwald bis zum Friedhof gegangen, doch dann hatte er einen schöneren Weg entdeckt. Eigentlich war es kein richtiger Weg, mehr ein Pfad, der sich zwischen dem Waldrand und den Dünen schlängelte, wie ein kleiner, munterer Bach. Auf diesem Pfad hatte er immer das Gefühl, in der Sommerhitze zu gehen, auch wenn die Sonne nicht schien. Hier war es wärmer als an anderen Stellen der Insel, weil der immerwährende Wind vollständig fehlte.

Dieser durchaus erbärmliche Trampelpfad vermittelte Steffen eine halbe Stunde lang vollständige Glückseligkeit. Er schlenderte barfuß im lockeren, warmen Sand dahin, hatte das Hemd über die Schulter geworfen, atmete die Mischung aus Kiefernharz und Seeluft ein und pfiff ziemlich laut und ziemlich falsch. Es gelang ihm, zu Beginn des Weges den ganzen Sack an Sorgen abzuladen, den er sonst mit sich herumschleppte. Dieser Sack wurde von emsigen Waldtrollen ergriffen und durchs dunkle Gehölz geschleppt, doch leider musste er ihn am Ende des Pfads wieder in Empfang nehmen und sich erneut damit beschäftigen.

Nach dem Mittagschlaf auf der Friedhofsbank machte Steffen einen ausgedehnten Spaziergang, meist über den Bohlenweg zum

Meer auf der Suche nach Muscheln und Strandgut. Auf dem Rückweg umrundete er die inzwischen verlassenen Strandkörbe, die ihn hinter mächtigen, muschelbewehrten Sandburg-Mauern feindselig anstarrten. Schließlich, am Abend, kochte er sich einen Blasen-und-Nieren-Tee, trank ihn mit Abscheu, las ein Buch und ging früh zu Bett.

Die täglichen Kreislaufprobleme besserten sich leider nicht. Die einzige Lösung wäre gewesen, das Heilfasten aufzugeben. Das aber wollte er gerade jetzt nicht, wo er den Gürtel schon ein Loch enger schnallen konnte, wo ihn die Ausdünstungen verlassen hatten, wo er allerdings immer noch auf die spirituellen Eingebungen wartete, welcher Art sie auch immer sein mochten. Doch womöglich waren spirituelle Eingebungen nicht leicht zu erkennen, sie drängten sich sicherlich nicht mit Macht auf. Vielleicht schwebe ich ja bereits in abgehobenen Sphären, dachte er, ich merke es nur nicht. Wenn man alleine lebt, also niemand da ist, der einem mal kräftig die Meinung sagt, kann man ohne Probleme merkwürdig oder verrückt werden oder beides zugleich, ohne es zu bemerken und darunter zu leiden.

Immerhin hörte er noch keine Stimmen, und auch keine anderen Geräusche, außer diesem ständigen Stöhnen, Juchzen und Schreien des verliebten Pärchens im Zelt neben seinem Wohnwagen, das offensichtlich gänzlich ohne Schlaf auszukommen schien. Steffen störte es normalerweise nicht, wenn Leute ihrem Vergnügen nachgingen, aber da er nach Doreen keine Freundin mehr gehabt hatte, war diese lautstarke, lustvolle Betätigung schon eine arge Zumutung. Da nützte es auch nichts, dass seine Nachbarn das Transistor-Radio auf volle Lautstärke drehten. Lieber Gott, betete er des Öfteren, lass sie oder ihn durch einen Herzinfarkt versterben, am besten beide gleichzeitig und möglichst auf der Stelle, sofern du das freundlicherweise einrichten könntest.

Bei schönem Wetter, so wie heute, setzte er sich an den kleinen Campingtisch vor dem Wohnwagen und vertiefte sich in die Tageszeitung. Viel war in der letzten Zeit nicht passiert, die Welt hielt sich offensichtlich mit größeren Katastrophen zurück, bis er wieder zu Hause war. Che Guevara, der Industrieminister Kubas, warnte vor einer Invasion von Exilkubanern, die UNO-Friedenstruppen auf Zypern beklagten das erste Todesopfer und das Königspaar von Nepal besuchte Bonn. Ach ja, da war noch der Herberger, der Sepp, der Weltmeister-Trainer, der seinen Abschied verkündet hatte. Schade eigentlich, dachte Steffen, diesen alten Mann mochte ich gern. Der redete, wie ihm der Schnabel gewachsen war, der hatte nicht die merkwürdig geschliffene Sprache der Politiker.

Als die Zeitung außer den Todesanzeigen nichts mehr hergab, machte er sich mit dem Leihrad auf den Weg nach Nebel. Inzwischen war Wind aufgekommen und es dauerte nicht lange, da blies es aus Nordwest in einer erheblichen Stärke. Der Sturm hatte die Badegäste vom Stand gefegt, was für Hochbetrieb im Dorf sorgte. Ältere Paare flanierten im »Zentrum« zwischen der kleinen weißen Kirche, dem Fischrestaurant und den drei oder vier Geschäften, die mit ihren Postkarten-Rollständern den Fußweg blockierten. Steffen lehnte gerade sein Rad an eine Hauswand, um beim Krämer sachkundig und umständlich einen Apfel unter einer Vielzahl gleichartiger Spezies auszuwählen, als jemand hinter ihm »Guten Tag, Herr Kollege« sagte. Steffen drehte sich erstaunt um. Vor ihm stand der Bestattungswagenfahrer in seinem schwarzen Anzug und der schwarzen Krawatte.

»Kollege?«

Der Mann lachte. »Wenn sich jemand ständig auf Friedhöfen herumtreibt, dann kann es nur ein Pastor oder ein Bestattungsunternehmer sein.« Er blickte kritisch an Steffen herunter. »Wie ein Pastor sehen sie nicht aus. Aber ich kann mich natürlich täuschen.«

»Ich bin kein Bestattungsunternehmer und auch kein Pastor. Ich bin Friedhofsforscher.«

Das Gesicht des Mannes war ein einziges Fragezeichen.

»Ich schaue mir Gräber an und suche in den Akten nach Spuren der Verblichenen.«

Der Bestatter wurde ernst. Die Lachfältchen verschwanden aus seinem Gesicht und machten einer durch lange Berufstätigkeit eingeübten Trauermine Platz. »Den Friedhof der Angeschwemmten können Sie vergessen. Über diese Toten gibt es keine Akten. Sie sollten sich eher um die Kapitänssteine an der Kirche kümmern. Die Männer sind bekannt, ihre Familienchronik auch. Und die Akten über ihre Schiffe liegen im Archiv in Kopenhagen. Wir waren ja damals dänisch.«

»Danke für den Tipp. Vielleicht komme ich später darauf zurück. Doch noch sitze ich lieber bei den Angeschwemmten.«

Der Mann quittierte Steffens Antwort mit einem Stirnrunzeln. Dann ging er etwas auf Distanz, kniff ein Auge zu und musterte sein Gegenüber hochkonzentriert von oben bis unten.

Steffen schaute verwirrt.

»Entschuldigen Sie. Das ist so eine Marotte von mir. Ich schätze bei allen Menschen die Körperlänge. Damit der Sarg passt.«

»Wie groß haben Sie mich geschätzt?«

»Ein Meter neunundsiebzig.«

»Stimmt genau.«

»Ja, ja, ich habe einige Erfahrung. Allerdings ist es bei Menschen die liegen, also ich meine, die tot sind, etwas schwieriger. Liegende Menschen wirken kleiner. Bei denen schlage ich zehn Prozent drauf, dann stimmt es wieder.«

»Dann bin ich aber froh, dass Sie jetzt meine Sarggröße wissen«, sagte Steffen ohne Begeisterung.

Der Mann zog eine Visitenkarte hervor. »Ich bin Gernot Klages, Bestattungen aller Art. Sie finden mich in Norddorf, wenn Sie mich brauchen.«

»Ich hoffe, dass ich Ihre Dienste nicht so bald in Anspruch nehmen muss.«

»Man kann nie wissen«, sagte Gernot Klages mit dunkler Stimme, »manchmal geht es schneller als man denkt.«

Jetzt klang der Mann gar nicht mehr freundlich, eher düster, fast schon bedrohlich. Steffen blickte ihm mit gemischten Gefühlen nach. Ein merkwürdiger Mensch, dachte er, immerhin hat er mir keinen Grabstein aus schwarzem Marmor und keine Grabpflege für die nächsten fünfundzwanzig Jahre aufgeschwatzt.

Er schob sein Rad zur Koppel hinter dem Seemannsfriedhof und reichte den Apfel über den Zaun. Das Pferd mit dem hellbraunen Fell gab seiner Freude durch ein kräftiges Schnauben Ausdruck.

»Apfel gefällig?«

Der Braune nickte ungeduldig und griff mit seinen weichen Lippen nach dem Obst. Als Gegenleistung durfte Steffen seinem neuen Freund den Hals tätscheln, was er allerdings mit ausgestrecktem Arm und möglichst großem Abstand machte, denn er verstand nicht viel von Pferden. Er wusste nur, dass man nicht hinter ihnen herum gehen sollte, es sei denn, man wollte seinem Leben ein schnelles Ende setzen.

Nach diesem Freundschaftsbeweis ließ sich Steffen auf der Bank an den Buschrosen nieder, wo es windgeschützt war. Er blickte über die Gräber der namenlosen Seeleute, fühlte die Schwäche, die Hungernde in fortgeschrittenem Stadium befällt, während sich sein Kreislauf unbemerkt davonschlich. Doch schließlich kehrten die Lebensgeister wieder zurück, und er fühlte sich erfrischt und munter.

Gestört wurde er selten auf dem Friedhof, denn nur gelegentlich verirrten sich Badegäste hierher. Sie absolvierten einen schnellen Rundgang mit verwirrtem Blick ob der fehlenden Namen auf den Kreuzen, 15 Sekunden Stopp vor dem Opferstock, kurzes Zögern, dann doch nichts hineingeworfen, ein zweiter Stopp am Ausgang, gebückte Haltung, ein Foto über die Gräberreihe. Im Umdrehen streifte ihn ein kurzer Blick, dann Abgang mit vorsichtigem Schließen der Pforte.

Einmal kamen Männer in grünen Hosen und lehmigen Stiefeln auf den Friedhof, die wie Landwirte aussahen oder Gärtner. Sie schritten die Gräber ab, prüften die Festigkeit der Kreuze, die Höhe der Hecke und bedachten Steffen mit einem langen, aufmerksamen Blick. Ihre Gesichter hatten die Farbe von Menschen, die sich tagsüber an der frischen Luft aufhalten und nicht dieses Schweinchenrosa oder das leuchtende Sonnenbrandrot der Städter.

Auch heute, nach seinem Nickerchen, ging Steffen an den Gräber entlang und streifte mit dem routinierten Blick des Friedhofsforschers die Grabkreuze. Wer hier wohl liegen mochte? Wahrscheinlich waren es ertrunkene Seeleute oder Fischer; wer sonst lag schon auf einem Seemannsfriedhof. Eigentlich dürfte es kein Problem sein, an Informationen über die Toten zu kommen, schließlich waren die Gräber bekannt, das Datum auch, also kein schwieriges Terrain. Und in den letzten fünf Jahren hatte er auch nichts anderes gemacht, als in den Archiven nach Informationen über tote Menschen zu suchen.

Er setzte sich wieder auf die Bank und überlegte. Wäre dies ein Thema, das die Leser interessieren könnte? Und das Hübner genehmigen würde? Warum nicht? Seefahrt war ein Metier, dem die Herzen der Binnenländer zuflogen – und nicht nur die der Binnenländer. Außerdem erzeugte der gewaltsame Tod immer einen kalten Schauer auf dem Rücken der Leser. Er vermittelte diese sonderbare Art von Befriedigung, nicht zur Gruppe der Verblichenen zu gehören, zumindest jetzt noch nicht.

Steffen fasste das jüngste Grab ins Auge: 4.6.1959 stand da ins Holz geschnitten. Noch nicht lange her, gerade mal fünf Jahre. War da ein Seemann im Sturm über Bord gegangen oder bei einem Schiffsuntergang ertrunken? Nein, nicht bei einem Schiffsuntergang, Schiffe gingen nicht mehr unter, die Seefahrt war viel sicherer geworden in den letzten Jahren. Strandgut mochte es wohl noch geben, doch glücklicherweise kaum noch Tote.

Beim Wort »Strandgut« dachte er automatisch an Bruno. Den hatte er vor einigen Tagen ganz zufällig am Strand kennengelernt. Er war über den Kniepsand geschlendert und dabei auf eine »Bretterburg«, eine aus Strandholz gezimmerte Hütte, gestoßen. Gerade hatte er die sorgfältig in den Sand gesteckten Flaschen gezählt, von denen nur die Böden herausragten, er war auf mehr als dreißig gekommen, da sagte eine knarrende Stimme hinter ihm: »Schön viele, nicht?«

Da stand ein großer, kräftiger Mann. Zwischen seinem wirren Haarschopf und dem rotblonden Vollbart blickten Steffen zwei blaue, verschwommene Pupillen an. Das Gesicht und der Oberkörper des Mannes waren stark gebräunt. Er rülpste laut und anhaltend, eine Alkoholfahne wehte über den Strand.

»Ein schönes Grundstück haben Sie«, sagte Steffen, »mit Seeblick.«

»Es soll noch größer werden. Leider nimmt der Sturm im Winter alle meine Flaschen weg. Dann muss ich im Frühjahr wieder von vorn anfangen.«

»Wohnen Sie das ganze Jahr hier?«

»Nö. Nur so lange, wie ich es aushalten kann, bevor es zu kalt wird.« Der Mann zog die schmuddelige Hose hoch, die ihm über die Hüften gerutscht war, statt eines Gürtels trug er einen Strick. Er schlurfte an den Flaschen entlang bis zu einer Stelle, an der so etwas wie ein Weg zum Eingang der Strandhütte führte. »Komm mit, mien Jung. Ich hab gerne Besuch. Aber nicht auf die Beete treten, hörst du!«

Steffen zögerte kurz, dann ging er los. Er hielt sich genau an den Flaschenpfad, Beete sah er keine, aber vielleicht war es ein Scherz gewesen.

Der Mann kam mit einer halb gefüllten Flasche aus dem Bretterverschlag. Sie machten es sich im Sand bequem, den Rücken gegen einen ausgeblichenen Baumstamm gelehnt.

»Wie heißt du?«

»Steffen.«

»Ich bin Bruno.« Er schwenkte die Flasche. »Komm, wir trinken einen. Zur Begrüßung.«

Steffen wischte sorgfältig über die Öffnung, überwand sich und nahm einen winzigen Schluck. Die Flüssigkeit schmeckte eklig und brannte so stark im Hals, dass er würgen musste. Bruno hieb ihm mit seiner Pranke zwischen die Schulterblätter, Steffen kippte zur Seite.

»Du bist mir ein Musterexemplar von Mann«, dröhnte der Strandbewohner, »ziemlich schlapp. Aber nett.«

Steffen rappelte sich wieder auf. »Wovon lebst du?«

»Ich arbeite mal hier und mal dort. Aber meistens arbeite ich nicht. Ich brauch nicht viel Geld.«

»Alkohol ist teuer.«

Bruno betrachtete liebevoll die Flasche. »Das kommt auf die Marke an. *Eau de vie* ist billig.«

Während Steffen noch an Bruno dachte, ruckelte die Friedhofsbank. Ein Mann hatte sich ans andere Ende gesetzt. Der Kleidung nach war es ein Fischer, jedenfalls stellte sich Steffen einen Fischer so vor: speckige Schiffermütze, gestreiftes Hemd ohne Kragen, blaue Hose aus schwerem Drillich. In Anbetracht der grauen Haare und des faltigen Gesichts dürfte es sich allerdings um einen pensionierten Fischer handeln.

Der Mann blickte kurz auf die Kreuze, dann zu Steffen. Er gab einen kurzen, rauen Laut von sich. Es könnte ein Husten gewesen sein, vielleicht aber auch ein Gruß.

»Moin«, sagte Steffen.

»Urlauber?«

Steffen nickte.

Der Fischer zog die Augenbrauen zusammen. »Glaub ich nicht. Urlauber sitzen am Strand und nicht auf dem Friedhof.«

Steffen lächelte amüsiert. »Ich mag Friedhöfe.«

Der Fischer war offensichtlich nicht an einem freundlichen Gespräch interessiert. »Mir können Sie keinen Bären aufbinden. Wer Friedhöfe mag, sitzt bei den Kapitänssteinen vor der Kirche. Ich will wissen, was Sie hier machen.«

»Vielleicht will ich einfach nur meine Ruhe haben.«

Der Mann grummelte in sich hinein.

»Sie sitzen doch auch hier«, sagte Steffen, »wahrscheinlich mögen sie Friedhöfe genauso gerne wie ich.«

»Nein!«

»Warum sind Sie dann hier?«

Der Fischer schien etwas loswerden zu wollen. »Meine Frau hat wieder diese Landfrauenvereinigung eingeladen. Da kann man es zu Hause nicht aushalten. Das ist ein Geschnatter wie in einer Entenkolonie.«

Beide blickten über den Friedhof und schwiegen.

»Ist schon traurig, dass niemand weiß, wer da in der Erde liegt«, sagte Steffen nach einiger Zeit.

Der Mann zuckte teilnahmslos mit den Schultern. »Ist doch egal, ob man mit oder ohne Namen beerdigt wird. Tot ist tot. Für uns auf der Insel sind die Angeschwemmten ohnehin nur ein Wirtschaftsfaktor, wie es unser Amtsvorsteher mal genannt hat.«

»Das meinen Sie doch nicht im Ernst.«

»Aber sicher. Wenn wir eine Leiche vom Strand holen, gibt es Geld, das ist der Fuhrlohn. Das Sägewerk verdient an den Brettern, der Tischler am Sarg. Der Bestatter will leben, und die Sargträger schleppen auch nicht umsonst. Der Pastor bekommt etwas, und manchmal kassiert der Küster das Glockengeld. Doch das spart man sich meist.«

»Wer bezahlt das alles?«

Der Fischer seufzte. »Tja, meist bleibt die Gemeinde auf den Kosten sitzen. Nur wenn der Tote einen Ehering trägt, kann man den versteigern. Doch Seeleute sind meist unverheiratet. Und Fischer tragen keine Ringe wegen der Unfallgefahr.«

Steffen blickte nachdenklich über die Grabreihen. »Wenn Tote nach der Beerdigung identifiziert werden, gräbt man sie dann wieder aus?«

»Das kommt darauf an. Wenn die Hinterbliebenen die Exhumierung und den Transport bezahlen, dann machen wir das. Natürlich wollen wir auch die früheren Kosten ersetzt haben. Die für die Beerdigung.« Der Mann hatte einige Mühe, von der Bank hochzukommen. Mit seinen kalten Fischaugen blickte er auf Steffen herunter. »Aber wenn die nicht zahlen, dann bekommen sie auch keine Leiche. So einfach ist das.«

Die handeln hier mit Leichen, schoss es Steffen durch den Kopf. Es grauste ihm etwas vor den Inselbewohnern.

»Warum liegen auf dem Grab da drüben Blumen und auf den anderen nicht?«

Der Fischer blickte abweisend. »Keine Ahnung. Immer wieder liegen da Blumen. Aber keiner weiß, wer sie hinlegt. Jedenfalls niemand von der Insel.«

»Wieso sind Sie sich da so sicher?«

Der Mann blickte sich aufmerksam um, dann beugte er sich zu Steffen herunter. »Hier kommt keiner freiwillig her. Die Leute sagen, dass es spukt. Dass man Stimmen hört. Dass die Toten nachts aus den Gräbern kommen und ihre Namen in den Sturm rufen.«

Steffen verkniff sich ein Lächeln. »Glauben Sie auch an solche Geistergeschichten?«

Der Fischer richtete sich abrupt auf. »Natürlich nicht! Hab nie an Gespenster geglaubt. Es gibt hier keine Geister, die herumspuken. Außer dem Klabautermann.«

»Klabautermann?«

»Ja doch. Einen Klabautermann gibt es überall, wo Seeleute und Fischer unterwegs sind. Auf See und auch an Land. Der hier wacht über die Toten.«

Er drehte sich um und humpelte davon. An der Pforte blieb er kurz stehen. »Sie sollten diesen Platz meiden. Der Klabautermann hat es nicht gern, wenn sich Landratten zu lange in seinem Revier aufhalten.«

»Danke für den Tipp.«

Steffen wartete bis der Fischer verschwunden war. Dann bückte er sich am Grab mit der Kreuzinschrift 18.11.1954. Die Blumen sahen recht frisch aus, doch leider klebte kein Etikett des Blumenladens auf der Plastikfolie.

Er wollte sich gerade auf sein Fahrrad schwingen, als er mitten in der Bewegung inne hielt. Ein Schmetterling hatte sich auf dem Sattel niedergelassen, ein großer, schwarzer Falter. Steffen kramte in seinem Gehirn nach versprengten Resten des Biologieunterrichts. Ach ja, das war ein Totenkopfschwärmer, dieser merkwürdige Falter, auf dessen Rücken man mit gutem Willen so etwas wie einen Totenkopf erkennen konnte. Interessiert betrachtete er den Falter, dann stupste er ihn vorsichtig an. Das Tier bewegte sich nicht. Steffen rückte seine Brille zurecht und beugte sich herunter. Der Falter konnte sich nicht bewegen, er war auf eine Nadel gespießt, die tief im Sattel steckte. Ärgerlich kam Steffen wieder hoch.

»Blödes Inselvolk!«, schimpfte er vor sich hin. »Wir leben doch nicht im Mittelalter zwischen Hexen und Zauberern.«

Am Nachmittag hämmerte der junge Mann vom Campingplatz gegen die Wohnwagentür. »Ein Telegram! Ein Telegram!«, rief er aufgeregt.

Steffen hielt vor Schreck die Luft an. Ein Telegram! Man verschickte kein Telegram ohne Grund, da musste etwas Schreckliches passiert sein. Vielleicht war seiner Mutter etwas zugestoßen. Oder einer seiner Freunde war tot. Mit zitternden Händen riss er den Umschlag auf. »+++ FRÄULEIN FELDMANN UEBERMORGEN AUF AMRUM +++ ABHOLEN 14 UHR +++ HÜBNER +++«, stand auf dem schmalen Papierstreifen.

Der junge Mann trat von einem Fuß auf den anderen. »Ist jemand gestorben?«

»Nein«, sagte Steffen schroff, »scheint ein verspäteter Aprilscherz zu sein.«

Die Telefonzelle an der Straße war frei. Steffen wählte die Nummer, Sylvia meldete sich nach den zweiten Klingeln.

»Wer ist Fräulein Feldmann?«, platzte er unwillig heraus.

»Wer ist am Apparat?«

»Ich. Steffen. Was soll das mit diesem Telegram?«

»Nett, dass du anrufst, Steffen. Du bekommst eine neue Kollegin. Nun ja, keine richtige Kollegin. Lilianne Feldmann ist eine Studentin. Professor Hübner möchte, dass du mit ihr in die Archive gehst und sie in Recherchearbeit einweist.«

Für einen Augenblick war Steffen sprachlos. »Mein Gott, Sylvia, was soll ich mit einer Studentin? Studenten stören nur mit ihren ständigen Fragen. Sie stehen im Weg rum und ständig stolpert man über sie.«

»Wir müssen sie nehmen, Steffen. Schließlich wollen wir auch unsere eigenen Studenten in anderen Fachbereichen unterbringen.«

»Ich habe Urlaub!«

»Ich weiß. Fräulein Feldmann ist auch nur ganz kurz auf Amrum. Sie will dich kennenlernen, bevor sie bei uns zusagt.«

Er stöhnte.

»Ich weiß, dass dir das nicht leicht fällt, Steffen, ich kenne dich. Ich möchte aber trotzdem, dass du sie übermorgen abholst. Tu es mir zuliebe.«

»Was soll ich ihr erzählen? Die Friedhofsgruppe hat kein Projekt.«

Für einen Augenblick war es still am anderen Ende der Leitung. »Ist dir noch nichts eingefallen?«, fragte Sylvia vorsichtig.

»Nun ja, ich habe da eine Idee. Doch eigentlich ist es nur der Hauch einer Idee.«

»Dann erzähl ihr davon. Das kann ja nicht so schwer sein.«

»Ich hasse dich, Sylvia Kamp!«

»Ich weiß, Steffen.«

Später am Abend, es war bereits dunkel, ging Steffen noch einmal zur Toilette, um nicht mitten in der Nacht aufstehen zu müssen. In der Anmeldung brannte Licht, die Tür war angelehnt, er hörte erregte Stimmen.

»Du musst das machen«, zischte jemand, »es ist wichtig für uns.«

»Nein, ich will nicht.« Das war der junge Mann vom Campingplatz, er stotterte vor Aufregung. »Ich bespitzele keine Leute.«

»Nenn es *beobachten*. Wir wollen nur wissen, was er macht.«

»Dann fragt ihn doch!«

»Nein, wir wollen ihn nicht unnötig aufmerksam machen.« Die Stimme des Mannes wurde schärfer. »Du beobachtest ihn. Das ist ein Befehl!«

»Nein, ich mach das nicht!«

Es gab ein Geräusch wie von einem Faustschlag, etwas polterte zu Boden, dann ein Aufheulen, als würde ein Hund getreten.

Steffen stand starr vor Schreck.

Die Tür flog auf und knallte an die Außenwand. Der junge Mann vom Campingplatz sprang mit einem riesigen Satz nach draußen, schlug einen Haken und war blitzschnell im Dunkeln verschwunden.

Mit einem dumpfen Laut fiel die Tür ins Schloss und dämpfte das Wimmern im Inneren.

»Warum hast du ihn nicht festgehalten?«, fragte eine erboste Stimme.

»Hab ich doch. Aber er hat mich gebissen. In den Arm. Hier, es blutet. Aua, es tut so weh …«

Steffen stieß die Luft aus, die er die ganze Zeit angehalten hatte. Er schüttelte unwillig den Kopf. Merkwürdige Sache, die hatten anscheinend Nachbarschaftsstreitigkeiten.

3

Am nächsten Morgen hielt es Steffen nicht lange auf seiner kleinen Wohnwagenterrasse zwischen den wackligen Gartenstühlen und dem rostigen Campingtisch aus. Bis zur Ankunft dieser unnützen Studentin blieb ihm noch ein Tag, und den wollte er nutzen. Zuerst radelte er nach Nebel zum Buchladen. Das Geschäft war gut sortiert, doch er fand keine Veröffentlichung über den Seemannsfriedhof.

»Kann ich Ihnen helfen?«, fragte die recht robuste Buchhändlerin, unter deren schwerem Schritt die alten Fußbodendielen ächzten.

Steffen erfasste ihre Gesamterscheinung mit einem schnellen Blick. Sie trug ein hochgeschlossenes, geblümtes Kleid, das über ihrem monströsen Busen spannte. Zwischen zwei erstaunlich kleinen Knöpfen war ein Stück ihres Brustpanzers zu sehen. Ihre weißgrauen Haare hatte sie zu einer Innenrolle geföhnt und mit Spray zur Betonfestigkeit gestärkt.

»Ich suche ein Buch über den Friedhof.«

»Hier und hier und hier.« Die Buchhändlerin legte mehrere Veröffentlichungen über die Kirche von Nebel und die Kapitänssteine aus.

»Nein, ich meine nicht diesen Friedhof. Ich brauche ein Buch über den Seemannsfriedhof.«

Die Frau starrte ihn an, schnappte empört nach Luft, ihre Brust wölbte sich. In Steffen blitzte die ängstliche Frage auf, welcher Knopf ihres Kleides sich zuerst lösen und ihm entgegenspringen würde.

»Der Friedhof der Angeschwemmten? Das ist ja eklig! Darüber gibt es keine Veröffentlichung.« Sie blickte ihn an, als sei er ein Leichenschänder. »Und wenn es so etwas gäbe, würde ich es auf keinen Fall führen.«

Steffen war nicht bereit, sich von dieser Matrone wie ein kleiner Junge abkanzeln zu lassen. Mit der abwertenden Handbewegung, die er sich bei Hübner abgeschaut hatte, wischte er über die ausgelegten Bücher. »Meinen Sie, dass die Gebeine Ihrer Kapitäne anders aussehen als die Knochen der Angeschwemmten? Tot ist tot, da gibt es keinen Unterschied.«

»Na hören Sie mal! Was da auf den Strand treibt, sind stinkende, verweste Leichenteile. Die bekommen ja nicht einmal eine ordentliche Andacht in der Kapelle.« Sie schritt an Steffen vorbei und hielt ihm ungefragt die Tür auf. »Die Kapitäne dagegen wurden unter Anteilnahme der ganzen Gemeinde zu Grabe getragen. Würdig zu Grabe getragen!«

Noch auf der Straße konnte Steffen ihre empörte Stimme hören. Vielleicht, dachte er zerknirscht, bin ich schon zu lange in diesem Metier, wahrscheinlich ist mir die Distanz zu den Leichen abhanden gekommen.

Seine nächste Station war die kleine Bibliothek, die das Kirchenamt für die Inselgäste eingerichtet hatte. Die Sekretärin, eine Frau mittleren Alters mit streng nach hinten gekämmten und zu einem kleinen Dutt gewundenen Haaren, einer weißen Bluse und einem langen, dunkelblauen Faltenrock, blickte erstaunt von ihrer Schreibmaschine hoch. Steffen schenkte erst ihr einen kurzen Blick, dann ihrer altertümlichen Schreibmaschine und schließlich dem ganzen Raum. Mein Gott, dachte er erschrocken, wohin bin ich denn jetzt geraten? Hier sieht es aus, als wäre der Kaiser noch zu Besuch gewesen. Nicht mal eine elektrische Schreibmaschine haben die.

»Sie wünschen?«, fragte die Dame hinter der schwarzen Remington streng.

»Ich habe gehört, dass Sie eine Bibliothek haben.«

Ein kleines Lächeln zeigte sich auf ihrem Gesicht. »Im Nebenzimmer. Sie können den Durchgang hier rechts benutzen.«

Es war nur ein schmales Regal, Steffen hatte es schnell durchsucht. Er kauerte gerade auf dem Boden, um auch die unterste Reihe der Bücher zu prüfen, als plötzlich zwei Schuhe neben ihm standen. Schwarze Damenschuhe mit Keilabsatz, fest geschnürt und durchaus geeignet, eine Klettertour im Hochgebirge zu überstehen. Er rappelte sich mühsam auf, die Diät hatte ihn ein wenig seiner Wendigkeit beraubt.

»Suchen Sie etwas Bestimmtes?«

Steffen überlegte, wie viel Einzelheiten er dieser strengen Frau zumuten durfte, ohne dass sie ihm ebenso schnell die Tür wies, wie es die Buchhändlerin getan hatte.

Die Angestellte nickte zu seinen Ausführungen, sie hatte offensichtlich keine Probleme mit den Strandleichen. Vielleicht lag es daran, dass die Kirche weitaus häufiger mit toten Menschen zu tun hatte, als es bei Buchhändlern üblicherweise der Fall war.

Die Sekretärin spielte mit dem kleinen Goldkreuz, das vor ihrer Brust baumelte. »Ich habe noch nie etwas über diesen Friedhof gelesen. Doch wenn es Sie so sehr interessiert, dann plaudern Sie doch mit dem alten Thies Thiesen.«

»Wer ist das?«

»Thies ist Fischer. Der fährt seit Jahrzehnten mit seinem Kutter auf die Nordsee hinaus. Er hat nicht nur Fische mit nach Hause gebracht, da war auch das eine oder andere Mal eine Leiche dabei.«

Steffen war sich sicher, dass der Mann auf dem Friedhof dieser Thiesen gewesen sein musste.

»Oder fragen Sie Jochen Bredhorst, unseren Briefträger. Der hat schon einmal eine Leiche am Strand gefunden.«

Er notierte die Namen, dann blickte er durch das Fenster zu den alten Friesenhäusern auf der anderen Straßenseite. Die Ordensschwester, wie Steffen sie im Stillen titulierte, wartete geduldig.

»Es gibt doch Kirchenbücher, in denen alle Beerdigungen vermerkt werden müssen«, sagte er.

»Ja, das ist richtig.«

»Vielleicht steht dort etwas über die Toten.«

»Die können Sie nicht einsehen.« Die Angestellte presste die Lippen zusammen, zwischen ihren Augenbrauen bildete sich eine steile Falte. Plötzlich brach es aus ihr heraus: »Unsere Kirchenbücher liegen in Leck, bei der Nordelbischen Kirchenverwaltung. Die reißen alles an sich, die machen mich arbeitslos. Wenn der Pastor in Ruhestand geht, sind wir nur noch eine Außenstelle von Föhr.«

»Mit welcher Begründung sind die Bücher dort?«

»Sie sagen, die wären bei ihnen sicherer. Wegen der Brandgefahr in unseren Reetdachhäusern.«

Die Augen der Ordensschwester füllten sich mit Tränen, schnell wandte sie sich ab. Steffen blickte auf das Stück Straße, das durch die Hecke zu sehen war. Als Urlauber, dachte er, hat man das Gefühl, in eine heile Inselwelt zu kommen, doch anscheinend ist diese Welt hier ebenso wenig heil wie die auf dem Festland. Er bedauerte die Frau trotz ihrer unnahbaren Strenge aufrichtig, es ging ihm ja nicht viel anders als ihr. Auch er war von Arbeitslosigkeit bedroht, seit Jahren schon.

»Ich würde gerne den Pastor sprechen.«

Die Ordensschwester putzte sich lautstark und umständlich die Nase. »Es wird sich wohl einrichten lassen, dass Pastor Markmann Sie empfängt. Kommen Sie heute Nachmittag um vier Uhr vorbei.«

Steffen bedankte sich und wollte gerade den Raum verlassen, da holte ihn ihre Stimme zurück. »Sind Sie Schriftsteller? Wollen Sie ein Buch über unsere Insel schreiben?«

»Könnte schon sein. Vielleicht …«

Sie lächelte überaus freundlich, was ganz und gar nicht zu ihrem strengen Äußeren passte. »Wenn Sie fertig sind mit Ihrem … Ihrem …«

»Bericht.«

»Ja, danke. Also Ihrem Bericht, wäre es furchtbar nett, wenn Sie unserem Literaturkreis etwas daraus vorlesen könnten. Ich lade Sie hiermit herzlich ein.«

»Vielen Dank für Ihr Angebot«, sagte er und war mit wenigen Schritten an der Tür.

»Besuchen Sie mich ruhig wieder, Herr Schriftsteller.«

Du meine Güte, dachte Steffen, eine Literaturbegeisterte mit einer Großmutterfrisur und einem Kreuz auf der Brust. Die ist sicherlich mit dem Herrgott verheiratet.

Aus diätischer Sicht war heute ein besonderer Tag in Steffens Leben. Es war der Tag des »Fastenbrechens«, wie man in der Fachsprache sagt, wobei »brechen« nichts mit »übergeben« zu tun hat, da war nichts zum Übergeben, schon lange nicht mehr.

Neben der obligatorischen Gemüsebrühe stand ihm jetzt als Hauptmahlzeit ein ganzer Apfel zu. Er ließ sich auf der Friedhofsbank nieder, hielt den Apfel in der ausgestreckten Hand und begutachtete ihn von allen Seiten. Eigentlich sollte man erwarten, dass Fastende wie Schiffbrüchige mit einem irren Blick nach der Rettung über das Essen herfallen, aber dem ist nicht so. Man betrachtet die erste Malzeit mit einem gelangweilten Blick, riecht daran, wartet auf den Speichelfluss und das begeisterte Aneinanderklatschen der Magenwände, aber nichts geschieht. »Kein Appetit« signalisieren Zunge und Gaumen, doch das Gehirn, das weiter in die Zukunft schauen kann, befiehlt: »Essen!«

Steffen schabte wenig überzeugt mit den Vorderzähnen an der Frucht herum und kaute jeden Bissen langsam und gewissenhaft dreißig Mal, damit die Verdauung, die sich seit Langem zur Ruhe gesetzt hatte, nicht allzu sehr gestresst wurde. Nach zwanzig Minuten hatte er einen Kaumuskelkrampf – aber nur einen halben Apfel geschafft. Die andere Hälfte bekam das Pferd.

Nachdem er den Braunen am Hals getätschelt hatte, schlenderte er zwischen den Dünen hindurch zum Meer und dachte über das weitere Vorgehen nach. Es war zwar gut und richtig, nach Literatur zu suchen und vielleicht auch in alten Akten zu schnüffeln, doch genauso wichtig war es, Leute zu finden, die etwas über die Toten erzählen konnten. Er versuchte sich vorzustellen, wer alles auf der Insel mit den Angeschwemmten zu tun haben mochte. Das war nicht einfach, er kannte sich so wenig aus in Leichensachen, obwohl er Friedhofsforscher war. Doch seine Toten in Wien oder Prag oder

Genf – letztere haben übrigens einen sehr schönen Reformierten-Friedhof –, waren längst beerdigt und vermodert, da stellten sich solche Fragen nicht.

Im Geiste zählte er auf, wer als Informant in Frage käme: erstmal der Finder, sofern der Tote am Strand lag. Wenn er in der See trieb, dann fand ihn wahrscheinlich ein Fischer, wie zum Beispiel dieser Thies Thiesen, vielleicht aber auch die Besatzung des Seenotrettungsboots, wenn es sich um einen Schiffsuntergang oder eine Strandung handelte, die waren ja von Berufs wegen zu dieser Zeit dort unterwegs. Was brauchte man noch? Einen Fuhrmann, um den Leichnam vom Strand zu schaffen, dann die Polizei, die den Toten inspizierte und natürlich einen Arzt, der den Totenschein ausstellte, in Zweifelsfällen sogar die Mordkommission. Hier fühlte Steffen ein Kribbeln in der Magengegend und einen unangenehmen Geschmack im Mund.

Weiter!

Man brauchte einen Tischler für den Sarg und das Kreuz, einen Bestattungsunternehmer und Männer, die die Grube schaufelten. Schließlich den Pastor, um der armen Seele in den Himmel zu helfen. Es überraschte ihn, dass sich so viele Menschen um einen Toten kümmerten, darüber hatte er noch nie nachgedacht.

Am Nachmittag fuhr er mit dem Rad nach Nebel und suchte die Ordensschwester auf. Sie blickte erfreut von ihrer Vorkriegsmaschine hoch. »Sie haben Glück. Der Herr Pastor ist gerade von einer Beerdigung zurück. Ich werde Sie anmelden.«

Sie schwenkte nach links, hatte die Klinke bereits in der Hand, doch dann drehte sie sich noch einmal um. »Ich weiß noch nicht einmal Ihren Namen. Ich kann Sie doch nicht als *der Herr Schriftsteller* anmelden.«

»Oh, ein Versehen meinerseits. Ich heiße Steffen Stephan. Und meine Berufsbezeichnung ist Friedhofsforscher.«

Steffen wusste nicht, wann Pastoren üblicherweise in den Ruhestand gehen, doch dieser hier hatte das normale Dienstalter offensichtlich bei Weitem überschritten. Inmitten einem mit Tischen und Tischchen, Stühlen und Hockern, Bücherregalen und Sideboards vollgestellten Raum saß ein kahlköpfiger Mann mit fleischigem Gesicht und großporiger Nase, an dem Teile des Körpers bereits der Erde, um nicht zu sagen der Erdbestattung, zustrebten: die starken Tränensäcke, die schlaffen Wangen, die hängenden Schultern und die wie leblos am Körper herunterbaumelnden Arme. Das Fenster war geschlossen, es roch nach alten Möbeln, nach alten Männern und nach kaltem Zigarrenrauch. In einem hereinfallenden Sonnenstrahl tanzte der Staub.

Der Pastor, der wohl gerade ein Nickerchen in seinem Stuhl gemacht hatte, blickte Steffen müde an. Er machte eine sparsame Geste in den Raum hinein. »Suchen Sie sich einen Platz, junger Mann, aber bringen Sie nichts durcheinander.« Er holte Luft, in seinen Bronchien rasselte es unüberhörbar. »Meine Sekretärin sagte mir, dass Sie Friedhofsforscher sind. Was ist das?«

Steffen erläuterte sein Arbeitsgebiet.

»Dann bin ich Ihr Zuarbeiter, wenn ich das so sagen darf. Ich bringe die Überreste in die Erde, damit Sie was zu forschen haben.« Er trank einen Schluck aus der Tasse und schüttelte sich. »Kalt! Eklig! Was wollte ich sagen? Ach ja, wir beide werden wohl nie arbeitslos, solange die Menschen sterblich sind.«

Steffen musterte den Pastor nachdenklich, der den Blick offenbar falsch deutete.

»Wahrscheinlich wundern Sie sich gerade, dass hier ein so alter Mann sitzt. Normal ist das nicht. Aber was ist schon normal auf dieser Welt?« Er blickte aus dem Fenster zu den Kletterrosen, dann in die Tasse mit dem kalten Tee. »Eigentlich müsste hier ein jüngerer Seelsorger arbeiten, einer, der diese verbohrte Inselgemeinde zu führen versteht, der ihnen das Höllenfeuer unter dem Hintern anzündet. Aber es gibt keine jüngeren Pastoren. Diese Generation ist verschwunden, begraben auf den Schlachtfeldern Europas.«

»Es gibt schon eine neue Generation. Der Krieg ist seit fast zwanzig Jahren vorbei.«

Der Pastor lächelte milde. »Ja, es wächst eine neue Generation Seelsorger heran. Doch keiner wird freiwillig auf diese Insel kommen. Das Volk hier ist nicht einfach. Es sind sture Friesen, die Gottes Wort in ihrem Sinne auslegen.«

»Übertreiben Sie da nicht ein bisschen, Herr Markmann?«

»Auf keinen Fall! Alles Strandräuber hier. Noch in diesem Jahrhundert betete man auf der Insel für einen gesegneten Strand.«

»Gesegneter Strand?«

»Sie kennen das Gebet nicht?« Der Pastor faltete die Hände, räusperte sich und deklamierte mit eintöniger Altmännerstimme: »Wir bitten dich, o Herr, zwar nicht, / dass Schiffe stranden und umkommen im Heulen / des Sturms und im Rasen der See – / aber wenn es schon Deinem Ratschluss gefällt, / sie stranden zu lassen, dann o Herr, / führe sie hier an den Strand – / zum Wohle der armen Bewohner dieser Küste.«

»Und? Hat es was genützt?«

Der Pastor richtete seinen Blick zur Decke. »Wer weiß das schon? Gottes Wege sind nicht leicht zu erkennen. Doch ER hat sich wohl nicht mehr sonderlich beeindrucken lassen. Die Menschen hier waren ja nicht an den toten Seeleuten interessiert, die wollten die Ladung der Schiffe haben. Und Ladung wurde nur noch wenig angeschwemmt.«

Steffen hatte das gemütliche Plaudern etwas schläfrig gemacht. Doch jetzt war er hellwach. »Da wir gerade bei toten Seeleuten sind: Mich interessieren die Angeschwemmten auf dem Seemannsfriedhof. Ich könnte mir vorstellen, diesen Friedhof zu erforschen.«

Der Pastor richtete sich ruckartig auf. Mit einem Mal saß er kerzengerade und angespannt da, seine Augen blitzten zornig. Der müde, alte Mann schien verschwunden. »Da gibt's nichts zu erforschen«, fauchte er. »Die Leute sind hier angeschwemmt worden, wir haben sie eingesargt und zu Grabe getragen. Ich weiß nicht einmal, ob alle in meinen Arbeitsbereich fallen. Vielleicht waren es Heiden oder Araber oder, noch schlimmer, Katholiken.«

»Vielleicht können Sie sich zufällig an den letzten Toten erinnern. Wie sah der Mann aus? Hatte er schon lange im Wasser getrieben? Welche Kleidung trug er? Hatte er …?«

»Sparen Sie sich Ihre Fragen! Ich möchte nicht, dass Sie dort tätig werden. Die Totenruhe ist heilig, und ich wache darüber.«

Was ist hier eigentlich los, dachte Steffen ärgerlich, alle versuchen, mich vom Friedhof fernzuhalten. Erst dieser Thiesen, und jetzt auch der Pastor. »Mein Gott, ich will doch niemanden ausgraben! Ich suche in den Akten nach Informationen und befrage Menschen, die mit den Toten zu tun hatten. Mehr nicht.«

Pastor Markmann hörte nicht mehr zu. Er griff nach der Bibel. »Ich habe keine Zeit mehr. Ich muss dringend an meiner Predigt arbeiten.«

Steffen bedankte sich förmlich und stand auf.

Die Ordensschwester im Vorzimmer bedachte ihn mit einem warmen Lächeln. »Kommen Sie morgen zu unserer Veranstaltung, Herr Stephan? Wir haben ein Gemeindefest. Es würde mich freuen, wenn Sie uns besuchen.« Sie hielt ihm die Tür auf und lächelte. »Ich stehe am Kakaostand, Herr Schriftsteller.«

Steffen wollte etwas erwidern, wollte eine spöttische Bemerkung machen. Doch er kam nicht dazu, denn erstmals schaute er ihr direkt ins Gesicht. Ihre Augenfarbe war blau. Nun ja, blaue Augen hatten viele Frauen hier auf der Insel, doch hinter diesem Blau züngelten Flammen wie bei einem Steppenbrand. Die ist von Gott beseelt, dachte er erschrocken, da brennt ja das himmlische Feuer.

Als er sich an ihr vorbei ins Freie drängte, erlebte er die zweite Überraschung. Er hatte vermutet, dass sie nach Sunlight oder einer anderen Kernseife riechen würde, jedenfalls hätte es zu ihrer Frisur und der Kleidung gepasst, doch sie roch nach einem teuren Parfüm. Welches wusste Steffen nicht, auf keinen Fall war es Kölnisch Wasser.

4

Am Morgen, während der Rasur im Gemeinschaftsduschraum, dachte Steffen zum ersten Mal wieder an die unsägliche Studentin, die am Nachmittag seine Freizeit belagern würde. Er setzte den Rasierer ab und starrte sein Spiegelbild an. Was für ein glanzloses, eingefallenes Gesicht! Der Autor von »*Heilfasten, neue Energien in nur neun Tage*« hatte nicht zu viel versprochen – eher zu wenig. Das neue Bewusstsein hatte sich zwar noch nicht eingestellt, aber die körperlichen Veränderungen waren unübersehbar, wenn auch nicht positiver Art. Steffen fühlte sich grau und abgestanden, wahrscheinlich roch er auch so.

Auf dem Weg nach Wittdün schwenkte er zum Einkaufsladen. Die fröhliche Studentin hinter dem Verkaufstresen schaute fragend, in ihren Augen blitzte der Schalk.

»Keinen Apfel heute?«

»Das Fasten hat ein Ende. Ich brauche Brot, Butter, Wurst, Käse. Und Marmelade.«

Sie bog den Oberkörper zurück und blickte prüfend an ihm herunter. »Die Diät hat Ihnen gut getan. Schlank und rank. Nur etwas blass im Gesicht.«

Steffen beugte sich zu ihr. »Können Sie mal schnuppern, ob ich stinke?«

Sie riss erschrocken die Augen auf und ging auf Distanz.

»Man sagt, dass man beim Fasten streng riecht«, erklärte er schnell, »und ich habe heute noch eine Verabredung.«

Jetzt lächelte sie verständnisvoll und schnupperte an seinem Hals. »Ich rieche nichts. Aber wenn Sie sich nicht sicher sind, nehmen Sie doch etwas Parfüm. Ich gebe Ihnen das von dort oben aus dem Regal. Das ganz links, das ist unaufdringlich, das nimmt mein Freund auch immer.«

Steffen bedauerte, dass sie sich beim Schnuppern nicht mehr Zeit genommen hatte. Widerstrebend packte er das Herren-Parfüm ein, das von oben ganz links, das ihr Freund auch immer nahm.

Auf dem Postamt wollte er sich nach dem Briefträger erkundigen, doch es war niemand in der Dienststelle. Steffen stand eine Zeitlang unschlüssig herum, als er ein Geräusch hinter dem Schalter hörte. Er spähte durch die Glasscheibe und sah im Nebenraum eine Frau mit einem schwarzen Kopfhörer auf den Ohren. Sie schien die Bewegung gesehen zu haben, denn sie drehte sich zu Steffen hin. Es war eine weißblonde Frau undefinierbaren Alters mit kantigem Gesicht, farblosen Augenbrauen und ebensolchen Wimpern, die ihn misstrauisch musterte. »Einen Augenblick, ich muss eben noch ein R-Gespräch vermitteln«, rief sie.

Steffen wartete, es dauerte. Schließlich kam sie an den Schalter.

Er versuchte es mit einem Scherz. »Sie sind also das Fräulein vom Amt.«

Die Frau blickte verschlossen. »Ich bin für die Gesprächsvermittlung zuständig, wenn Sie das meinen.«

»Ich möchte den Briefträger sprechen. Herrn Bredhorst.«

»Der ist auf der Insel unterwegs. Sie können auch mir sagen, was Sie von ihm wollen. Ich werde es ausrichten.«

»Eigentlich ist es nur eine Frage.«

»Wenn es etwas Postalisches ist, kann ich es Ihnen auch sagen.«

»Nein, nein. Es ist eher eine persönliche Frage.«

Bevor diese unangenehme Person ihm erklären konnte, dass sie selbstverständlich auch für die persönlichen Belange der gesamten Insel zuständig sei, kaufte er schnell einen großen braunen Umschlag, den er für die Aufbewahrung seiner Notizen verwenden wollte.

Draußen blickte er auf die Uhr. Es war zu früh für die Nachmittagsfähre, viel zu früh. Da er noch keinen Mittagsschlaf gemacht hatte, radelte er zum Seemannsfriedhof. Das Nickerchen musste leider ausfallen, denn dieser Thiesen saß wieder auf der Bank. Da Steffen nicht sicher war, ob der alte Mann mit ihm plaudern wollte, schritt er die Grabreihen ab. Er war gerade am Grab vom 9. Oktober 1950 angekommen, als der Fischer neben ihm stand.

»Wenn es Sie interessiert«, sagte er mit seiner rostigen Stimme, »könnte ich Ihnen etwas über diesen Toten erzählen.«

»Es interessiert mich sehr.«

»Dieser Angeschwemmte hier hieß Peter Frederick White. Er war Engländer. Ziemlich jung, gerade mal achtzehn Jahre alt. Er kam nicht alleine hier an. Da war noch einer, der hieß John Weeden. Er war Leutnant und kam einen Tag später.«

»Der Untergang eines Kriegsschiffes?«

»Nein, das nicht.« Der Fischer machte eine Pause. »Sagt Ihnen der Begriff ›Whaler‹ etwas?«

»Nie gehört.«

»Scheint so eine Art offenes Walfangboot gewesen zu sein, wie man es zu Zeiten von Captain Ahab und Moby Dick benutzt hat. Zum Rudern und Segeln.«

Steffen blickte verwirrt.

»Eine Scout-Gruppe aus London hatte ein solches Boot, die WANGEL 3. Damit haben sie Ausflüge im englischen Kanal gemacht. Pfadfinder zur See, klingt lustig, nicht?«

»Was hat das jetzt mit Frederick White zu tun?«

»In diesem Boot saßen der Leutnant John Weeden, Frederick White und acht weitere Pfadfinder. Sie segelten Mitte August 1950 bei gutem Wetter von Dover nach Calais. Drei Tage später wollten sie wieder zurück. Zwei der Scouts fragten beim Hafenkapitän in Calais nach dem Wetter, doch der gab später zu Protokoll, dass sie sein französisch wohl nicht richtig verstanden hätten. Das war tödlich, denn dadurch entging ihnen, dass schwere Unwetter über dem englischen Kanal vorausgesagt worden waren.«

»Wer kann schon französisch?«

»Die meisten Jungs wurden auf Texel angeschwemmt und dort begraben. Doch John Weeden und Frederick White haben es bis hierher geschafft.«

Steffen blickte sich suchend um. »Wo liegt dieser John Weeden?«

»In London. Er wurde exhumiert und überführt.«

Steffen versuchte, sich in die Situation der Pfadfinder zu versetzen. Es gelang ihm nur bedingt, er war noch nie mit einem offenen Boot aufs Meer hinaus gefahren. »Kennen Sie noch andere Namen?«

Thies Thiesen schlurfte die Reihe entlang und blieb vor dem Doppelgrab vom 17.5.1925 stehen. »Die Namen dieser beiden Seeleute wissen wir nicht. Man hat sie als Skelette aus dem Rumpf der gestrandeten HERMINA geborgen.«

Steffen überlegte. »Es werden wohl nicht nur zwei Mann an Bord gewesen sein. Wo sind die anderen Besatzungsmitglieder geblieben?«

Der Fischer zuckte mit den Schultern. »Auf Schiffen dieser Größe fuhren meist zehn Mann. Anscheinend sind alle ertrunken. Nur der Schiffskoch trieb auf Sylt an und wurde identifiziert.«

Für Steffens Geschmack reichte es jetzt mit dem Massensterben. Da der alte Fischer aber gerade so mitteilsam war, fragte er wie unter Zwang weiter. »Wissen Sie, wer in dem Doppelgrab vom 10. November 1954 liegt?«

Thies Thiesen ließ sich langsam auf die Friedhofsbank nieder, er stöhnte unterdrückt. »Das waren die beiden Leichen, die ich aus der See gefischt habe.«

»Ist etwas Näheres bekannt?«

»Nein.«

»Und im anderen Grab, in dem vom 18. November 1954?«

»Nicht identifiziert.«

Steffen wechselte zum letzten Grab in der Reihe. »4. Juni 1959«, rief er zur Friedhofsbank hinüber, »das ist gerade mal fünf Jahre her. Was weiß man darüber?«

Der Fischer kam überraschend schnell von der Bank hoch. Er bedachte Steffen mit einem giftigen Blick. »Fragen Sie doch Bredhorst, den Briefträger. Der hat die Leiche damals am Strand gefunden.«

Vom Anleger her dröhnte das Typhon des Schiffes. Die Fähre lag vor der Hafeneinfahrt, es war Niedrigwasser, offensichtlich hatte der Kapitän Probleme, sein Schiff an den Anleger zu bekommen. Der Motor arbeitete schwer, die Schraube quirlte grauschwarzen Modder an die Oberfläche, ein Geruch von Fäulnis legte sich über die Anlegestelle.

Steffen stand am Kai hinter der Absperrung und überlegte, welche der Fahrgäste dort oben auf dem Bootsdeck wohl seine Studentin sein mochte. Nicht dass er neugierig oder gar aufgeregt war, ganz im Gegenteil. Er hatte sich gerade gemütlich eingerichtet, hatte seinen Tagesablauf strukturiert, war glücklich mit den immer gleichen Ritualen, da konnte er niemand gebrauchen, der alles durcheinander brachte. Und Frauen, das wusste er aus Erfahrung, brachten immer alles durcheinander, wenn es sich ein Mann gerade gemütlich gemacht hatte.

Natürlich hatte er eine klare Vorstellung davon, wie die Studentin aussehen würde. Ganz sicher war sie zierlich, hatte lange, blonde Haare, ein puppiges Gesicht, eine piepsige Stimme und ein immerwährendes Klein-Mädchen-Lächeln. Ein richtig süßer Fratz, von Papi verwöhnt und verhätschelt. Wahrscheinlich kann sie nicht mal Papier lochen und abheften, dachte er, welch ein erschreckender Gedanke.

Inzwischen lag die Fähre am Kai, die Passagiere hatten allesamt das Schiff verlassen, die Autos waren längst an ihrem Bestimmungsort angekommen. Keine Studentin, kein kleines Mädel an Bord. Na also, dachte Steffen, sie hat's mal wieder nicht geschafft ohne Papi. Jetzt kann ich beruhigt in den Wohnwagen zu meinen Büchern zurück.

In diesem Augenblick tippte ihm jemand auf die Schulter. Steffen drehte sich überrascht um. Da stand eine Frau, kein kleines Mädchen, sie war fast so groß wie er.

»Hallo«, sagte sie in einer dunklen, etwas rauen Stimme, »ich bin Lilianne, deine Studentin.«

Steffen schluckte. Du musst flexibel sein, durchzuckte es ihn. Also kein kleiner Fratz, die hier kann ich nicht zum Papierabheften schicken. Er schaute sich die Frau genauer an. Sie war wohl Mitte zwanzig, trug ein ziemlich aufwändiges Gehänge an den Ohren und eine hellgrüne Schlabberbluse. Ihre Augen lagen tief in den Höhlen, im Gegensatz zum Kinn, das sich ihm angriffslustig entgegen streckte. Eine seltsame Person, dachte er, sieht fast aus wie eine Zigeunerin. Ihre Haare waren jedoch überhaupt nicht zigeunerhaft, sie kräuselten sich, waren giftig-rot und versuchten, sich in alle Richtungen davonzumachen.

Sein Blick wanderte an ihr herunter. Wenn schon keine Zigeunerin, dann wohl eines dieser Blumenkinder, die gerade überall herumliefen. Dieser merkwürdige, lange Rock mit dünnen Lederbändern um die Hüfte und Stickereien am Saum – eindeutig Hippie-Mode. Sein Blick glitt weiter nach unten. Ging sie barfuß? Blumenkinder gingen doch immer barfuß. Nein, sie trug Sandalen. Vielleicht doch kein Hippie.

»Sie haben einen merkwürdigen Vornamen.«

Lilianne lachte. »Meine Eltern sind frankophil. Aber ich bin zufrieden mit meinem Namen. Ich hätte ja auch Sigrun, Klothilde oder Rosemarie heißen können. Oder schlimmeres.«

»Woran haben Sie mich erkannt?«

»Das war nicht schwer. Erstens ist außer dir niemand mehr hier. Und zweitens habe ich dein Foto in der Personalakte gesehen.«

»Sie haben meine Personalakte eingesehen?«

»Klar, Sylvia hat sie mir gezeigt. Aber keine Angst, ich habe nur das Foto gesehen.« Sie legte ihre Hand auf seinen Unterarm. »Viel verändert hast du dich nicht. Vielleicht etwas schlanker im Gesicht und die Haare etwas länger. Steht dir aber gut. Wie alt ist das Foto?«

»Fünf Jahre. So lange bin ich jetzt beim Institut.« In Steffen arbeitete es. Ich will nicht immer ausgefragt werden, ich muss die Initiative ergreifen, ich bin schließlich der Wissenschaftler und sie ist die Studentin. »Was studieren Sie, Fräulein Feldmann?«

»Literaturwissenschaften, in Berlin.«

Er blickte verständnislos. »Warum um alles in der Welt wollen Sie ein Praktikum im Sozialhistorischen Institut machen? Wir sind doch Lichtjahre von der Literaturwissenschaft entfernt.«

»Ich will Reporter werden. Und später Chefredakteur. Ich will so viel verdienen wie mein Freund.«

Steffen blickte sie nachdenklich an. Mit dieser verwüsteten Frisur und der merkwürdigen Kleidung wird das wohl etwas schwierig werden. Und dann fiel ihm auf, dass sie eigentlich schon ganz schön alt war für eine Studentin. »Dieses Studium scheint ja wohl sehr lange zu dauern«, sagte er vorsichtig.

Sie zeigte ein Lächeln. »Ja, ich bin etwas betagt, wenn du das meinst. Aber ich habe schon eine Lehre gemacht. Ich bin staatlich geprüfte Schneiderin.« Sie drehte sich langsam im Kreis. »Dieses Modell habe ich selbst entworfen und selbst genäht.«

Ach, deshalb. »Schön«, sagte er. Es entstand eine Pause, in der er seine Gedanken strukturieren musste. »Ich verstehe immer noch nicht, warum Sie das Praktikum ausgerechnet bei uns machen wollen.«

»Als Journalist muss ich recherchieren können. Historiker recherchieren doch immerzu, nicht wahr?«

»Ja, das stimmt. Bei uns können Sie in den Akten versinken, bis Sie eine Staublunge haben.«

»Wollen wir uns nicht duzen? In Studentenkreisen ist das so üblich.«

Jetzt konnte Steffen ganz deutlich spüren, was er an ihr nicht mochte: ihre Unverfrorenheit. Sie hatte das Zeug zum Reporter, sie setzte sich einfach über die allgemeingültigen Regeln des Anstands hinweg. Eigentlich hätte es ihm als dem Älterem zugestanden, diese Frage zu stellen. »Es ist im wissenschaftlichen Bereich und insbesondere unter den Historikern nicht üblich, sich zu duzen – jedenfalls nicht so schnell. Wenn wir das im Institut machen und dann zweimal miteinander im Paternoster gesehen werden, dichten uns die Kollegen mindestens ein Kind an.«

Lilianne lachte herzlich. »Das stört mich überhaupt nicht.«

Steffen musste sich insgeheim eingestehen, dass ihr Angebot seiner Eitelkeit schmeichelte, denn immerhin hatte sie ihn gerade in die jugendliche Riege ihrer Mitstudenten aufgenommen. »Ich werde es mir überlegen«, antwortete er ausweichend.

Sie bückte sich im gleichen Augenblick nach ihrer Reisetasche wie Steffen, fast wären sie mit den Köpfen zusammengestoßen.

»Wollen Sie länger bleiben?«, fragte er erschrocken, als er die schwere Tasche hochnahm.

»Ein, zwei Tage vielleicht. Ich will alte Freunde besuchen.«

»Alte Freunde?«

Sie lachte, zwischen den Schneidezähnen hatte sie eine kleine Lücke. »Ich bin hier groß geworden, sozusagen. Meine Eltern sind Lehrer. Die haben mich in den Ferien immer hierher geschleppt.«

Sie gingen zusammen die Hauptstraße hinunter. Verstohlen blickte Steffen sie an. Eigentlich wäre sie ganz hübsch, wenn sie keine so merkwürdige Frisur hätte und nicht diese sonderbare Kleidung. Allerdings ist sie viel zu selbstbewusst. Das stört. Das stört sogar sehr.

In der Teestube bestellte er ein Wasser, Lilianne Feldmann nahm einen Tee. Die Kekse auf den Untertellern schmeckten nach Ingwer.

»Sylvia hat mir erzählt, dass du an einem neuen Projekt arbeitest.«

Herrje, was erzählte Sylvia für einen Quatsch. »Ja und nein«, sagte er.

In ihren Augen blitzte es ärgerlich auf. »Das ist keine Antwort.«

»Das ist eine Antwort«, sagte er mit einer Schärfe in der Stimme, die ihn selbst überraschte. Dann erklärte er in einer ruhigeren Tonlage: »Nein, ich arbeite nicht an einem neuen Projekt, ich habe nämlich Urlaub. Ja, ich habe eine Idee. Es ist aber wirklich nur eine Idee.«

»Welche Idee?«

»Das werde ich Ihnen gleich zeigen.«

Lilianne mietete sich ein Rad, packte ihre Reisetasche auf den Gepäckträger, dann fuhren sie beide am Leuchtturm vorbei nach

Norden. An der Friedhofshecke stellten sie ihre Räder ab. Die Studentin reckte den Kopf über die Pforte. »Komischer Friedhof. Hier war ich noch nie.« Ihr Blick streifte über die Kreuze. »Sind diese Gräber das Projekt?«

»Ganz recht. Es ist absolutes historisches Neuland. Der Friedhof wird nirgends erwähnt. Doch wir beide werden uns in den nächsten Wochen damit beschäftigen.«

Sie fuhr herum, Erstaunen im Gesicht. »Wochenlang beschäftigen? Du machst wohl Scherze. Die paar Gräber haben wir doch in einem Tag abgearbeitet.«

»Wenn Sie meinen. Sie müssen es ja wissen.«

Lilianne rümpfte die Nase. »Ein Friedhof voller Wasserleichen, wen das wohl interessiert?«

»Reporter müssen sich auch mit den Schrecklichkeiten des täglichen Lebens beschäftigen und nicht nur mit gekrönten Häuptern.«

Sie überhörte seinen Spott, schob die Ärmel ihrer Bluse bis zu den Ellenbogen hoch und stellte sich breitbeinig hin. »Wollen wir die Leichen gleich ausgraben oder erst später?«

»Nein, keine Grabungen. Zuerst müssen wir die Länge und Breite des gesamten Areals kennen. Dann die Maße der Gräber, die Länge und Breite der Wege, die Anordnung der Eingangspforte und des Opferstocks.«

»Ich bin doch keine Vermessungstechnikerin. Wozu soll das gut sein?«

»Das wird nachher im Institut zeichnerisch umgesetzt. Dann haben wir einen genauen Lageplan des Friedhofs mit allen notwendigen Angaben.«

»Reicht nicht eine Beschreibung?«

»Ein Bild sagt mehr als tausend Worte.«

Während er zur Pforte ging, schaute die Studentin unschlüssig über die Gräber. Dann blickte sie zum Himmel, der sich grau und drohend über ihnen wölbte. Eine Bö fegte über die Insel, Lilianne zog ihre Bluse vor der Brust zusammen.

»Sie brauchen das Praktikum nicht anzunehmen, es zwingt Sie niemand dazu.« Steffen bemühte sich, es nicht zu hoffnungsvoll klingen zu lassen.

»Ich werde es mir überlegen«, antwortete sie schnippisch und warf den Kopf zurück. »Wo finde ich dich?«

Die Frage war ihm peinlich, aber er beantwortete sie wahrheitsgemäß. Lilianne zuckte nicht einmal zusammen. Entweder hatte sie sich gut im Griff oder sie fand es nicht ehrenrührig, auf einem Campingplatz zu wohnen.

Eine halbe Stunde später stand er im Wohnwagen und überlegte, ob er zu diesem Gemeindefest gehen sollte. Eigentlich hatte er keine Lust. Große Menschenansammlungen waren so unübersichtlich, sie gehorchten keinen logischen Gesetzen, hatten keine erkennbare Struktur; sie machten ihn unsicher. Doch schließlich siegte seine Neugierde auf die literaturbegeisterten, kakaotrinkenden Ordensschwestern.

Schon von Weitem konnte er den Basar riechen. Es duftete intensiv nach friesischen Waffeln, allerdings mit einer Geruchsbeimischung von Bratfisch und Grillwürstchen. Steffen holte tief Luft und tauchte in den Besucherstrom ein, der ihn willig aufnahm. Vor einem der Geschäfte wurden Fischspezialitäten angeboten, gegenüber gab es Krakauer Würstchen. Am Restaurant konnten die Besucher ihren Hunger mit Kartoffelsuppe stillen, etwas weiter buken die Landfrauen ihre berühmten Waffeln.

An wackligen Tapeziertischen vorbei, auf denen allerlei Gehäkeltes und Gestricktes ausgebreitet lag, ließ sich Steffen durch die Menge treiben. Zwei junge Männer handelten mit gebrauchten Schallplatten, eine Frau hatte Töpferwaren ausgestellt, daneben verkaufte ein alter Mann Schrauben, Nägel und gebrauchtes Werkzeug. Steffen prüfte gerade einen noch recht gut erhaltenen Fensterhobel, als ihn jemand am Ärmel zupfte. Nicht schon wieder diese Studentin, schoss es ihm durch den Kopf. Er drehte sich ungnädig um, doch da war kein Fräulein Feldmann. Vor ihm stand eine unbekannte Frau. Dunkelbraune, schulterlange Haare umrahmten ein hübsches Gesicht, die Ohrclips aus Perlmutt passten perfekt zur Perlenkette. Sie hatte einen kräftigen, weinroten Lippenstift aufgelegt, in ihren blauen Augen flackerte es wie bei einem Steppenbrand.

»Oh«, stotterte er verwirrt, »ich habe Sie gar nicht wiedererkannt.«

Die Kirchenangestellte schmunzelte. »Sie denken wohl, ich laufe immer als Nonne herum? Im Amt habe ich meine Dienstkleidung an, aber in der Freizeit kleide ich mich bequemer.«

Steffen musterte sie interessiert von oben bis unten. Sie trug ein graues Kostüm, das ihre weiblichen Formen angenehm betonte – überaus angenehm, wie er erfreut feststellte. Ihre schlanken Beine steckten in Nylons und diese in halbhohen Pumps.

Er legte den Kopf schief und überlegte. Unmöglich! Das konnte nicht die Ordensschwester aus dem Kirchenbüro sein. Die hier war doch kaum älter als er, vielleicht ein paar Jahre, aber nicht sehr viele.

»Es steht Ihnen sehr gut, was Sie tragen«, sagte er ehrlich begeistert und fügte mit einem verschmitzten Lächeln hinzu: »Dass Ihre Eltern Sie ohne Aufsicht in die große Stadt lassen? Ist das nicht gefährlich für so ein junges Fräulein?«

Die Ordensschwester zeigte ihre schönen Zähne und zog die Nase kraus. »Ich bin nicht so jung, wie Sie meinen.«

»Stellen Sie mich nachher dem Bischof vor?«

»Welchem Bischof?«

»Sicherlich haben Sie sich für den Bischof hübsch gemacht.«

»Vielleicht habe ich mich für jemand anderes hübsch gemacht.«

Darauf hatte Steffen keine Entgegnung.

Die Kirchenangestellte hakte sich bei ihm ein. »Kommen Sie an unseren Stand, Herr Stephan. Ich möchte Sie meinen Freundinnen vorstellen. Die sind schon ganz gespannt auf den Schriftsteller.«

Von den Damen am Kakaostand wurde er freundlich aufgenommen. Man plauderte mit ihm, er wurde besichtigt, geprüft und offensichtlich für geeignet befunden. Eine Ordensschwester schob ihm einen dampfenden Becher Kakao hin, der nach Rum schmeckte. Viel Rum.

»Reiner Kakao«, flötete die Dame und kniff dabei ein Auge zu, »wir dürfen nämlich keinen Alkohol ausschenken. Schließlich ist dies ein Kirchenbasar.«

Steffen hob mahnend den Zeigefinger. »Ihr Pharisäer!«, schimpfte er und erntete großes Gelächter.

In diesem Augenblick setzte die Blaskapelle der Freiwilligen Feuerwehr ein. Nun war kein Gespräch mehr möglich.

»Wir sollten gehen«, schrie ihm die Kirchenangestellte ins Ohr, »hier kommt man um vor Lärm.«

Auf dem Weg an der Kirche vorbei zum Watt wollte sich Steffen mit ihr unterhalten, doch das war nicht möglich, weil der Weg kein Weg, sondern eine ausgefahrene Treckerspur war. Steffen ging links, die Kirchenangestellte rechts, zwischen ihnen wucherten Löwenzahn und Strandhafer. Es war schon ein sehr eigentümlicher Spaziergang. Immer, wenn Steffen zu dieser merkwürdigen Frau hinüberblickte, um sich zu vergewissern, ob sie nicht plötzlich wieder ihre Oberschwesterntracht trug, schaute auch sie herüber. Wenn sich ihre Blicke trafen, errötete sie und schaute schnell zu Boden, so als hätte sie etwas Verbotenes, möglicherweise Unmoralisches getan.

Am Wasser schwenkten beide nach Süden. Hier konnten sie nebeneinander gehen und miteinander über Literatur plaudern, natürlich über Literatur. Als der Weg enger wurde, rückten sie näher zusammen. An einer sandigen Stelle hatte die Kirchenangestellte Schwierigkeiten mit ihren Pumps. Steffen ergriff fürsorglich ihre Hand, die er auch nicht mehr losließ, als der Weg breiter und sicherer wurde. Merkwürdig, schoss es ihm durch den Kopf, wieso halte ich ihre Hand? Und wieso lässt sie es zu?

»Ich heiße Steffen.«

Der Druck ihrer Hand verstärkte sich. »Mein Name ist Margarete Paulsen.«

War das nun ein Angebot, vertraulicher miteinander umzugehen? Trotz längeren Nachdenkens kam Steffen zu keinem Ergebnis.

Sie blieben eng nebeneinander stehen und blickten nach Föhr hinüber. Es war ablaufendes Wasser; die See zog sich zurück wie ein Meerestier, das versehentlich auf den Strand geraten war und nun versuchte, sich unauffällig davonzustehlen. Schmale Salzwasserbäche hatten ein Flussbett mit scharfen Uferkanten in das graue Watt gegraben und eilten dem fliehenden Wasser hinterher, Austernfischer schritten mit gespreizten Füßen über den freigelegten Meeresboden. Von Zeit zu Zeit blieben sie stehen, legten den Kopf schief, beäugten aufmerksam den Boden, stießen dann blitzschnell mit ihren langen schmalen Schnäbeln in den weichen Untergrund.

»Das Watt soll trügerisch und gefährlich sein«, sagte Steffen.

Margarete Paulsen lachte hell auf. »Es ist nicht gefährlich, wenn man sich auskennt. Als Kind bin ich oft zu Fuß nach Föhr gegangen. Ich habe Verwandtschaft drüben.«

»Du hättest die Fähre nehmen können.« Er wunderte sich, dass ihm das »du« so locker über die Lippen gekommen war.

»Nein. Die war zu teuer.«

»Haben deine Eltern nicht mit dir geschimpft?«

Sie blinzelte schelmisch, in ihren Augen züngelten wieder die Flammen. »Ich habe es ihnen natürlich nicht erzählt.«

Steffen blickte zu den Häusern von Steenodde. »Wenn wir weitergehen, sind wir bald an der Südspitze.«

Margarete sagte nichts.

»Musst du heute noch zu deinem Kakaostand zurück?« Er blickte ihr in die Augen, der Steppenbrand war erloschen.

»Ja, muss ich wohl.«

Bei der Kirche ließ Margarete seine Hand los. »Ab hier müssen wir getrennt gehen.«

»Wieso das?«

Sie strich leicht über das Revers seiner Jacke. »Man kann nicht vorsichtig genug sein als unverheiratete Frau. Es gibt zu viele

Schandmäuler hier auf der Insel. Da hat man schnell seinen Ruf verloren.«

Steffen überlegte, ob er ihr einen Kuss auf die Wange geben durfte. Doch dazu war es wohl zu früh. Eigentlich viel zu früh. Obwohl er es gerne getan hätte.

»Wie lange bist du noch auf der Insel?«

»Ein paar Tage.«

»Sehen wir uns wieder?«

»Ganz sicher.«

Steffen schlug nicht den direkten Weg zum Campingplatz ein. Er ging nach Westen, durchquerte den kleinen Kiefernwald und die Dünen, dann war er am Strand. Der Weg bis zum Wasser kam ihm heute ungewohnt kurz vor, möglicherweise lag das an seinem forschen, federnden Schritt. Mit einem angenehmen Gefühl dachte er an Margarete, an ihre warme Hand in der seinen und an den Steppenbrand in ihren Augen. Dieses Flackern konnte eine Aufforderung sein, aber auch das Zeichen einer drohenden, unbestimmten Gefahr. Merkwürdigerweise reizte ihn der Gedanke.

Er stand am Ufer und blickte über die See. Über der Weite des Meeres und der untergehenden Sonne erschien ihm das Gesicht von Margarete. Ihr warmes Lächeln und das gefährliche Glühen in ihren Augen, die Lachfältchen in ihren Augenwinkeln, die Kerbe zwischen den Augenbrauen und den Zahn der Zeit, der sich um ihre Mundwinkel eingegraben hatte. Sie war älter, als er an diesem Nachmittag auf den ersten Blick vermutet hatte, doch diese Erkenntnis erschreckte ihn nicht. Ein schöner Tag, dachte er, ein wirklich rundum schöner Tag. Wenn nur diese Studentin nicht wäre.

Inzwischen hatte die Dämmerung eingesetzt. Der Leuchtturm schickte seine Warnung vor den gefährlichen Sänden über die See. Wenn die Lichtfinger zum Land hin schwenkten, tauchten sie die Kuppen der Dünen in ein grelles Weiß. Steffen konzentrierte sich auf die Kennung des Leuchtturms, wie es ihm Heinrich Hansen, der

Großvater von Julia, beigebracht hatte. Der Lichtfinger schwenkte über den Horizont, dann kam eine Pause, danach wieder ein Lichtfinger. Aha, Blitzgruppe eins, Wiederkehr sieben Sekunden.

Er war schon auf dem Weg zum Wohnwagen, als ihm ein Satz des Heilfasten-Autors einfiel: *»Nehmen Sie sich jeden Tag eine Viertelstunde Zeit, um an einem ruhigen und angenehmen Ort ihre Gedanken nach Art der östlichen Weisheiten fließen zu lassen. Legen Sie die Hände ineinander und entspannen Sie sich.«*

Steffen schaute sich suchend um. Neben dem Bohlenweg hatte der Wind in unermüdlicher Arbeit Düne neben Düne abgelagert. Er tauchte so weit in die Landschaft ein, bis er vom Bohlenweg aus nicht gesehen werden konnte, was ihm wichtig war, weil er nicht bei einer solch merkwürdigen Freizeitbeschäftigung entdeckt werden wollte. Dann setzte er sich in den Sand und blickte in den Himmel. In der klaren Luft funkelten die Sterne heller, als er es je zuvor gesehen hatte. Er schloss die Augen und lauschte dem Meeresrauschen. Seine Gedanken begannen zu wandern. Er dachte an seine Reisen mit der Friedhofsgruppe, an die Zeit, als Doreen und er noch verliebt gewesen waren, an die langen Spaziergänge am Strand von Amrum und an die züngelnden Flammen in Margaretes Augen.

Als er die Augen wieder öffnete, waren die Sternbilder etwas weiter gezogen, sie leuchteten jedoch nach wie vor intensiv. Plötzlich wurde er durch ein dumpfes, fernes Rumpeln aufgeschreckt. Das war der Bohlenweg, da ging wohl jemand in der Dunkelheit durch die Dünen. Von seiner Position aus konnte Steffen zwar nichts erkennen, aber er hörte Stimmen.

»… dort wird man nichts finden«, sagte eine tiefe, schleppende Stimme.

»Doch, doch, die finden was. Ganz bestimmt! Es sind zu viele Leute auf dem Friedhof in der letzten Zeit.« Der zweite Mann hatte eine hellere Stimme und schien aufgeregt, er sprach schnell und abgehackt. »Heute war eine rothaarige Frau da. Die ist den ganzen Nachmittag auf dem Boden herumgerutscht. Die hat sicher nach

Spuren gesucht. Und Thiesen war auch schon da. Der geht sonst nie auf den Friedhof.«

»Quatsch! Jedes Grab ist wie das andere. Da ist kein Unterschied.«

Das Rumpeln hörte auf, die Männer waren stehengeblieben. »Und was ist mit diesem Mann? Der sitzt jeden Tag da. Ich sage dir, der führt was im Schilde. Badegäste sitzen nicht auf Friedhöfen.«

»Und wenn schon? Alle Gräber sind gleich.«

Wieder das dumpfe Wippen des Bohlenwegs. Die Stimmen entfernten sich. Der Ängstliche ließ sich offensichtlich nicht beruhigen, seine Tonlage wurde schriller. »Ich habe wieder Stimmen gehört. In der Nacht. Die Toten stehen auf …«

Die tiefe Stimme schien das Gejammer leid zu sein. »Wenn du nicht endlich still bist, hau ich dir eine rein!«

Steffen schnaubte ärgerlich. Mussten die mit ihrem dummen Gerede seine angenehme Stimmung zerstören? Sollten sie ihn doch verschonen mit ihrem Aberglauben. Missmutig stand er auf, ging zum Wohnwagen zurück und machte sich für die Nacht bereit. Als er seine Anzughose auf den Klemmbügel hängen wollte, rieselte Sand von den Hosenaufschlägen aufs Bett. Es war nicht das erste Mal, dass er sich über die Aufschläge ärgerte. Sie waren genauso unnütz wie die scharfkantigen Bügelfalten, über die seine Mutter mit Argusaugen wachte.

5

Ohne wirkliche Überzeugung und mit möglichst geringem Aufwand machte Steffen ein paar gymnastische Übungen vor dem Wohnwagen, dann zwang er sich zu einem Frühstück. Im Kühlschrank schauten ihn Wurst, Käse und Butter aus fetttriefenden Augen an, angeekelt knallte er die Tür zu.

»Hallo, Steffen! Tausche Frühstück gegen wissenschaftliche Informationen.«

Er öffnete und blickte irritiert. Die Frau vor der Tür trug ein weites T-Shirt, hellblaue Röhrenhosen und weiße Turnschuhe. Sie sah aus wie eine ganz normale Urlauberin – bis auf die roten Haare.

»Ist was?«, fragte Lilianne unsicher. »Ist meine Schminke verrutscht?«

»Nein, nein. Ich habe Sie nur nicht erkannt in dieser Verkleidung.«

Steffen begnügte sich mit einem trockenen Brötchen, Lilianne machte sich heißhungrig über den Käse und die Wurst her. Danach zog sie einen Bogen Papier aus ihrer Umhängetasche.

»Was ist das?«

»Eine maßstabgetreue Zeichnung des Friedhofs der Angeschwemmten. Und zwar mit allen Angaben.«

»Wo haben Sie den Plan gefunden?«

Lilianne zog verächtlich die Nase kraus. »Den habe ich selbst gezeichnet. Ich war den ganzen Nachmittag auf dem Friedhof und habe die Gräber vermessen.«

In Steffen wallte ein ungutes Gefühl auf. Das Gespräch der Männer in den Dünen kam ihm in den Sinn. Schnell schob er den Gedanken beiseite.

Lilianne streckte die Beine von sich und verschränkte die Hände im Nacken. »Ich habe noch eine Information. Ich habe mich mit Hauke Behrens unterhalten.«

»Mit wem?«

»Er ist der Vormann des Vereins zur Rettung Schiffbrüchiger. Den kenne ich noch von früher. Ich habe ihn in seinem Bootsschuppen getroffen.« Sie kicherte in sich hinein. »Eigentlich trifft man ihn immer dort. Er scheint mit seinem Boot verheiratet zu sein. Seine Frau habe ich noch nie gesehen.«

»Was hat er erzählt?«

»Er hat mir sein Boot gezeigt. Und die Ausrüstung. Dann hat er über frühere Einsätze gesprochen. Und über die Menschen, die er gerettet hat. Er kann sich anscheinend an jeden einzelnen erinnern.«

»Mich interessieren nicht die Geretteten. Mich interessieren die Toten.«

Lilianne streckte die Arme bedauernd zur Seite und schüttelte den Kopf. »Hauke hat sich geweigert, etwas über die Angeschwemmten zu erzählen. Er hat gesagt, dass der Anblick schon eklig genug wäre. Und der Geruch.«

Frau Rebhuhn kam mit ihren Kleinen vorbei, heute allerdings verspätet. Steffen zählte die Jungen. Immer noch acht, glücklicherweise. Sie begannen gerade, aus dem Flaumalter herauszuwachsen, an den Flügelstummeln bildeten sich die ersten kleinen Federn.

»Was machen wir heute?«, fragte Lilianne.

»Wir recherchieren. Das wollen Sie ja lernen. Wir fragen bei den Ämtern und Archiven an. Aber zuerst lauern wir dem Briefträger auf. Der bringt immer gegen zehn Uhr die Post auf den Campingplatz.«

Dass der Postbote bereits da war, konnten sie an dem gelben Rad mit den großen Packtaschen erkennen. Jochen Bredhorst stand am Empfangstresen des Flachbaus und trank Tee. Er war ein großer, kräftiger Mann mit einem gegerbten Gesicht, wie es Leute haben, die bei jedem Wetter draußen arbeiten.

Steffen stellte sich und seine Assistentin vor, der Briefträger starrte nur Lilianne an. Eklig, dachte Steffen, der guckt wie ein Bauer, wenn er das Schlachtgewicht einer Kuh auf dem Rindermarkt abschätzt. Er fühlte das dringende Verlangen, sich schützend vor seine Praktikantin zu stellen.

»Sind Sie der Mann, der gestern nach mir gefragt hat?«, fragte Bredhorst unvermittelt.

»Ja, der bin ich.«

Der Postbote schlürfte lautstark seinen Tee. »Dann schießen Sie mal los.« Er zeigte seine langen Zähne, es sollte wohl ein Lächeln sein, Steffen empfand es eher als Bedrohung.

»Als Briefträger sind Sie sicherlich der am besten informierte Mensch auf der Insel«, eröffnete er das Gespräch.

Der Briefträger blickte zu dem jungen Mann vom Campingplatz, der gerade in den Flachbau gekommen war. »Das mag schon sein. Aber glücklich macht es nicht.«

Für einen Augenblick war Steffen abgelenkt. Das Gesicht des jungen Mannes war seltsam entstellt, er hatte ein blaues Auge, das in allen Regenbogenfarben schimmerte.

Jochen Bredhorst blickte lange in den Tee, der Dampf über dem Becher beschlug seine Brille. »Ich komme ja viel rum auf der Insel und die Leute erzählen mir ihre Sorgen, aber ich darf nichts dazu sagen. Außer vielleicht ›Hm, hm‹ oder ›Ja, ja‹ oder ›Schrecklich, das‹.« Er fischte ein Stück Kandiszucker aus der Tasse und zermalmte es lautstark. »Ich bin kein Friseur, ich bin Briefträger. Als Briefträger musst du verschwiegen sein, dann haben die Leute Vertrauen in deine Arbeit. Ich kann doch nicht auf der Insel herumlaufen und erzählen, wer eine Vorladung vom Gericht bekommen hat. Oder einen Zahlungsbefehl. Und was auf den Ansichtskarten steht. Und wer wie viel Rente von mir zum Monatsanfang ausgezahlt bekommt.«

»Ein verantwortungsvoller Posten.« Steffen nickte bedächtig – so, wie es wohl die Inselbewohner machten, wenn sie beim Tee zusammensaßen. Jochen Bredhorst nickte ebenfalls.

»Ich habe gehört, dass Sie eine Leiche am Strand gefunden haben.«

Der Briefträger ruckte mit dem Kopf hoch. Seine lockere Haltung verhärtete sich, die Augen kniff er zu engen Schlitzen zusammen. Jetzt sah er aus wie ein Scharfschütze, der ein feindliches Ziel anvisiert.

»Wer sagt das?«

»Man erzählt sich viel auf der Insel.«

»Das kann nur Thies Thiesen gewesen sein, die alte Tratschliese.«

»Es stimmt doch, dass Sie eine Leiche gefunden haben«, sagte Lilianne scharf.

Steffen bemerkte in den Augenwinkeln eine ruckartige Bewegung. Der junge Mann, der die ganze Zeit in einem Holzkasten die Karteikarten umgeblättert hatte, hörte jetzt aufmerksam zu. Auch der Briefträger hatte seine Körperhaltung verändert. Er stand aufrecht am Tresen, die Arme vor der Brust verschränkt, den Körper angespannt.

»Ich werde mit Ihnen nicht darüber reden.«

»Wirklich nicht?«, fragte Lilianne.

»Ganz! Bestimmt! Nicht!«

»Sie würden uns bei der Arbeit helfen, wenn Sie wenigstens ein bisschen erzählten«, sagte Steffen mit weicher Stimme.

»Sind Sie Polizist?«

»Nein, Friedhofsforscher.«

»Friedhofsforscher? Komischer Beruf. So was habe ich noch nie gehört. Graben Sie Leichen aus?«

»Nein, natürlich nicht.« Wider Willen musste Steffen schmunzeln. »Ich beschreibe die Friedhöfe und versuche, etwas über das Leben der Toten herauszufinden, soweit es die Archive hergeben. Das will ich auch auf dem Angeschwemmtenfriedhof machen.« Steffen legte eine kurze Pause ein, um dem Briefträger genügend Zeit zum Nachdenken zu geben. Man wusste ja nie, wie schnell die Friesen dachten. »Und jetzt möchte ich mit Ihnen über das Grab von 1959 sprechen.«

Jochen Bredhorst entspannte sich, ein Lächeln glitt über sein Gesicht. »Ach, diese Leiche meinen Sie.« Er schaute aus dem Fenster, es schien, als würde sein Blick bis zum Kniepsand wandern.

Was war das denn gerade, dachte Steffen. Erst dieser massive Widerstand und plötzlich eine freundliche Bereitschaft. Doch ehe er darüber nachdenken konnte, sprach der Postbote bereits weiter.

»Ja, den letzten Angeschwemmten habe ich gefunden. Es war ganz früh morgens, ich war auf dem Weg zur Arbeit. Aber es war kein Seemann und kein Fischer. Es war eine Frau.«

»Eine Frau?« Liliannes scharfe Stimme zerteilte die Luft im Raum. »Ertrunken? Vergewaltigt? Ermordet?«

Der Briefträger blickte sie verwundert an. »Was weiß ich? Glauben Sie, ich hab ihr unter den Rock geschaut? Ich bin da nicht nahe rangegangen. Jedenfalls war sie tot. Wohl schon länger.«

»War die Mordkommission da?«

»Keine Ahnung. Am Tag darauf kamen ein paar Männer von Föhr herüber, die haben sie angeschaut. Und dann haben wir sie ganz schnell eingesargt. Die roch ja schon.« Jochen Bredhorst nahm den letzten Schluck aus dem Becher, nickte dem jungen Mann zu und ging zur Tür.

»Wer kann mir mehr über die Toten auf dem Friedhof erzählen?«, fragte Steffen schnell.

Der Briefträger drehte sich um, ein gehässiges Grinsen im Gesicht. »Fragen Sie doch den Thiesen. Der hört sich gerne reden. Der erzählt immer viel. Am liebsten über die tote Frau.« Er schwang sich auf sein Fahrrad und trat wütend in die Pedale. Bei jeder Umdrehung quietschte das Tretlager gequält auf. Das müsste mal geölt werden, dachte Steffen.

»Das ist ja ein Ding«, sagte Lilianne auf dem Weg zur Landstraße. »Da liegt eine Frau im Grab.«

»Auch Frauen sind sterblich.«

»Ob sie ermordet worden ist?«

Steffen blieb abrupt stehen, holte tief Luft, dann legte er los: »Fräulein Feldmann! Wir sind nicht von der Polizei oder der Mordkommission. Wir erforschen Lebensläufe von Verstorbenen, mehr nicht. Ich will nicht, dass Sie sich wie ein Kriminalkommissar aufführen.«

Lilianne blieb mitten auf der Straße stehen und baute sich vor Steffen auf. »Nun überschlag dich mal nicht, du Friedhofsarchivar.

Natürlich sind wir nicht von der Polizei. Doch wenn wir bei unseren Forschungen auf einen Mord stoßen würden, so als Nebenprodukt sozusagen, das wäre doch toll.«

»Man stößt nicht eben mal auf einen Mord. Der Täter wird schon dafür gesorgt haben. Wenn es überhaupt ein Mord war.«

Sie gingen die Straße hinunter, schweigend, in weitem Abstand voneinander.

Die Telefonzelle war besetzt, eine Frau schimpfte in den Hörer und gestikulierte mit der freien Hand. Vor der Zelle standen zwei junge Männer, ihren Gesichtern war anzusehen, dass sie schon länger warteten.

»Das können wir vergessen«, meinte Lilianne.

Auf dem Rückweg trafen sie den jungen Mann vom Campingplatz, der gerade mit Eimer und Schrubber auf dem Weg zu den Toiletten war. »Das ging aber schnell«, sagte er erstaunt.

»Wir konnten nicht telefonieren«, schimpfte Steffen. »Es gibt hier anscheinend Leute, die ihre Familienprobleme in einer öffentlichen Telefonzelle ausdiskutieren.«

»Sie können meinen Apparat benutzen. Da ist ein Gebührenzähler dran.«

Lilianne nahm am Schreibtisch in der Anmeldung Platz und wählte die Nummer des Inselarchivs. Steffen setzte sich in eine Ecke des Raums, im Nebenraum hantierte der junge Mann lautstark mit den Reinigungsmitteln.

Nein, sagte der Gesprächspartner am anderen Ende der Leitung, hier im Amrumer Inselarchiv gäbe es keine Unterlagen über Strandleichen. Er habe überhaupt sehr wenige historische Akten im Keller. Sein Vorgänger habe alles an das Kreisarchiv in Husum oder an das Landesarchiv in Schleswig gegeben. Oder sonst wohin, jedenfalls sei nichts mehr da, außerdem wäre 1959 zu weit zurück, da gäbe es keine Unterlagen mehr, da sei er ganz sicher. Nein, er bräuchte wirklich nicht in den Keller zu gehen, er kenne seinen Bestand. Leichenfunde fielen übrigens nicht in die Zuständigkeit der Ortsverwaltung. Das sei Sache der Polizei. Vielleicht gäbe es dort etwas. Oder beim

Amtsgericht in Wyk. Hier auf Amrum sei wirklich nichts, das könne sie ihm ruhig glauben.

»Hat er nichts oder will er nicht?«, fragte Lilianne nach einem frostigen telefonischen Rückzug.

Steffen war sich nicht sicher, ob er überhaupt jemals wieder mit dieser Frau reden wollte, wo sie ihn doch gerade noch auf der Straße unflätig angepöbelt hatte. Doch da schob sich Hübner mit seiner massigen Gestalt in Steffens düstere Gedanken – und damit hatte sich sein Widerstand schlagartig erledigt. »Beides möglich. Aber im Endeffekt ist es egal, was zutrifft.«

»Wie machen wir jetzt weiter?«

»Wir sollten das Standesamt Amrum anrufen. Und danach die Nordelbische Kirche in Leck.«

»Wieso Standesamt? Die Leute haben doch nicht auf Amrum geheiratet. Die waren schon tot, als sie hier ankamen.«

»Jedes Standesamt führt ein Personenstandsverzeichnis, Fräulein Feldmann. Darin sind alle Geburten, Eheschließungen und Sterbefälle dokumentiert.«

Lilianne wählte die Nummer, das Standesamt meldete sich sofort. Steffen kam mit dem Ohr nahe an die Hörmuschel. »Das Personenstandsregister einsehen?«, fragte die Dame am anderen Ende der Leitung. Es hörte sich sehr gedehnt, eher zögerlich an. Dann klickte es in der Leitung.

Lilianne zog die Augenbrauen hoch. »Sie hat das Gespräch unterbrochen.«

Steffen zuckte mit den Schultern.

Plötzlich war die Stimme wieder da. »Das Personenstandsregister kann man normalerweise nicht einsehen. Doch wenn ein wissenschaftliches Interesse besteht, können Sie eventuell einen Auszug erhalten. Schicken Sie mir ein Schreiben Ihres Instituts, dann werden wir das Gesuch prüfen.«

Lilianne knallte den Hörer auf die Gabel und sprang empört auf. »Hier stimmt was nicht! Egal, bei wem wir anrufen, nie bekommen wir eine Antwort. Die haben Dreck am Stecken!« Sie trommelte im

Staccato auf die Tischplatte. »Die haben auf dem Friedhof ein paar zusätzliche Leichen verscharrt. Leute, die totgefahren wurden. Natürlich von betrunkenen Einheimischen. Das kann man sich hier ja gut vorstellen.«

Steffen zuckte zusammen. Eine schwarze Nacht tauchte vor ihm auf, er sah die Scheinwerfer, hörte einen aufheulenden Motor und ein Krachen, als das Auto in sein Fahrrad fuhr. Schnell verscheuchte er die Bilder. Das war auf Nordhörn, das hat nichts mit Amrum zu tun. Er hielt seiner Praktikantin den Telefonhörer hin. »Bevor wir Ihre Theorie an die Zeitung weitergeben, sollten wir zuerst mit der Nordelbischen Kirche sprechen.«

»Nein!« Lilianne streckte beide Hände abwehrend von sich. »Ich telefoniere nicht mehr. Ich will mir nicht noch eine Abfuhr holen.«

Gott oder der Heilige Geist oder der Bischof oder wer auch immer gerade Telefondienst hatte, war nicht zu sprechen. Steffen ließ es klingeln. Und klingeln. Und klingeln. Niemand nahm ab. Doch so einfach wollte er sich nicht abspeisen lassen. Schließlich, nach mehreren Minuten, meldete sich eine leise Frauenstimme.

»Bin ich bei Ihnen im Archiv gelandet?«, fragte er unwirsch.

»Ja. Aber …«

Auch Steffen hatte die telefonischen Fehlschläge satt. Er ließ die Dame am anderen Ende erst gar nicht zu Wort kommen, sondern konfrontierte sie mit dem Wasserleichenthema und dem Wunsch, die Kirchenbücher einzusehen. Ihre von Zeit zu Zeit eingeworfenen »Ja, aber« ignorierte er.

»Wann können wir die Daten bekommen?«

»Das kann ich ihnen nicht sagen. Ich bin die Reinmachefrau. Das wollte ich ihnen schon die ganze Zeit sagen. Aber Sie haben mich ja nicht ausreden lassen.«

Steffen tastete nach dem Bürostuhl. Lilianne bekam einen gierigen Blick und rückte näher heran, doch er wehrte energisch ab.

»Ich habe nur abgenommen, weil es so lange geklingelt hat«, plauderte die Dame weiter. »Man kann ja nie wissen. Es könnte ein Notfall sein, wissen Sie. Wen wollten Sie sprechen? Den Archivar?

Der hat Urlaub. Aber Sie können ihn ruhig anrufen, er ist zu Hause …«

»Meinen Sie, es ist in Ordnung, wenn ich ihn privat anrufe?«

»Aber natürlich! Friedhöfe sind sein Lieblingsthema. Er ist ja so ein netter Mensch, wissen Sie. Immer bringt er sein Geschirr selbst in die Küche. Dabei hätte er es gar nicht nötig, schließlich ist er der Chef, wissen Sie. Da sollten Sie mal die anderen sehen. Bei einigen sieht es auf dem Schreibtisch aus wie in einem Schweinestall …«

Schließlich gelang es Steffen, die Dame auszubremsen. Er notierte sich die Privatnummer des Archivars und sagte ihr, dass sie ein Engel sei, worauf sie in die Muschel kicherte.

Lilianne platzte fast vor Neugierde. »Wer war das?«

»Endlich einmal eine kompetente Frau. Sie hat das ganze Archiv unter sich. Man sollte ihr eine Gehaltserhöhung geben.«

»Hat es uns weitergebracht? Ich meine jetzt, hier, auf der Stelle?«

»Nein.«

Lilianne stellte sich breitbeinig in die Mitte des Raums und verschränkte die Arme. »Genug gearbeitet für heute! Es ist Sommer, es ist warm, die Sonne scheint. Wir nehmen unsere Fahrräder und radeln um die Nordspitze.«

Steffen hatte keine Lust auf eine so lange Radtour, denn die Diät hatte ihn schlapp gemacht. Doch als er ihren fordernden Blick sah, stimmte er widerwillig zu. Es hätte ohnehin keinen Sinn gehabt, sich zu sträuben.

6

Sie nahmen den Weg durch den Kiefernwald und bogen bei der ersten Gelegenheit zum Strand ab. Meist war der Sand so fest, dass sie radeln konnten, doch es gab immer wieder Stellen, bei denen sie die Räder schieben mussten. Eine mäßige Brise wehte von Westen, die Sonne hatte sich hinter einen Dunstschleier verzogen, aber es war immer noch so heiß, dass Steffens Hemd am Körper klebte.

Bald hatten sie die wenigen Strandkörbe hinter sich gelassen, hatten Norddorf passiert, nun waren sie die einzigen Menschen am Strand. Rechts von ihnen türmten sich die Dünen, links rauschte die Nordsee, eine feucht-warme Seebrise hüllte sie ein. Steffen stellte fest, dass heute dem Geruch des Meeres eine Beimischung von Achselschweiß anhaftete.

Je weiter sie radelten, desto schmaler wurde der Sandstrand. Schließlich ging er in kleine, runde Kiesel über. An der Nordspitze ließen sie die Räder auf den Boden fallen. Steffen platschte mit nackten Füßen im Wasser und blickte nach Sylt hinüber. »Wollen wir nach Hörnum schwimmen?«

»Wollen wir zusammen ertrinken?«

»So schnell ertrinkt man nicht.«

»Das sagt sich leicht daher.« Sie blickte mit einem verschlossenen Gesicht aufs Wasser. »Ich bin schon mal fast ertrunken. Als Kind. Mich bekommt so schnell keiner mehr ins Wasser.«

Sie setzten sich nebeneinander an den Fuß einer Düne. Lilianne spielt mit einem Kieselstein, offensichtlich in Gedanken versunken. »Steffen, wie sehen Wasserleichen aus?«

»Ich weiß es nicht, ich habe noch keine gesehen. Aber nach allem, was ich gehört habe, muss es ein ziemlich ekliger Anblick sein.«

»Was meinst du damit?«

»Nun ja.« Steffen räusperte sich. »Wenn die Leichen lange genug im Wasser treiben, werden sie ganz blass und aufgedunsen. Die Augäpfel fallen heraus und irgendwann lösen sich Arme und Beine vom Körper.«

Lilianne blickte lange über die See. »Wir sind es ihnen schuldig, sie zu identifizieren.«

Steffen war überrascht. So viel Gefühl hatte er ihr nicht zugetraut. »Ihre Namen sind im Himmel geschrieben«, sagte er.

Auf dem Rückweg nahmen sie den landwirtschaftlichen Nutzweg an der Wattseite. In Nebel stoppte Lilianne. »Ich radle jetzt zur Pension. Ich muss meine Sachen packen. Morgen früh fahre ich zurück nach Berlin. Sehen wir uns heute noch?«

Steffen war sich nicht sicher, ob er das wollte. Wegen der langen Fastenzeit sehnte er sich nach einem gewissen Abstand zu dieser anstrengenden Frau. »Wollen Sie im Institut anfangen?«

Sie überlegte einen Augenblick, dann stahl sich ein Lächeln in ihre Mundwinkel. »Ich glaube schon. Ich kann dich doch nicht alleine lassen mit all diesen vermoderten Knochen.«

Steffen nickte bedächtig, so wie es auch die Inselbewohner taten.

»Wie sieht es bei dir aus? Hast du überhaupt Lust, mit mir zusammenzuarbeiten?«

Nun ja, dachte Steffen, wenn Hübner Befehle erteilt, geht es nicht nach Lust. Einfach wird die Arbeit mit ihr wohl nicht werden, aber bestimmt auch nicht langweilig. »Ich denke schon«, sagte er nach kurzem Zögern.

»Prima! Das muss begossen werden. Ich lade dich heute Abend auf ein Bier ein.«

Auf dem Weg zum Campingplatz kaufte Steffen den obligatorischen Apfel.

»Und?«, fragte die Studentin. »Hat das Parfüm gewirkt?«

»Ich weiß nicht. Vielleicht …«

»Fünfundzwanzig Pfennige für den Apfel.« Sie klingelte mit der Kasse. »Lassen Sie sich Zeit. Frauen möchten nicht gedrängt werden.«

»Danke für den Tipp.«

Auf dem Weg zum Campingplatz dachte Steffen über den Ratschlag der fröhlichen Studentin nach. Den Frauen Zeit zu lassen, war wohl keine schlechte Idee. Das entlastete von diesem unsäglichen Drang, als Mann bestimmte Situationen forcieren zu müssen, damit es weiterging, damit man zum Ziel kam. Und es verminderte die Gefahr, abgewiesen zu werden. Das verletzte – nein, zerstörte – das Selbstbewusstsein in seinem empfindlichsten, ungeschützten Bereich. Den Frauen Zeit lassen also, ich sollte es beherzigen. Nicht bei dieser Praktikantin, natürlich nicht, die war kein Objekt der Begierde. Eher bei Margarete.

Am Campingplatz hörte Steffen bereits den Lärm. Es waren harte Schläge, der Boden erzitterte unter ihrer Wucht. Nachdem er die Düne umrundet hatte, erkannte er die Ursache: Der junge Mann von der Anmeldung schlug mit einem großen Vorschlaghammer auf einen Zaunpfahl in der Nähe seines Wohnwagens ein. Neben ihm im Sand lag Werkzeug und eine große Rolle Stacheldraht.

»Sperren Sie mich jetzt ein?«

Der junge Mann wischte sich den Schweiß von der Stirn. »Dünenschutz!«

Als Steffen zu seinem Wohnwagen wollte, hielt ihn der Mann am Ärmel fest. »Was haben Sie mit dem Seemannsfriedhof vor?«, fragte er mit rauer Stimme.

»Ich will ihn erforschen.«

»Alle Gräber?«

»Wenn es möglich ist.«

»Auch das Grab dieser Frau?«

»Wissen Sie etwas über die Tote?«

Der junge Mann hob den Hammer und schlug wieder auf den Zaunpfahl ein. »Ich weiß nichts! Die kennt niemand. Keiner weiß etwas.«

Lilianne war pünktlich. Sie trug wieder so eine Art Hippiekostüm, heute allerdings eine weiße Bluse mit bunten Stickereien. Um den

Hals hatte sie ein paar Bänder gebunden, an denen Lederstücke hingen und die Steffen stark an den Medizinbeutel der Indianer erinnerten.

»Fertig?«

»Wenn ich eine Verabredung mit einer Dame habe, verspäte ich mich nie.«

»Hast du oft Verabredungen mit Damen?«

»Kein Kommentar.«

»Ich habe eine Information für dich«, sagte Lilianne, als sie nebeneinander hergingen. »Mein Vermieter hat mir erzählt, dass sein Großvater einmal einen Fischerstiefel am Strand gefunden hat.«

Steffen gähnte. »Überaus spannend.«

»In dem Stiefel steckte noch ein Bein.«

Er blieb stehen und schüttelte sich. »Wie eklig! Muss das jetzt sein? An diesem schönen Abend?«

»Ich dachte, der Herr Friedhofsforscher ist auf der Suche nach Wasserleichen.«

Die Kneipe war mehr als gut besucht, sie platzte fast aus allen Nähten. Die Musik war laut, doch sie kam fast nicht gegen den Lärm der Gäste an. Mühsam drängten sich Steffen und Lilianne durch den wabernden Dunst ins Innere. Die Inselbewohner bevölkerten die Tische und die Bar, die Campingplatz-Gäste standen rechts und links am Durchgang zu den Toiletten. Der Wirt, ein breitschultriger, untersetzter Mann mit kahlgeschorenem Kopf, der sicherlich ohne große Anstrengung die schweren Bierfässer stemmen konnte, hatte mit den Bestellungen von Bier, Schnaps und Cocktails alle Hände voll zu tun.

Steffen schluckte tapfer gegen ein aufsteigendes Panikgefühl an. Es war ihm zu voll, zu laut und zu unübersichtlich. Er hätte sich gerne etwas abseits mit dem Rücken an die Wand gestellt, doch auch dort war alles belegt. Als sie sich weiter in die Kneipe hineinschoben, flog ihn mit einem Mal ein merkwürdiges Gefühl an. Rechts und links von ihm standen Männer, die ihre Bierflaschen scheinbar zwanglos in den Händen hielten. Doch sie standen nicht entspannt da: Sie starrten ihn an. Mein Gott, dachte er ärgerlich, ich bin doch nicht der erste Festländer, den die zu Gesicht bekommen. Doch dann ging ihm auf, dass es keine Neugierde war. Sie blickten abschätzend, vielleicht sogar drohend, wie man einen Gegner taxiert, mit dem man sich gleich anlegen will. Unbewusst griff er sich an den Hals. Wenn mir jetzt einer ein Bein stellt, durchzuckte es ihn, gehe ich zu Boden und alle fallen über mich her.

Schnell schloss er zu seiner Praktikantin auf.

»Wir gehen zum Tresen«, bestimmte Lilianne.

Das war keine schlechte Idee, doch es kam Steffen vor, als wären sie ungebetene Gäste auf einer geschlossenen Versammlung oder bei einer Hochzeit. Dicht an dicht kehrten ihnen die Einheimischen den Rücken zu, da war kein Durchkommen. Als sich Lilianne schließlich mit Nachdruck Zugang verschaffte, wurde dies mit einem unfreundlichen Brummen quittiert.

Steffen blickte sich um. Nicht weit entfernt von ihm hatten mehrere Männer einen Kreis gebildet und plauderten miteinander. Er erkannte den jungen Mann vom Campingplatz und den Postboten, die anderen waren ihm fremd.

»Der Riese mit dem Vollbart und den blonden Haaren ist Hauke Behrens, der Rettungsboots-Vormann«, erklärte Lilianne.

Ein langer Mensch mit einer scharfen Nase über einem schmalen Mund blickte kurz zu ihnen herüber, dann sagte er etwas zu den anderen. Die schauten nun ebenfalls in ihre Richtung, nicht gerade interessiert oder freundlich, eher misstrauisch, wie es Steffen schien. Nur Hauke Behrens nickte Lilianne zu und lächelte.

Steffen wollte etwas zu trinken bestellen, doch der Wirt ignorierte seine Wünsche völlig. Steffen konnte rufen, Zeichen machen, schließlich brüllen, dieser Kahlkopf blickte nur stur auf den Zapfhahn.

»Ich denke, wir gehen wieder«, sagte er zerknirscht, »hier bekommen wir nichts.«

»Nein«, giftete Lilianne, »wir bleiben hier. Jetzt erst recht.«

Fasziniert beobachtete Steffen, wie sie sich an die Wagenburg der Männer heranmachte, die so eng geschlossen stand, dass nicht einmal ein Indianer hätte hindurchschlüpfen können. Sie zupfte Hauke Behrens am Arm und zwang ihn, sich ihr zuzuwenden. Sie sagte etwas, warf die Haare kokett nach hinten und legte dem Rettungsboots-Vormann vertraulich die Hand auf den Arm. So verschaffte sie sich Zugang zum Männerkreis. Sie drängte weiter nach innen, stand schließlich in der Mitte und winkte Steffen heran, bevor sich die Lücke hinter ihr schloss.

Lilianne fixierte die Männer in der Runde, die jetzt allesamt schwiegen. »Warum bedient uns der Wirt nicht?«

»Kurt ist sehr eigen«, sagte der junge Mann vom Campingplatz, »der gibt nur dem etwas, den er mag.«

Steffen blickte zu dem Wirt hinüber, der schnell seinen Blick senkte. Der hat was zu verbergen, dachte er. Dann fiel ihm ein, dass er diesen Mann schon einmal gesehen hatte. Wo war das gewesen? Ach ja, auf der Fähre, er hatte mit dem Fahrer von »Feinkost Hinrichsen« an einem Tisch gesessen.

»Wenn das so ist«, fauchte Lilianne, »gehen wir zur Polizei. Ein Wirt muss jeden bedienen, der nicht betrunken ist und randaliert.«

»Der Polizist wird sich nicht mit Ihnen unterhalten«, sagte der Mann mit der Hakennase.

»Woher wollen Sie das denn wissen?«

»Weil ich Sönke Eschels bin, der Inselpolizist. Und weil ich bestimmen kann, mit wem ich mich unterhalten will und mit wem nicht.« Der Mann streifte Lilianne mit einem geringschätzigen Blick, dann musterte er Steffen. Es schien, als wolle er dessen Gesicht mit den Steckbriefen auf der Wache vergleichen. »Sind Sie hierher gekommen, um auf unseren Friedhöfen herumzuschnüffeln?«, fragte er mit lauerndem Unterton.

»Wir schnüffeln nicht. Wir wollen den Friedhof der Angeschwemmten erforschen.«

»Haben Sie überhaupt eine Genehmigung?«

Jetzt musste Steffen lauthals lachen. »Ein Friedhof ist ein öffentlicher Raum und während der regulären Öffnungszeiten für jeden frei zugänglich. Dazu braucht man keine Genehmigung.«

Der Polizist brummte in sich hinein.

»Da wir gerade bei den Friedhöfen sind«, hakte Steffen nach, »mich interessiert die tote Frau, die im jüngsten Grab liegt. Was wissen Sie darüber?«

»Nichts! Ich war damals noch nicht auf der Insel.«

»Dann werde ich Ihren Vorgänger befragen.«

»Der ist nicht mehr hier.«

»Aber die Unterlagen werden doch wohl noch da sein.«

Eschels schwieg.

Stattdessen meldete sich ein anderer Mann. »Horst Kniewitz, unser früherer Inselpolizist, hatte eine sehr spezielle Auffassung von Amtsführung. Er hielt nicht viel von schriftlichen Unterlagen. Zu Beginn jeden Jahres hat er alle Unterlagen vom Vorjahr verheizt.«

Steffen blieb vor Empörung die Luft weg. Diese unglaubliche Mitteilung erschütterte seine Berufsehre als Archivar in den Grundfesten. »Das geht nicht! Es gibt ein Schriftgut-Aufbewahrungsgesetz. Das ist für alle Ämter verbindlich. Auch für Polizeiämter.«

Eschels zuckte gelangweilt mit den Schultern.

»Wir auf der Insel halten nicht viel von diesem sinnlosen Schreibkram«, sagte der andere Mann. »Ohne Papier ist das Leben viel einfacher. Man hat weniger Arbeit, und es bringt noch andere Vorteile.«

»Die wären?«

»Auf diese Weise können sich Leute wie Sie nicht in unsere Angelegenheiten einmischen.«

Hauke Behrens hatte ein Einsehen mit den Durstigen, schließlich war es sein Beruf, Menschen in Notlagen zu helfen. Er hielt die Hand hoch, spreizte zwei Finger – und mit einem Mal wurde Bier durchgereicht. Gerade, als Steffen und Lilianne die Gläser in den Händen hielten, löste sich die Runde wie auf Absprache auf; die Männer gingen ohne Gruß auseinander.

»Komische Leute«, sagte Lilianne.

Steffen nickte.

Nach dem Bier hatten sie keine Lust auf ein weiteres, sie waren ohnehin nicht sicher, ob sie noch eines bekommen würden. Lilianne steuerte auf den Ausgang zu und trat in die laue Sommernacht hinaus. Als Steffen ihr folgen wollte, wurde er am Arm festgehalten. Er drehte sich erstaunt zu dem Mann um. Sein Gegenüber trug ein kariertes Hemd, seine Haare reichten fast bis zu den Schultern, wie man es jetzt häufiger sah, und er war unrasiert. Trotz der kräftigen Statur sah er nicht wirklich gefährlich aus, eher gemütlich.

Der Mann ließ den Blick aufmerksam durch den Raum schweifen, dann beugte er sich zu Steffen hinüber. »Sie sollten nicht zu viel fragen. Die Leute mögen es nicht, wenn Festländer zu neugierig sind.«

»Ich wollte doch nur etwas über den früheren Polizisten wissen. Was soll daran schlimm sein?«

»Die könnten glauben, dass Sie aus der Landeshauptstadt kommen und herausfinden wollen, warum der Kniewitz das Handtuch geworfen hat.«

»Und warum hat er das Handtuch geworfen?«

Der Mann zuckte mit den Schultern. »Keine Ahnung. Aber ich an seiner Stelle wäre auch abgehauen. Es hat mich schon gewundert, dass er es so lange ausgehalten hat.« Wieder warf der Mann einen Kontrollblick durch die Kneipe. »Ziemlich komische Leute hier auf der Insel. Empfindlich und nachtragend. Wenn Sie denen vor zwanzig Jahren auf die Füße getreten sind, dann hauen die Ihnen noch heute dafür eine in die Fresse.«

»Sie sind wohl nicht von hier?«

»Ich komme vom Festland. Ich fahre Getreide und Mehl für die Husumer Mühle.«

»Sie kommen doch viel herum. Vielleicht wissen Sie, auf welcher Dienststelle dieser Kniewitz jetzt arbeitet.«

Wieder blickte sich der Mann um. Auf den ersten Blick kümmerte sich niemand um die sie, doch Steffen hatte das starke Gefühl, dass der Wirt sie aus den Augenwinkeln beobachtete.

»Der ist wohl nicht mehr im Dienst«, sagte der Lkw-Fahrer, »sonst wüsste ich es. Man erzählt sich, dass er in der Nähe von Husum beim Angeln am Deich gesehen worden ist. Aber es wird viel erzählt an der Küste.«

»War was?«, fragte Lilianne, als Steffen das Lokal verließ.

»Ich mag den Wirt nicht.«

»Ich auch nicht.«

Lilianne verabschiedete sich an der Telefonzelle. »Ich muss nach Hause. Wir sehen uns am Montag im Institut.« Sie trat an ihn heran, legte ihre Hand auf seinen Unterarm und lächelte sanft. »Es war nett mit dir, Steffen.«

»Ja. War ganz gut.«

Auf dem Rückweg zum Campingplatz, als er alleine über den Bohlenweg schlurfte, verschwendete er keinen Gedanken mehr an die Praktikantin. Vielmehr dachte er angestrengt über die Männer im Lokal nach, die ihn so überaus aufmerksam gemustert hatten. Er hatte sie schon mal gesehen, wenigstens einige von ihnen, doch er konnte sie nicht einordnen. Schließlich kam ihm die Erinnerung: Es mussten die Gärtner oder Landwirte gewesen sein, die damals auf dem Friedhof die Gräber kontrolliert hatten. Er war sich fast sicher, dass es die gleichen Männer waren.

7

Es war unwiderruflich, es ließ sich nicht mehr verdrängen: Der Urlaub war zu Ende. Steffen verbrachte das Frühstück zusammen mit einem Reporter des Norddeutschen Rundfunks, der über den Bau des Assuan-Staudamms in Ägypten und die Rettung der Tempel von Abu Simbel schwadronierte. In den Bericht mischte sich ein anhaltendes Stöhnen, das genau in dem Augenblick in einen Jubelschrei mündete, als der Sprecher über den Tod des indischen Premiers Neru berichtete. Wie unpassend. Angeekelt blickte Steffen zum Nebenzelt hinüber. Inzwischen wünschte er den beiden Liebenden nicht mehr den Herztod. Doch vielleicht – bitte, bitte, lieber Gott – könntest du die Batterien in ihrem Transistorradio explodieren lassen.

Frau Rebhuhn war noch nicht vorbeigegluckt, ein schlechtes Zeichen, es machte Steffen unruhig. Er griff nach seiner Reisetasche, stellte sie aufs Bett und öffnete die Türen der Hängeschränke, um seine Sachen zu packen. Mitten in der Bewegung erstarrte er. Seine Kleidung lag zwar wie gewohnt in den Schränken, alles war an seinem Platz, jedoch nicht genau so, wie er es eingeräumt hatte. Die Hemden waren nicht exakt Stoß auf Stoß ausgerichtet, die Unterhosen nicht sorgfältig gefaltet.

Es musste jemand im Wohnwagen gewesen sein.

Hastig kontrollierte er die Kleidungsstücke. Nichts fehlte. Er griff hinter die Bücher nach seiner Brieftasche. Weg! Also ein Einbruch. Er suchte in den Schubladen, tastete oben auf der Ablage herum. Dort fand er die Brieftasche; komisch, er legte sie nie dort oben hin. Mit zittrigen Fingern zählte er seine Reisekasse durch. Nichts fehlte, kein Pfennig. Seltsam. Mit weichen Knien setzte er sich aufs Bett und dachte nach. Was will ein Einbrecher klauen, wenn nicht Geld oder Kleidung? Vielleicht wollte er genau das mitnehmen, war aber gestört worden.

Steffen baute sich vor dem kleinen Zelt auf. »Hallo! Kann ich Sie mal sprechen?«

Zunächst herrschte Stille, doch dann bewegte sich etwas. Druckknopf für Druckknopf öffnete sich, schließlich schaute ein missmutiges Gesicht heraus.

»Bei mir ist eingebrochen worden. Haben Sie etwas gesehen oder gehört?«

Der junge Mann schälte sich aus dem kleinen Zelt und zog die Trainingshose hoch. »Eingebrochen? Sehr merkwürdig.« Er rieb sich fröstelnd über die Arme. »Gestern war ein Mann in Ihrem Wohnwagen. Sah aus wie ein Monteur. Er sagte, dass er eine Gasprüfung machen muss. Hat er was mitgenommen?«

»Seltsamerweise nicht. Nicht einmal Geld. Aber alles durchsucht.«

Jetzt stand auch das Mädchen vor dem Zelt. Sie trug ein langes, flauschiges Nachthemd, unter dem ihre kleinen Füße hervorschauten. Du meine Güte, dachte Steffen überrascht, das ist ja eine unglaubliche Schönheit, trotz der zerwühlten Frisur.

Das Mädchen blickte ihn treuherzig an. »Stört es Sie sehr, dass wir immer so laut Radio hören?«

»Nein, nein. Überhaupt nicht. Ich höre es kaum im Wohnwagen. Außerdem bin ich nur selten hier.«

Das Mädchen schlang die Arme um ihren Freund, lehnte den Kopf gegen seine Schulter und blickte verträumt. Oder verliebt. Urplötzlich fühlte Steffen ein starkes Gefühl in sich hochschießen: Neid.

Der junge Mann an der Anmeldung zog die Augenbrauen hoch. »Gasprüfung? Gestern war keine Gasprüfung. Die ist erst in drei Monaten. Außerdem hätte ich Bescheid gesagt.«

Steffen war sich nicht sicher, ob er diesem merkwürdigen Menschen trauen konnte.

Er packte seine Reisetasche, überlegte eine Zeitlang, ob er sie gleich mitnehmen sollte, ließ sie dann aber doch im Wohnwagen, denn er hatte noch einiges zu erledigen. Allerdings nahm er die

Brieftasche heraus, obwohl kaum zu vermuten war, dass heute wieder ein verkleideter Monteur vorbeikommen würde. Als er aufs Fahrrad stieg, gluckte Frau Rebhuhn vorbei. Schnell zählte Steffen die Küken. Es waren nur noch sieben. Hatte ihn sein Gefühl doch nicht betrogen. Scheißnatur, die funktionierte immer nur nach dem Prinzip »fressen und gefressen werden«.

Diesmal war die Telefonzelle frei. Er erreichte den Archivar der Nordelbischen Kirche sofort. Der Klang seiner Stimme erzeugte in Steffen das Bild eines lebenslustigen Mönchs, dessen braune Kutte über einem mächtigen Bauch spannte. Doch sicherlich sah er nicht so aus, Mönche waren ja katholisch.

Ja, sagte der protestantische Mönch, die Kirchenbücher der St.-Clemens-Gemeinde lägen hier bei ihm. Ja, eine Recherche sei durchaus möglich, Steffen könne gerne vorbeikommen, außerdem sei Leck ein hübsches Städtchen, einen Besuch allemal wert. Ob er auch einen Rechercheantrag stellen könne, fragte Steffen. Durchaus, meinte der Archivar, aber vielleicht wolle der Herr Antragsteller doch lieber selbst in Leck vorbeikommen. Nein? Schade. Er brauche auf jeden Fall einen schriftlichen Auftrag. Steffen erklärte ihm seine augenblickliche Situation. Nun ja, sagte der freundliche Herr, in diesem Falle würde auch ein telefonischer Auftrag genügen, sozusagen ein Freundschaftsdienst von Kollege zu Kollege. Und auch deshalb, weil man ja bekanntermaßen auf Amrum keine Auskünfte erhielte. Welche Gräber? Ab dem Jahr 1906? Er werde sich nach seinem Urlaub gleich auf die Suche machen, die Informationen würde er dann ins Institut schicken, es könnte allerdings etwas dauern. Steffen erklärte, dass es nicht ganz so eilig wäre und bedankte sich überschwänglich. Wenn der Kollege noch weitere Fragen habe, sagte der freundliche Archivar, solle er sich nicht scheuen, ihn anzurufen, die Insel Amrum sei sein persönliches Hobby.

Das erste Mal seit Tagen fühlte sich Steffen verstanden. Allerdings war das Gespräch noch nicht zu Ende.

»Warum forschen Sie ausgerechnet auf dieser Strandräuberinsel, Herr Kollege?«

»Nun ja, ich bin gerade hier.«

Am anderen Ende der Leitung war es für einen Augenblick still. »Sie sollten dort nicht zu tief graben. Weder in den Archiven noch im Sand oder in der Erde. Bei diesen Leuten stoßen Sie überall auf Leichen.«

»Übertreiben Sie da nicht etwas, Herr Archivar?«

Im Hörer war jetzt ein empörtes Schnaufen zu hören. »Ganz und gar nicht. Es gibt da zum Beispiel eine Eintragung im Amrumer Kirchenregister vom April 1934 über Knochenreste, die im Fundament eines Hauses gefunden worden waren. An die Eintragung kann ich mich genau erinnern: ›Todesursache unbekannt, vielleicht vor dreißig Jahren ermordet.‹«

»Sehr befremdlich.«

»Das kann man wohl sagen.«

»Sie scheinen keine guten Erfahrungen mit den Amrumern gemacht zu haben.«

Die Stimme des Archivars wurde schneidend kalt. »Das stimmt. Ich war kurzzeitig auf der Insel beschäftigt.«

»Dann können Sie mir doch sicherlich etwas über die Angeschwemmten auf dem Seemannsfriedhof erzählen. Als Augenzeuge sozusagen.«

»Kann ich nicht. Ich bin schon seit fast zehn Jahren hier in Leck. Und während meiner Zeit auf Amrum wurde niemand angeschwemmt.«

Es war alles gesagt. Steffen verabschiedete sich höflich von dem Mönch, auf den sicherlich die anderen Ordensbrüder im Klosterkeller zum Umtrunk warteten. Da niemand vor der Telefonzelle stand und er noch Kleingeld hatte, rief er Sylvia an und diktierte ihr das Schreiben für das Standesamt Amrum.

Steffen war zufrieden. Er würde sicherlich bald Informationen aus Amrum bekommen und irgendwann auch vom Kirchenarchiv in Leck. Das war nicht wenig – dafür dass er im Urlaub war. Allerdings verflüchtigte sich seine Zufriedenheit, als er auf seine Uhr sah. Bis zur Nachmittagsfähre hatte er noch einiges zu erledigen, vor allem der Besuch im Kirchenbüro durfte nicht zu kurz ausfallen. Er hatte sich ohnehin bereits Vorwürfe gemacht, weil er sich nicht bei Margarete gemeldet hatte. Doch die letzten Tage waren so vollgepackt gewesen, und die Praktikantin hatte ihn mehr in Beschlag genommen, als ihm lieb war.

Bruno saß nicht vor seiner Strandguthütte, das Grundstück war verwaist. Doch der Besitzer war da. Er schnarchte so lautstark, dass das gesamte Bauwerk erzitterte.

»Hallo, Bruno! Besuch.«

Das Schnarchen ging in ein Schmatzen über, dann in ein Gähnen, einem Löwengebrüll nicht unähnlich. Ein verschlafenes Gesicht erschien zwischen den morschen Hölzern.

»Warum weckst du mich, du lästiger Festlandbewohner?«

»Ich will mich von dir verabschieden.«

Wieder ein Gähnen. Dann: »Keine Lust.«

Steffen griff nach einer der herumliegenden Flaschen und schlug sie gegen das Geschenk. Es gab einen hellen, singenden Ton.

Überraschend schnell stand Bruno vor dem Eingang. »Sag doch gleich, dass du Verpflegung mitgebracht hast.« Er griff nach dem Geschenk, begutachtete das Etikett, sein Gesicht nahm einen feierlichen Ausdruck an. »Gute Güte, Mariacron! So etwas habe ich seit Jahren nicht mehr getrunken. Aber die Flasche ist so erbärmlich klein.«

»Es ist nur ein halber Liter. Ich will keinesfalls deinen Alkoholismus fördern.«

Sie setzten sich in den Sand. Steffen nahm nur einen kleinen Schluck, Bruno dagegen schien den Weinbrand zu kauen. »Ich habe dich vor Kurzem mit deiner rothaarigen Freundin gesehen. So eine würde mir auch gefallen.«

»Das ist nicht meine Freundin. Sie ist eine Studentin. Wenn sie mir gehörte, würde ich sie dir schenken.«

»Schade. Ich hätte sie gerne genommen. Trotz ihrer verwüsteten Frisur.«

»Sei froh, dass du die nicht hast. Die hat Rasierklingen auf der Zunge und eine Sprache wie Stacheldraht. Bei der braucht man eine Rüstung.«

Bruno riss erschreckt die Augen auf. »Hat sie dir schon in die Eier getreten?«

»Zum Glück noch nicht. Kann aber noch kommen.«

»Armes Schwein.«

Steffen wechselte das Thema. »Was machst du, wenn die Saison im Herbst vorbei ist?«

»Dann muss ich weg von hier. Leider. Dann mache ich Gelegenheitsarbeiten. Holzhacken und so. Meist auf Föhr, hier auf Amrum krieg ich ja keine Arbeit. Manchmal zimmere ich auch einen Schuppen. Ich komm ganz gut über die Runden.«

»Bist du Zimmermann von Beruf?«

»Beruf? Ich hab keinen Beruf.«

»Aber du musst doch was gelernt haben?«

Sorgfältig verschloss Bruno die Flasche, dann blickte er übers Meer. »Ich bin Soldat von Beruf.«

»Das ist kein Beruf. Der Krieg ist seit zwanzig Jahren vorbei.«

»Doch, das ist ein Beruf. Mir haben sie das Notabitur verpasst, damals in der Schule. Dann haben sie mich in eine Kaserne gesteckt. Da habe ich meinen Beruf gelernt. Wie man Schützengräben aushebt. Wie man ein Gewehr auseinandernimmt und wieder zusammensetzt. Wie man Menschen erschießt. Wie man eine Panzerfaust hält, damit sie einem nicht die Schulter zerschmettert, wenn man abdrückt.« Er griff wieder zur Flasche, überlegte kurz und schraubte sie dann doch nicht auf. »Ich hatte Glück, ich musste niemanden totschießen, ich wurde hier auf Amrum stationiert. Ich war der Westwall, sozusagen. Wir sollten die englischen Geschwader aufhalten. Ein paar Mann gegen die ganze Schlachtschiffflotte, stell dir das mal vor. Glücklicherweise kamen die Tommies nicht, die hätten die Insel umgepflügt mit ihren schweren Schiffsgeschützen. Dazu hätten sie nicht mal ne Stunde gebraucht.«

Wieder blickte er übers Meer, schien abgedriftet in eine andere Zeit. »Ich bin nach dem Krieg einfach hier geblieben. Was sollte ich noch in Berlin? Waren ja alle tot: meine Eltern beim Bombenangriff und mein Bruder in Russland gefallen.« Plötzlich sprang er auf, bückte sich nach einer leeren Flasche und warf sie mit einer solchen Wucht gegen den Strandholzstamm, dass sie in tausend Stücke zersplitterte. »Gefallen! Gefallen ist auch so ein blöder Begriff. Wenn man fällt, kann man wieder aufstehen. Die standen aber nicht mehr auf. Die hat man erschossen, durchlöchert, zerfetzt. So sieht das aus.« Bruno blickte starr vor sich hin, seine Unterlippe zitterte.

Ich muss ihn von diesem Thema abbringen, dachte Steffen, das regt ihn zu sehr auf. »Wenn du Tag und Nacht am Strand bist, dann bekommst du sicherlich alles mit, was sich hier tut.«

Widerwillig kam Bruno in die Gegenwart zurück. »Natürlich bekomme ich alles mit. Ich bin immer noch der Westwall. Besonders nachts ist hier der Teufel los. Die ganzen Liebespaare und so.«

»Hast du auch schon Strandleichen gesehen?«

»Ich hab alle gesehen. Ich bin ja immer ganz früh morgens unterwegs. Ich muss das Treibholz wegschleppen, bevor der Strandvogt es einkassiert.«

»Hast du auch diese ertrunkene Frau gesehen?«

»Na, klar! War kein schöner Anblick. Die war ganz aufgeschwemmt. Lag bestimmt schon ne Woche im Wasser.«

Steffen dachte an den Postboten, der die Frau gefunden und sich im Gespräch so merkwürdig verhalten hatte. »Gab es danach noch einen Angeschwemmten? Einen der identifiziert worden ist?«

Bruno blickte lange in den Himmel. Schließlich kam er mit dem Mund ganz nahe an Steffens Ohr. »Wir hatten da noch eine Leiche. Muss ein oder zwei Jahre her sein. Die war noch ganz frisch, die hatte noch nicht lange getrieben. Höchstens zwei oder drei Tage.« Er deutete auf eine Stelle weiter im Süden. »Dort hat sie gelegen. Ist mit der Flut am Abend angelandet. Aber am Morgen war sie weg. Ratz, fatz, verschwunden.«

»Hat die Ebbe sie wieder mitgenommen?«

»Vielleicht.«

»Hast du das gemeldet?«

Bruno ging erschrocken auf Distanz. »Bist du verrückt? Ich melde doch nichts. Mich gibt es hier überhaupt nicht, also kann ich auch nichts melden.« Er schüttelte seinen rotblonden Schädel. »Ich hab so ein stillschweigendes Abkommen mit den Amrumern. Die kümmern sich nicht um mich, und ich lasse sie in Ruhe. Sehr praktisch, das. Ich bin sozusagen unsichtbar für die. Ich hab ne Tarnkappe.«

»Hast du überhaupt keinen Kontakt zur Inselbevölkerung?«

»Nur dann, wenn mich der Polizist ärgert. Wenn er mir befehlen will, meine Hütte abzubauen, weil ich keine Genehmigung habe. Und weil ich das Treibholz nehme, das dem Staat gehört. Dann bin ich so sauer, dass ich es denen heimzahle.«

»Jetzt bin ich aber mal gespannt.«

»Ich lauere nachts auf dem Seemannsfriedhof. Und wenn ein Nachtschwärmer vorbeikommt, dann heule ich und schreie irgendwelche sinnlosen Namen in den Wind. Da kannst du die aber rennen sehen.« Bruno richtete sich stolz auf. »Ich bin ein sehr gutes Gespenst. Ich könnte zum Film gehen.«

Steffen dachte an die wenigen Informationen, die er und Lilianne Feldmann bisher bekommen hatten. »Schade, dass der frühere Polizist nicht mehr hier ist.«

Bruno gab einen Schreckenslaut von sich, fast wäre ihm die Flasche aus der Hand gefallen. »Der ist weg! Keiner auf der Insel hat ihm nachgetrauert. Ich auch nicht.«

»Du hast wohl was gegen Polizisten.«

»Natürlich hab ich was gegen Polizisten! Und besonders gegen den Kniewitz hatte ich was. Ich kannte den bereits aus der Kriegszeit. Der war damals in unserer Kompanie. Der glaubte bis zum Schluss an den Endsieg und diese Wunderwaffe, die V2. Der hätte liebend gerne mit seinem Sturmgewehr die gesamte englische Flotte aufgehalten.« Bruno nahm eine Muschel und zerdrückte sie in seiner großen Faust, bis er nur noch Splitter in der Hand hielt. »Später dann, als Polizist, war der Kniewitz ein ganz scharfer Hund. Der legte die Vorschriften in seinem Sinne aus. Da gab's nichts mit Augen zudrücken und so, wenn du mal Äpfel geklaut hast oder ohne Angelschein erwischt wurdest oder ne Planke Strandgut unterm Arm hattest. Das gab gleich eine Anzeige.«

»Aber jetzt ist er nicht mehr hier.«

»Nee, der ist nicht mehr hier. Den haben sie geschafft, die Amrumer, die haben sich so eine Behandlung nicht gefallen lassen. Da war richtiggehend Kleinkrieg auf der Insel.«

»Weißt du, wo er jetzt ist?«

»Keine Ahnung. Der ist weggegangen. Verschwunden. Als wäre er geplatzt.«

»Verstehe ich nicht. Menschen platzen nicht einfach so.«

Bruno lehnte sich gelangweilt zurück. »Ach nee, das ist ne lange Geschichte. Die erzähl ich jetzt nicht.«

Steffen wollte das Gespräch fortsetzen, wo Bruno gerade so gesprächig war. Er hatte das Gefühl, dass ihm dieser Polizist einiges über die toten Seeleute erzählen könnte, er musste nur herausbekommen, wo der Mann jetzt war. »Lass uns ein Geschäft machen, Bruno. Du erzählst mir die Geschichte und bekommst dafür eine Gegenleistung.«

»Ich mach keine Geschäfte mit Freunden.«

»Dann nennen wir es ein Geschenk.«

»Nein!«

»Auch nicht, wenn das Geschenk ›Französischer Cognac‹ heißt?«

Bruno schien wieder interessiert. »Eine große Flasche?«

»Klar! Einen ganzen Liter.«

Bruno blinzelte vergnügt in die Sonne. Er dachte einen Augenblick nach, legte sich offensichtlich die Worte zurecht. »Der Kniewitz hat sich immer mit den Strandräubern angelegt. Das war ja seine Aufgabe als Strandvogt. Aber wenn er mal wieder einen nach Wiek vors Amtsgericht geschleppt hat, dann war hier auf der Insel die Hölle los.« Er blickte über die See, als würde er etwas suchen.

»Ja, und zuletzt wurde die Sache richtig gefährlich für ihn hier auf der Insel. Wir hatten damals einen Orkan, in dem wohl einige Holzfrachter ihre Deckslast in die See werfen mussten, um nicht zu kentern. Auf Sylt und Pellworm wurden massenweise Bretter angeschwemmt. Doch hier auf Amrum – nichts! Absolut nichts.«

»Ziemlich merkwürdig.«

»Überhaupt nicht merkwürdig! Das Strandgut war natürlich schon während der Nacht weggeschafft worden, der Kniewitz konnte ja nicht überall gleichzeitig sein. Jedenfalls haben sich die Strandvögte von den anderen Inseln totgelacht, die konnten ihn auch nicht leiden. Da ist er ausgerastet. Der hat sich aufgeführt wie eine Besatzungsarmee. Ist in Häuser eingedrungen und hat überall rumgeschnüffelt, vom Keller bis zum Boden. Ohne Durchsuchungsbeschluss. Und die Leute, denen er nicht nachweisen konnte, dass sie Strandgut gestohlen hatten, die hat er mit einem abgrundtiefen Hass verfolgt. Die hat er richtiggehend vorgeführt und fertiggemacht.«

»Also auch dich.«

Bruno schien Steffens Einwurf nicht gehört zu haben.

»Ihr hättet euch beschweren können.«

»Ach was! Man hätte eine offizielle Beschwerde aufsetzen müssen. Und dann wäre jemand aus der Landeshauptstadt gekommen und hätte hier auch noch rumgeschnüffelt. Nee, nee, die Amrumer wollen keine Festländer auf der Insel haben. Die lösen ihre Probleme lieber selbst.«

»Meinst du, dass sie ihn bedroht haben?«

»Keine Ahnung. Jedenfalls wurde ihm wohl klar, dass seine Zeit hier abgelaufen war, dass er von der Insel musste. So schnell wie möglich.«

»Wo ist er jetzt?«

»Keine Ahnung.«

Bruno gähnte ausgiebig, dann schloss er die Augen. Steffen versuchte ein Muster in den Muscheln zu erkennen, die der Strandgänger liebvoll vor die Hütte gelegt hatte. Ich könnte hierbleiben, dachte er, in einer Holzhütte mit Seeblick, fernab von Hübner, von diesem kalten Reihenhaus in Stellingen, vom Festland mit all seinen Problemen. Er blinzelte in die Sonne. Ich könnte wenigstens eine Zeitlang hierbleiben. Er blickte auf die Uhr. »Ich muss los!«

Seine Befürchtung, dass die Zeit zu knapp werden würde, war unbegründet, denn als er den Friedhof betrat, hatte sich der Besuch im Kirchenbüro schlagartig erledigt. Da war eine Frau, die sich über das zweitletzte Grab beugte und Unkraut zupfte, der Kleidung nach schien sie eine Nonne oder eine Ordensschwester zu sein.

»Hallo, Margarete, ich war gerade auf dem Weg zu dir.«

Mit schnellen Schritten war sie bei ihm und strich leicht über seine Jacke, wie sie es auch das letzte Mal beim Abschied getan hatte. Steffen getraute sich erst nicht, die Frau in der strengen Kleidung in die Arme zu schließen, doch ihr Geruch und der Steppenbrand in ihren Augen machten seine Zurückhaltung schnell zunichte.

»Was machst du hier bei den Gräbern?«, fragte er, als sie eng aneinander gedrängt auf der Bank beim Opferstock saßen und sich an den Händen hielten.

»Ich wusste, dass du herkommen würdest.«

Er zupfte missbilligend an ihrem Ärmel herum. »Warum trägst du auf dem Kirchenamt eigentlich immer diese fürchterliche Kleidung?«

Margarete schaute an sich herunter. »Eine schreckliche Aufmachung, nicht wahr? Doch Pastor Markmann möchte es so. Er sagt immer, die Besucher haben ernste Probleme, wenn sie zu uns kommen, deshalb müssen wir ihnen in würdiger und ordentlicher Kleidung gegenüber treten. Er würde ja auch nicht in kurzen Hosen herumlaufen.«

»Ich finde es ziemlich albern, dass du dich so verkleiden musst. Man hat das Gefühl, man kommt zu Besuch in ein Kloster. Oder in ein christliches Krankenhaus.«

Margarete tastete nach dem kleinen Kreuz auf ihrer Brust, in ihren Augen blitzte es ärgerlich. »Dieses Kreuz um den Hals erwürgt mich fast. Es macht mich wahnsinnig.«

»Das finde ich eigentlich ganz hübsch.«

»Ja doch, es ist hübsch. Aber kannst du dir die Gefühle einer Frau vorstellen, die jeden Tag den gleichen Schmuck anlegen muss?«

Steffen zog sie zu sich heran, strich über ihre stramm nach hinten gekämmten Haare und küsste sie auf den Scheitel. »Warum bist du nicht verheiratet? Frauen in deinem Alter sind doch immer verheiratet.«

Margarete löste sich von ihm und blickte lange über die Kreuze der toten Seeleute. »Ich war während des Krieges mit einem Flieger verlobt, da war ich gerade mal neunzehn Jahre alt. Verlobt war damals fast wie verheiratet. Kurz vor Kriegsende wurde seine Einheit nach Russland verlegt.« Sie blickte in den Himmel. »Ich habe lange auf ihn gewartet. Er kam nicht zurück.«

»Es hat doch sicher noch andere Männer gegeben?«

»Nein, Männer waren Mangelware. Es gab nicht mehr viele in meiner Generation.«

»Scheißkrieg!«

Margarete lehnte sich wieder an ihn. »Warum bist du nicht verheiratet? Oder bist du verheiratet?«

»Nein, nicht verheiratet.«

»Keine Freundin?«

»Keine Freundin.«

»Merkwürdig. Männer in deinem Alter sind meist verheiratet. Oder haben eine Freundin. Oder zwei.«

»Ich nicht«, sagte Steffen mit rauer Stimme, »ich falle wohl immer auf die Falsche herein.«

Jetzt blickten beide über die Kreuze.

»Weißt du, wo sich der Polizist aufhält?«

»Na, in seiner Dienststelle natürlich.«

»Ich meine den früheren Polizisten.«

Margarete richtete sich auf und blickte Steffen ärgerlich an. »Keiner weiß, wo der Kniewitz ist. Und freiwillig wird der auch nicht zurückkommen.«

»Warum?«

»Weil es eine ganze Menge Leute auf der Insel gibt, die schon die Messer gewetzt haben.«

Nun waren beide still. Margarete lehnte wieder ihren Kopf gegen seine Schulter. Steffen roch ihr Parfüm und den Duft aus der Rosenhecke, den Braunen roch er nicht.

»Da liegt wieder ein Blumenstrauß auf dem Grab. Weißt du, wer den dort hinlegt?«

Margarete blickte ihn an. Steffen sah keinen Steppenbrand mehr in ihren Augen, er sah ihre Tränen. »Ich bin es, die immer Blumen auf das Grab legt«, sagte sie leise. »Die sind für meinen Verlobten. Man braucht doch einen Ort zum Trauern.«

Steffen räusperte sich. »Ich könnte für dich herausfinden, wer dort begraben ist.«

Sie richtete sich kerzengerade auf, zwischen ihren Augenbrauen bildete sich eine tiefe Falte. »Ich will das nicht! Lass diesen Ort in Ruhe. Kümmere dich lieber um das letzte Grab, da gibt es sicherlich mehr zu erforschen.«

»Was weißt du über die Frau?«

Margarete blickte nach Süden. »Du musst los! Die Fähre legt bald ab.« Sie kramte in der Tasche ihres weiten Rocks und zog einen Briefumschlag hervor. »Für dich. Aber erst auf dem Schiff aufmachen. Versprich mir das.«

Auf der Fähre ergatterte Steffen einen der letzten Fensterplätze. Er blickte durch die Salzschlieren zur Insel hinüber, die langsam im Dunst versank. Unglaublich, dachte er, ich war gerade mal zwei Wochen hier und habe dennoch das Gefühl, von zu Hause wegzufahren.

Der Kellner knallte die Bestellung auf den Tisch, schon wieder schwappte der Kaffee in der Untertasse. Wenn die Inselbewohner nur nicht so unfreundlich wären, dachte Steffen ärgerlich. Er zog den Briefumschlag aus der Jackentasche, ein rosa Couvert, auf das

Margarete »für Steffen« geschrieben hatte. Er schnupperte daran, es roch nach ihrem teuren Parfüm. Mit dem Stiel des Kaffeelöffels öffnete er den Umschlag, es fielen ein Brief und ein Zeitungsausschnitt heraus.

»*Lieber Steffen*«, schrieb Margarete in einer runden, weiblichen Schrift, »*es ist schön, Dich zu kennen. Ich glaube, ich habe mich in den letzten Jahren nicht mehr so glücklich gefühlt, wie in den vergangenen Tagen. – Oh, das ist mir jetzt nur so rausgerutscht. Bitte fühle Dich nicht verpflichtet. Jetzt schnell ein anderes Thema: Wir hatten kurzzeitig einen jungen Pastor hier, der ein kleines Archiv über Kirchenangelegenheiten angelegt hat. Viel gibt es dort nicht, doch ich habe etwas gefunden, was dich sicherlich interessiert (siehe Zeitungsausschnitt). – Wenn Du irgendwann Lust dazu hast, ruf mich einfach an. Meine Nummer steht auf der Rückseite. In Zuneigung, Margarete.*«

Steffen blickte lange aufs Meer. Dann faltete er den Brief zusammen, griff nach dem Zeitungsausschnitt des »Flensburger Tageblatts« vom 4.6.1959 und vertiefte sich in die Meldung.

»*Wer kennt die ertrunkene Frau? – In Höhe des Norddorfer Leuchtturms wurde dieser Tage eine unbekannte weibliche Wasserleiche geborgen. Es wird vermutet, daß die Tote etwa acht Tage im Wasser gelegen hat. Sie wird wie folgt beschrieben: ca. 50 bis 60 Jahre alt, 170 bis 173 cm groß, fast vollständiges Gebiss, graue Haare mit Zopf, der zu einem Knoten gebunden ist. Sie war bekleidet mit einem schwarzen Rock mit Reißverschluß, einem weißen Unterhemd, rosa Unterrock sowie schwarzen Schuhen mit Keilabsatz. In einer Unterrocktasche wurden eine Brille sowie zwei 10-DM-Scheine gefunden. In den Schuhen und im Brillenetui war das Namenszeichen ›Kirsch‹ eingeklebt. Nach Art der Bekleidung und der Schuhe kann es sich eventuell um eine Heiminsassin handeln. Die Bevölkerung wird um Mithilfe bei der Identifizierung der unbekannten Toten gebeten. Hinweise nimmt jede Polizeidienststelle entgegen.*«

Er öffnete seine Reisetasche, holte den braunen Umschlag heraus und wollte den Zeitungsartikel zum Friedhofsplan, den

Daten der Gräber und zu seinen bisherigen Aufzeichnungen packen. Der Umschlag war leer.

»Dummes Inselvolk«, schimpfte er halblaut, »brechen die tatsächlich wegen eines blöden Plans bei mir ein. Die wissen doch viel besser als ich, wie es auf dem Friedhof aussieht.«

Teil 2

Hamburg

8

Mitte Juni 1964

In der Bürotür wich Steffen erschrocken einen Schritt zurück. Auf seinem Schreibtisch hatte eine Überschwemmung stattgefunden, eine Postüberschwemmung. Und auf dem verwaisten Schreibtisch von Dr. Zöllner stand die institutseigene Vase mit einem Strauß roter Blumen, die wahrscheinlich für die Praktikantin gedacht waren. Er machte sich daran, den Poststapel auf dem Schreibtisch nach einem bewährten Schema zu ordnen. In die linke, obere Schreibtischecke kamen die Fachzeitschriften mit den angehefteten Laufzetteln, daneben die institutseigenen Mitteilungen, dann der Stapel mit den Veranstaltungshinweisen. Daran schloss sich ein erfreulicherweise dünnes Häufchen Leserbriefe an, die vom Verlag an ihn weitergeleitet worden waren.

Als alle Vorgänge ihren Platz gefunden hatten, lehnte sich er zurück und betrachtete zufrieden die geordneten und sorgfältig gestapelten Akten; doch gleich darauf war er in Gedanken wieder bei Lilianne Feldmann. Hoffentlich würde die Studentin nicht in einer Hippiekostümierung im Institut auftauchen, das würde einen Aufruhr unter den stets korrekt gekleideten Historikern hervorrufen. Zuzutrauen wäre es ihr allerdings, sie bewegte sich ohnehin außerhalb der gesellschaftlichen Normen. Schon allein dieser merkwürdige Studiengang: Literaturwissenschaften. Literatur las man, und hinterher fand man ein Buch gut oder nicht. Was brauchte man dazu noch eine Wissenschaft? Und dann diese Unverfrorenheit, mit der sie ihn unentwegt duzte. Und dieser Tick mit dem Hand-auf-den-Arm-legen. So etwas machte man nicht, man berührte sich nicht. Es sein denn, man hatte ein Liebesverhältnis oder war verlobt oder verheiratet. Andererseits, es war ihm nicht unangenehm gewesen, es fühlte sich irgendwie warm an, und sie war ihm sehr nahe, wenn ihre Hand seinen Arm berührte. Aber man machte das trotzdem nicht. Keinesfalls!

Du hast Margarete doch auch geduzt und ihre Hand gehalten, sagte eine Stimme in ihm.

Ja doch, aber das ist etwas anderes, etwas ganz anderes. Da bestand kein berufliches Abhängigkeitsverhältnis.

Mach dir nichts vor, Steffen, du hast Liliannes Berührung genossen. Es hat deiner Eitelkeit geschmeichelt.

Hat es nicht. Ich bin doch nicht von der Bestätigung durch eine Praktikantin abhängig. Ja, ich habe still gehalten, sie nicht in ihre Schranken gewiesen; aber das war nur aus Gründen der Personalführung. Man soll die Stimmung in der Arbeitsgruppe nicht gleich zu Anfang vergiften.

Abrupt stand Steffen auf. Er mochte diese inneren Zwiegespräche überhaupt nicht, sie untergruben seine klare Linie. Als er zur Tür ging, roch er frischen Kaffeeduft und wusste, dass er nicht mehr allein im Institut war. Wie ein Lawinenhund im Hochgebirge schnupperte er dem Geruch nach und fand Sylvia, die an der Kaffeemaschine hantierte. Sie begrüßte ihn herzlich, freute sich ganz offensichtlich, ihn zu sehen, und schob ihm einen dampfenden Becher Kaffee hin.

»Wie war's auf Amrum?«

»Toll! Nur gutes Wetter, haufenweise Mädels, traumhafte Nächte am Palmenstrand.«

Sylvia musterte ihn mit einem kritischen Blick. »Du hast abgenommen.«

»Stimmt. Und außerdem habe ich ein neues Umweltbewusstsein und neue Energien. Das alles in nur neun Tagen.«

Sie ließ sich in ihren Schreibtischstuhl fallen, die Stahlfeder der Hubautomatik kreischte gequält. »Vielleicht sollte ich diese Diät auch machen. Ein paar Pfunde weniger wären nicht schlecht.«

Steffen vertiefte sich in seinen Kaffee und schwieg. Er wusste, dass solche Bemerkungen auf keinen Fall an die Allgemeinheit gerichtet waren und dass eine ehrliche Antwort – insbesondere von einem Mann – einem Selbstmord gleichkam. Außerdem brauchte Sylvia seiner Ansicht nach überhaupt nicht abzunehmen. Er mochte sie so wie sie war; in ihren wallenden Kleidern, mit ihrem beeindruckenden Busen, ihrer gesamten sinnlichen Erscheinung. Ich will sie ja nicht heiraten oder eine dauerhafte Verbindung mit ihr eingehen oder auch nur ein kurzes Abenteuer erleben. Obwohl … Er blickte in Sylvias große, braune Augen und wurde unsicher. Nun ja, das mit dem Abenteuer wäre keine schlechte Idee. Vielleicht nicht gerade jetzt, später einmal.

»Wie gefällt dir Frau Feldmann?«

»Ganz nett. Ist aber nicht mein Fall. Ich stehe nicht auf Rothaarige.«

Sylvia sackte wie unter einer schweren Last in sich zusammen und blickte entnervt zur Decke. »Mein Gott, was sind Männer primitiv. Ich wollte nicht wissen, ob du mit ihr das Bett teilen möchtest. Ich möchte wissen, ob du gut mit ihr zusammenarbeiten kannst.«

Steffen hatte den Spruch nur im Scherz gesagt und sich dabei witzig gefunden. Er legte seine Hand auf Sylvias Unterarm, wie es Lilianne bei ihm gemacht hatte. »Tschuldigung, war nicht so gemeint. Ich kann mir sehr gut vorstellen, mit Fräulein Feldmann zusammenzuarbeiten. Allerdings ist sie manchmal etwas anstrengend.«

Sylvias Arm fühlte sich warm und weich an. Er ließ die Hand noch etwas liegen, ihr schien es nicht unangenehm zu sein.

»Du hast dich verändert, Steffen.« Ihre Stimme kam auf Samtpfötchen daher, das Timbre ließ ihn aufhorchen. »Du bist viel netter geworden. Nicht mehr so schroff wie früher.«

»Störe ich?«, fragte die tiefe Stimme Hübners in seinem Rücken.

Zu Steffens Überraschung erschien Fräulein Feldmann so, wie es der Kleiderordnung des Sozialhistorischen Instituts entsprach. Sie trug eine weiße Bluse und einen dunkelblauen Faltenrock, der züchtig die Knie bedeckte. Entfernt erinnerte ihn ihr Aufzug an die Dienstkleidung von Margarete.

Lilianne blickte sich kritisch im Büro um, rümpfte die Nase wegen der großformatigen Friedhofsfotos an den Wänden, dann entdeckte sie die Blumen, auf die sie sich mit einem Aufschrei der Begeisterung stürzte. Schließlich setzte sie sich auf den Stuhl von Dr. Zöllner, platzierte die Füße sorgfältig nebeneinander und blickte Steffen schweigend an. Er musste zu seinem Bedauern feststellen, dass sich die Vertrautheit von Amrum nicht in die altehrwürdigen Büros des Instituts hinüberretten ließ. Er wollte gerade etwas zur Auflockerung sagen, da schob sich Sylvia durch die Tür.

»Hallo, da ist ja unser Küken.« Die Sekretärin nahm Lilianne am Arm und dirigierte sie zur Tür. »Wir machen jetzt eine Vorstellungsrunde, damit die Kollegen auch etwas von ihr haben.«

Kurz darauf klingelte das Telefon. Der Professor bat zu einem Gespräch. Sofort!

Hübner kam gleich zum Thema, Steffen hatte nichts anderes erwartet. »Ich habe gehört, dass Fräulein Feldmann bereits ihre Arbeit aufgenommen hat?«

»Ja, das stimmt.«

»Sehr gut. Was halten Sie von ihr?«

»Sie ist energisch und zielstrebig.«

»Das genau war auch mein Eindruck.« Wenn Steffen geglaubt hatte, dass er damit entlassen war, so hatte er sich getäuscht. Der Professor blickte ihn scharf an. »Ich vermute, dass Sie ausreichend Zeit hatten, um über das nächste Projekt nachzudenken, Herr Stephan.«

War das eine Frage? Vorsichtshalber nickte er.

Hübner beugte sich erwartungsvoll nach vorn. Steffen räusperte sich, um etwas Zeit zu gewinnen. »Ich könnte mir vorstellen, den Seemannsfriedhof auf Amrum zu erforschen. Da geht es um das Meer, um Schiffe, um Gefahr und Tod. Alles Dinge, für die sich …«

Der Professor brachte ihn mit einer ungeduldigen Handbewegung zum Schweigen. Er lehnte sich zurück, blickte zur Decke, dachte kurz nach, lächelte dann verhalten. »Der Seemannsfriedhof von Amrum also. Gute Sache. Machen Sie das.« Das Lächeln verschwand. »Ich will aber keine kunsthistorische Abhandlung. Ich will Fakten.« Er klatschte mit der flachen Hand auf die Schreibtischplatte, es hörte sich wie ein Gewehrschuss an. »Fakten über die Schiffe. Fakten über die Kapitäne. Fakten über die Seeleute. Verstanden?«

»Jawohl.«

»Fräulein Feldmann wird Sie unterstützen. Ich bin sicher, dass sie den richtigen Schwung in die Sache bringt.«

Steffen verstand das mit dem »richtigen Schwung« zwar nicht, doch er wusste aus Erfahrung, dass es nicht ratsam war, weiter nachzufragen.

Im Vorzimmer bedachte ihn Sylvia mit einem unergründlichen Blick. »Lilianne duzt dich, Steffen?«

»Klar. In ihren Kreisen ist das so üblich.«

»Ich bin mir nicht sicher, ob Professor Hübner das gut findet.«

Lilianne wartete bereits im Büro auf ihn. »Und jetzt?«

»Was wissen wir?«

»Wir wissen, dass es diesen Friedhof gibt. Und wir kennen die Daten auf den Kreuzen.«

»Noch etwas?«

Sie kaute nachdenklich auf ihrem Bleistift und starrte mit abwesendem Blick auf Sergios Großaufnahmen an den Wänden. Das Foto des alten kommunalen Friedhofs von Cobh an der irischen Südküste hatte es ihr offensichtlich angetan. Die Hälfte der keltischen Kreuze war eingesunken oder umgefallen, Morgennebel waberte durch die Trauerweiden, es war eine der besten Aufnahmen von Sergio. »Mir fällt nichts ein. Wir haben zwei Tage auf Amrum recherchiert, du hast den Pastor befragt und den Briefträger, ich den Rettungsbootsmann. Und dann haben wir das Inselarchiv angerufen und das Standesamt. Aber von denen kam nichts. Und der Polizist ist noch nicht lange genug auf der Insel. Eigentlich wissen wir überhaupt nichts.«

Steffen winkte gelassen ab. »Das ist in diesem Beruf immer so. Erst stochert man wochenlang im Dunkeln, man schiebt hier ein bisschen, drängt dort etwas – und plötzlich kann man sich vor der Flut an Informationen nicht mehr retten.«

»Und wenn diese Springflut nicht über uns hereinbricht?«

»Dann lassen wir die Unterlagen im Keller verschwinden und haben leider umsonst gearbeitet.«

Stille im Büro.

»Wie kommen wir jetzt weiter?«

Auf diese Frage hatte Steffen gewartet. Er schlenderte betont lässig zu seinem Schreibtisch, zog die Schublade auf und griff nach dem Zeitungsartikel über Frau Kirsch.

Sie las den Text, dann blickte sie kritisch zu ihm hoch. »Woher hast du den?«

»Ich habe ein paar Kontakte auf Amrum geknüpft«, sagte er ausweichend.

Auf dem Flur klappte eine Tür, Schritte schlurften den Gang hinunter, der Geruch von Pfeifentabak zog ins Büro. Steffen blickte auf die Uhr. Wie immer zu dieser Zeit war Peter Sigrist, der Schifffahrtshistoriker, auf dem Weg ins Sekretariat, um sich einen Kaffee abzuholen. Und wie üblich nahm er seine Pfeife nicht aus dem Mund, obwohl Hübner diesen beißenden Geruch nicht ausstehen konnte. Doch wer wollte Sigrist zurechtweisen, die graue Eminenz, die länger als alle anderen im Institut arbeitete? Nicht einmal Hübner.

Lilianne stand auf und klemmte sich Stift und Notizblock unter den Arm. »Ich werde mich um die tote Frau kümmern. Ich werde in den Archiven der hiesigen Zeitungen nachforschen.«

Steffen löste die Verriegelung seines Schreibtischstuhls und lehnte sich zurück. »Das ist eine ausgezeichnete Idee, Fräulein Feldmann. Ich wünsche Ihnen viel Erfolg.«

Es war ihm klar, dass sie nichts finden würde, denn dafür waren sie hier in Hamburg viel zu weit von der Küste entfernt. Doch immerhin hatte er jetzt sein Büro wieder für sich allein, und die Praktikantin machte das, was sie ohnehin lernen wollte: recherchieren. Er holte sich noch einen Kaffee aus dem Sekretariat, dann baute er sich vor Sigrists Schreibtisch auf. »Auf dem Amrumer Friedhof liegen zwei Seeleute der HERMINA. Könntest du etwas über den Untergang des Schiffes herausfinden?«

»Was gehen mich deine Leichen an?«

»Um die Toten kümmere ich mich selbst. Aber für Schiffsuntergänge bist du zuständig.«

Sigrist brummte irgendetwas, es mochte eine Zustimmung sein.

Wieder in seinem Büro holte Steffen das institutseigene Briefpapier aus der Schublade und schrieb einen Brief an das Landesarchiv Schleswig-Holstein. Er schilderte sein Anliegen bezüglich des Seemannsfriedhofs und bat darum, die benötigten Akten Fräulein Lilianne Feldmann zur Verfügung zu stellen. Danach griff er nach Margaretes Zeitungsartikel und las ihn noch einmal. *»Sie war bekleidet mit einem schwarzen Rock mit Reißverschluß«*, stand da. Und weiter: *»In einer Unterrocktasche wurden eine Brille sowie zwei 10-DM-Scheine gefunden. Nach Art der Bekleidung und der Schuhe kann es sich eventuell um eine Heiminsassin handeln.«*

Steffen lehnte sich zurück und überlegte. Da war also an einem Sommertag des Jahres 1959 eine vollständig bekleidete Leiche am Strand gefunden worden. Eine Frau, die ihr Geld und die Brille in der Unterrocktasche verstaut hatte. Merkwürdig, dass Unterröcke Taschen haben. Ich werde Sylvia fragen, weshalb Unterröcke Taschen haben.

Warum war sie eigentlich tot, die Frau Kirsch? War sie im Watt spazieren gegangen und von der Flut überrascht worden? Nein, am Kniepsand ist kein Watt. Sie könnte auch umgebracht worden sein. Doch dann hätte es Verletzungsmerkmale geben müssen, sicherlich auch noch nach acht Tagen im Wasser. Vielleicht ein Loch im Kopf oder ein Messerstich im Herz. Möglicherweise ist sie in selbstmörderischer Absicht ins Wasser gegangen, wie man das so nennt. Aber schreiben Selbstmörder nicht immer Abschiedsbriefe? Vielleicht nicht, wenn sie im Affekt handeln, aus einer plötzlichen Stimmung heraus.

Bekleidung und Schuhe weisen auf eine Heiminsassin hin. Was heißt das? Werden in einem Heim besondere Schuhe getragen, die es nur dort gibt? Und was bedeutet überhaupt »Heim«? War sie zur Kur oder in einer Irrenanstalt? Vermutlich eine Kur, andere Anstalten gibt es nicht auf Amrum. Aber warum konnte man sie dann nicht identifizieren? 1959 war gerade fünf Jahre her. Wir leben nicht mehr im Mittelalter, es gibt doch eine Meldepflicht in Deutschland. Und sicherlich auch eine Liste der vermissten Personen auf den Polizeiämtern. An diesem Punkt der Überlegungen verstaute Steffen den Zeitungsartikel wieder in der Schublade. Er kam nicht weiter, er hatte einfach zu wenig Informationen.

Am Nachmittag war Lilianne wieder im Büro. Sie stand müde vor Steffens Schreibtisch und rieb sich die Augen. »Ich habe eine halbe Tonne Papier durchgesehen, aber nichts gefunden.«

Steffen bedachte sie mit einem mitleidigen Blick. Er kannte diese Erschöpfung, sie gehörte zum Leben eines Historikers. »Wir gehen morgen in die Archive«, sagte er.

Kurz nach fünf Uhr nachmittags, Lilianne hatte das Institut bereits verlassen und auch Steffen wollte gerade nach Hause gehen, versperrte Sylvia ihm den Weg. Sie schaute ihn mit einem so ernsthaften und durchdringenden Blick an, dass er sich wie unbekleidet hinter einem Röntgenschirm vorkam.

»Steffen, du sollst Lilianne nicht so quälen«, sagte sie streng.

»Ich verstehe nicht …«

»Ich weiß, dass ihr Historiker ganz tolle Burschen seid. Ständig müsst ihr anderen beweisen, dass die Suche nach verschollenen Akten viel Intelligenz erfordert. Das hat sie inzwischen begriffen.«

9

Duisburg-Hafen, 3. Oktober 1954

Der Lukenfiez winkte dem Kranführer mit der rechten Hand. Die Last schwenkte vom Kai zum Schiff, dann senkte sie sich. Jetzt nahm der Lukenfiez beide Arme nach unten und drückte die Hände nach außen. Ruckartig stoppte der Kranhaken, die Palette mit den Blechen wippte kurz nach.

»Vorsicht! Ladung kommt!«, brüllte er in die Ladeluke.

»Lass laufen, Kurt«, rief jemand von unten.

Wieder winkte der Lukenfiez. Langsam glitt die Palette in den Raum hinein, wo sie von kräftigen Händen erfasst und in die richtige Position geschoben wurde. Ein kurzer Ruf von unten, es rumpelte, dann war die Hieve abgesetzt.

Der Tallymann der Stauerei kam über die schmale Gangway an Bord der Reind *und verglich seine Liste mir der des Kapitäns. Beide hatten die gleiche Ladungsmenge gezählt.*

»Die 197 Hieven Feinbleche für Brunsbüttel sind an Bord«, sagte der Ladungszähler. »Jetzt kommen noch 67 Tons Hühnerfutter.«

»Packen Sie das Futter in Luke zwei«, sagte Kapitän Gerdes.

Von Land her dröhnte eine Sirene.

Der Lukenfiez schüttelte den Kopf. »Erstmal Pause.«

Die Hafenarbeiter setzten sich an Deck, denn das Wetter war sonnig und überraschend warm für die Jahreszeit. Sie löffelten ihren Eintopf aus dem Henkelmann, eine Wasserflasche kreiste, dann legten sie das Zigarettenpapier so auf ihre Oberschenkel, dass es nicht wegwehte, und zupften den Tabak aus dem Paket.

Einer der Hafenarbeiter blickte zufrieden über das Schiff. »Das wird eine kurze Schicht heute. Wir kommen früh nach Hause.«

»Der Kapitän wird sich auch freuen«, sagte der Lukenfiez. »Der kann gleich ablegen, die Ladungspapiere sind schon an Bord.«

Einer der Arbeiter, der früher als Matrose gefahren war, als richtiger Matrose, draußen auf dem Meer, blickte missbilligend über Deck. »Ich würde mit diesem Kahn nicht losfahren. Das ist doch kein richtiges Schiff.«

»Quatsch!«, brauste der Lukenfiez auf. »Das ist schon immer ein Seeschiff gewesen. Erst ein Seeleichter, und dann haben sie einen Motor reingesetzt.«

»Ich würde mit dieser Nussschale trotzdem nicht zur See fahren. Ob mit oder ohne Motor.«

»Was soll man schon machen«, sagte ein anderer, »die meisten Schiffe sind doch versenkt worden. Die Seefahrt muss erst wieder in Schwung kommen.«

»So schlecht wird es mir hoffentlich nie gehen, dass ich hier anmustern muss«, erklärte der Matrose. »Eher gehe ich betteln.«

»Alt ist die REIND *schon«, lenkte der Lukenfiez ein, »knapp sechzig Jahre. Ich habe den Kapitän gefragt.«*

»Älter als meine Mutter, und die würde ich auch nicht aufs Meer hinausschicken.«

10

Steffen lenkte seinen alten VW über die Landstraße nach Kiel. Es war nicht besonders komfortabel im Wagen: Der Motor knatterte, die Sitze waren durchgesessen, der Boden feucht, die Luft roch muffig. Außerdem war es heiß, viel zu heiß.

Lilianne tupfte sich den Schweiß von der Stirn. »Kannst du nicht die Heizung ausmachen? Wir haben Sommer!«

»Geht nicht. Die stufenlose Heizung hält genau das, was der Hersteller versprochen hat. Es ist eine Heizung und sie ist stufenlos. Kann weder ›Aus‹ noch ›Mittel‹. Nur ›Volle Kraft‹.«

»Kalt wäre mir lieber«, stöhnte Lilianne und riss am Fensterheber. Er bewegte sich nicht.

»Mir nicht. Dann wäre es hier im Winter eiskalt.«

»Warum steht da eigentlich Wasser im Fußraum?«

»Keine Ahnung. Wenn es regnet, läuft es irgendwo rein. Ich habe das Leck noch nicht gefunden.« Es kam eine Steigung, Steffen schaltete in den zweiten Gang. »Es wird aber keine Überschwemmung geben, ich habe zwei Löcher in das Bodenblech gebohrt.«

Lilianne kippte demonstrativ das Dreiecksfenster so zu sich hin, dass sie im Luftzug saß. »Musst du so langsam fahren?«

»Gnädige Frau! Dieser Wagen hat schon hunderttausend Kilometer runter, der macht es nicht mehr lange.«

»Wie wäre es mit einem neuen Wagen, Herr Archivar? Vielleicht mit einer Isabella von Borgward?«

»Kein Geld.«

Sie hielten an der Haltestelle des Überlandbusses. Steffen öffnete die Heckklappe, weil es auch dem Motor zu heiß geworden war.

»Was macht die Landesbibliothek?«, fragte Lilianne, während sie die Arme zur Seite streckte wie eine Lumme, die ihre Flügel trocknet.

»Sie sammelt alle Zeitungen und Bücher, die in Schleswig-Holstein herausgegeben werden.«

»Macht das Landesarchiv nicht das gleiche?«

»Nein. Das archiviert alle Schriftsätze amtlicher Stellen. Also die Originalakten. Zur Dokumentation, damit der Bürger weiß, wo seine Steuern geblieben sind.«

Eine halbe Stunde später parkten sie vor einem großen Gebäude.

»Das soll ein Schloss sein?«, fragte Lilianne zweifelnd. »Sieht eher wie ein Kloster aus. Oder wie eine Burg ohne Wassergraben.«

»Für die Leute hier ist es ein Schloss.«

Sie irrten durch die Gänge, befragten Beamte mit dicken Aktenstapeln auf den Armen, dann hatten sie die Bibliothek gefunden. Der junge Mann an der Anmeldung hörte sich ihre Wünsche an. Er legte die Fingerkuppen gegeneinander, spitzte die Lippen, blickte zur Decke, verharrte regungslos. »›Föhrer Zeitung‹ und ›Flensburger Tageblatt‹«, sagte er unvermittelt, »bitte füllen Sie die Bestellzettel aus.«

Sie standen vor einem Fenster und blickten in Richtung Förde. Es dauerte.

»Warum brauchen die so lange?«, fragte Lilianne ungnädig.

»Die Zeitungen müssen erst aus dem Keller geholt werden.«

Sie blickte sich um. »So ruhig hier. Niemand anderes da. Ich habe das Gefühl, als würde die Zeit stillstehen.«

Endlich schleppte der junge Mann mehrere großformatige Folianten heran. Mit übertriebener Sorgfalt legte er sie auf den Tisch. »Gehen Sie vorsichtig mit den Zeitungen um. Das Papier ist stark holzhaltig, es bricht leicht. Blättern Sie nur mit diesen Linealen um. Nicht an den Ecken anfassen!«

Steffen schlug die »Föhrer Zeitung« von 1906 auf. »Wir teilen uns die Arbeit auf. Ich beginne mit den ersten Gräbern, und Sie suchen von 1959 an rückwärts.« Er nahm ein Blatt Papier und vermerkte darauf die Begräbnisdaten, um kein Datum zu übersehen: 23.8.1906, 30.6.1907, 24.1.1909, 12.11.1911 usw.

Leider wurde er weder beim 23. August 1906 noch um den 30. Juni 1907 herum fündig. Offensichtlich waren die Zeitung oder die Leser nicht an toten Seeleuten interessiert. Schließlich konzentrierte er sich auf den Januar 1909. Aber auch zu diesem Datum konnte er nichts finden. Er blätterte hin und her, wollte schon zum nächsten Datum wechseln, doch dann riss ihn eine kleine Meldung ganz am Ende einer Seite beinahe vom Stuhl. Er schloss die Augen, atmete tief durch, legte dann die Hände flach auf den Tisch. Da war es wieder, dieses Glücksgefühl. Er hätte aufschreien können vor Begeisterung, doch er wollte nicht schreien. Er bemühte sich, sein Zwerchfell unter Kontrolle zu halten, es kam nur ein Glucksen im Kehlkopf an. Lilianne blickte hoch, schüttelte verwundert den Kopf, konzentrierte sich dann wieder auf ihren Folianten.

Steffen wollte seine Begeisterung nicht mit ihr teilen, er wollte sie für sich behalten, ganz allein für sich. Für diese Augenblicke der Glückseligkeit lohnte es sich, tage- und wochenlang über alten Akten zu brüten. Für das Gefühl, aus den Tausenden von Meldungen einen Zipfel der Vergangenheit dem Vergessen entrissen zu haben. Er las den Artikel noch zweimal, dann zückte er seinen Stift und schrieb:

»Ein unbekannter Dampfer, wahrscheinlich der von Burntisland mit Kohlen nach Rendsburg bestimmte englische Dampfer ›Fidra‹ aus Leith, ist außen vor Amrum gestrandet und total verloren. Zwei Rettungsboote, gemarkt ›S/S Fidra Leith‹, sowie mehrere Leichen sind angetrieben, so dass anzunehmen ist, dass die Mannschaft leider umgekommen ist. – Nach näheren eingezogenen Informationen liegt der Dampfer auf Jungnamensand. Zur Hilfeleistung waren die Rettungsboote von Wittdün und Norddorf ausgelaufen, Letzteres musste der hohen Brandung wegen aber wieder umkehren. Das Wittdüner Boot umfuhr das Wrack, konnte aber den Namen des gesunkenen Schiffes nicht feststellen. Von der Besatzung war nichts zu ermitteln; eine Leiche ist auf Hörnum, eine auf Wittdün angetrieben.«

Ohne Rücksicht auf das altersschwache Papier blätterte er hastig weiter, eine andere Meldung ließ sich jedoch nicht finden. Schließlich schob er den Folianten beiseite und griff nach dem »Flensburger Tageblatt«. Zwischen dem Hinweis auf die Geburtstagsfeierlichkeiten seiner Majestät und der Generalversammlung des Wyker Schützenvereins fand er eine Meldung, die etwas mehr Licht in den Schiffsuntergang brachte:

»Wyk auf Föhr, den 18. Januar.

Über den auf Holtknop gestrandeten Dampfer ›Fidra‹ erfahren wir, dass er Eigentum der Reederei Mr. Jas Mitchell von Curnt Island ist, 1218 Tons netto groß und 1889 gebaut wurde. Das Schiff war nicht versichert. Von der aus 16 Mann bestehenden Besatzung sind erst drei als Leichen angetrieben, eine auf Amrum, zwei auf Sylt. Die erstere ohne alle Kennzeichen. Die Untersuchung des auf Hörnum angetriebenen Toten hat ergeben, dass der Tod erst wenige Stunden vor dem Antreiben erfolgt sein konnte. Bei der bei Morsum an den Strand geworfenen Leiche wurde eine goldene Uhr, 400 Mk. in englischem Gelde und Papiere privaten Inhalts gefunden. Es handelt sich um den ca. 50-jährigen Kapitän der ›Fidra‹, Schiffspapiere wurden nicht gefunden. Der Leiche, die ebenso wie die beiden anderen eine Korkweste trug, fehlte die Fußbekleidung. Der Untergang der ›Fidra‹ ist eine der traurigsten Katastrophen, die sich seit Langem an unserer Küste zugetragen.«

Steffen entspannte sich. Er hatte die Hintergründe des Unglücksfalls aufgedeckt, hatte den Seemann eines Schiffsuntergangs gefunden; er hatte ein Geheimnis gelüftet. Sehr befriedigend. Allerdings blieb die alles entscheidende Frage: Warum war die FIDRA gestrandet? Das ließ sich aus diesen Meldungen nicht beantworten – wenn es überhaupt jemals zu beantworten war. Er nahm sich vor, weiter zu forschen, doch welche Quellen er dafür heranziehen sollte, war ihm noch nicht klar.

Nach diesem Erfolg suchte er nach weiteren Todesfällen und fand schließlich eine Meldung vom August 1921. Danach war eine Frau auf Föhr von einem jungen Mann gefragt worden, ob man über das Watt nach Amrum gehen könne. Sie riet ihm, sich an den Wattführer zu wenden. Der Mann musste es jedoch allein versucht haben, denn einige Zeit später hörten die Bewohner Hilfeschreie und sahen mehrere hundert Meter entfernt jemanden im Watt stehen. Obwohl zwei Männer sofort losrannten, war die Gestalt verschwunden, bevor sie ihr Boot seeklar gemacht hatten. Später trieb eine Mütze an. Das könnte der Tote aus dem Grab vom 14. August 1921 sein, dachte Steffen.

Er klappte die Folianten zu, nahm die Brille ab und rieb sich die Augen. Das ständige Starren auf diese kleingedruckte Frakturschrift schmerzte, fast befürchtete er, blind zu werden. »Mir reicht es«, sagte er, »ich mache Schluss.«

Da Lilianne nicht reagierte, studierte er ihre Liste mit den Begräbnisdaten: 4.6.1959, 18.11.1954, 10.11.1954, 9.10.1950, 7.4.1940 hatte sie aufs Papier geschrieben. Die ersten vier Daten waren durchgestrichen.

Sie schaute hoch und lächelte zufrieden. »Ich habe zwar keine weiteren Informationen über diese Frau gefunden, aber immerhin etwas über die anderen Toten. Sie schob Steffen die Zeitung herüber. *»Insel Amrum, 10. November 1954«*, stand da. Und weiter: *»In der ›Norder-Aue‹, etwa 600 m nordwestlich der Wittdüner Brücke, sichtete der Norddorfer Schiffer Christian Hansen auf seinem Kutter ›Pidder Lyng‹ einen treibenden Leichnam. Der Tote war schon arg in Verwesung übergegangen, so dass das Unglück ihn vor längerer Zeit ereilt hat. Außer einem Ring konnten keine Hinweise festgestellt werden, die Namen und Herkunft des Verunglückten ermitteln lassen. Lediglich die Oberbekleidung, blaues Hemd und grauer Pullover, lassen vermuten, dass es sich um einen Schiffer handelt. Der Leichnam wurde inzwischen auf dem hiesigen Friedhof der Namenlosen beigesetzt.«*

Steffen überlegte. »Das ist sicherlich der Tote im Grab vom 18. November, auf dem immer die Blumen liegen.«

»Warum steht auf dem Grab 18. November, wenn die Zeitung bereits am 10. November darüber geschrieben hat?«

»Das Datum auf den Kreuzen könnte der Tag des Begräbnisses sein.«

Lilianne blätterte weiter in ihren Aufzeichnungen. »Ich habe hier noch eine kurze Notiz vom 5. November 1954 über zwei bis zur Unkenntlichkeit verstümmelte Leichen gefunden, die der Fischer Thies Thiesen im Netz hatte. Das sind wohl die aus dem Doppelgrab vom 10. November.«

»Stand da ›verstümmelt‹ oder ›verwest‹?«

»Verstümmelt.« Lilianne tupfte sich im Gesicht herum. »Ich mach Schluss. Meine Augen brennen. Und sicherlich ist mein Lidschatten verwüstet.«

»Ja, ja, so ist das Leben«, sagte Steffen altklug. »Wir sitzen hier herum, und zu Hause müssten die Fenster geputzt werden.«

»Welche Fenster?« Sie trugen die Folianten zu dem jungen Mann am Tresen zurück. Der fingerte nervös an seiner Brille herum.

»Habe ich etwas vergessen oder übersehen?«

Steffen blickte den Bibliothekar überrascht an.

»Ich meine, einen wichtigen Geburtstag oder Todestag? Oder ein Jubiläum?«

»Nicht dass ich wüsste.« Steffen konnte sich keinen Reim auf den jungen Mann machen. »Warum fragen Sie?«

»Weil erst vor ein paar Tagen jemand nach der gleichen Ausgabe der ›Föhrer Zeitung‹ gefragt hat.«

»Es soll ja vorkommen, dass sich auch andere Menschen für die Nordfriesischen Inseln interessieren.«

»Nein, eigentlich nicht. Wir mussten diese Folianten schon seit Jahren nicht mehr herausgeben.«

Steffen war müde. Er wollte nach Hause, er hatte absolut keine Lust, sich über andere Bibliotheksbesucher zu unterhalten. Doch irgendetwas hielt ihn zurück. »Wie sah der Besucher aus?«

»Es war ein Mann. An mehr kann ich mich nicht erinnern. Wissen Sie, ich schaue mir die Benutzer nie genau an. Sie interessieren mich nicht besonders.« Er bekam einen roten Kopf, fuchtelte mit den Händen und stieß mit einer fahrigen Bewegung einen Stapel

Karteikarten um. »Bei Ihnen ist es natürlich etwas anderes. Nicht dass Sie das falsch verstehen …«

»Schon in Ordnung«, brummte Steffen und ging zur Tür.

»Was sagt uns das jetzt?«, fragte Lilianne im Treppenhaus.

»Dass es Zufall ist.«

11

Emden, 6. Oktober 1954, 10.00 Uhr MEZ

Kapitän Gerdes blickte missmutig durchs Fenster des Ruderhauses. Es regnete, der Himmel hatte das Grau des Wassers angenommen. Oder war es umgekehrt? Wie auch immer, sie lagen hier, und nichts bewegte sich.

Jeder Tag im Hafen kostete Liegegebühr. Ein solcher Tag war ein Verlustgeschäft, weil kein Geld hereinkam, die Mannschaft aber weiterhin bezahlt und verpflegt werden musste. Aber alles Fluchen nutzte nichts, sie lagen nun mal hier auf Warteposition, in der hintersten Ecke des Hafens, völlig untätig.

Die Tür quietschte in den Scharnieren, der Matrose streckte den Kopf herein. »Das Deck ist gewaschen. Was sollen wir jetzt machen?«

»Richtet den Mast auf. Jetzt kommen keine Brücken mehr. Danach könnt ihr den Segelbaum mit dem Stützsegel anbringen. Das Segel aber noch nicht hochziehen.«

Der Matrose blickte ungläubig. »Stützsegel? Sie sagten doch, dass das Wetter in der Nordsee gut ist, Käptn.«

»Ich will das Stützsegel haben!«

Der Matrose zuckte zusammen. »Man wird ja mal fragen dürfen …«

Um wenigstens irgendetwas zu machen und nicht immer nur aus dem Fenster zu starren, blätterte der Kapitän im Schiffstagebuch. Am 3. Oktober waren sie von Duisburg losgefahren, gleich nachdem sie die letzten Papiersäcke an Bord hatten. Einen Tag später hatten sie die holländische Grenze erreicht. Auf den schmalen Kanälen waren sie bis Delfzijl getuckert, immer mit der vorgeschriebenen Geschwindigkeit, um die Uferböschung zu schonen. Bei diesem Gedanken musste Kapitän Gerdes schmunzeln. Zwar hätte er schon gerne ein größeres Schiff gehabt, doch im Binnenland war dieser ehemalige

Leichter mit seinem geringen Tiefgang jedem Seeschiff überlegen, weil er das gut ausgebaute Fluss- und Kanalnetz in Holland befahren konnte. Dadurch hatten sie sich den weiten Umweg über die Waal und durch die Nordsee entlang der westfriesischen Inseln erspart.

Er blätterte eine Seite weiter. Gestern hatten sie Delfzijl erreicht und kurz darauf Emden. Und hier lagen sie nun und warteten. Ärgerlich klappte er das Tagebuch zu. Was nutzte eine schnelle Reise, wenn dieser verfluchte Steuermann nicht auftauchte? Auf den Flüssen und Kanälen brauchte man keinen Schiffsoffizier, da wurde nur tagsüber gefahren. Aber auf See war ein zweiter Patentinhaber notwendig, das schrieb die Schiffsbesetzungsordnung vor. Man konnte ja nicht über Nacht irgendwo festmachen und sich in die Koje legen.

Kapitän Gerdes trat aus dem Ruderhaus, nahm das Fernglas zur Hand und blickte am Kai entlang. Ganz hinten, im Grau des Regens nur undeutlich zu erkennen, sah er eine Gestalt. Sie kam langsam daher, gebeugt unter dem Gewicht einer schweren Last, wohl eines Seesacks. »Moses! Sofort auf die Pier mit dir. Nimm dem Steuermann den Seesack ab.«

Der Schiffsjunge ließ alles fallen und flitzte los.

Kurze Zeit später war er wieder da, keuchend unter dem Gewicht auf seinen Schultern. Hinter ihm polterte der Steuermann über die Gangway.

»Tach, Reinhard Gerdes«, sagte der Steuermann Reinhard Gerdes und streckte seine große Hand aus.

»Tach auch, Reinhard Gerdes«, sagte Kapitän Reinhard Gerdes. Die beiden schlugen sich lachend auf die Schulter, diesen Spaß mit der Namensidentität machten sie jedes Mal.

Der Kapitän drehte sich zu dem Matrosen und dem Jungen um, die am Mast standen und den Steuermann neugierig musterten. »Weiterarbeiten! Wir laufen gleich aus.«

Die beiden Patentinhaber stiegen zur Kajüte hinunter, der Steuermann stellte seinen Seesack neben dem Tisch ab.

»Du bist spät dran«, sagte Kapitän Gerdes, »wir waren schon gestern hier.«

»Es gab Probleme auf der WUSTERLAND. *In London haben die Hafenarbeiter gestreikt. Eigentlich wollte ich von Rotterdam nach Hause fahren und ein paar Tage Urlaub machen. Aber das ging nicht mehr.«*

»Es wäre möglich gewesen; ich hätte einen Ersatzmann für dich gehabt.«

Der Steuermann lachte. »Auf keinen Fall, Reinhard. Ich will wenigstens einmal auf dem Schiff fahren, in das ich meine Ersparnisse gesteckt habe.«

»Aye, aye, Herr Reeder«. Der Kapitän schlug die Hacken zusammen und salutierte.

»Halb-Reeder, du Idiot! Die andere Hälfte vom Schiff gehört dir.«

Der Matrose stand in der Tür zur Kajüte. »Mast ist aufgerichtet und das Stützsegel ist auf dem Baum festgezurrt.«

»Okay«, sagte der Kapitän, »wir legen ab. Die erste Wache gehen der Steuermann und Sie.«

Während das Schiff nordwestwärts steuerte, saß Kapitän Gerdes in der Kajüte vor dem Schiffstagebuch. »Auslaufen Emden um 10.15 Uhr«, schrieb er, »Ladung nach Seemannsart sicher gestaut, Besatzung vollständig, Wasser und Verpflegung ausreichend.« In die nächste Spalte trug er den Barometerstand, die Lufttemperatur sowie Windrichtung und -stärke ein. Wieder im Ruderhaus blickte er zum Land hin. Sie hatten gerade die Hafenanlagen von Emden hinter sich gelassen.

»Was sagt der Seewetterdienst?«, fragte der Steuermann.

»Ich habe Norddeichradio abgehört. Es ist nicht schlecht für diese Jahreszeit. Ein ortsfestes Tiefdruckgebiet westlich von Dänemark. Hier bei uns sollen es vier bis fünf Windstärken werden. Mit Sicht um vier Meilen. Also ein Sonntagnachmittagspaziergang.«

»Dann dürften wir morgen Früh an der Elbe sein«, sagte Steuermann Gerdes.

»So ungefähr. Und morgen Abend in Rendsburg. Die warten sicherlich schon auf ihre Bleche.«

»Ob wir dort neue Ladung bekommen?«

»Eher nicht. Wahrscheinlich müssen wir leer nach Hamburg. Dort gibt es immer was.«

Beim Wort »Hamburg« bekam der Schiffsjunge am Ruderrad einen glänzenden Blick.

12

Steffen hatte schlecht geschlafen. Erst hatte er von Wasserleichen und gestrandeten Schiffen geträumt, dann von 10-Mark-Scheinen in Unterröcken. Alles bewegte sich im Kreise, immerzu. Als der Wecker klingelte, drehte er sich einfach auf die andere Seite und schlief weiter.

Plötzlich saß er im Bett und schaute erschrocken auf die Uhr. Er hatte verschlafen! In dem Augenblick, als er auf einem Bein stand und mit dem anderen hastig in die Unterhose schlüpfen wollte, traf ihn die Erkenntnis. Sie erschütterte ihn so stark, dass er um ein Haar gegen den Schrank gefallen wäre. *»Sie war bekleidet mit einem schwarzen Rock mit Reißverschluß, einem weißem Unterhemd, rosa Unterrock sowie schwarzen Schuhen«*, hatte in diesem Zeitungsausschnitt über Frau Kirsch gestanden. Kein Schlüpfer? Seines Wissens trugen Frauen immer Schlüpfer und Strümpfe, sowohl zu Hause als auch auf der Straße. Er musste unbedingt mit seiner Praktikantin darüber reden. Oder mit Sylvia. Die kannten sich besser aus in der weiblichen Kleiderordnung als er.

Lilianne war bereits im Büro und blätterte in ihren Aufzeichnungen.

»Haben Sie bei Frau Kirsch etwas bemerkt?«, fragte Steffen noch in der Tür.

»Nein. Sollte ich?«

»Sie trug keine Unterhose, als sie gefunden wurde.«

Lilianne zog die Augenbrauen hoch. »So etwas fällt wohl nur einem Mann auf.«

Steffen ging nicht auf ihre Bemerkung ein. »Könnte die Hose in der See davongetrieben sein?«

»Ziemlich unwahrscheinlich. Diese Zickzack-Gummis sind sehr strapazierfähig. Beim Laufen fällt einem die Hose ja auch nicht runter.«

»Was schließen wir daraus?«

»Vergewaltigt!« Sie rammte das Wort wie einen Granitpfeiler in den Institutsboden.

Ich will damit nichts zu tun haben, dachte Steffen, ich halte so was nicht aus.

»Wir brauchen dringend zusätzlich Informationen«, sagte Lilianne.

»Bekommen wir sicherlich bald. Ich habe schon an das Landesarchiv geschrieben.«

Lilianne erstarrte. Sie bekam einen abweisenden Blick und einen schmalen Mund, trotz des schnellen Hinweises von Steffen, dass er sie im Schreiben als autorisierte Person genannt hatte.

»Ich dachte, wir machen das Projekt gemeinsam«, sagte sie mit einer Stimme, die in ihm eine Ahnung von klirrender Kälte, von Sibirien und lebenslanger Verbannung aufsteigen ließ.

»Machen wir auch. Das hier war nur lästige Vorarbeit. Es gibt viel zu tun, und Ihr Praktikum dauert nicht ewig.«

Lilianne umrundete ihren Schreibtisch und baute sich vor Steffen auf. »Ich weiß, dass Männer gerne Alleingänge machen, wenn Frauen gerade nicht hinschauen. Aber ich hatte gehofft, dass du anders bist.«

Er blickte zu ihr hoch. Sie stand da wie die Rachegöttin für die Unterdrückung des weiblichen Geschlechts, es fehlte nur noch das bluttriefende Schwert – natürlich mit männlichem Blut besudelt. Wer ist hier der Projektleiter und wer die Praktikantin?, dachte Steffen ärgerlich. Doch er sprach es nicht aus. Für eine gedeihliche Zusammenarbeit war ein höflicher Umgang jenseits von Hierarchieunterschieden gefragt. Er stand auf und legte seine Hand auf ihren Arm. »Tut mir leid, Fräulein Feldmann. Ich wollte Sie nicht übergehen. Ich habe nur an das Projekt gedacht.«

Lilianne zog ihren Arm ein Stück zurück, ließ ihn jedoch gewähren. »Steffen, wir müssen uns verbindliche Regeln der Zusammenarbeit geben.«

Von der Tür war ein unterdrücktes Hüsteln zu hören. »Fräulein Feldmann«, sagte Hübner, »würden Sie bitte in mein Büro kommen.«

Wenig später war Lilianne wieder da. Sie ließ sich auf ihren Stuhl fallen und schwieg, sie schien immer noch ärgerlich zu sein. So geht das nicht, dachte Steffen, eine ordentliche Arbeit setzt Vertrauen voraus. Er griff in die unterste Schreibtischschublade, zauberte eine Tafel Schokolade hervor und hielt sie ihr hin. Erst zögerte sie, dann brach sie sich ein kleines Stück ab und verzog den Mund. Es mochte ein Lächeln sein.

Steffen stellte die Rückenlehne nach hinten, schloss die Augen und ließ ein Stück des zarten Schmelzes auf der Zunge zergehen. »Schokolade hebt die Stimmung, besonders Bitterschokolade.«

Lilianne sagte nichts.

»Fahren Sie am Wochenende nach Berlin?«

»Nein. Ich bleibe hier.«

»Schon was vor?«

»Nein, noch nicht.«

»Wollen wir etwas zusammen unternehmen?«

Sie sah ihn an. »Vielleicht.«

»Ich hole Sie morgen vom Studentenwohnheim ab. Zwei Uhr?«

Lilianne lächelte – immerhin schon zum zweiten Mal an diesem Tag.

13

Auf See, 6. Oktober 1954, 10:30 Uhr MEZ

Die Reind *tuckerte durch den Dollart nach Norden, der Kapitän und der Steuermann beugten sich über die Seekarte.*

»Wir fahren an Borkum vorbei bis Tonne acht«, sagte Kapitän Gerdes. »Dort gehen wir auf Ostkurs, immer auf dem Tonnenweg zur Weser.« Er führte den Stechzirkel mit leichter Hand an der Kurslinie entlang, die er bereits am Tag zuvor eingezeichnet hatte. »Beim Weserfeuerschiff wechseln wir die Karte, ab da gilt die für die Deutsche Bucht.«

Der Steuermann nahm das Fernglas und trat in die Nock hinaus. Schwer beladen pflügte das Schiff durch die See, es schob eine kräftige Bugwelle vor sich her. Die Luft war frisch und klar, unter sich hörte Steuermann Gerdes den Schiffsdiesel nageln, hinter ihm blubberte es aus dem Schornstein. Er suchte die Küstenlinie ab, nur aus Interesse, dann schwenkte sein Blick übers Meer. »Die Sicht ist gut, Borkum müsste bald zu sehen sein. Und Tonne acht werden wir wohl nicht verfehlen.«

»Ich hau mich in die Koje«, sagte der Kapitän. »Um zwölf Uhr löse ich dich ab.«

»Schlaf gut.«

Es war nicht viel los an diesem 6. Oktober. Ein paar Gegenkommer passierten an Backbord, ein englischer Tanker überholte sie, sonst ereignete sich nichts auf der Wache. Als die Schiffsuhr sechs Glasen schlug, nahm der Steuermann eine Kreuzpeilung und trug den Standort auf der Karte ein. Sie befanden sich genau auf der Kurslinie. Er machte sich am Radio zu schaffen, um die Elf-Uhr-Nachrichten und den Seewetterdienst abzuhören. Aus dem Lautsprecher kam nichts als Rauschen.

»Blöde Kiste!«, schimpfte er.

Der Matrose am Ruder verzog das Gesicht zu einem müden Grinsen. »Der Kasten tut's schon lange nicht mehr. Manchmal bekommt man was rein, aber meistens nicht.«

»Wir sollten uns demnächst einen ordentlichen Empfänger kaufen. Vielleicht bekommen wir ein gutes Gerät, das nicht so teuer ist.«

Punkt zwölf Uhr stand der Kapitän wieder im Ruderhaus. Er nahm das Glas, suchte den Horizont ab und rülpste laut und anhaltend. Eine Ahnung von Hülsenfrüchten zog durch das Ruderhaus.

»Riecht nach Erbseneintopf«, sagte der Steuermann.

»Stimmt.«

»Schmeckt der?«

»Eigentlich kann der Junge ganz gut kochen. Nur manchmal lässt er was anbrennen.«

»Da vorne an Steuerbord ankert ein Kümo«, sagte der Rudergänger, »der kommt mir irgendwie bekannt vor.«

Der Kapitän nahm wieder das Glas zur Hand. »Das ist die GOTT MIT UNS *aus Haren. Mit der lagen wir vor ein paar Wochen in Bremerhaven.«*

Die beiden Männer traten auf die Nock hinaus und grüßten zum Ankerlieger rüber. Der Rudergänger reckte den Hals, man sah ihm an, dass er liebend gerne seinen Posten verlassen hätte.

Der Steuermann gähnte herzhaft. »Ich geh essen und leg mich dann hin. Ich war die halbe Nacht unterwegs. Jetzt reicht's mir.« Im Weggehen sah er, wie sich der Kapitän über das Radio beugte und lautstark fluchte.

14

Früher hatte Steffen in der Kreisstadt an der Küste gewohnt, doch die Arbeit im Institut hatte einen Umzug nach Hamburg notwendig gemacht. Zunächst hatte er sich reichlich unwohl gefühlt in der großen Stadt, doch inzwischen wohnte er gerne hier; und er wohnte ganz besonders gerne hier, wenn die Sonne schien. Wie heute. Bedauerlicherweise schien sie nicht immer. Manchmal wurden die Hamburger mit einem tagelangen Nieselregen geplagt, der in ihren Knochen eine Ahnung davon aufkommen ließ, was im Alter an rheumatischen Krankheiten auf sie zukommen könnte. Dann hasteten die Leute mit vor der Brust zusammengerafften Mänteln und tief ins Gesicht gezogenen Hüten wie Kirchenräuber über die Straße, um im nächsten Augenblick in einer Haustür oder einem U-Bahn-Schacht zu verschwinden.

Doch heute schien die Sonne. Sie spiegelte sich in der Binnenalster und brachte die alten Prachtbauten mit den grünen Kupferdächern zum Leuchten. Vom Jungfernstieg aus ließen sich Steffen und Lilianne mit einen Dampfer durch die Alsterkanäle schippern, vorbei an den Gärten der Reichen und Superreichen. Lilianne stand am Heck und staunte über die großen Villen, hinter denen Kräne die letzten kriegsbedingten Baulücken beseitigten.

Später schlenderten sie am Tanzkaffee »Wien« vorbei die Mönckebergstraße hinunter und erreichten schließlich die Deichstraße, den mittelalterlichen Stolz Hamburgs. Sie quetschten sich in einem Restaurantkeller auf eine der harten Holzbänke neben eine fröhliche holländische Touristengruppe und bekamen ein erstaunlich gutes und preislich angemessenes Essen.

Am Abend kauften sie sich ihre Getränke an einem Ausschank direkt am Elbstrand und ließen sich etwas weiter entfernt im Sand nieder. Lilianne schaute elbabwärts und Steffen elbaufwärts, und schließlich saßen sie Rücken an Rücken, ein jeder mit seinem Glas in der Hand. Normalerweise lehne ich mich nicht an den Rücken einer fremden Frau, noch dazu an den einer Praktikantin, dachte Steffen, aber das hier hat nun wirklich nichts mit erotischen Gefühlen zu tun.

Während er die Süße des Weins auf der Zunge genoss, zogen auf dem Fluss die Frachter der Nordsee entgegen, ihre erleuchteten Aufbauten ließ sie wie Häuser erscheinen.

»Möchtest du lieber hier oder dort drüben auf dem Schiff sein?«, fragte Lilianne.

Steffen betrachtete die Umrisse des vorbeifahrenden Frachters, dessen Masten und Ladebäume wie Skelettfinger in den dunklen Himmel ragten. Die Positionslampen waren angezündet, das Blubbern des Schornsteins drang zu ihnen herüber, auf dem Brückendeck über dem grünen Seitenlicht sah er die Umrisse eines Mannes. Er spürte Lilianne Körperwärme an seinem Rücken und ihr störrisches Haar, das ihn im Nacken kratzte. »Ich bin lieber hier.«

»Warum?«

»Der Mann dort oben wird uns darum beneiden, dass wir hier sitzen können, während in der nächsten Zeit nur Arbeit und Wachdienst auf ihn warten.«

Sie veränderte vorsichtig ihre Position. Offenbar war Steffens Rücken nicht bequem genug, um dauerhaft ein gemütliches Ruhekissen abzugeben. »Wer wartet auf dich?«

»Auf mich? – Niemand.«

»Wirklich niemand?«

Er blickte über die Elbe, dann in sein Glas. »Nein, niemand.« Um das Kratzen im Hals zu beseitigen, nahm er schnell einen Schluck Wein. »Meine Freundin … meine Ex-Freundin ist vor einiger Zeit ausgezogen.«

Lilianne schwieg lange. »Du solltest dir einen Hund anschaffen. Hunde verlassen einen nicht.«

Eine aufgeregt tuckernde Barkasse pflügte gegen die Ebbe flussaufwärts, bunte Lichter erhellten den Innenraum. Musik und

Lachen drang zum Ufer herüber, auf dem offenen Achterdeck schmusten die Paare.

»Und wer wartet in Berlin auf dich?«

Sie zog erstaunt die Augenbrauen hoch, Steffen bemerkte es nicht. Erst viel später registrierte er, dass er sie geduzt hatte. »Mein Freund.« Dann Schweigen. Plötzlich prustete sie los und verschüttete etwas von ihrem Getränk. »Wenn er uns hier sehen könnte, würde er dich umbringen. Oder zumindest ins Wasser werfen. Er ist sehr eifersüchtig.«

»Warum bist du dann hier und nicht in Berlin?«

»Mein Praktikum ist mir wichtiger.«

Er brachte Lilianne nach Hause, wie die guten Sitten es vorschrieben. Es war kühl geworden, sie zog ihre Jacke am Hals zusammen und drängte sich näher an ihn. Das verwirrte ihn, er hatte einige Zeit damit zu tun, sich über seine widerstrebenden Gefühle klar zu werden. Wenn sich eine Frau an einen Mann drängte, mit dem sie keine Liebesbeziehung unterhielt, dann hatte sie nach seiner Erfahrung entweder Angst oder sie fror. Und in beiden Fällen war es wohl angemessen, den Arm schützend um ihre Schulter zu legen. So gingen sie nebeneinander her, im Gleichklang ihrer Schritte, nicht der Herzen, oder vielleicht doch, auf gewisse Weise.

Vor der Tür zum Studentenwohnheim legte ihm Lilianne die Hand auf den Arm. »Danke für den schönen Tag, Steffen. Du hast dir viel Mühe gegeben.«

Sie schaute ihm direkt ins Gesicht, er sah Sterne in ihren Augen funkeln. Oder funkelten die Sterne in seinen Augen? Sie beugte sich vor, hauchte ihm einen flüchtigen Kuss auf die Wange und lief dann schnell die Stufen zum Eingang hoch.

Eine halbe Stunde später war er zu Hause. Dunkel, kühl und abweisend nahm ihn der Flur auf. Es roch muffig und ungelüftet. Er stieg ins Mittelgeschoss hoch, durchquerte Doreens Schlafzimmer, ging auf den Balkon und betrachtete ohne großes Interesse das Unkraut in den Blumenkästen. Dann trat er wieder in den Raum und starrte auf das Sideboard mit den geöffneten Schubladen, ohne es wirklich wahrzunehmen. Die Leere des Zimmers und die leeren Schubladen, von denen eine ganz herausgezogen war und auf dem Boden lag, schienen ihm symptomatisch für das Ende ihrer Beziehung. An der Wand prangte auf einer Fototapete die Basilika Sacré-Cœer in Paris und um sie herum die Lichter des Vergnügungsviertels Monmartre. Paris hatte Doreen immer fasziniert, sie war geradezu süchtig nach dem Trubel dieser Stadt. Für Steffen hatte ihr gemeinsamer Urlaub in der französischen Hauptstadt nur Stress, Chaos, schlechte Luft und die fast vollständige Abwesenheit von stiller Natur bedeutet. Während sie die Nacht, das Glamour und die verräucherten Kneipen genoss, sehnte er sich in die ruhige Reihenhaussiedlung in Hamburg-Stellingen zurück.

Die Treppenstufen knarrten, als er zum Dachgeschoss hinauf stieg. Er liebte seine beiden kleinen Zimmer mit den schrägen Wänden und das noch kleinere Badezimmer über alles. Das Schlafzimmer hatte er männlich-spartanisch eingerichtet: Eine dicke Matratze auf ungehobelten Holzbalken als Bett, daneben stand der alte Bauernschrank seiner Großeltern mit den knarzenden Türen, auf der anderen Seite eine ebenso alte Truhe für die Bettwäsche und die Handtücher. Außer einem Hocker für die abgelegte Kleidung stand sonst nichts im Zimmer. Keine Kerzen, keine Deckchen, kein Nippes, auch kein Spiegel – alles Weiberkram. Welcher Mann betrachtete schon sein Äußeres im Spiegel? Er brauchte in nur zum Rasieren und dann fixierte er ausschließlich seine Bartstoppeln.

Der angrenzende Raum wurde von einem alten Schreibtisch dominiert. Auf der linken Seite der Arbeitsplatte hatte Steffen eine dieser alten, hohen Remington-Schreibmaschinen aufgestellt, nicht zum Schreiben, mehr als Dekoration. Mit der grünen Schreibauflage, der Schreibtischlampe mit grünem Schirm, dem abgewetzten Lederstuhl und den dunklen Bücherregalen vermittelte der Raum den Eindruck eines Kontors aus dem 19. Jahrhundert oder eines etwas heruntergekommenen Herrenzimmers.

Steffen lehnte an den Türrahmen und schaute sich um. Mit einem Mal drängte sich ihm ein unangenehmer Gedanke auf: Irgendwie haben wir viel gemeinsam, mein Arbeitszimmer und ich. Wir haben beide schon bessere Zeiten gesehen, wir sind ein bisschen betagt, ich jedenfalls im Vergleich zu Lilianne. Wir haben Schrammen abbekommen, sind an einigen Stellen abgewetzt, darunter liegen die Nerven blank. Der einzige Unterschied ist, dass es hier muffig riecht, wie alte Möbel nun mal riechen, ein bisschen wie im Museum. Ich jedenfalls rieche nicht so. Oder doch?

Er legte die 45er-Platte auf, die er erst kürzlich erstanden hatte. Ein wenig bekannter Sänger hatte das Lied gesungen, sein Name war Johnny Cash. Doch das Lied hatte es in sich; es war Steffens Tröster in traurigen und verwirrten Stunden geworden, wenn er sich selbst in einem *Ring Of Fire* gefangen fühlte.

Während die Plattennadel die dunkle Stimme des Sängers hervorzauberte, hangelte Steffen eine Flasche Calvados aus dem Wandschänkchen, das er zusammen mit Doreen in einem kleinen Antiquitätenladen in Westberlin erstanden hatte. Er füllte das Glas zu einem Drittel, schwenkte es, sog den vergorenen Apfelgeruch ein, trank einen kleinen Schluck und stülpte den Glasdeckel darüber.

Die Platte rauschte und knisterte. Du meine Güte, dachte Steffen, für wie viel Gefühlschaos hatte Mr. Cash schon herhalten müssen. Er lehnte sich im Schreibtischstuhl zurück und betrachtete das hübsche Schränkchen. Es rückte in neblige Ferne und gab den Blick auf ein verliebtes Paar frei, das Hand in Hand am Wannsee entlanglief. Heute jedoch war das Bild seltsam unscharf. Der See verengte sich zu einem Fluss, geräuschlos zogen Frachter vorbei. Am Flussufer saß ein Mann mit einem Weinglas in der Hand, gegen den Rücken einer Frau mit roten Haaren gelehnt.

Steffen stellte das Glas so heftig auf die Tischplatte, dass der Deckel klirrte. Er griff nach dem Tagebuch in der Schreibtischschublade und schrieb: *»Ich will mich nicht mehr auf eine Frau einlassen. Und auf diese Frau garantiert nicht. Aber, verdammt noch mal,* *ich kann mich ihr nicht entziehen. Das kann doch nicht angehen, eine bei uns beschäftigte Praktikantin! Riecht nach Unzucht mit Abhängigen. Strafwürdiger Tatbestand.«*

15

Am Montagmorgen kroch Steffen reichlich müde und viel zu spät aus dem Bett, weil er in der Nacht zu lange gelesen hatte. Als er schließlich mit einiger Verspätung ins Büro kam, wäre er beinahe gegen zwei Beine geprallt. Die Beine standen auf seinem Schreibtischstuhl und entpuppten sich bei näherer Betrachtung als durchaus wohlgeformt. Sie boten einen so erfreulichen Anblick, dass er beschloss, etwas genauer hinzuschauen.

»Starr nicht wie ein Orthopäde auf meine Schienbeine. Gib mir lieber eine Reißzwecke«, sagte eine seltsam gequetschte Stimme über ihm. Er ließ seinen interessierten Blick über den grauen Rock nach oben wandern, streifte die Abnäher der weißen Bluse, die den Busen einer Frau in so vorteilhafter Weise zur Geltung bringen, und blickte schließlich in Liliannes Gesicht mit den zusammengepressten Lippen.

»Nun mach schon! Ich kann hier nicht ewig stehen.« Lilianne nahm eine Reißzwecke aus dem Mund und heftete sie an die Ecke eines Kunstdrucks, Steffen sammelte eine zweite vom Fußboden auf.

»Was machst du eigentlich da oben?«

»Ich dekoriere um. Ich habe es satt, in einer Gruft zu leben. Jetzt kommt Licht in die Bude!«

Steffen blickte sich um – und fiel aus allen Wolken. Alle Friedhofsfotos waren verschwunden, die Dokumente seiner wissenschaftlichen Anstrengungen, die Meisterwerke der Fotografierkunst, der Quell seiner Inspiration. Stattdessen blickten der Hamburger Michel, die Außenalster mit Segelbooten, der Süllberg in Blankenese, sogar der Leuchtturm von Amrum auf ihn herab. Und alles strahlte in prallem Sonnenschein. Keine Tautropfen mehr, kein Morgennebel, keine moosbewachsenen Grabsteine. Er fragte sich, ob sich Lilianne einen solch gravierenden Eingriff in seine Persönlichkeitssphäre auch dann erlaubt hätte, wenn sie am Sonnabend nicht miteinander unterwegs gewesen wären.

»Wie findest du es?« Es lag ein Hauch von Unsicherheit in ihrer Stimme.

»Unverantwortlich!«

»Wie bitte?«

»Es ist unverantwortlich, auf einem Stuhl mit Rollen zu stehen und Fotos an die Wand zu heften. Du hättest zu Tode stürzen können. Diese Stühle sind Unfallursache Nummer eins im Büro.«

Lilianne zog einen Schmollmund, aber in ihren Augen blitzte der Schalk. »Achtung, ich komme!«, rief sie und warf sich ihm mit kindlichem Urvertrauen entgegen.

»Bist du verrückt geworden«, konnte er gerade noch rufen, doch dann hatte er alle Hände voll zu tun. Er griff beherzt zu, etwas anderes blieb ihm nicht übrig, und er tat es nicht ungern. Vorsichtig ließ er Lilianne so weit herunter, dass ihre Füße den Boden berührten und da er sie nun schon in den Armen hatte, ihr Gesicht sehr nahe an seinem und ihre Brüste gegen seinen Körper gedrückt, hielt er sie etwas länger fest, als es die Situation unbedingt erfordert hätte. Lilianne versuchte nicht, sich aus der Umarmung zu befreien.

»Die Stimmung in der Friedhofsgruppe ist ja erfreulich gut«, sagte Sylvia mit kühler Stimme. »Allerdings solltet ihr euch nicht von Professor Hübner erwischen lassen. Er schätzt solche Vertraulichkeiten in seinem Institut überhaupt nicht.«

Steffens Ohren glühten, Lilianne lachte herzlich, sie empfand offensichtlich keine Verlegenheit.

Die Instituts-Sekretärin schaute sich interessiert um. »Sehr schön! Endlich kommt Licht und Farbe hier herein. Man kann doch nicht ständig auf einem Friedhof leben. Das macht unglücklich.« Mit wallenden Kleidern schritt sie zur Tür und klatschte in die Hände wie eine Erzieherin im Kindergarten. »Geht jetzt wieder an die Arbeit. Spielstunde ist vorbei.«

Wahrscheinlich sind Kühlschränke in Junggesellenhaushalten nie gut gefüllt, doch als Steffen an diesem Abend seinen öffnete, fand er nur einen Rest Leberwurst, ein Paket Margarine, einige Ecken

Schmelzkäse von der Sorte, die er nicht mochte, sowie ein fast leeres Glas Erdbeermarmelade. Er breitete seine Schätze auf dem kleinen Küchentisch aus, konnte sich aber nicht entscheiden, hatte auch keinen großen Hunger. Schließlich kaute er an einem trockenen Kanten Schwarzbrot und sah sich gelangweilt in der Küche um. Doreen hatte immer auf der anderen Seite gesessen, und zu ihrer Zeit war das Lebensmittelangebot reichhaltiger gewesen. Sie war es auch, die ihn von seiner Vorliebe für Toastbrot abgebracht hatte.

Steffens Blick blieb am Hängeschrank haften. Da stimmte etwas nicht. Die Schranktür stand offen; es war nur ein schmaler Spalt, doch sie war eindeutig offen. Natürlich stand sie offen, das Scharnier war defekt, deshalb hing die Tür etwas tiefer, man musste sie anheben, damit das Schloss einrastete. Doch bei ihm, Steffen Stephan, stand die Tür nie offen. Nie! Er hob sie immer an, er war ein ordentlicher Mensch.

War Doreen zurückgekommen? Mit einem merkwürdigen Ziehen im Bauch ging er in den ersten Stock. Nein, Doreen war nicht hier, er hätte ihr Parfüm sofort gerochen. In ihrem Zimmer sah es aus wie immer – und doch wieder nicht. Steffen konnte nicht benennen, was sich verändert hatte, es war eher ein ungewohntes, nicht fassbares Gefühl. Nachdenklich betrachtete er die Kommode mit den herausgezogenen Schubladen. Sie standen alle offen, keine lag auf dem Boden. Das war es, das hatte sich verändert. Die unterste Schublade hatte auf dem Boden gelegen, seit Monaten schon.

Also doch. Jemand war während seiner Abwesenheit im Zimmer gewesen. Aber wer mochte in seinem Haus unterwegs gewesen sein? Der Vermieter? Der hatte zumindest einen Schlüssel. Wollte er nachsehen, was mit seinem Eigentum passierte? Doch dazu brauchte er nicht heimlich hereinzukommen, ein Anruf hätte genügt.

Ein Einbruch! Die Erkenntnis traf Steffen wie ein Schlag. Wie damals auf Amrum, im Wohnwagen. Er hielt einen Augenblick die Luft an, sein Magen zog sich zu einer kleinen, harten Kugel zusammen. Mit zwei Schritten war er im Treppenhaus. Vielleicht war der

Einbrecher noch da, vielleicht war er gestört worden. Steffen lauschte. Kein Geräusch, bis auf seine Atemzüge und das viel zu laut pochende Herz.

Er schlich in die Küche hinunter, zog leise die Besteckschublade auf und nahm das Brotmesser heraus. Damit pirschte er Stufe um Stufe in den Keller. Ruckartig öffnete er eine Tür nach der anderen, presste sich sofort gegen die Wand, wie er es in Filmen gesehen hatte, und wartete auf den Schuss. Kein Einbrecher, nichts.

An der Lattentür zum Kohlenkeller zögerte er. Der schwarze Raum dahinter war ihm schon immer dunkel und unheimlich vorgekommen. Außerdem hatte sich die einzige Glühbirne bereits seit Wochen verabschiedet. Wenn sich ein Einbrecher im Haus verstecken wollte, war dies der beste Platz. Doch er konnte wohl nicht gut hier stehen bleiben und warten, bis der ungebetene Besucher hinter der Tür verhungert war.

Steffen stieß die Tür auf und drückte sich gegen die Wand, wie er es zuvor auch gemacht hatte. Wieder kein Schuss und auch kein Geräusch. Oder doch? Es war ihm, als bewegte sich etwas, doch es waren keine fremden Atemzüge zu hören, so angestrengt er auch lauschte. Vielleicht Mäuse oder Ratten? Er suchte in seiner Hosentasche, fand ein paar Pfennige und warf sie ins Dunkel. Nichts, kein Schuss, keine erschreckte Bewegung.

Er wischte die feuchten Hände an seiner Hose ab und tastete sich in den Raum, wobei er sich krampfhaft am Brotmesser festhielt. Am Ende des Kohlenkellers drang diffuses Licht durch die Kasematte; schemenhaft konnte er den Berg Eierkohlen erkennen und die sorgfältig geschichteten Briketts an der rechten Seitenwand. Er ging zur Kasematte und hatte gerade das mit Ruß bedeckte Fenster geöffnet, als er draußen Schritte hörte. Die Haustür wurde leise ins Schloss gezogen, dann entfernten sich die Schritte eilends – und ließen einen verstörten Steffen Stephan zurück, dem vor Schreck das Brotmesser aus der Hand gefallen war. Der Einbrecher war also doch noch im Haus gewesen, und er hatte ihn überrascht. Doch wo hatte er sich versteckt? Wahrscheinlich im zweiten Stock. Oder, was noch schlimmer war, im Wohnzimmer, direkt neben der Küche. Vielleicht gibt es nicht nur einen Einbrecher, fragte sich Steffen ängstlich. Ob noch ein zweiter in einem der Zimmer lauert?

Er durchsuchte erneut den Keller, das Wohnzimmer und noch einmal Doreens Zimmer. Nichts. Er ging auf leisen Sohlen in den zweiten Stock hinauf und lauschte an der Tür zum Schlafzimmer. Ruckartig riss er sie auf. Alles war so, wie er es am Morgen verlassen hatte.

Hatte er jetzt schon Halluzinationen?

Aufmerksam blickte er sich im Arbeitszimmer um. Hier war jemand gewesen, er spürte es. Hastig blätterte er seine Unterlagen durch und strich an den Büchern entlang. Nichts fehlte, keine Wertsachen, auch nicht das Radio, nicht der Plattenspieler, keine Schallplatten. Er kroch unter den Schreibtisch und betätigte die Vorrichtung des Geheimfachs. Da waren sein Postsparbuch und die paar Geldscheine, die er nicht in der Brieftasche herumtragen wollte.

Er hob den Deckel vom Zuckertopf in der Küche hoch und wühlte in den Quittungen des Kaufmannsladens. Das Wirtschaftsgeld für diesen Monat war vollständig vorhanden, nicht einmal die Scheine hatte der Einbrecher mitgenommen. Ratlos lehnte Steffen am Küchenschrank, das Brotmesser in der einen Hand, den Deckel der Zuckerdose in der anderen. Was mochte der Eindringling gesucht haben? Wertsachen offenbar nicht. Doch was dann? Vielleicht war das kein normaler Einbruch, vielleicht hatte jemand etwas Bestimmtes gesucht, etwas Ideelles, was auch immer das auch sein mochte, und wollte den Eindruck erwecken, niemand sei hier gewesen.

Plötzlich durchschoss Steffen ein Gedanke. Er hastete ins Dachgeschoss und riss die Schreibtischschublade auf. Tatsächlich: Sein Tagebuch fehlte! Verwundert schüttelte er den Kopf. Wen interessierte das Tagebuch eines langweiligen, spröden Archivars? Es stand nicht viel drin, auf keinen Fall etwas Weltbewegendes, Verbotenes, Gesetzeswidriges, Unmoralisches oder Schlüpfriges.

Also doch Doreen! Vielleicht wollte sie wissen, mit wie viel Frauen er wie viele heiße Nächte seit ihrer Trennung verbracht hatte. Steffen lachte tonlos, es klang nicht fröhlich. Doreen konnte es nicht sein, dachte er dann, die ist sicherlich in Paris. Und außerdem ist das hier nicht ihr Stil, die kämpft alles persönlich aus, Auge in Auge.

Fensterkontrolle! Alle waren geschlossen, kein Glas zersplittert, keine Einbruchspuren an den Fensterrahmen. Steffen kontrollierte die Terrassen- und die Eingangstür. Auch hier war alles in Ordnung. Merkwürdig, wie war der Einbrecher hereingekommen? Er schloss die Haustür mehrfach auf und zu. Keine Veränderung, außer, dass das Schloss etwas schwer ging. Aber das war schon lange so, eigentlich hätte der Vermieter es seit Monaten reparieren müssen.

An diesem Abend ging Steffen mit einem unguten Gefühl und der Stuhllehne unter der Türklinke ins Bett. Er verbrachte eine unruhige Nacht. Bei jeder zuschlagenden Autotür war er hellwach und lauschte ins Treppenhaus. Waren da Schritte, knarrten die Stufen? Mehr als einmal schlich er mit dem Brotmesser bis in den Keller. Nichts. Wenn er wieder im Bett lag, konnte er lange keinen Schlaf finden. Schließlich, um vier Uhr morgens, gab er es auf. Er setzte sich in die dunkle Küche. Er fühlte sich gerädert, als hätte er die ganze Nacht kein Auge zugemacht. Was ja tatsächlich der Fall war.

Wie auf Amrum, dachte er. Dort wurden meine Aufzeichnungen geklaut, hier das Tagebuch. Anscheinend verfolgt mich jemand. Doch was will er von mir? Hat das was mit dem Friedhof der Namenlosen zu tun? Wohl kaum, dort liegen nur Wasserleichen. Was nicht ungewöhnlich ist auf einer Nordseeinsel. Oder will mir jemand am Zeug flicken, mich bloßstellen, mich lächerlich machen? Steffen lachte freudlos. Da kann der Einbrecher lange suchen, bei mir ist nichts zu holen. Allerdings fiel ihm gerade ein, dass er einen Satz über Lilianne in sein Tagebuch geschrieben hatte. Was war es noch gewesen? Ach ja, *»ich kann mich ihr nicht ganz entziehen«* – oder so ähnlich. Das reichte wohl nicht für einen Skandal, nicht einmal unter Historikern.

Sollte er zur Polizei gehen? Doch was hatte er vorzubringen? Ein paar handschriftliche Blätter auf Amrum und ein paar dürftige Tagebucheintragungen in Hamburg, mehr war nicht geklaut worden. Die Polizei würde sich totlachen über diesen Spaßvogel. Ein bisschen verrückt, würden die denken, ist ja auch kein Wunder, bei dem Beruf.

16

HAMBURG, 6. OKTOBER 1954, 10.30 UHR MEZ

Die beiden Meteorologen des Deutschen Wetterdienstes starrten ungläubig auf den Fernschreiber, der in rhythmischem Tackern den Luftdruck der einzelnen Stationen aufs Papier druckte und gleichzeitig den Code in den gelben Papierstreifen stanzte.

»So etwas gibt's überhaupt nicht!«, rief Wilbrand, der ältere der beiden empört. »Die müssen sich vermessen haben.«

Stahmer wiegte nachdenklich den Kopf. »Ziemlich unwahrscheinlich, dass sich alle vermessen. Aber merkwürdig sieht es schon aus.«

Nach den Meldungen aus der Nordsee machte das Gerät einen Papiervorschub, das Knirschen des Lochstreifenstanzers setzte einen Augenblick aus. Jetzt kamen die Meldungen aus der Ostsee, doch die interessierten Wilbrand nicht mehr. Mit einem geübten Griff riss er den oberen Teil des Papiers ab und war mit wenigen Schritten am Kartentisch. Stahmer las die Luftdruckangaben vor, Wilbrand verband mit einem geübten Schwung die Isobaren auf einer Karte.

Jetzt hatten sie es nicht nur schriftlich, sondern auch grafisch. Da spaltete sich das Tiefdruckgebiet in der nördlichen Nordsee in zwei Druckgebiete auf, und der kleinere Teil drängte mit Macht in die Deutsche Bucht. Das war nicht nur ungewöhnlich, so etwas konnte es überhaupt nicht geben.

»Verstehe ich nicht. Das habe ich noch nie gesehen«, sagte Wilbrand.

»Ich auch nicht. Aber das hier gibt mir mehr zu denken.« Stahmer fuhr mit dem Finger die eng nebeneinander liegenden Linien unterschiedlichen Drucks nach. »Der Luftdruck fällt hier mit einer unglaublichen Geschwindigkeit. Das riecht nach einem ausgewachsenen Sturm.«

»Wir fragen noch mal die Stationen ab. Dann benachrichtigen wir die Küstenfunkstellen.«

Die Messstationen bestätigten die vorherigen Meldungen. Einzige Änderung: Das abgespaltene Tief zog mit extrem hoher Geschwindigkeit auf die deutsche Nordseeküste zu. Stahmer tippte eine Eilmeldung in den Fernschreiber: »Deutscher Wetterdienst. Seewetterbericht von 11 Uhr MEZ. Sturmwarnung für die ostfriesische Küste. Wind Stärke 6 aus Süd, gegen Abend Stärke 8–9 aus Nordwest.«

Die öffentlichen Rundfunksender verbreiteten die Meldung im Anschluss an die stündlichen Nachrichten, Norddeichradio warnte die Schifffahrt, der Küstenschutz wurde in Alarmbereitschaft versetzt.

Wilbrand und Stahmer verfolgten gebannt den Weg des abgespaltenen Tiefdruckgebiets und zeichneten Karte um Karte, sobald neue Meldungen von den Messstationen hereinkamen.

»Das Tief rast ja geradezu durch die Nordsee«, sagte Stahmer kopfschüttelnd.

Wilbrand stand am Fenster und blickte über die Elbe hinweg in den Himmel. »So etwas habe ich mal im Studium gesehen. Als wir die Taifune durchgenommen haben.«

»Hier gibt es keine Taifune!«

»Vielleicht doch. Es könnte ein alter Taifun sein, der sich bis in unsere nördlichen Breiten durchgeschlagen hat.«

Um 16 Uhr kamen neue, alarmierende Meldungen. Kurz darauf saß Stahmer wieder am Fernschreiber und tippte: »Deutscher Wetterdienst. Seewetterbericht von 16.10 Uhr MEZ. Sturmwarnung für die ostfriesische Küste. Nordweststurm Stärke 10, in Böen 11. Wellenhöhe 4,0 bis 4,5 m.«

Die Schiffe, die das Glück hatten, in Küstennähe zu sein, suchten in der Jademündung, der Weser und der Elbe Schutz, andere verschoben die Abfahrt aus den Häfen. Auf der Unterelbe drängten sich 150 größere und kleinere Schiffe, die Cuxhaven als Nothafen angelaufen hatten.

17

Beim obligatorischen Morgenkaffee erzählte Sylvia, dass am Tag zuvor eine Frau für Steffen angerufen habe. Eine Journalistin von der »Föhrer Zeitung«. Klare Stimme, harter Klang, vielleicht von der Küste, sonst keine Besonderheiten. Sie habe ihn interviewen wollen, wegen des Friedhofs auf Amrum.

Steffen rührte nachdenklich im Kaffee. »Von der ›Föhrer Zeitung‹? Bist du sicher?«

»Ganz sicher.«

»Die ›Föhrer Zeitung‹ wurde vor drei Jahren eingestellt.«

Sylvia blickte verwirrt.

»Warum hast du sie nicht zu mir durchgestellt?«

»Habe ich. Aber du warst nicht am Platz. Sie wollte sich später noch mal melden.«

»Sie hat sich aber nicht gemeldet.«

»Merkwürdig.«

So ist das also. Da hat jemand mein Haus durchsucht und sich vorher vergewissert, dass ich nicht krank im Bett liege oder aus irgendwelchen anderen Gründen zu Hause bin. Mir stellt offensichtlich jemand nach. Der Diebstahl im Wohnwagen, der Einbruch hier und dann dieser Besucher in der Landesbibliothek, der möglicherweise nach der gleichen Meldung gesucht hat. Unangenehmes Gefühl.

Steffen ging zurück an seinen Schreibtisch und machte sich an eine Tätigkeit, die er zwar nicht liebte, ihn aber ablenkte und die er endlich vom Tisch haben wollte: die Beantwortung von Leserbriefen. Er rang bei jedem Schreiben um eine angemessene und höfliche Formulierung, was ihm, angesichts des oberlehrerhaften Tons mancher Schreiber, nicht immer leicht fiel. Schließlich befreite ihn ein schrecklicher Lärm von dieser unangenehmen

Pflicht. Lillianne hatte einen Stapel Bücher auf ihren Schreibtisch fallen lassen.

»Willst du eine Bibliothek aufmachen?«, fragte er erstaunt.

Ja, er hatte sie geduzt, mit voller Absicht und nicht nur versehentlich wie die letzten Tage. Er wollte nicht wie diese Kollegen dastehen, die sich das ganze Jahr lang siezten, dann beim Betriebsausflug im betrunkenen Zustand zum vertraulichen »Du« übergingen, um sich am nächsten Tag wieder zu siezen.

Lilianne lehnte sich gegen den Schreibtisch, verschränkte demonstrativ die Arme vor der Brust und blickte wie eine strenge Lehrerin auf ihn herab. »Das ist medizinische Literatur, mein Lieber.«

»Hast du dein Studienfach gewechselt?«

»Während du hier gelangweilt herumsitzt und auf die Antwort der Nordelbischen Kirche wartest, bin ich schon ein Stück weiter. Ich werde meine Hypothese prüfen.«

»Hypothese?«

Sie rollte ihren Stuhl heran, positionierte ihre Ellenbogen auf Steffens Schreibtisch und legte die Fingerspitzen gegeneinander. »Ich stelle die Behauptung auf, dass sich die Toten im Wasser mit der Zeit verändern. Zu Anfang sehen sie wohl noch recht frisch aus, doch dann setzt die Verwesung ein und schließlich zerfallen sie.«

»Wirklich überraschend, diese Erkenntnis.«

Lilianne griff nach einem Buch und wog es in der Hand. »Wir werden mit Hilfe der medizinischen Literatur einen Katalog der Verfallstadien anfertigen: Zustand nach einem Tag, nach einer Woche, nach zwei Wochen, und so weiter.«

»Was soll das bringen?«

»Vielleicht haben die Pastoren in den Kirchenbüchern eine Personenbeschreibung hinterlegt. Dann können wir genau zurückdatieren, wann die Leichen ins Wasser gefallen sind.«

Steffen schlug mit der flachen Hand auf die Tischplatte. »Ausgezeichnet! Dann brauchen wir nur noch zu Sigrist zu gehen und ihn zu fragen, welches Schiff an diesem Tag untergegangen ist. Und schon haben wir das Geheimnis gelüftet.«

Lilianne lehnte sich zufrieden zurück. »Nun sag endlich, dass eine Literaturwissenschaftsstudentin eine ganz sinnvolle Mitarbeiterin sein kann, selbst unter Historikern.«

»Ja, ja, sag ich doch.«

Steffen machte sich über Liliannes Literatur her. Er fischte die Dissertation eines Rechtsmediziners über im Rhein ertrunkene Menschen aus dem Stapel, Lilianne griff sich ein Buch über jene Zeitgenossen, die in selbstmörderischer Absicht ins Wasser gegangen oder einem Gewaltverbrechen zum Opfer gefallen waren. Dieses Buch hatte Steffen auch kurz in der Hand gehabt, doch die Fotos waren so schrecklich gewesen, dass er es schnell beiseitegelegt hatte. Lilianne jedoch vertiefte sich mit wahrer Begeisterung in das »Leichenbuch«, wie Steffen es nannte. Sie schien in eine andere Welt abgedriftet zu sein, eine Welt der menschlichen Abgründe. Nur ab und zu kam sie wieder an die Oberfläche, schnappte sich einen Stift und kritzelte in rasender Eile etwas auf ihren Schreibblock.

Nach Feierabend kaufte Steffen beim Schlüsseldienst eine Sicherungskette für die Haustür.

Der Verkäufer runzelte die Stirn. »Damit können Sie keinen Profi abschrecken.«

»Immerhin besser als nichts. Hauptsache, es beruhigt meine Nerven.«

Am Freitagnachmittag stapelte Lilianne ihre Bücher sorgfältig zu einem Turm und schob ihn an die rechte obere Ecke der Tischplatte.

»Hättest du Lust auf einen Kinobesuch?«, fragte Steffen.

»Ich fahre übers Wochenende nach Berlin.«

Schade, dachte er.

Lilianne hatte gerade das Institut verlassen, als Sigrist vorbeikam, in der Hand einige Unterlagen. »Wie sieht es aus an der Friedhofsfront?«

Steffen blickte mürrisch hoch. »Der Friedhofsgruppe reicht es für diese Woche. Auf Dauer werde ich depressiv. Überall ertrunkene Leichen.«

»Meinst du, meine Arbeit macht mir immer Spaß?« Sigrist zupfte ein Blatt aus seinen Unterlagen. »Rate mal, was ich hier habe.«

»Ein Blatt Papier, DIN A4, vollständig beschrieben.«

»Das ist der Bericht über den Untergang der HERMINA.«

Steffen dachte angestrengt nach, irgendwie kam ihm der Name bekannt vor.

»Das Schiff passt zu deinen beiden Gräbern vom 17.5.1925.«

Jetzt war Steffen elektrisiert. »Erzähl!«

»Spannende Geschichte! Der Motorsegler trieb im November 1923 kieloben auf Sylt an. Warum er kenterte, ist unklar. Jedenfalls gab es niemanden, der Auskunft geben konnte, weil alle Besatzungsmitglieder ertrunken sind. Im Februar 1924 machte sich die HERMINA jedoch wieder auf eine Reise …«

»Ich dachte, die lag am Strand von Sylt?«

»Lag sie auch, fest vertäut. Doch in einem schweren Sturm riss sie sich los und trieb, immer noch kieloben schwimmend, an den Kniepsand auf Amrum. Nachdem sie dort ein Jahr gelegen hatte, öffnete man den Rumpf und fand dort zwei skelettierte Leichen. Wieder ein Jahr später, im Mai 1926, schleppte man das Wrack nach Hamburg, wo es aufgerichtet und repariert wurde.« Sigrist machte eine Pause und lächelte. »Du wirst es nicht glauben, der alte Kahn ist nicht totzukriegen. Er fährt immer noch.«

»Schreckliche Sache«, sagte Steffen nachdenklich. »Wer waren die beiden Toten im Schiff?«

Sigrist zuckte mit den Schultern. »Darüber habe ich auch schon nachgedacht. Wenn die Männer im gleichen Raum gefunden wurden, was wir nicht wissen, könnten es die beiden Matrosen der Freiwache gewesen sein.«

Am Montagmorgen, als Steffen mit einem Kaffee in Sigrists Büro ging, sah er Lilianne kurz auf dem Flur. Ihr Blick über den dunklen Augenrändern war müde und ausdruckslos, sie bemerkte ihn nicht, als sie das Sekretariat ansteuerte. So also sieht man aus, wenn man ein Wochenende in Berlin hinter sich hat, dachte er.

Als er schließlich an seinen Schreibtisch zurückkam, fand er eine Notiz von ihr: »Ich sitze zurzeit woanders und möchte nicht gestört werden. Lass mich in Ruhe!« Das klang nach Rätselraten – doch Rätsel waren nicht Steffens Steckenpferd. Er hasste Glückspiele und Fußball-Toto, doch er liebte überschaubare Fronten und ein klares Wort zur rechten Zeit.

»Was zum Teufel ist mit dieser merkwürdigen Studentin aus Berlin los?«, platzte er in Sylvias Büro.

Die Sekretärin schaute ihn mit einem treuherzigen Blick an. »Wieso?«

Statt einer Antwort klatschte er die Notiz auf ihren Schreibtisch. Sie überflog den Zettel, betrachtete danach sehr intensiv ihre rot lackierten Fingernägel. »Ach, Steffen.«

Er beugte sich wütend zu ihr hinunter. »Mir legt man keine solchen Nachrichten auf den Tisch. ›Lass mich in Ruhe!‹ Was soll das? Bin ich ein Frauenschänder?«

Sylvia wies mit knapper Geste auf den Besucherstuhl. »Reg dich erst mal ab. Lilianne hat das sicherlich nicht so gemeint. Vielleicht ist es etwas unglücklich formuliert.«

»Sylvia, du weißt alles, was im Institut vor sich geht. Ich habe gesehen, dass Fräulein Feldmann heute Morgen in deinem Büro war.«

»Ich kann dir nicht sagen, was los ist.«

»Aha, Schwesterngeheimnisse also. Ich dachte, so was gibt es nicht.«

»In schwierigen Situationen gibt es sie schon.«

Steffen brummte etwas vor sich hin, was nicht für ihre Ohren bestimmt war.

»Ich habe Lilianne im Zimmer von Dr. Eichbaum untergebracht«, sagte Sylvia, »er ist zurzeit auf einem Kongress.« Sie machte eine Pause. »Und wenn es dich beruhigt, Steffen: Es liegt nicht an dir, dass es ihr so schlecht geht.«

Es war still geworden im Büro. Still und langweilig. Erstaunlich, wie schnell ich mich an meine Bürogenossin gewöhnt habe, dachte Steffen.

Lilianne ließ sich nicht blicken, weder an diesem noch an einem der nächsten Tage. Dafür kam eines Nachmittags Sergio Conetti ins Institut. Er blieb wie angewurzelt an der Tür stehen, trat dann zögernd ein und musterte die Fotos an den Wänden. »Du hast dich verändert, Steffen. Keine Friedhöfe mehr?«

»Doch, immer noch. Aber nicht mehr an den Wänden.«

»Über was forschst du jetzt?«

»Über den Friedhof der Namenlosen von Amrum.«

Sergio wich erschrocken zurück. »Wasserleichen?«

»Hast du eine Inspiration, wie man einen solchen Friedhof ins Bild setzen könnte?«

Der Fotograf schaute nachdenklich ins Leere. »Ertrunkene Menschen? Da spüre ich keine Energie. Nur Ekel.«

»Vor Gott sind alle gleich.«

»Ja, vor Gott. Aber nicht vor mir.«

Steffen hatte jetzt endgültig die Lust an den Wasserleichen im Rhein verloren. Er schrieb eine Notiz, steckte sie in einen Umschlag und deponierte ihn im Postfach von Dr. Eichbaum: *»Liebe Lilianne, soll ich für morgen einen Besuchstermin im Landesarchiv in Schleswig verabreden? Wir könnten die Unterlagen durchsehen und nachmittags an den Strand gehen.«*

Statt einer Antwort kam Lilianne persönlich. Sie war ganz in schwarz gekleidet und hatte einen merkwürdigen Zug um den Mund, einen Hauch von Resignation. Ihre Stimme war dem Auftritt angemessen – leise und tonlos. Sieht aus wie eine Witwe, dachte Steffen, zu ihr hätten die Friedhofsfotos als Hintergrunddekoration hervorragend gepasst. »Ich möchte, dass du dich ab jetzt allein um das Projekt kümmerst«, sagte die Witwe, »ich habe im Augenblick wenig Zeit.«

Sie tat Steffen leid, wie sie so dastand, mit gesenktem Blick und hängenden Armen. Er bemühte sich, sie etwas aufzuheitern. »Ich wäre gerne wieder mit dir auf Amrum. Es war irgendwie weit weg von allem. Es war so problemlos …«

»Ja, weit weg von allem.«

Steffen horchte auf. Der Tonfall, die Wortwahl und die Haltung kamen ihm irgendwie bekannt vor. Das roch verdammt stark nach zwischenmenschlichen Problemen.

»Schwierigkeiten?«

»Ich muss zurück nach Berlin. Ich bleibe die ganze Woche dort. Sprechstunde bei meinem Professor. Außerdem muss ich meine Eltern besuchen.«

»Und deinen Freund.«

»Ja, da muss ich auch hin.«

»Klingt nicht gerade begeistert.«

»Ach, Steffen.«

18

Steffen war nicht untätig gewesen in dieser Woche. Er hatte Liliannes Hypothese auf Gültigkeit geprüft, doch sonderbarerweise hielten die Toten nicht viel von den Theorien der Lebenden. Diese Menschen waren absolut unberechenbar, selbst noch im Tod. Es gab so viele Faktoren, die ihren Verfall beeinflussten. Manche trieben wochenlang im Strom, und wenn man sie herausfischte, waren sie fast so frisch wie am ersten Tag. Andere dagegen zerfielen überaus schnell. Das hatte natürlich etwas mit der Wassertemperatur zu tun – je kälter, desto besser erhalten –, doch das erklärte nicht alles. Warum ist es nicht wie im Kriminalfilm, dachte Steffen ärgerlich, da braucht der Inspektor einen Gemeuchelten nur anzuschauen und schon weiß er, wie lange der tot in der Rinne lag.

Doch wenn der Erhaltungszustand keine Zeitbestimmung zuließ, dann könnte er vielleicht etwas anderes herausbekommen. Wenn sich nämlich die Richtung bestimmen ließe, aus der die Toten herangetrieben waren, dann würde sich möglicherweise der Ort des Schiffsuntergangs näher eingrenzen lassen.

»Für Wasserleichen bin ich nicht zuständig«, erklärte Sigrist schroff, als Steffen ihn mit diesem Thema konfrontierte. »Doch wenn ich ausnahmsweise einmal über deine Toten nachdenke, scheint mir das mit der Treibrichtung kein guter Gedanke zu sein.«

»Warum nicht? Sie werden doch durch Ebbe und Flut bewegt.«

Sigrist nahm sich Zeit. Er breitete sein Arbeitsgerät vor sich aus: die Pfeife, den Pfeifenreiniger, den Tabak, den Stopfer, die Streichhölzer. Er hantierte lange mit den Utensilien, doch wie immer zog die Pfeife nicht richtig. »Ebbe und Flut bringen keinen Fortschritt«, sagte er nach einer Weile, »die See nimmt, die See gibt. Wichtiger scheint mir die Strömung zu sein.«

»Welche Strömung? Die Nordsee ist doch kein Fluss.«

»Aber es gibt eine Grundströmung. Das hat mit der Corioliskraft zu tun, obwohl das Wasser in der Nordsee anders herum fließt.«

»Corioliskraft?« Steffen grub in seinen Gehirnwindungen nach versprengten Resten des Physikunterrichts. »Ist die nicht für den Strudel im Badewannen-Abfluss zuständig?«

»Das ist die häufigste Antwort, aber sie ist falsch.« Sigrist legte den Kopf schief und blickte Steffen kritisch an. »Ich werde es dir jetzt nicht erklären, das ist zu schwierig für einen Archivar. Fest steht, dass die Grundströmung an den Ostfriesischen Inseln entlang bis zur Elbmündung zielt und sich dann nach Norden wendet. Wer auf Amrum oder Sylt antreibt, könnte zum Beispiel bei Borkum ins Wasser gefallen sein.«

Steffen ärgerte sich nicht. Er hatte solche Gesetze noch nie verstanden – und genau genommen interessierten sie ihn auch nicht. »Immerhin wissen wir jetzt, aus welcher Richtung die Leichen gekommen sind.«

»Ganz so einfach ist es nicht. Der Tote könnte auch ein Fischer von Sylt oder von der dänischen Küste sein, der Wochen oder Monate zwischen den Inseln herumgetrieben ist. Wenn deine Leiche nämlich ins Watt gerät, lässt sich überhaupt keine Aussage über Treibrichtung und Treibdauer machen. Im Watt herrschen eigene Gesetze.«

Steffen konnte geradezu sehen, wie sich seine Idee in Rauch auflöste. »Ich danke dir für diese hilfreichen Informationen«, sagte er sarkastisch und stand auf.

Sigrist zuckte mit den Schultern.

In der Tür drehte sich Steffen noch einmal um. »Wo finde ich Informationen über den Untergang der FIDRA?«

»Bin ich eine Auskunftei?«

»Komm schon. Ein Stichwort genügt.«

»Über jeden Schiffsunfall gibt es eine Seeamtsverhandlung. Die findest du beim Seeschifffahrtsamt.«

Steffen war fast im Flur, da holte ihn Sigrists Stimme noch einmal zurück. Er hatte beide Ellenbogen auf die Tischplatte gestützt und die Hände gefaltet. »Wie lange willst du dich noch mit diesen Wasserleichen aufhalten?«, fragte er mit einem lauernden Unterton.

»Bis wir den Friedhof erforscht haben. Und bis Fräulein Feldmann weiß, wie man recherchiert.«

»Ich glaube nicht, dass Hübner dauerhaft an diesem ekligen Thema interessiert ist. Sofern er überhaupt jemals interessiert war. Du solltest das Projekt schnellstens beenden.«

»Ich finde die angeschwemmten Seeleute ziemlich spannend.«

»Du setzt aufs falsche Pferd, Steffen. Fräulein Feldmann ist eine überaus interessante Persönlichkeit, die gerne andere für sich einspannt. Du verdienst aber deine Brötchen mit den Projekten, die sich verkaufen lassen. Ich würde an deiner Stelle vorsichtig sein. Der Institutsleiter kann sehr unangenehm werden, wenn man seinen Wünschen nicht nachkommt.«

Der Ton, den Sigrist angeschlagen hatte, machte Steffen sprachlos. Was war eigentlich los in diesem Institut? Irgendwie verhielten sich alle merkwürdig, seit Lilianne aufgetaucht war. Hübner war plötzlich an den Arbeitsfortschritten einer Praktikantin interessiert, Sylvia solidarisierte sich mit ihr und Sigrist ließ den Macker raushängen.

Das Seeschifffahrtsamt residierte hoch über den Hamburger Landungsbrücken mit einem phantastischen Blick über die Elbe und den Hafen – was man von einem solchen Institut auch erwarten konnte. Die Bibliothekarin gab sich standesgemäß, sie blickte Steffen mit freundlicher Reserviertheit entgegen.

Er trug sein Anliegen vor.

»Welcher Jahrgang?«, fragte sie.

»1909 und 1910. Vielleicht auch 1911. Ich weiß nicht, wie schnell die Seeämter damals gearbeitet haben.«

Die Frau verschwand in den hinteren Räumen und schleppte kurz darauf drei dicke Bände heran. Als sie die Archivalien auf den

Tisch fallen ließ, wallte Staub auf. Steffen betrachtete die Wälzer andachtsvoll. Es waren in Schweinsleder gebundene Schinken; der Titel prangte in Goldschrift auf ihren Rücken: »*Entscheidungen des Ober-Seeamts und der Seeämter des Deutschen Reichs*«.

Er schleppte die Bücher in den Lesebereich und blätterte mit flinken Fingern durch die Seiten auf der Suche nach dem Stichwort »Fidra«. Im ersten und zweiten Buch wurde er nicht fündig, schließlich legte er auch das dritte Buch enttäuscht beiseite. Er hatte mehr als tausend Seiten durchgeblättert, doch die Seeämter hatten den Untergang des englischen Dampfers FIDRA mit immerhin 16 Toten ganz offensichtlich nicht zur Kenntnis genommen.

Ernüchtert trug er die Bücher zum Tresen zurück. Die Bibliothekarin blickte erstaunt. »Wonach suchen Sie eigentlich? Vielleicht kann ich Ihnen weiterhelfen.«

Steffen erzählte ihr in geraffter Form vom Untergang des Dampfers. Die Frau lehnte sich auf ihrem Stuhl zurück, schlug die Beine übereinander und zog die Knopfleiste, die sich über dem Knie ein Stück geöffnet hatte, mit einer äußerst weiblichen Geste wieder zusammen.

»Es muss eine Verhandlung gegeben haben«, sagte sie nachdenklich, »doch möglicherweise ist sie nicht in Druckform erschienen.«

Vor Steffens innerem Auge tauchten diese handschriftlichen Blätter auf, geschrieben in nahezu unleserlicher deutscher Schrift, die er gelegentlich im Institut durcharbeiten musste. Der Gedanke daran verursachte ihm Übelkeit. »Wo könnte so etwas aufbewahrt sein?«

»Eigentlich bei den Seeämtern. Allerdings werden Altakten an die Staats- oder Landesarchive weitergegeben. Wenn das Schiff vor Amrum untergegangen ist, müssten die Unterlagen im Landesarchiv Schleswig-Holstein liegen.«

Steffen mochte sich noch nicht verabschieden. Es war ruhig und friedlich hier, die Angestellte freundlich, der Blick auf die Elbe fantastisch. Er betrachtete die Postkarte, die vor ihm auf dem Tresen klebte. Darauf war ein kleiner Junge im Matrosenanzug abgebildet, der ein riesiges Buch auf seinen Knien hielt. *»Es gibt keine Antworten«*, stand darunter, *»nur Querverweise.«* Hier fühlte er sich verstanden mit seinen Problemen.

Am Nachmittag stand Steffen am Fenster seines Büros und starrte in den dunklen Innenhof. Es war nichts zu sehen bis auf ein paar Tauben, die sich auf den Fensterbrettern des angrenzenden Gebäudes niedergelassen hatten. Er gab sich einen Ruck, ging zum Telefon und wählte die Nummer des Kirchenamts auf Amrum. Er hörte das Signal im Hörer, er hörte Margarete atmen – dann brach ein Sturm der Begeisterung über ihn herein. Genauso hatte er es sich vorgestellt.

Sie plauderten über die Arbeit und über das Wetter. Steffen erzählte von den Funden in der Landesbibliothek in Kiel und merkte nicht, dass Margarete immer einsilbiger wurde.

»Ich würde dich gerne besuchen«, sagte er. »Vielleicht am Wochenende?«

Von Margarete war jetzt nur noch ein Flüstern zu hören. »Ich würde dich lieber heute als morgen sehen, Steffen. Doch wahrscheinlich ist das eine schlechte Idee. Man ist hier nicht gut auf dich zu sprechen.«

»Wer ist ›man‹?«

»Einige Leute vor der Insel.«

»Warum?«

»Es hat etwas mit diesem Friedhof zu tun. Irgendwie reden jetzt alle über die Angeschwemmten.« Steffen hörte sie tief durchatmen, dann zündete sie die Bombe: »Der Gemeinderat hat beschlossen, den Friedhof aufzulösen.«

Steffen fühlte sich einen Augenblick lang wie ein Fußgänger auf einer zusammenbrechenden Brücke – dann brauste er auf. »Das geht nicht! Man kann doch einen Friedhof nicht einfach platt machen.«

»Der Gemeinderat kann so etwas beschließen.«

»Und was soll mit den Toten geschehen?«

»Die Gräber, die älter als fünfundzwanzig Jahre sind, können eingeebnet werden. Und die anderen kann man auf den regulären Friedhof überführen.«

»Damit kann der Pastor doch nicht einverstanden sein!«

»Es gab noch keine abschließende Abstimmung, nur einen Antrag. Aber Pastor Markmann wird dafür stimmen. Dann hätte er alle seine Schäfchen beisammen, sagte er.«

Steffen brauchte Zeit, er musste nachdenken, er konnte nicht gleich weiterreden. »Ich finde es nicht richtig, wenn man einen Friedhof auflöst.«

»Das habe ich von dir erwartet, bei deinem Beruf. Mir würde er auch sehr fehlen. Es ist ein so friedliches Plätzchen.«

Steffen schritt kräftig aus. Von der Tür zum Fenster. Und wieder zurück. Sieben Schritte! Manchmal auch siebeneinhalb. Ungenaue Schrittfolge, ständig diese Messfehler. Er blieb stehen, wählte eine andere Nummer, hörte das Klacken der Relais, wartete ungeduldig und trommelte mit den Fingern auf die Tischplatte. Dann sagte eine Stimme »Nordelbische Kirche in Leck. Kirchenarchiv«.

»Guten Tag, Herr Archivar. Hier ist Steffen Stephan.«

»Ach, der werte Herr Kollege. Wie ist das Wetter in Hamburg?« Der Archivar schien bester Laune zu sein, es war ja auch bald Feierabend. »Und was macht die Friedhofswissenschaft?«

»Der Friedhofswissenschaft geht es ganz schlecht. Man will mir meine Arbeitsgrundlage entziehen. Der Friedhof der Angeschwemmten auf Amrum soll aufgelöst werden.«

»Ach, diese Sache.« Die Stimme des Kirchenarchivars klang jetzt nicht mehr fröhlich.

»Ich hoffe, die Nordelbische Kirche hat dagegen Protest eingelegt.«

»Nein, haben wir nicht. Wir unterstützen den Antrag sogar.«

»Warum das?«, fragte Steffen mit schneidender Stimme.

»Wir wollen unsere Präsenz auf Amrum verringern. Pastor Markmann wird schließlich nicht jünger. Wir wissen nicht, wie lange er noch im Amt bleiben wird.«

»Aber es gibt doch immer wieder Angeschwemmte!«

»Die sollen in Zukunft auf dem Friedhof an der Kirche bestattet werden. Das hat man in alten Zeiten nicht gemacht, weil man sich nicht sicher war, ob der Tote ein Christ ist. Man wollte die geweihte Erde nicht entehren. Doch das ist heutzutage nicht mehr so wichtig. Keines der Gemeindemitglieder hat sich gegen den Vorschlag ausgesprochen. Auch Frau Paulsen unterstützt den Antrag.«

Irgendwo tief in Steffens Innerem krampfte sich etwas zusammen. »Frau Paulsen? Was hat die damit zu tun?«

»Die ist doch die Vorsitzende der Landfrauen-Vereinigung. Und die Landfrauen haben bisher die Pflege des Seemannsfriedhofs übernommen.«

Steffen rammte den Schlüssel ins Schloss der Haustür. Niemand schien es manipuliert zu haben. Er nahm das Brotmesser in die Faust und raste durchs Haus. Keine Spuren, kein Einbrecher. Schade! Er hätte gerne jemand gehabt, an dem er seine Wut auslassen konnte. In Ermangelung eines Opfers wuchtete er den Staubsauger ins zweite Obergeschoss und fuhr ziellos mit der Düse über das Linoleum. Danach wischte er Staub, was er immer nur dann tat, wenn er extrem schlechte Laune hatte. Schließlich stellte er sich ans Schafzimmerfenster und blickte über die Dächer der Nachbarhäuser. Mir tut es auch leid, hatte Margarete gesagt, es war noch nicht lange her. Doch da hatte sie sich bereits für die Auflösung des Friedhofs ausgesprochen. Da stimmt was nicht, da stinkt etwas ganz gewaltig. Spielt sie mit mir? Bin ich nur ein Mosaiksteinchen im Streit der Inselinteressen? Eine Bauernfigur im Inselschach?

Mit einer wütenden Bewegung schloss er das Fenster und legte sich die Hände auf den Leib. Bauchschmerzen! So wie damals, als Kind. Vielleicht sollte ich eine Magentablette nehmen, ich habe noch welche aus der Zeit mit Doreen. Dann dachte er an Margarete. Nein, ihre Zuneigung ist echt, die belügt mich nicht, das hätte ich bemerkt. Wahrscheinlich lügt dieser Archivar. Ein freundlicher Mensch, sicherlich, aber was weiß ich schon über ihn?

Steffen wählte die Privatnummer, die Margarete auf die Rückseite des Briefes geschrieben hatte.

»Margarete Paulsen, guten Abend«, sagte sie in ihrer angenehm ruhigen Stimme.

»Ich bin es noch mal, Steffen.« Er bemühte sich, seiner Stimme einen neutralen Klang zu geben. »Kannst du mir etwas über den Archivar in Leck sagen?«

»Du hast vielleicht Fragen.« Ihre Stimme hatte einen abweisenden Klang. »Ich weiß kaum etwas über ihn.«

»Was weißt du?«

»Nun ja, er war eine Zeitlang hier auf der Insel. Als Nachwuchspastor, sozusagen. Eigentlich sollte er Pastor Markmann ablösen, doch die beiden kamen nicht gut miteinander aus. Pastor Markmann sagte, dass er keinen Nachfolger gebrauchen kann, der die eine Hälfte des Tages am Strand spazieren geht und die andere Hälfte auf dem Seemannsfriedhof sitzt.«

»Auf dem Seemannsfriedhof?«

»Ja, er erinnert mich ein bisschen an dich.« Margarete kicherte jetzt in den Hörer. »Die Abneigung der beiden war gegenseitig. Der junge Pastor machte sich über die Predigten von Herrn Markmann lustig. Der predigt ja vom Höllenfeuer wie ein katholischer Priester, hat er gelästert.«

»Und dann hat Pastor Markmann ihn zurückgeschickt.

»So ähnlich, ja.«

»Wann ist er wieder aufs Festland zurückgegangen?«

Es war still in der Leitung, Margarete schien zu überlegen. »Ungefähr vor fünf Jahren. Nein, jetzt erinnere ich mich, genau vor fünf Jahren. Es war kurz nachdem wir diese angeschwemmte Frau zu Grabe getragen haben.«

»Bist du dir sicher, Margarete?«

»Ja, bin ich. Er hat nämlich die Grabrede gehalten.«

Wieso kann der Archivar aus Leck noch vor fünf Jahren auf Amrum gewesen sein, fragte sich Steffen, er hat mir doch erzählt, dass er bereits vor zehn Jahren die Insel verlassen hat.

An diesem Abend nahm er sich vor, sich zu betrinken. Systematisch zu betrinken. Nicht, dass er Spaß daran haben würde, doch sein zerrüttetes Nervenkostüm verlangte vehement nach einer Entlastung. Das Wechselbad der Gefühle bei Lilianne, die ständigen Fehlschläge bei seinen wissenschaftlichen Bemühungen und nun auch der Verrat, entweder durch Margarete oder durch den Archivar in Leck, hatten ihn mürbe gemacht. Alkohol ist ein guter Tröster, dachte er, man säuft sich die Hucke voll und am nächsten Tag geht es einem so schlecht, dass man mehr mit den Folgen der Alkoholvergiftung zu tun hat als mit dem Seelenschmerz.

Diese herrlichen Aussichten vor Augen machte er sich über den Calvados her. Die Musik wählte er mit Bedacht. Elvis Presleys warme, dunkle Stimme war für einen Abend wie diesen immer richtig. *Love Me Tender* passte gut, doch Steffen entschied sich für *One Broken Heart for Sale*. Er legte die Füße auf den alten Schreibtisch, schwenkte die honigfarbene Flüssigkeit im Glas und ließ Elvis stellvertretend für sich jammern. »*Who wants to buy a heart / One broken lover's heart / One broken heart for sale / Well, excuse me if you see me crying like a baby …*«

Später am Abend, in der Flasche befand sich bereits viel Luft, zog er die Schreibtischschublade auf, wollte das Tagebuch herausholen – und griff ins Leere. Ach ja, wie ärgerlich, das war ja geklaut worden, noch so eine Niederlage.

Er kritzelte auf ein Blatt Papier. »*Margarete ist eine wirklich angenehme Frau. Hübsch, aufmerksam und fürsorglich. Eine Frau zum Ausruhen. Endlich mal jemand, bei dem ich nicht das Gefühl habe, immer auf der Hut sein zu müssen. Große Vertrauensbasis! – Und dann spricht sie sich für die Auflösung des Friedhofs aus. So eine Scheiße!*«

Das Glas war schon wieder leer. Er schenkte sich nach, doch irgendwie schmeckte es ihm nicht mehr. Er hatte das Gefühl, bei jedem Schluck nüchterner zu werden. Elvis durfte noch einmal jammern. »*Oh well, I'm tired and so weary / But I must go allone / Till the Lord comes and calls / Calls me away, oh yes …*«

Das war aber nun wirklich oberkitschig! Er stellte das Gerät ab, die Platte drehte langsamer, Elvis senkte seine Stimme kurzfristig in einen tiefen Bassbereich, dann verstummte er. Steffen trank das Glas aus und schob angeekelt die Flasche beiseite.

Er war müde. Todmüde. Doch er schlief unruhig. Immer wieder wachte er mit trockenem Hals auf. Er trank Wasser, legte sich wieder hin, wälzte sich herum. Wer hat gelogen? Margarete oder der Archivar aus Leck? Margarete sicher nicht – doch welcher Mann durchblickte schon eine Frau? Er stand wieder auf, ging ins Badezimmer, beugte sich über den Wasserhahn – und hatte eine Eingebung. Er kam schnell hoch, viel zu schnell. Mit dem Kopf rammte er unter den Spiegelschrank. Es knallte, als die Glasscheibe im Waschbecken zerbarst, eine dünne Blutspur lief ihm über die Stirn.

Wenig später saß er im Arbeitszimmer, ein Taschentuch auf die Haare gedrückt, vor sich ein Blatt Papier. Er rechnete, notierte Kalenderdaten, rechnete wieder, zog Linien und Pfeile, trug das Datum des letzten Grabs ein. Danach war alles klar. Der Archivar musste noch auf Amrum gewesen sein, als die Frauenleiche im Wasser getrieben hatte. Er hatte die Grabrede gehalten, er hatte das kleine Inselarchiv angelegt und den Zeitungsausschnitt über den Leichenfund mit dem Namen »Kirsch« dokumentiert. Erst danach war er aufs Festland zurückgegangen. Sofort danach?

Steffen löste vorsichtig das Taschentuch. Er blutete nicht mehr. Warum hatte der Archivar gelogen? Hatte er was zu verbergen? Wusste er mehr über die Frau, als er zugeben wollte? Oder über ein anderes Grab? Mit einem zufriedenen Gefühl ging Steffen zurück ins Schlafzimmer. Margarete hatte doch nicht gelogen, der Lügner war der Archivar. Mit diesem Gedanken schlief er ein. Es war auch spät genug.

19

Auf See, 6. Oktober 1954, 16.10 Uhr MEZ

Kapitän Gerdes schaute von der Brücke aus nach Süden, wo sich ein langgezogener brauner Streifen vom Horizont abhob. »Norderney«, sagte er.

Der Junge am Ruder reckte den Hals. »Ich seh nichts.«

»Verdammich! Glotz nicht in der Gegend rum. Du sollst nach den Tonnen steuern. Ich will nicht, dass wir vom Kurs abkommen und ins Minengebiet fahren.«

»Auf dem Tonnenweg gibt es bestimmt auch Minen.«

»Nein, gibt es nicht! Der Weg ist freigeräumt worden. Deshalb liegen ja die Tonnen da.«

Eine Welle traf die Reind, *sie legte sich nach Steuerbord über, das Schiff kam vom Kurs ab.*

»Jetzt steuerst du schon wieder falsch!«

»Was soll ich denn machen?«, jammerte der Junge. »Immer wenn uns eine Welle trifft, haut der Kahn ab.«

»Dann gib rechtzeitig Gegenruder.« Der Kapitän blickte wieder über die See. Der Wind hatte zugenommen und auch die Wellenhöhe. Auf den Kämmen bildete sich weißer Schaum, der vom Wind abgerissen und durch die Luft getragen wurde. »Die See wird immer höher«, brummte er, »und der Wind frischt auf. Ist wohl schon Stärke sieben.« Er drückte einen Klingelknopf, unten in der Kajüte schrillte die Glocke. Kurz darauf standen der Steuermann und der Matrose im Ruderhaus.

»Ich gehe ans Ruder«, sagte Kapitän Gerdes, »und ihr setzt das Stützsegel. Damit liegen wir ruhiger.«

Es war 16:20 Uhr.

In der Seenotstelle Norderney herrschte angespannte Betriebsamkeit. Die Männer kontrollierten die Rettungsleinen und die Schussgeräte, Vormann Rass stand am Fenster und blickte aufs Meer hinaus.

Der Mann im Funkraum nahm den Kopfhörer ab. »Gerade kam noch eine Sturmmeldung herein. Hört sich an, als ob es verdammt ungemütlich werden könnte heute Nacht.«

»Ich hoffe, die Fischer haben irgendwo Unterschlupf gefunden«, sagte der Vormann.

Wieder suchte er die See ab. Plötzlich stutzte er. »Da ist einer! Der ist kaum zu sehen in den Wellen.«

Der Funker war aufgesprungen und blickte nun ebenfalls durchs Fenster. »Fischer oder Kümo?«

Vormann Rass nahm das Fernglas. »Schlecht zu sagen. Der hat ein Stützsegel. Das ist vorne festgemacht und nicht hinten. Dann ist es wohl ein Kümo.« Er schraubte am Glas herum. »Der hat doch höchstens 200 Ladetonnen. Was will der noch da draußen?«

Das Stützsegel schaffte es nicht, das Schiff zu stabilisieren, die REIND *schlingerte nach wie vor in den hohen Wellen. Der Steuermann machte sich am Radio zu schaffen. Es rauschte – wie immer.*

»Lass mal sein«, sagte Kapitän Gerdes, »wir sehen ja, welches Wetter da draußen herrscht.«

Obwohl sie keine Wache hatten, gingen weder der Steuermann noch der Matrose nach unten in ihre Kammern. Sie standen im engen Ruderhaus und blickten sorgenvoll auf die anrollende See. Eine Welle hatte gerade das Schiff getroffen, es legte sich beängstigend weit auf die Seite, die Männer klammerten sich irgendwo fest. Der Brecher rauschte über die niedrige Verschanzung, mit einem Schlag stand das Hauptdeck unter Wasser.

»Jetzt hätte ich gerne ein Schiff mit mehr Tiefgang«, sagte der Kapitän, »das richtet sich schneller wieder auf.«

Eine halbe Stunde später war durch die Ruderhausfenster wegen der umherfliegenden Gischt kaum noch etwas zu sehen. Kapitän Gerdes trat auf Leeseite nach draußen. Der Himmel hatte eine dunkle

Färbung angenommen, mit Seewasser vermischter Regen prasselte gegen die Aufbauten. Der Sturm heulte in den Drähten, die Stahlseile hämmerten gegen den Mast. Schnell war der Kapitän wieder im Raum und knallte die Tür hinter sich zu. »Mistwetter!«

»Vielleicht legt sich der Sturm bald«, sagte der Junge mit zitternder Stimme.

Der Sturm nahm jedoch nicht ab, er blies immer stärker. Als die frühe Dunkelheit hereinbrach, mochten es neun Windstärken sein. Das Schiff pflügte wie ein U-Boot durch die Wellen, nur das Ruderhaus und der Mast ragten noch aus dem Wasser. Der Steuermann, der wieder einmal am Radio drehte, bekam plötzlich einen Sender herein. Es rauschte und knackte zwar erbärmlich im Lautsprecher, doch als er mit dem Ohr ganz nahe heranging, konnte er Sprachfetzen verstehen.

»Sturmwarnung«, sagte er, über das Radio gebeugt.

Der Kapitän lachte zynisch. »Das sehe ich selber.«

»Sturmstärke 10, in Böen 11.«

»Hoffentlich nicht bei uns«, sagte der Junge.

Der Matrose starrte unentwegt auf den Krängungsmesser an der Wand. »Käptn, wir haben ein Problem.«

Kapitän Gerdes fuhr herum. »Was ist jetzt schon wieder?«

»Wir haben Schlagseite.«

»Natürlich haben wir Schlagseite, du Idiot! Wenn Wind und Wellen von Backbord kommen, haben wir Schlagseite nach Steuerbord.«

»Ja, ja, ich weiß. Die Schlagseite nimmt aber immer mehr zu.«

Nun schauten auch der Kapitän und der Steuermann auf den Krängungsmesser.

»Die Ladung ist verrutscht«, sagte der Steuermann dumpf.

20

Lilianne war wieder da. Sie erschien so locker und gelöst am Arbeitsplatz, als wäre die miserable Stimmung der vorhergehenden Woche nur eine Fata Morgana gewesen. Steffen informierte sie im Detail darüber, dass sie sich von ihrer Hypothese verabschieden mussten, Lilianne schien wenig interessiert. Sie saß auf ihrem Schreibtisch und schaukelte mit den Beinen. »Was machen wir jetzt?«, fragte sie.

»Wir fahren nach Schleswig ins Landesarchiv.«

Der Himmel über Schleswig-Holstein war bedeckt und grau, die Landstraße nicht sonderlich belebt. Steffen fuhr mit einer Geschwindigkeit, bei der sie sich in Ruhe unterhalten konnten, ohne ständig gegen das Knattern des Motors anschreien zu müssen. Lilianne war guter Laune, sie freute sich offensichtlich auf die Arbeit im Institut und – wie Steffen hoffte – auch ein wenig auf ihn.

»Wie war es in Berlin?«

»Ganz nett. Wenn auch etwas aufregend.«

»War dein Professor zufrieden mit dir?«

»Wer?«

»Dein Professor. Du wolltest dich doch bei ihm zurückmelden.«

Lilianne zwirbelte gedankenverloren an einer Haarsträhne. »Stimmt. Ja, der war zufrieden mit mir.«

»Sicher haben sich deine Eltern gefreut.«

»Eigentlich schon.« Sie schaute angestrengt nach vorne. »Es war allerdings etwas turbulent.«

»Was bedeutet turbulent?«

»Es ist wohl immer turbulent, wenn man sich von seinem Freund trennt.« Pause. »Oder, um genauer zu sein: Er hat sich von mir getrennt.«

Jetzt blickte auch Steffen angestrengt nach vorn. Er dachte an Doreen. »Trennungen sind immer unerfreulich«, sagte er nach einer angemessenen Pause. »Hättet ihr es nicht noch einmal versuchen können?«

Sie schenkte ihm ein kleines Lächeln. »Nein, das ging nicht mehr. Es hat schon lange gekriselt.« Sie zog die Nase hoch. »Irgendwie habe ich kein Glück mit Männern.«

»Liegt es an dir oder an den Männern?«

»An den Männern natürlich! Die sind immer so kompliziert.«

Steffen konzentrierte sich auf die Straße. Er wollte nicht weiter darüber reden, er kannte das alles. Man kam nie zu einer Übereinstimmung, wenn sich das Gespräch um Männer und Frauen drehte. Und am Ende beschimpfte man sich gegenseitig – jedenfalls war es bei ihm und Doreen so gewesen.

»Aber schade ist es doch«, sagte Lilianne. »Er ist ein wirklich gut aussehender Mann.«

»Vielleicht sind gut aussehende Männer ähnlich schwierig wie schöne Frauen.«

»Schöne Frauen sind nie schwierig! Oder findest du mich schwierig?«

Kurz vor Schleswig ging ein kräftiger Schauer nieder. Der Wind, der ungebremst von der Nordsee über das flache Land fegte, schüttelte den Wagen so kräftig durch, dass Steffen mit der Geschwindigkeit heruntergehen musste. Dunkle Regenwolken hetzten über den Himmel und schleuderten ihre feuchte Ladung gegen die Scheiben. Auf den letzten Kilometern konnten die Scheibenwischer kaum noch die Fluten bewältigen und die Heizung nicht die Feuchtigkeit im Innenraum. Steffen wischte mit einem Lappen auf der beschlagenen Frontscheibe herum.

»Stell doch das Gebläse an.«

Er schüttelte verständnislos den Kopf. »Dies ist ein VW der Holzklasse, Fräulein Feldmann. Sie sitzen nicht im Luxus-Benz Ihrer Eltern.«

Sie parkten in der Nähe des Schlosses. Wenig begeistert betrachtete Steffen den Fluss, der dem Autodach zu entspringen schien und an den Scheiben herunterlief. Der Sturm rüttelte am Wagen, die Baumspitzen beugten sich weit nach unten, abgebrochene Zweige flogen an der Windschutzscheibe vorbei.

»Wie kommen wir jetzt zum Archiv?«, fragte er.

»Wir rennen. Es kann nicht weit sein. Ich sehe das Schloss schon durch die Bäume.«

Hier irrte die Praktikantin. Es war weit bis zum Landesarchiv, sehr weit. Im Laufschritt durchquerten sie ein Wäldchen, danach einen kleinen Park. Dann standen sie vor der stattlichen Residenz.

»Ich sehe keinen Eingang«, schrie Lilianne.

»Wir sind an der Rückseite«, brüllte Steffen gegen den Sturm, »wir müssen am Seitenflügel entlanglaufen.«

Sie bargen ihre Schreibutensilien unter den Jacken und rannten Hand in Hand gegen Wind und Regen an. Zunächst war es mühsam, doch als sie zur Vorderfront einbogen, ging es leichter. Der Sturm wirbelte die beiden vor die Eingangstür, die fast von selbst aufsprang, dann waren sie im Schloss. Mit vereinten Kräften schafften sie es, die schwere Tür wieder zuzudrücken.

In der hohen, mit Stuck verzierten Halle war es still und angenehm trocken. Eine breite Freitreppe führte zu den oberen Stockwerken, links waren einige Schrifttafeln aufgestellt, rechts beäugte sie ein misstrauischer Pförtner.

»Wir möchten zum Landesarchiv«, sagte Steffen und rieb auf seiner beschlagenen Brille herum.

»Sind Sie angemeldet?«

»Ja, natürlich.«

»Gehen Sie dort nach links, dann am Ende des Ganges rechts.« Die Stimme des Pförtners klang jetzt schon freundlicher, sie bekam sogar einen fürsorglichen Klang, als er erst an Steffen und dann an Lilianne herunterschaute. »Wenn Sie sich … äh … frisch machen wollen, die Toiletten sind hinten links.«

Steffen fuhr sich so lange mit einem Papierhandtuch über Gesicht und Haare, bis er leidlich trocken war. Als sie sich wieder im Flur trafen, sahen Liliannes Haare immer noch so nass aus wie bei einem begossenen Pudel. Beide hängten ihre Jacken in einen Spind, das Wasser tropfte mit einem hellen »pling« auf die Bodenplatte. Interessiert betrachtete Steffen Liliannes Hose, die nass an ihren Beinen klebte, dann wanderte sein Blick langsam nach oben. Zu seinem großen Bedauern klebte ihre Bluse nicht so am Körper wie das Kleid von Anita Ekberg in »La Dolce Vita« nach dem Bad im Trevi-Brunnen in Rom.

Lilianne trat ganz nah an ihn heran – und zog kräftig an seinen Ohrläppchen.

»Aua! Was soll das?«

»Das ist die Strafe für deinen lüsternen Blick.«

»War der lüstern?«

»Oh ja! Und hinter jedem lüsternen Blick steckt ein lüsterner Gedanke.« Sie drehte sich um und schritt hoch aufgerichtet mit nassen Haaren und nassen Hosenbeinen Richtung Lesesaal.

Als sie am Empfang ihren Namen nannte, schien die Zeit stillzustehen. Die Frau mit den kurzen Haaren hinter dem Tresen schaute Lilianne mit ausdruckslosem Gesicht an, und auch die Kollegin, die gerade noch Akten auf einen Rollwagen geschichtet hatte, bekam einen starren Blick.

»Ist was?«, zischte Lilianne zu Steffen hinüber.

Jetzt kam Bewegung in die Archivangestellte. »Sie also sind diese Frau mit den Wasserleichen. Sie hätte ich mir ganz anders vorgestellt.«

»Nicht so nass vielleicht?«, fragte Lilianne und schüttelte ihre Mähne, dass die Tropfen flogen.

Die Tresenhüterin brachte ihre Unterlagen mit einem schnellen Griff in Sicherheit. »Die Archivalien dürfen nicht nass werden«, fauchte sie. Dann, mit zurückgenommener Lautstärke, klärte sie die beiden über die Benutzungsregeln auf. »Sie bekommen immer nur drei Akten. Wenn Sie die durchgearbeitet haben, geben Sie die Unterlagen zurück. Dann bekommen Sie drei weitere.«

Die Tresenhüterin stand auf, nahm braune, mit einer Kordel verschnürte Archivalien vom Wagen und schob sie über den Tresen. Danach klatschte sie zwei eng beschriebene Blätter auf den Stapel. »Dies ist die Archivordnung. Lesen Sie die Anweisung durch und bestätigen Sie durch Unterschrift, dass Sie sich an die Regeln halten werden. Und beachten Sie das Redeverbot im Lesesaal.«

Steffen und Lilianne schauten sich nach einem Platz um. Vor ihnen lasen drei ältere Herren in Unterlagen, etwas weiter entfernt schrieb eine junge Frau in ein Notizbuch. Das Licht fiel von der linken Seite durch die Fenster herein, gegen die der Regen gerade so heftig prasselte, dass man ihn an Lautstärke wohl kaum würde überbieten können.

Steffen fühlte etwas in sich aufsteigen, was wohl der Ausdruck von Zufriedenheit, vielleicht sogar von Glück sein mochte. Mit einem Lächeln im Gesicht atmete er tief ein. Da war sie wieder, diese trockene, gleichmäßig temperierte und immer etwas staubig riechende Luft, Archivluft eben. Gleichzeitig flog ihn die besondere Stimmung von Lesesälen an, die immer voll emsiger Geräuschlosigkeit war, bei der man das Knacken der Gehirnwindungen der Lesenden zu hören glaubte. Er liebte diese Lautlosigkeit, die nur durch den ohrenbetäubenden Lärm einer umgeblätterten Seite alten Papiers unterbrochen wurde, was sich meist anhörte, als würde ein vertrocknetes Blatt zerbröselt. Nicht nur die vollständige Abwesenheit von Natur macht diese Orte für ihn so unwirklich, auch die Zeit schien stillzustehen. In Archiven gab es keine Hektik, man bewegte sich angesichts der alten Handschriften mit angemessener Zurückhaltung, und da nichts ablenkte, war Steffen jedes Mal erschrocken, wenn die Schließzeit angekündigt wurde.

Lilianne holte ihn aus seinen philosophischen Betrachtungen in die Wirklichkeit zurück. »Lass uns zur Heizung gehen«, flüsterte sie.

Die Heizung war kalt.

»Frierst du?«

»Wie verrückt.«

Bevor er etwas erwidern konnte, räusperte sich die Archivangestellte demonstrativ und bedachte die beiden mit einem strafenden Blick. Schuldbewusst vertieften sie sich in ihre Akten.

»Ich komme mir vor wie im amerikanischen Staatsgefängnis von St. Quentin«, wisperte Lilianne. »Fehlt nur noch, dass die Wärterin da oben bewaffnet ist.«

»Keine Sorge, die MP liegt unterm Tresen«, witzelte Steffen. »Aber du hast recht. Wir sitzen hier im Hochsicherheitstrakt. Das hat seinen Grund. Vor uns liegen unschätzbare Werte. Viele dieser Schriften sind einmalig auf der Welt.«

»Du willst mich auf den Arm nehmen. Wer klaut schon eine Loseblattsammlung.«

Die Akten entwickelten sich für Steffen zu einem Alptraum. Bis 1918 war alles mit der Hand geschrieben, erst ab dieser Zeit schien man in der Staatsverwaltung bemerkt zu haben, dass die Schreibmaschinentechnik bereits 40 Jahre alt war. Er blätterte ziellos hin und her, stöhnte laut, Lilianne schaute interessiert zu ihm hinüber.

»Diese Schreiber hier hatten eine Sauklaue«, schimpfte Steffen leise, »das kann doch niemand lesen. Warum sind die nicht Bäcker oder Schlachter geworden statt Protokollanten?«

»Ich finde, es ist sehr deutlich geschrieben.«

Sie las ihm einen Satz vor, er schaute überrascht. »Wieso kannst du das lesen?«

Jetzt war Lilianne verunsichert. »Wieso ich das lesen kann? Weil es deutlich geschrieben ist. Gestochen scharf, jeder Buchstabe ausgeschrieben. So eine gute Schrift möchte ich auch haben.«

»Wieso kannst du diese Schrift lesen?«

Lilianne antwortete nicht. Sie starrte ihn an, er spürte fast körperlich, wie es in ihrem Gehirn arbeitete. Und er spürte die drohende Gefahr. Er mochte überhaupt nicht, dass sie so angestrengt nachdachte, aber er wusste nicht, wie er es verhindern sollte. Schließlich legte sie ihre immer noch kalte Hand auf seinen Unterarm. Er zog den Arm zurück.

»Steffen, wir stehen jetzt auf. Wir gehen raus und trinken einen Kaffee.«

»Ich muss arbeiten. Ich bleibe hier.«

»Du machst jetzt, was ich sage. Wir gehen raus. Ich muss mit dir reden.«

»Ich will aber nicht mit dir reden. Ich gehe nicht nach draußen.«

Liliannes Augen verengten sich zu Schlitzen, ihr Mund war nur noch ein schmaler Strich. »Wenn du nicht sofort aufstehst und mit mir rausgehst, schreie ich den Saal zusammen.«

»Mach doch, mach doch! Du wirst schon merken, was du davon hast.«

Lilianne schnellte hoch, stemmte die Arme in die Hüften und pöbelte los. Ihre Worte dröhnten wie Posaunenstöße durch die Stille des Raums. »Steffen! Steh sofort auf und komm raus. Ich habe mit dir zu reden!«

Aus den Augenwinkeln sah er, wie die älteren Herren im Gleichtakt die Köpfe herumwarfen. Die junge Frau richtete sich abrupt auf und streckte ihre gespreizten Finger erschrocken von sich, als wäre gerade eine Maus über ihren Notizblock gelaufen. Trotz des Rauschens in seinen Ohren hörte Steffen das bedrohliche Rumpeln von Bürostuhlrollen auf Holzparkett, dann schien es, als würde eine Kompanie in Armeestiefeln den Tresen umrunden. Doch da war er bereits aufgesprungen und hinter Lilianne auf dem Weg zum Ausgang. Auf der Empore wurden sie von der Angestellten des Landesarchivs gestellt. Bevor die Frau jedoch etwas sagen konnte, beugte sich Lilianne zu ihr hin: »Psst. Nichts sagen. Beachten sie das Redeverbot.«

Sie waren schon im Flur, als sich die Aufsicht von ihrer Überraschung erholt hatte. Gedämpft durch die Tür hörten sie, dass die Frau ihnen etwas nachrief, was nach »Benutzungsordnung« und »nicht unterschrieben« klang.

Der Pförtner gab ihnen den Tipp mit dem Einkaufsladen. Auf dem Weg dorthin sprachen sie nicht miteinander. Es ging auch nicht, denn Steffen hielt sich immer zwei Schritte hinter Lilianne. Diesen Abstand konnte er jedoch nicht mehr einhalten, als sie am

Tresen neben den Zeitungsständern ihre dampfenden Tassen abholten und sich an den Bistrotisch stellten.

Lilianne heftete ihren unfehlbaren Journalistenblick auf ihn. »Steffen Stephan«, sagte sie mit klarer Stimme, »du bist ein Blender. Du kannst keine deutsche Schrift lesen.«

»Das stimmt nicht.«

»Gut, ich muss genauer werden. Du kannst vielleicht etwas Sütterlin, doch bei Weitem nicht so viel, wie du für deinen Beruf brauchst.«

Er hätte gehen können, er war der Projektleiter. Aber sie hatte diese Ungeheuerlichkeit ausgesprochen, und nun fehlte es ihm an Kraft, sich auch nur einen Schritt wegzubewegen. »Das stimmt nicht«, sagte er schwach. »Ich habe diese Schrift im Studium gelernt und bisher alles zusammenbekommen, was ich brauchte.«

»Wie hast du dich durchgemogelt?« Ihre Stimme klang nicht gehässig, Steffen glaubte sogar, einen Hauch von Anteilnahme zu spüren. Sie nahm ihre Tasse, umrundete den kleinen Tisch und lehnte sich gegen seine Schulter. »Du brauchst keine Angst zu haben, ich verpfeife dich nicht.«

»Nun, ja. Wie soll ich sagen. Also, ungefähr die Hälfte kann ich lesen …«

»Mühsam entziffern.«

»… gut, mühsam entziffern. Das reicht natürlich nicht. Bei Unterlagen, die wichtig sind, hat mir Karl geholfen, mein Nachbar. Er ist neunzig und hat die meiste Zeit seines Lebens Sütterlin geschrieben. Doch jetzt ist Karl krank. Ich kann doch nicht ins Krankenhaus gehen und ihn alte Akten übersetzen lassen.«

»Habt ihr keine deutsche Schrift in der Schule gelernt?«

»Zum Teufel, nein. Als ich in die erste Klasse kam, schrieben wir schon lateinische Buchstaben.«

»Aber du musstest doch im Studium eine Prüfung ablegen.«

»Ja, die habe ich sogar bestanden. Aber nur mit Hilfe meiner Kommilitonen. Der Teufel weiß, wie die es gelernt haben. Jedenfalls konnten sie es und ich nicht.«

Lilianne schubste ihn vom Stehtisch weg und stellte sich direkt vor ihn hin. Sie lächelte, in ihren Augen tanzten kleine Teufelchen. »Ich fasse es nicht. Der große Historiker hat Probleme mit der deutschen Schrift.«

»Ich bin kein Historiker, ich bin Archivar. Als Archivar brauche ich nicht unbedingt die Texte zu lesen, ich muss sie nur einsortieren können. Außerdem habe ich andere Qualitäten.«

»Über die reden wir ein anderes Mal.« Sie fasste ihn an den Ohren, zog seinen Kopf zu sich herunter und drückte ihm einen dicken Kuss mitten auf den Mund. Dann lehnte sie sich gegen seine Schulter, ihre Mähne hinterließ einen nassen Fleck auf seinem Oberhemd. »Ich habe es lieber, wenn du nicht den Oberhistoriker spielst. Das macht dich viel netter.«

Auf dem Rückweg hakte sich Lilianne bei ihm ein. »Meine Großtante hat bis zu ihrem Lebensende nur deutsche Schrift geschrieben. Sie hat es mir beigebracht. Ich kann Sütterlin wirklich sehr gut lesen.«

»Unglaublich!«, sagte Steffen.

Im Archiv teilten sie sich unter dem misstrauischen Blick der Aufsicht die Arbeit auf. Lilianne studierte die handschriftlichen Blätter und schrieb die Verhandlung des Seeamtes Tönning über den Untergang des englischen Dampfers FIDRA ab, Steffen blätterte in den Druckschriften. Allerdings war er nicht ganz bei der Sache. Er dachte an den Kuss, er fühlte ihn noch auf den Lippen. Ob sie ihn nur so aus einer Laune heraus, aus Gedankenlosigkeit geküsst hatte? Oder war da noch ein anderes Gefühl? Er blickte zu ihr hinüber. Sie las mit der vollständigen Konzentration eines Kindes. Sie hatte die Ellenbogen aufgestützt und fuhr sich mit den Händen gedankenverloren in den Haaren herum, kratzte sich hier und dort, ordnete danach ihre Haare mit sicherem Griff.

»Steffen«, sagte sie leise, ohne aufzublicken, »wenn du mich weiter so anstarrst, werde ich rot.«

»Ich starre dich nicht an, ich betrachte dich wohlwollend.«

Schließlich rekelte sich Lilianne auf ihrem Stuhl wie eine Katze. »Wir können gehen. Ich habe jetzt alles über die FIDRA.« Sie schlug die Akten zu. »Was hast du gefunden?«

»Kaum etwas. Nur den Hinweis, dass die Strandvögte verpflichtet waren, die Strandleichen zu beerdigen.«

»Keine weiteren Informationen über Amrum?«

»Es ist noch früh am Nachmittag. Wollen wir über die Kuchentafel im Schlosscafé herfallen?«

21

Steffen blickte zu den Büros auf der anderen Seite des Innenhofs. Sie waren dunkel und abweisend, die Räume leer bis auf einen einsamen Besen, den jemand an ein Fenster gelehnt und dann vergessen hatte. Er betastete seine Lippen. Dorthin hatte ihn Lilianne geküsst. Er hatte sich nicht gewehrt, nicht den Kopf beiseitegenommen. Wie auch, dazu war er viel zu überrascht gewesen. Eigentlich hatte es ihm gefallen, doch leider stand dieses berufliche Abhängigkeitsverhältnis zwischen ihnen.

Die Rückfahrt war in absoluter Wortlosigkeit verlaufen. Schweigend hatten sie nebeneinander gesessen, doch es war kein eisiges Schweigen gewesen, eher ein nachdenkliches. Kurz vor Hamburg hatte Lilianne ihren Kopf gegen seine Schulter gelehnt. Er vermutete, dass sie eingeschlafen war, vielleicht war sie es tatsächlich, jedenfalls steuerte er sehr konzentriert mit der linken Hand und schaltete vorsichtig, um sie nicht zu wecken. Kurz vor dem Studentenwohnheim schlug sie die Augen auf, sagte »bis Morgen«, und weg war sie.

Steffen fragte sich am heutigen Morgen, hier am Fenster, wie sich Lilianne wohl gleich verhalten würde. Doch vor allen Dingen rätselte er, wie er sich selbst ihr gegenüber verhalten sollte. Diese unlösbare Frage hätte er sich allerdings sparen können, denn sie kam mit einem fröhlichen Gruß hereingeweht, stellte ihre Handtasche auf den Schreibtisch von Dr. Zöllner und holte ein paar Blätter Papier heraus. »Das ist die Seeamtsverhandlung der FIDRA. Viel Neues steht da leider nicht drin. Der Dampfer kam von Schottland mit einer Ladung Kohle für Rendsburg, doch statt die Elbe anzusteuern, lief er auf den Jungnamensand vor Amrum auf. Doch das wissen wir schon. Entweder wurde nicht der richtige Kurs gesteuert oder man hat Wind und Strömung falsch eingeschätzt.«

»Auf Amrum gibt es einen Leuchtturm. Haben die den nicht gesehen?«

»Es war diesiges Wetter. Die Besatzung hat anscheinend das Leuchtfeuer nicht gesehen, und die Leuchtturmwärter haben keinen Dampfer gesehen.«

»Vielleicht haben die geschlafen?«

»Nein, in der Seeamtsverhandlung steht, dass derjenige Leuchtturmwärter fünfundsiebzig Mark Prämie bekommt, der einen Havaristen meldet. Das hat sie sicherlich motiviert. Sie haben das Notsignal der FIDRA trotzdem nicht bemerkt.«

»Ein Notsignal?«

»Ja. Die Seeleute haben nach der Strandung ein Fass mit Teer an Deck geholt und es angezündet. Es muss ein ziemlich großes Feuer gewesen sein. Als das Seenot-Rettungsboot am nächsten Tag den Dampfer erreichte, war ein Teil des Decks abgebrannt.«

Steffen schüttelte unwillig den Kopf. »Wieso sind die Leute nicht an Bord geblieben, wenn das Schiff bis zum nächsten Tag noch auf der Sandbank lag?«

Lilianne zuckte mit den Schultern. »Ich denke, dass es ziemlich ungemütlich gewesen sein muss, dort auf dem Jungnamensand. Immerhin gingen die Wellen so hoch, dass das Rettungsboot AMRUM-NORD nicht zu dem Havaristen kommen konnte, obwohl zehn erfahrene Ruderer an Bord waren. Nach Aussage des Strandvogtes von Wittdün herrschte ein Nordwest-Sturm mit Windstärke acht bis neun, dazu Schnee und Hagel.« Sie blätterte in ihren Unterlagen. »Wahrscheinlich dachte Mr. Cameron, der Kapitän, dass sein Schiff jeden Augenblick auseinanderbrechen würde. Die Besatzung der FIDRA besetzte die beiden Boote und ruderte Richtung Amrum. Doch als sie durch die Brandung wollten, schlugen die Boote in den hohen Wellen um. Das kostete alle Männer das Leben. Wären sie an Bord geblieben, hätten sie überlebt.«

»Ich weiß nur von drei Seeleuten«, sagte Steffen. »Einer liegt auf Amrum und zwei auf Sylt.«

»Es gibt in den Akten ein Schreiben des Hafenmeisters von Esbjerg. Einige der Ertrunkenen sind in Dänemark angeschwemmt worden.«

Es war still im Büro geworden, beide hingen ihren Gedanken nach.

»Seefahrt ist ein schrecklicher Beruf«, sagte Steffen.

Lilianne sagte nichts. Sie stand auf, ging zum Fenster und blickte in den Innenhof, wie es auch Steffen tat, wenn er nachdenken wollte. Schließlich wandte sie sich zu ihm um. »Ich möchte wissen, wie es als Kapitän ist, wenn so viele Menschen einem vertrauen und man plötzlich merkt, dass man eine Fehlentscheidung getroffen hat. Eine tödliche Fehlentscheidung.«

»Ich glaube nicht, dass Kapitäne und Schiffsoffiziere darin besonders ausgebildet sind, einen Schiffbruch gut zu überstehen. Sicherlich war das die erste Strandung für Mr. Cameron. Und wahrscheinlich hat er sich nicht weitblickender verhalten, als jeder andere Seemann auch.«

»Aber er war der Kapitän! Die Leute erwarteten von ihm, dass er sie in Sicherheit bringt. Doch er hat versagt. Kann man mit dieser Schuld leben?«

»Er lebt nicht mit der Schuld, er ist tot.« Steffen hatte absolut keine Lust, den massenhaften Seemannstod so nahe an sich heranzulassen. Und im letzten Augenblick, als das Boot umschlug, dürfte Mr. Cameron ohnehin um sein eigenes Leben gekämpft und nicht auch noch über die Frage der Schuld philosophiert haben. »Wir sollten Mr. Cameron auf Sylt in Frieden ruhen lassen«, sagte er mit milder Stimme.

Im Flur waren Schritte zu hören, dann stand Sylvia in der Tür und schwenkte einen braunen Umschlag. »Post vom Standesamt Amrum.«

Lilianne war schneller als Steffen. Sie schnappte sich den Umschlag und riss ihn hastig auf. Es fielen drei eng beschriebene Blatt Papier heraus. Steffen blickte über ihre Schulter, gemeinsam überflogen sie die Eintragungen.

»Darauf haben wir nun wochenlang gewartet«, maulte sie. »Seitenweise die immer gleiche Eintragung: *Unbekannte männliche Leiche auf Kniepsand geborgen. Alter zwischen 20 und 40 Jahren. Sämtliche Personal- und Familienverhältnisse sind unbekannt.*« Sie blickte übellaunig von den Blättern hoch. »Keine Informationen über den Erhaltungszustand der Leichen. Keine Vermutungen über Schiffsverluste. Was sollen wir damit anfangen?«

Steffen sagte nichts. Er hatte dieses Ergebnis befürchtet, er hatte es kommen sehen. Damals auf Nordhörn waren die Informationen in den Kirchenbüchern auch nicht aufschlussreicher gewesen. Ihre Enttäuschung flog ihn körperlich an, er hatte das Bedürfnis, ihr etwas Nettes zu sagen. »Wir sollten nicht zu voreilig urteilen, da muss noch mal genau nachgeschaut werden. Aber erst gehen wir essen.«

Lilianne blieb nicht lange in der Mensa. Sylvia vermutete, dass es ihr nicht geschmeckt hatte, doch Steffen wusste es besser. Als er in sein Büro zurückkam, saß sie über ihren Schreibblock gebeugt und machte sich Notizen, ihr Haar stand wirr vom Kopf ab, wie immer, wenn sie aufgeregt war.

»Ich habe einen Hinweis gefunden«, platzte sie heraus, »du errätst nicht, wer das ist.«

»Steht da etwas über Frau Kirsch?«

»Treffer!« Lilianne raschelte mit den Blättern. »Wenn ich aus dem Standesamtnachtrag zitieren darf.« Ihre Stimme wurde jetzt laut und etwas schrill, sie erinnerte Steffen an die Trompeten von Jericho – oder so, wie er sich als Kind diese Trompeten immer vorgestellt hatte. »*Nebel auf Amrum, den 21. August 1959. Die unbekannte Frau ist Tabea Kirsch, geb. Liebau, geboren am 21. Januar 1901 in Zempelberg/Westpreußen, unverheiratet, Büroangestellte, evangelisch, wohnhaft in Marbach am Neckar.*«

Es war absolut still im Büro, man hätte eine Stecknadel fallen hören können.

»Sehr gut.« Steffen rieb sich zufrieden die Hände. »Jetzt wissen wir alles über die erste Tote. Machen wir uns an die Arbeit.«

»Welche Arbeit?«

»Wir dokumentieren den Fall Kirsch und wenden uns dann den anderen Gräbern zu.«

Lilianne schnappte nach Luft und bekam rote Flecken am Hals. Wie der Blitz fuhr sie vom Stuhl hoch und blies vor Empörung die Backen auf. »Wir werden uns nicht um die anderen Gräber kümmern, Herr Projektleiter! Noch ist Frau Kirsch dran. Wir wissen immer noch nicht, was sie auf Amrum wollte und wie sie zu Tode gekommen ist. Das müssen wir herausfinden.«

Steffens Adrenalinspiegel schoss in die Höhe. Wie konnte sie sich erlauben, ihn zurechtzuweisen? Und dann in diesem anmaßenden Ton! Er griff nach dem Brieföffner und bohrte ein Loch in die Schreibunterlage. »Dieser Fall ist für uns gelöst und erledigt, Fräulein Feldmann.«

»Nein! Wir fahren nach Marbach und hören uns dort um. Es muss Verwandte geben. Schwestern, Brüder, Cousinen, Onkel, Tanten, möglicherweise Freunde aus dem Kirchenchor. Niemand lebt alleine.« Lilianne holte tief Luft. »Sicherlich wissen die, wer Tabea ermordet hat. Das wird eine ganz heiße Story.«

Steffen sprang auf, in der Hand immer noch den Brieföffner. Ihre Blicke bohrten sich ineinander. »Das werden wir nicht machen, Fräulein Feldmann! Wir sind hier im Sozialhistorischen Institut und nicht bei der Sensationspresse. Wir produzieren wissenschaftliche Ergebnisse. Wir haben ethische Grundsätze. Und diese Grundsätze lauten: Historiker beschäftigen sich nicht mit den Angehörigen eines Toten. Das ist peinlich und pietätlos. Man drängt sich nicht in das Privatleben von trauernden Menschen. Man respektiert den zeitlichen Abstand zu einem Todesfall.«

Lilianne ignorierte den Brieföffner. Mit einer herrischen Bewegung warf sie den Kopf zurück. »Und wie groß soll dieser zeitliche Abstand sein, Herr Oberwissenschaftler?«

»Mindestens achtzig Jahre.«

Sie täuschte einen hysterischen Lachanfall vor. »Achtzig Jahre? In achtzig Jahren gibt es niemand mehr, der uns Auskunft geben kann. Und außerdem: Vielleicht wollen die Verwandten jetzt reden, vielleicht hadern sie immer noch mit dem Schicksal von Tabea.«

»Dann sollen sie zum Pastor gehen.« Steffen wandte sich ab. Er hatte seinem Ärger Luft gemacht, es gab in der Sache nichts mehr zu sagen.

»Wenn du nicht mitkommst, fahre ich allein«, schrie Lilianne. »Wahrscheinlich ist es sogar besser. Du bist ohnehin ein Klotz an Bein.«

»Das wirst du nicht tun!«

»Du kannst es mir nicht verbieten.«

»Doch, ich kann. Ich bin der Projektleiter.«

»Dann hole ich mir die Genehmigung von Hübner.«

Das war allerdings bedenkenswert. Professor Hübner ist eine unbekannte Größe in diesem Streit, dachte Steffen, es ist nicht vorherzusehen, wie er sich in dieser Frage entscheidet. Möglicherweise würde sie ihn bequatschen können. »Das ist mir alles zu dumm«, schimpfte er und stapfte zu Sigrist, um Dampf abzulassen.

»Wenn du jetzt abhaust, rede ich nie wieder mit dir«, schrie sie über den Flur, »dann hat sich diese ganze Friedhofsscheiße für mich erledigt.«

22

AUF SEE, 6. OKTOBER 1954, 17.00 UHR MEZ

Der Steuermann und der Junge waren auf dem Vorschiff unterwegs, um die Lukenabdeckung zu kontrollieren und die Keile nachzuschlagen. Es war eine erbärmliche Arbeit bei diesem Wetter, die meiste Zeit standen sie bis zu den Hüften im kalten Wasser.

Die Wellenhöhe hatte weiter zugenommen, die See rauschte jetzt meterhoch heran. Gerade knallte ein Brecher gegen das Schiff, stieg an der Bordwand hoch, ein reißender Strom ergoss sich über Deck und Luken. Die REIND *legte sich stöhnend auf die Seite, die Schiffsverbände knirschten und knackten unter der tonnenschweren Last des Seewassers.*

Der Matrose am Ruder drehte das Rad nach Backbord, um den Stoß abzufangen. »Der alte Kasten macht's nicht mehr lange«, sagte er ohne große Anteilnahme in der Stimme. »Windstärke elf für so ein kleines Schiff, das kann nicht gut gehen.«

»Elf ist es nur in den Böen«, widersprach der Kapitän ärgerlich, »außerdem ist das Schiff stark gebaut.«

»Es ist sechzig Jahre alt.«

»Noch nicht ganz.«

Der Matrose schwieg.

Die Ruderhaustür rumste gegen die Außenwand, die beiden Männer drängten herein, wegen der Schlagseite bekamen sie die Tür fast nicht mehr zu.

»Wie sieht es aus?«, fragte der Kapitän.

Der Steuermann blickte besorgt auf die hohen Wellen. »Die oberste Persenning ist eingerissen. Wenn die See weiter zunimmt, werden die beiden anderen auch nicht mehr lange halten. Dann saufen wir ab wie ein Stein.«

»Noch schwimmen wir.«

Wieder hob die See den Kümo zum Wellenkamm hoch, wieder schlug das Wasser über Deck und Luken, wieder legte sich das Schiff zur Seite. Im Laderaum polterte es beunruhigend.

»Die Schlagseite nimmt zu«, sagte der Matrose am Ruder.

Der Kapitän setzte den Südwester auf und zog den Ölmantel über. Er hangelte an Deck entlang und prüfte die Lukenabdeckung. Dann stellte er sich auf die niedrige Back, klammerte sich am Vorstag fest und blickte zu den Inseln hinüber. Als er zurückkam, sagte er nur einen Satz: »Wir halten Schiffsrat.«

»Was ist das?«, fragte der Schiffsjunge.

Niemand antwortete ihm.

»Ich will wissen, was das ist!«

»Wenn der Kapitän nicht mehr weiß, was er machen soll, dürfen auch wir mal unsere Meinung sagen«, erklärte der Matrose mit schiefem Grinsen.

Der Steuermann meldete sich als Erster zu Wort. »Mit viel Glück können wir noch die Weser erreichen.«

»Bis zur Weser schaffen wir es nicht mehr«, sagte Kapitän Gerdes, »wir machen kaum noch Fahrt.«

Der Matrose blickte auf den Krängungsanzeiger. »Wir könnten wenden. Dann kommt die See von Steuerbord und richtet uns wieder auf.«

Der Kapitän beobachtete die aufgewühlte See. Er überlegte einen Augenblick, dann schüttelte er den Kopf. »Zu gefährlich! Wenn wir beim Wenden einen Brecher direkt von der Seite abbekommen, drückt der uns unter Wasser.«

Jetzt blickten alle auf den Jungen. Der schaute angstvoll von einem zum anderen, seine Unterlippe zitterte. »Ich will nicht sterben.«

Als Letzter rückte Kapitän Gerdes mit seiner Idee heraus. »Ich schlage vor, dass wir auf Norderney oder Baltrum zuhalten.«

Der Steuermann begehrte auf. »Bist du verrückt? Bevor wir an den Strand kommen, fällt die Brandung über uns her und schlägt alles kurz und klein.«

»Ich will keine Strandung. Ich will zwischen den Inseln hindurch und hinter ihnen Schutz suchen.«

»Dort ist das Watt. Wir werden auf Grund laufen.«

»Wir haben ein Flachbodenschiff. Im Watt werden wir ruhig und sicher liegen.«

»Sicher ist überhaupt nichts! Wir müssen den Tonnenweg verlassen und ungeräumtes Gebiet befahren. Da liegen Hunderte von Seeminen aus dem Krieg. Bei diesem Sturm haben sich bestimmt einige aus ihrer Verankerung gerissen.«

»Das ist ein Risiko, ja, aber wir müssen es versuchen. Es ist die einzige Möglichkeit.«

Jetzt war es still im Ruderhaus. Die Männer blickten auf die anrollenden Wellenberge.

»Spricht jemand dagegen?«, fragte Kapitän Gerdes schroff.

Niemand sagte etwas, damit war es beschlossen.

Hatte das Schiff bisher kaum noch Fahrt gemacht, so änderte sich das auf dem neuen Kurs. Der Nordwestwind schob die REIND *mit Macht auf die Inseln zu. Kapitän Gerdes stand neben dem Kompass und beobachtete aufmerksam das Gieren des Schiffes und die Rudermanöver des Matrosen. Dann blickte er wieder nach vorne, zur Lücke zwischen Norderney und Baltrum. Es war auflaufend Wasser, sie würden sicherlich ein gutes Stück hinter die Inseln kommen. Erstmals seit Stunden hatte er das Gefühl, dass sie dem Sturm doch noch entfliehen konnten. Wenn da nur nicht die Minen wären.*

23

Lilianne hatte sich aus dem Staub gemacht, anscheinend für immer. Schade eigentlich, dachte Steffen, mit ihr war es nie langweilig gewesen; aber als wissenschaftliche Mitarbeiterin hatte sie völlig versagt, für diese Arbeit war sie absolut untauglich. Jetzt würde er das Projekt massiv nach vorne bringen, die endlosen, unproduktiven Diskussionen würden entfallen, er war wieder der unumschränkte Herrscher über den Friedhof auf Amrum. Mit der aktuellen Situation ganz zufrieden, schlenderte er in Sylvias Büro, schenkte sich den Morgenkaffee ein, blies in den heißen Becher, schwieg.

»Lilianne ist abgereist«, sagte Sylvia. Es klang wie eine Feststellung. Da war kein Vorwurf in ihrer Stimme, auch kein versteckter Triumph.

»Die ist wohl schon in Berlin.«

»Wohl kaum. Sie wollte nach Marbach.«

Steffen wäre beinahe der Kaffee aus der Hand gefallen. »Wer zum Teufel hat das genehmigt?«

»Der Professor natürlich.« Sylvia blickte ihn wie ein treuer Dackel mit großen braunen Augen an, doch in den Winkeln, ganz versteckt, funkelte es. »Der Herr Professor hat gesagt, dass es richtig wäre, den Friedhofsveröffentlichungen mehr Leben einzuhauchen.«

Steffen knallte den Becher auf ihren Schreibtisch, der Kaffee schwappte über. »Hat sie ihn doch herumgekriegt, diese rothaarige Hexe. Den Toten ›Leben einhauchen‹. Was Blöderes habe ich noch nie gehört.«

Sylvia lächelte mild. »Soll ich Ihnen eine Fahrkarte nach Marbach besorgen, Herr Archivar?«

Nach dem Mittagessen legte Sylvia einen dicken Umschlag der Nordelbischen Kirche auf Steffens Schreibtisch. Er reagierte nicht, schaute nicht einmal hoch. Doch kaum war sie weg, griff er nach dem Umschlag und riss ihn hastig auf.

»*Werter Kollege, ich schicke Ihnen hiermit die Abschrift aus den Kirchenbüchern bis 1940*«, schrieb der Archivar aus Leck. »*Die anderen Informationen erhalten Sie später. Erst müssen noch die Begräbnisse aus der Kriegszeit ausgewertet werden, und das sind überaus viele, wie es der Krieg nun mal mit sich bringt.*«

Schnell blätterte Steffen die Seiten durch. Leider waren die Pastoren nicht besonders mitteilsam gewesen, oft hatten sie einfach nur die standesamtlichen Eintragungen übernommen. Und doch gab es einige Unterschiede. Er breitete die Meldungen aus den alten Zeitungen auf Liliannes Schreibtisch aus, legte die Informationen des Standesamts Amrum und die Mitteilungen aus Leck daneben und begann zu vergleichen. Schließlich stand er auf, heftete einen großen Papierbogen an die Wand und trug mit einem dicken, schwarzen Stift das erste Forschungsergebnis ein:

† 24.1.1909 *ein Seemann des gestrandeten englischen Dampfers* FIDRA

Die nächste Information aus Leck barg eine ungewöhnliche Überraschung. Da war eine Tote, für die es auf dem Friedhof kein Grab gab. Steffen lehnte sich zurück, schloss die Augen und ließ die einzelnen Grabkreuze an sich vorbeiziehen.

Mit einem Mal stand Sylvia in der Tür.

»Darf ich dir etwas vorlesen?«, fragte Steffen.

»Friedhöfe und Leichen sind nicht mein Lieblingsthema. Aber wenn es dir weiterhilft.«

»Ich verstehe einiges nicht. Ich brauche deine Meinung als Frau.« Er nahm die Liste der Nordelbischen Kirche zur Hand. »Grab vom 1. April 1909. Tag des Todes: 29. März.1909. Amtshandlung: Grabrede und Leichenpredigt für Charlotte Caroline Otto, ledig, aus Wittdün, geboren am 13. November 1851 zu Memel. Sie verwaltete zuletzt ein Kinderheim in Wittdün. Achtundfünfzig Jahre alt. Bemerkung: Es war ihr Wunsch, auf dem Friedhof der Heimatlosen beerdigt zu werden.«

»Wo ist das Problem?«

»Ich verstehe nicht, warum sich Frau Otto auf einem ungepflegten Acker zwischen den Dünen hat bestatten lassen, auf dem es damals nur drei Gräber gab. Als Leiterin des Kinderheims hätte ihr sicherlich ein bevorzugter Platz auf dem regulären Friedhof zugestanden.«

Sylvia betrachtete das Foto des Leuchtturms an der Wand. »Sie kam aus Memel und landete auf Amrum«, sagte sie nachdenklich. »Das war sicherlich eine weite Reise für die damalige Zeit. Vielleicht hat sie die drei Gräber gepflegt, weil sie sich ebenso entwurzelt und auf Amrum angeschwemmt fühlte wie die toten Seeleute.«

Auch Steffen schaute auf das Leuchtturmfoto. Er vermisste Lilianne.

Nein, er vermisste sie nicht!

Aber etwas fehlte.

Vielleicht sollte ich mich auch um ein Grab auf dem Seemannsfriedhof bemühen, schließlich fühle ich mich seit Langem wie ein Heimatloser.

Sylvia trat hinter ihn und legte ihre Hände auf seine Schultern. »Lass die trüben Gedanken, Steffen.« Sie massierte seine Halsmuskeln mit leichter Hand. »Ich bringe dir einen Kaffee. Und Gästekekse, sofern der Professor nicht alle aufgegessen hat.«

Das Massieren war angenehm gewesen, jedoch zu kurz. Viel zu kurz. Er schnupperte dem Geruch dieser warmen und weichen Frau nach, dann waren seine Gedanken wieder bei Lilianne. Warum lässt mich diese Studentin nicht kalt? Ist es ihre sperrige Art? Ihre Unverfrorenheit? Oder brauche ich dieses ständige Abarbeiten an ihrem Widerstand, aus welchen Gründen auch immer? Vielleicht ist es ihr Temperament. Sie ist ja nie auf Normalnull, sie ist entweder himmelhoch jauchzend oder zu Tode betrübt. So, wie ich auch gerne wäre. Nicht immer, aber wenigstens manchmal. Doch so werde ich nie sein, man hat es mir nicht in die Wiege gelegt. Vielleicht ist sie mein Alter Ego, das mir jetzt fehlt. Ach, Lilianne.

Sylvia stellte ihm einen Teller mit Gästekeksen hin und strich ihm liebevoll über den Rücken. Steffen bedankte sich artig. Dann ergänzte er die Liste an der Wand um eine weitere Eintragung:

† 1.4.1909 Charlotte Caroline Otto, Kinderheimleiterin
(Grab eingeebnet)

Es war Nachmittag, als ihn ein weiteres Problem beschäftigte. In den Gräbern vom 12. November 1911 lagen zwei Unbekannte, die einige Tage zuvor angetrieben worden waren. Und dann war da noch ein weiterer Angeschwemmter, den man am 19. November bestattet hatte. Gab es da einen Zusammenhang? Vielleicht der Untergang eines größeren Schiffes, immerhin waren es drei Tote innerhalb kurzer Zeit. Oder hatte ein Orkan eine halbe Fischereiflotte vernichtet?

Steffen blätterte in den Aufzeichnungen der Deutschen Gesellschaft zur Rettung Schiffbrüchiger. Dort wurde von einem schweren Sturm in der Nacht vom 5. auf den 6. November berichtet, der zu einer Reihe von Schiffsuntergängen geführt hatte, unter anderem in der Nähe von Sylt. Und von dem englischen Dampfer ELSWICK HOUSE waren nördlich von Helgoland drei Leute durch Seeschlag über Bord gerissen worden. Helgoland und Sylt also, dachte Steffen, beide nicht weit von Amrum entfernt. Da sich die Toten nicht näher eingrenzen ließen, ergänzte er die Liste und stellte seine Nachforschungen ein, wenn auch etwas unzufrieden.

† 12. + 19.11.1911 drei unbekannte männliche Leichen

Gegen dieses Massensterben war die Meldung vom 15. September 1918 erfreulich übersichtlich, wenn es erlaubt war, bei Todesfällen das Attribut »erfreulich« zu verwenden.

† *unbekannte männliche Leiche, der Kleidung nach ein Heizer oder Maschinist*

Steffen grübelte über das Schicksal des Heizers oder Maschinisten nach. Wieso fällt ein Maschinist ins Wasser? Maschinisten arbeiten doch im Maschinenraum, Heizer auch. Sehr merkwürdig. Während er noch über den Tod dieses Menschen nachdachte, zog eine Wolke Tabakrauch zu ihm herüber.

»Na, Herr Totengräber, was macht die Kunst?«, fragte Sigrist.

»Ich hatte schon interessantere Aufgaben. Meine Kunden sind alle tot, keiner spricht mehr mit mir.«

»Wo ist Fräulein Feldmann?«

»Weg. Hat sich verpisst.«

Sigrist nahm die Pfeife aus dem Mund und hangelte nach einem Stuhl. »Liegen auf deinem Lieblingsfriedhof auch Tote, die identifiziert worden sind?«

»Ja. Ich habe hier eine Information vom 11. Juli 1940. Ein Fischer aus Büsum lief mit seinem Kutter auf eine Mine. Es war ja Krieg. Merkwürdigerweise gibt es kein Grab zu dieser Eintragung.«

Sigrist setzte sich an Steffens Schreibtisch. »Endlich mal eine konkrete Sache. Jetzt musst du nur noch den Hergang rekonstruieren. Der ist bestimmt interessanter als die trockenen Fakten.«

»Du willst doch nicht etwa, dass ich die Witwe aufsuche.«

»Du könntest es in eine wissenschaftliche Abhandlung einbetten.«

»Wie das?«

»Auch heutzutage werden noch Schiffe durch Minen in die Luft gesprengt. Vor einiger Zeit hat es den Tanker FOLGA erwischt, dann zwei Fischkutter und zuletzt den Frachter BALDUR aus Hamburg. Es müssen noch Hunderttausende davon auf dem Meeresgrund liegen – Minen meine ich, nicht Schiffe. ›Schiffsverluste in Friedenszeiten durch Kriegseinwirkung‹, das wäre ein interessantes Thema. Und zusätzlich angereichert durch die Aussagen von Zeitzeugen.« Sigrist ging zur Tür. »Mach das mal.«

Steffen tapste mit mechanischen Schritten zu Sylvia. Gedankenlos kippte er vier Löffel Zucker in seinen Kaffee, rührte endlos um und verschwand dann ohne Gruß über den Flur. Die Sekretärin blickte ihm verwirrt nach. Im Büro stellte er sich ans Fenster und schaute auf die Räume auf der anderen Seite des Innenhofs, in denen gerade Schreibtische und Schränke aufgestellt wurden. Dort stand eine Frau am Fenster und blickte ihn an. Steffen bemerkte sie nicht, er befand sich gerade in einer anderen Zeit. Einer Zeit, in der Sturzkampfflieger heulten und Granaten explodierten.

Schließlich kehrte er zur Abschrift der Kirchenbücher der St.-Clemens-Gemeinde auf Amrum zurück und vertiefte sich in die Aufzeichnungen von Pastor Jürgensen. Wieder hörte Steffen die Detonation der Minen und Wasserbomben und das Rumsen von schweren Schiffsgeschützen. Er musste sich überwinden, die zweite Eintragung im Kirchenbuch zu lesen:

»Der Fischereigehilfe Ludwig Herbert Kröger aus Büsum, gestorben am 5. oder 6. Juni 1940 nordwestlich von Helgoland, wurde als Unbekannter auf dem Heimatlosenfriedhof bestattet. Geboren: 7. Juni 1910 Büsum. Alter: 30 Jahre.

Der Verstorbene war verheiratet und hat drei minderjährige Kinder.

Die Ehefrau hat die Kleiderreste ihres Mannes erkannt.

Wird exhumiert.«

Teil 3

Büsum, Leer, Haren/Ems

24

Anfang Juli 1964

Steffen hatte seinen Schreibtisch leergefegt, nur die Informationen über den toten Fischer aus Büsum lagen noch vor ihm. Er las sie zum wiederholten Male, wendete das Blatt, starrte unschlüssig auf die unbeschriebene Rückseite, legte es wieder hin. Satzfetzen blitzten durch sein Gehirn. *»Den richtigen Schwung«* wollte Hübner in den Veröffentlichungen haben, und den Toten sollte *»Leben eingehaucht«* werden. Sinnloses Gequatsche, wir sind doch hier in einem wissenschaftlichen Institut. Wieder wendete Steffen das Blatt und stöhnte laut. Also gut, wenn der Herr Professor es wünscht, dann begeben wir uns eben in die Niederungen des Sensationsjournalismus.

Er blickte auf das Todesjahr des Fischers. Das lag knapp fünfundzwanzig Jahre zurück, es dürfte noch genügend lebende Verwandte geben. Vielleicht würde er die schluchzende Witwe am Telefon haben, in Tränen aufgelöst durch den wieder aufbrechenden Schmerz. Oder verstörte Kinder, inzwischen zwar erwachsen, doch mit einem lebenslangen Verlust behaftet. Musste er sich wirklich auf diesen steinigen Weg machen? Konnten diese Menschen überhaupt mit dem Schrecken umgehen, dem Schrecken des Krieges, der durch seinen Anruf wieder präsent wäre? Und konnte er, Steffen Stephan, mit der Verzweiflung der Angehörigen umgehen?

Er fürchtete sich nicht wenig vor diesem Gespräch. Er war Archivar, ein Mann der unbelebten Dinge, er war kein Seelsorger und auch kein Psychologe. Warum ist diese Praktikantin abgehauen, dachte er wütend, die würde solch schwierige Situationen besser meistern. Böse starrte er das schwarze Telefon an und beschloss, den Anruf erst einmal zu verschieben.

In Sylvias Büro schenkte er sich einen weiteren Kaffee ein, ließ sich auf den Besucherstuhl fallen und blickte die Sekretärin mit einem gequälten Gesichtsausdruck an. »Würdest du wildfremde Menschen nach dem toten Ehemann oder dem toten Vater fragen?«

Sylvia runzelte missbilligend die Stirn. »Erstens bitte ich dich aufzustehen. Professor Hübner sieht es nicht gern, wenn seine Mitarbeiter hier herumlümmeln statt zu arbeiten. Zweitens, ja, ich würde diese Menschen befragen. Allerdings sehr vorsichtig und einfühlsam und immer mit einem Bein auf dem Rückzug.«

»Danke für die Information«, sagte Steffen mit säuerlicher Mine, »du hast mir sehr geholfen. Obwohl ich lieber etwas anderes gehört hätte.«

Das ist mal wieder Ironie des Schicksals, dachte er auf dem Weg ins Büro. Wochenlang suchen wir nach der Identität von Seeleuten und wenn wir endlich einen Unfallhergang rekonstruieren können, dann ausgerechnet bei einem Toten, für den es nicht einmal ein Grab auf Amrum gibt.

Da er sich nicht – noch nicht – zu einem Telefongespräch durchringen konnte, vervollständigte er die Liste an der Wand um die Todesdaten, die mehr hergaben als nur den Hinweis *»unbekannte Leiche« und »Personenverhältnisse unbekannt«*.

† 14.8.1921	*der junge Mann im Watt*
† 17.5.1925	*zwei Seeleute der* HERMINA
†	*Fischereigehilfe Ludwig Krüger aus Büsum (ohne Grab)*
† 9.10.1950	*Peter Frederick White aus London*
† 10.11.1954	*zwei unbekannte Leichen, Tod durch Explosion*
† 18.11.1954	*Schiffer mit blauen Hemd und grauem Pullover*
† 4.6.1959	*Tabea Kirsch aus Marbach*

Mehr war beim besten Willen nicht aus den Akten herauszulesen, das Telefongespräch ließ sich nicht weiter aufschieben. Widerwillig rief er die Auskunft an und bekam mehrere Nummern in Büsum auf den Namen »Krüger«. Die weiblichen Telefonnummernbesitzer sortierte er aus, die würde er nicht anrufen, mit der Witwe wollte er keinesfalls reden. Es blieben noch zwei Nummern, auf denen er eine Zeitlang herumbrütete. Schließlich entschied er sich für Johann Herbert Krüger, dessen Vornamen aus einer älteren Zeit zu stammen schienen, vielleicht konnte er damit den Sohn des Toten ausschließen.

Johann Herbert Krüger war der Bruder. Ja, sagte er, nachdem sich Steffen weitläufig und auch etwas umständlich vorgestellt hatte, die Sache sei ihm immer noch präsent, als wäre es gestern gewesen. Aber, mein Gott, es war Krieg, ständig starb einer. Nicht, dass man dagegen abgestumpft gewesen wäre, aber es wurde auf schreckliche Weise zur Normalität.

Ob er Näheres erzählen könne, fragte Steffen und zückte den Bleistift.

»Nun ja«, sagte Herr Krüger. »Vor 1939 hatten wir ungefähr hundertfünfzig Kutter in Büsum. Zu Beginn des Krieges wurden hundert vom Militär eingezogen und sechs kamen zur Hafenflottille. Der Rest musste fischen gehen – für die Ernährung der Volksgemeinschaft, wie man das damals nannte.« Steffen spürte den sarkastischen Unterton beim Wort »Volksgemeinschaft«. »Ich wurde zur Marine eingezogen. Ich war Soldat, aber mein Bruder blieb Fischer. Damals dachten wir, er hätte das bessere Los gezogen.«

»Das Leben ist unberechenbar«, sagte Steffen nachdenklich.

»Sie sagen es. Es stellte sich bald heraus, dass die Fischer auch nicht besser dran waren als wir auf den Kriegsschiffen. Immer öfter kamen die Kutter nicht von See zurück. Ungefähr acht Tage vor dem Tod meines Bruders flog mein Vetter in die Luft. Sein Kutter war auf eine Mine gelaufen. Die waren alle tot.«

»Und wie war es mit Ihrem Bruder?«

»Ja, also, Ludwig war ja Setzschiffer auf dem Kutter EMMA. Er fuhr am 6. Juni mit seinem Gehilfen raus. Sie wollten nördlich von Helgoland auf Schollenfang gehen –.«

Plötzlich war Stille im Telefon. Steffen wartete. »Hallo«, rief er schließlich, »Herr Krüger, sind Sie noch da?«

»Ja, Moment«, die Stimme klang jetzt etwas brüchig, »ich muss mir mal eben die Nase putzen.« Nochmal Pause, dann war die Stimme wieder da. »Was hatte ich gerade gesagt? Ach ja, also als der Ludwig nicht wiederkam, machte sich unser Vater Sorgen. Er hat in Cuxhaven und Hamburg angerufen, weil er dachte, dass Ludwig seinen Fisch vielleicht dorthin verkauft hätte.« Wieder Pause. Steffen wartete, sagte diesmal aber nichts. »Na ja, nach acht Tagen kamen einige Kollegen von See zurück. Die hatten Fischkisten und andere Teile im Wasser treiben sehen. Mein Bruder ist wohl auch auf eine Seemine gelaufen.« Johann Herbert Krüger unterbrach seinen Bericht. Steffen hörte Geräusche im Hintergrund, die er nicht zuordnen konnte.

»Mögen Sie noch weitererzählen, Herr Krüger«, fragte er vorsichtig. »Oder wollen wir Schluss machen?«

»Nein, nein, ist schon in Ordnung. Es ist nur wegen ... Also: Einen Monat später wurde mein Bruder vor Amrum geborgen und dort begraben. Den Gehilfen haben sie auf Sylt aufgefischt, glaube ich, oder bei Esbjerg.«

Jetzt Schweigen.

»Im Kirchenbuch steht, dass die Ehefrau die Kleiderreste Ihres Mannes erkannt hat«, sagte Steffen in die Stille hinein.

»Ach, das ist doch Quatsch! Wir Fischer tragen doch alle die gleiche Kleidung ...«

Steffen war etwas abgelenkt, weil Sigrist hereinkam und sich auf den Platz von Dr. Zöllner setzte.

»... nein, nein, mein Vater hat überall auf den Inseln herumtelefoniert. Und Monate später hatte er ihn dann gefunden. Mein Bruder hatte nämlich einen goldenen Schneidezahn. Er war wohl der einzige Fischer mit einem goldenen Schneidezahn. Daran konnten sich die Leute auf Amrum erinnern.«

»Haben die ihn nach der langen Zeit tatsächlich wieder ausgebuddelt?«

»Ja, natürlich! Man will doch seine Familie zusammenhaben.« Johann Herbert Krügers Stimme nahm einen empörten Tonfall an. »Man braucht doch einen Ort zum Trauern. Und möglichst in der

Nähe. Mein Vater hat den Sarg mit dem Kutter von einem befreundeten Fischer hierher gebracht.«

»Und jetzt liegt Ihr Bruder auf dem Friedhof von Büsum.«

»Genau! Kommen Sie doch mal vorbei. Sie können sich den Grabstein ansehen.«

Steffen dankte Herrn Krüger herzlich und verabschiedete sich weitläufig. Er blickte nachdenklich zu Sigrist, der Ringe in die Luft paffte.

»Sieht aus, als sei der Herr Friedhofsforscher recht erfolgreich.«

»Ja, der Friedhofsforscher ist erfolgreich. Aber glücklich macht ihn das nicht.«

Sigrist gab sich unbeeindruckt. Er ließ einen Stapel Papier auf den Tisch fallen, von denen ein merkwürdiger Geruch ausging. Steffen rümpfte die Nase. »Was ist das?«

»Das sind die *copies* der Seeamtsverhandlungen der SAUBER-Schiffe.«

»Was sind *copies*?«

Das sonst griesgrämige Gesicht von Sigrist hellte sich auf, er zeigte sogar ein kleines Lächeln. »Im Hamburger Staatsarchiv haben sie eine dieser neuen amerikanischen Copy-Maschinen. Du legst oben ein Buch drauf, drückst auf einen Knopf, und unten kommt ein Blatt raus.«

»Wenn ich ein Buch zerreißen will, kann ich das auch mit Hand machen.«

»Quatsch! Die Seite wird abfotografiert. Es ist so, als würdest du es mit der Maschine abschreiben. Geht aber viel schneller. Knapp eine Minute pro Seite.«

Steffen nahm widerstrebend ein Blatt vom Stapel. Das Papier fühlte sich merkwürdig glatt an, irgendwie beschichtet, doch man konnte das Gedruckte gut lesen. »Das hat das falsche Format, kein DIN A4.«

»Ist wohl irgendeine amerikanische Norm.«

»Und warum stinkt es so bestialisch? Nach Alkohol. Oder Spiritus. Man wird ja besoffen, wenn man das liest.«

»Ja, das ist schon unangenehm«, musste Sigrist bei aller Begeisterung für die Technik zugeben.

Steffen stand auf und suchte einen Platz, möglichst weit weg von seinem Schreibtisch. Schließlich deponierte er den Papierstapel auf der Fensterbank.

»Halt! Nicht dem Sonnenlicht aussetzen. Sonst verblasst die Schrift mit der Zeit.«

Fast wäre Steffen der Stapel vor Schreck aus der Hand gefallen. Akten, deren Schrift mit der Zeit verschwand? Unmöglich! Diese Technik konnte keine Zukunft haben. »Wie ist das jetzt mit den SAUBER-Schiffen?«, fragte er, nachdem er die Unterlagen auf dem Schreibtisch von Dr. Zöllner abgelegt hatte.

Sigrist hob zu einer längeren Erklärung an. »Die HERMAN SAUBER ist verschollen. Sie wurde zuletzt am 1. November 1922 von einem anderen Schiff in der Nordsee gesichtet, danach gab es keine Meldung mehr. Am 4. November wurde südöstlich von Amrum das unbemannte Rettungsboot der HERMAN SAUBER gefunden. Und beim Feuerschiff AMRUM trieben Wrackteile vorbei. Am 19. November landete die Leiche eines Matrosen auf Sylt an, Anfang Dezember die Leiche des Kapitäns in Friedrichskoog.«

»Wie viele Leute sind auf diesem Schiff zu Tode gekommen?«

»Achtundzwanzig.«

»Und die Unfallursache?«

Sigrist zuckte die Schultern. »Bei verschollenen Schiffen kann man nur Vermutungen anstellen. Es ist ja niemand mehr da, der etwas erzählen kann. Das Seeamt nimmt an, dass das Schiff auf eine Mine gelaufen ist, die sich beim Sturm von ihrer Verankerung losgerissen hatte.«

»Ist das nicht ziemlich gewagt?«

»Nein. Es wurden zwischen August 1922 und Januar 1923 mehrere Minen in diesem Seegebiet gesichtet.«

»Was war mit dem anderen SAUBER-Schiff?«

»Der Kohlendampfer HERBERT SAUBER verließ am 2. November 1922 den Hafen von Seaham in England mit einer vollen Ladung

Kohle. Am nächsten Tag bekam das Schiff Schlagseite, die ständig zunahm, obwohl die Seeleute die Ladung in den Luken auf die andere Seite stauten.« Sigrist zog an seiner Pfeife und nebelte sich ein. »Das Schiff kenterte und sank am 3. November. Alle Besatzungsmitglieder sind ertrunken, bis auf den Koch. Der wurde von einem englischen Fischer aufgenommen.«

»Wie viele Tote hat es diesmal gegeben?«

»Fünfundzwanzig Mann.«

Steffen ergänzte die Liste an der Wand um einen weiteren Todesfall.

† 10.12.1922 *ein Seemann der* HERBERT SAUBER *oder der* HERMAN SAUBER

»Ich danke dir für die Informationen«, sagte er förmlich, »obwohl sie mich nicht fröhlich stimmen.«

»Es hat dich keiner zu diesem Friedhofsjob gezwungen.«

25

LEER, 8. OKTOBER 1954

Johann Schepers stampfte mit den Stiefeln ein paar Mal kräftig auf. Die Regentropfen perlten vom Ölmantel und bildeten eine Pfütze zu seinen Füßen. Er öffnete die Haustür, zwängte sich aus den Stiefel und trat auf Strümpfen in den Flur. Früher hatte er sich bücken müssen, um unter dem niedrigen Türbalken hindurch zu kommen, er tat es immer noch in alter Gewohnheit, doch inzwischen ging er so krumm, dass es dieser Vorsicht nicht mehr bedurft hätte. Er legte die Brötchentüte und die »Ostfriesenzeitung« auf das Sideboard und schnupperte. Von der Küche zog ein kräftiger Kaffeeduft durchs Haus.

»Bist du das, Johann?«, rief Anna Schepers aus der Küche.

»Nein, der Heilige Geist.« Johann schlurfte ins Wohnzimmer und blies die Kerze auf dem Frühstückstisch aus. Er hasste Kerzen, er hatte an Bord nie welche geduldet. Wie leicht konnte sich etwas entzünden und dann stand man plötzlich auf dem glühenden Deck mit nichts als der weiten See um sich herum.

Anna Schepers kam mit dem Brotkorb, die Brötchen waren bereits geteilt, weil ihr Mann beim Aufschneiden immer so viel Krümel auf dem Teppich verteilte. Johann klopfte gegen das alte, englische Barometer auf der Mahagoniplatte, die Flüssigkeit in der Glasröhre sprang ein Stück nach oben. Verständnislos schüttelte er den Kopf. »Ich versteh das nicht. Heute Nacht hatten wir einen solchen Sturm, dass es uns fast den Schonstein vom Haus geblasen hat, und nun ist es draußen so ruhig wie im Feuerlöschteich. Es könnte ein Taifun gewesen sein.«

Anna legte den Kopf schief und musterte ihren Mann misstrauisch. »Johann, es gibt keine Taifune bei uns.«

»Es könnte ein alter Taifun gewesen sein, der den Weg hierher gefunden hat.«

Anna Schepers strich Erdbeermarmelade auf eine Brötchenhälfte. »Ich war fast die ganze Nacht wach.«

»Du? Dich stört der Sturm doch nie.«

»Nein, der hat mich nicht gestört. Du hast mich gestört. Du warst ständig im Haus unterwegs.«

»Und up'em Diek!«

Sie nahm ein Streichholz und zündete die Kerze wieder an. Johann blickte finster, sagte aber nichts. In der Stube brannte immer eine Kerze, wenn sie Sturm hatten, seit Jahrzehnten, ohne Ausnahme, mit der Konstanz von Ebbe und Flut. Johann wusste nicht, warum seine Frau das machte, er hatte sie nie danach gefragt. Vielleicht brauchte sie die Kerze zum Beten, damit der Herr ihr Haus vor Schaden bewahrte. Oder aus Sorge um die Männer draußen auf See.

Anna blickte ihren Mann missbilligend an. »Du bist nicht mehr der Kapitän, Johann, du musst nicht mehr raus. Die anderen sind jung und kräftig, die schaffen das schon.«

Kapitän Schepers trat ans Fenster und blickte zum Deich. »Ja, die sind jung. Aber ihre Schiffe sind alt.«

Anna streifte nachdenklich die hagere Gestalt ihres Mannes. In jungen Jahren war Johann ein tollkühner Kapitän gewesen. Je stärker der Sturm blies, umso mehr blitzten seine Augen, sicherlich floss noch ostfriesisches Seeräuberblut in seinen Adern. Doch jetzt, im Alter, wurde er nachdenklich und schien erstmals die tödliche Gefahr anzuerkennen.

Sie glättete die »Ostfriesenzeitung«, leckte den Zeigefinger an und blätterte die Seiten um. »Hier! Hier steht es, ganz groß: Sturmnacht vor der Küste – Spitzenböen von hundertvierzehn Kilometer Geschwindigkeit – Schiffe in Seenot.«

»Hundertvierzehn Stundenkilometer? Sinnlose Angabe! Darunter kann sich niemand etwas vorstellen. Das ist Windstärke zwölf. Das versteht jeder.«

Anna überflog den Artikel und fasste den Inhalt mit kurzen Worten zusammen. »Die Helene Russ *hat nördlich von Ameland eine Notmeldung abgesetzt: Ladung verrutscht, Mast gebrochen. Und ein*

Däne, die Rikke Skou, *hat Sturmschäden und ein gebrochenes Ruder gemeldet. Der englische Frachter* Cargill *treibt in der Nordsee mit Maschinenschaden. Und ein ostzonaler Fischkutter drohte zu sinken, ist jetzt aber im Schlepp von zwei anderen Kuttern.«*

»Wenigstens ist keiner abgesoffen.« Johann stand auf, ging zu dem kleinen Nähtischchen am Fenster und griff nach der Papierschere. »Ausschneiden!«, befahl er. »Das kommt zu den Akten.«

Anna salutierte. »Aye, aye, Herr Hilfsarchivar.«

Ihr Mann empörte sich. »Kein Hilfsarchivar! Ich bin der geachtete Fachmann für den Bereich Schifffahrt und Hafen des Stadtarchivs Leer.«

»Du bist eine ehrenamtliche Hilfskraft, Johann. Ein Rentner ohne Gehalt. Es wäre mir lieber, wenn du deine Zeit hier bei mir verbringen würdest. Ich hätte genügend Arbeit für dich.«

»Dat geit nich. Es kann keine zwei Kapitäne auf einem Schiff geben.«

»Hier im Haus gibt es nur einen Kapitän. Und der bin ich.«

26

Steffen fuhr mit dem Finger über die Straßenkarte, prägte sich die Ortsnamen ein und steckte die Karte in seine Aktentasche. Er richtete den Schreibblock exakt an der Tischkante aus und legte den Kugelschreiber im rechten Winkel darauf. Gerade als er das Büro verlassen wollte, stand Lilianne in der Tür.

Was will die denn hier, dachte er überrascht. »Schon wieder zurück?«, fragte er reserviert.

Lilianne nahm eine militärische Haltung an. »Befehl ausgeführt, Herr Projektleiter! Vorgang ›Tabea Kirsch‹ erfolgreich abgeschlossen.«

Steffen spürte ihre Unsicherheit trotz des forschen Auftretens. Es erfüllte ihn mit einer gewissen Befriedigung. »Sehr erfreulich.« Es klang nicht erfreut.

»Wo willst du hin?«

»Das Grab von Fischer Krüger fotografieren.«

»Ich komme mit nach Amrum.«

»Nicht Amrum. Büsum.«

»Verstehe ich nicht.«

Er seufzte. »Komm mit. Ich erklär's dir unterwegs.«

Sie saßen nebeneinander im Auto, meilenweit voneinander entfernt. Steffen konzentrierte sich mehr als nötig auf den Straßenverkehr.

Obwohl sie inzwischen über das platte Land fuhren und diese hohe Aufmerksamkeit nicht mehr unbedingt notwendig wäre, ignorierte er Lilianne vollständig. Er pfiff ein Lied, erfreute sich demonstrativ an dem weißen Wolkengebirge, an den grünen Wiesen rechts der Straße und an den Feldern links der Straße.

»Was ist jetzt mit Büsum und dem Fischer?«, fragte Lilianne. »Ist das jetzt die Wiederauferstehung der Toten, worauf die Katholiken schon immer gewartet haben?«

Wider Willen musste Steffen schmunzeln. Und da er es ohnehin anstrengend fand, dauerhaft zu schmollen, berichtete er ausführlich von seinen Aktivitäten während der letzten Zeit.

»Du hast tatsächlich den Bruder des Toten angerufen?«

»Auf besonderen Wunsch von Sigrist«, erklärte er ausweichend. Bevor sie weitere Fragen stellen konnte, erkundigte er sich nach Tabea Kirsch und nach Marbach.

Lilianne schwärmte von der Schönheit des kleinen mittelalterlichen Städtchens und dem guten Kaffee, den sie auf dem Marktplatz getrunken hatte. Schließlich war sie beim Thema, beziehungsweise der Friedhofsverwaltung. »Unheimlich nett und hilfsbereit sind die dort. Ich habe mit dem Verwalter die Akten durchgesehen. Der freute sich richtiggehend, endlich mal mit einen ganz normalen Menschen zu tun zu haben und nicht immer nur mit Trauernden.«

»Habt ihr Frau Kirsch gefunden?«

»Leider nein. Die liegt immer noch auf Amrum, sie ist wohl nicht exhumiert worden.«

»Und dann?«

»Dann war ich beim Ortsamt und habe mit der Sekretärin geplaudert. Die hat für mich im Melderegister nachgesehen.«

»Du hast ja schon eine Menge gelernt im Institut.«

Lilianne wischte die Unterbrechung mit ihrer typischen Handbewegung weg. »Tabea war nicht verheiratet und hatte keine Kinder. Vor ihrem Tode ist sie zwischen Marbach und Winnenden mehrmals hin- und hergezogen. Verwandtschaft gibt es in Marbach keine, jedenfalls sind dort keine Kirschs bekannt.«

»Also Fehlanzeige.«

»Natürlich war ich auch in diesem Winnenden. Und jetzt halt dich fest, das glaubst du nicht.«

»Ich halte mich schon die ganze Zeit am Steuer fest.«

»Wegen geistiger Verwirrung war Tabea dort in der Psychiatrie.«

Steffen driftete vor Überraschung auf die andere Straßenseite. Schnell korrigierte er den Fahrfehler. »Ich fass es nicht! Daher die Anstaltskleidung.«

»Genau. Sie ist dort aber nicht geblieben. Irgendwann hat sie die Klinik unerlaubt verlassen …«

»… und ist nach Amrum gefahren. Was sie dort wollte, ist wohl ihr Geheimnis. Das hat sie mit ins Grab genommen.«

»Ich habe noch mehr herausgefunden«, sagte Lilianne mit Stolz in der Stimme. »Ich habe mit zwei Verwandten von ihr gesprochen. Allerdings nur telefonisch, die wollten sich nicht mit mir treffen.«

»Du hast tatsächlich diese Leute angerufen?«

»Da war zuerst eine Frau am Telefon. Die sagte, dass sie keine Tabea Kirsch kenne. Vielleicht wäre das jemand aus der Familie ihres Mannes. Jedenfalls behauptete sie, dass sie diesen Namen noch nie gehört habe.«

»Klingt so, als hättest du ihr nicht geglaubt.«

»Die wollte mich abwimmeln. Ganz sicher war es ihr peinlich, eine Verrückte in der angeheirateten Familie zu haben. Man könnte ja auf die Idee kommen, dass das erblich ist.«

»Geht nicht. Die ist mit Tabea nicht verwandt, nur verschwägert.«

»Aber ihre Kinder könnten betroffen sein.«

Am Ortsanfang von Meldorf reduzierte Steffen die Geschwindigkeit und knatterte durch das Städtchen. Er überlegte, ob er an einer dieser neuen italienischen Eisdielen anhalten sollte, die es in der letzten Zeit immer häufiger gab, ließ es dann aber doch.

»Danach habe ich bei dem anderen Verwandten angerufen. Der Mann konnte sich an Tabea Kirsch erinnern. ›Das war so eine entfernte Tante‹, sagte er, ›die war verrückt, die saß in der Klapsmühle.‹«

»Wusste er, warum sie nach Amrum gefahren ist?«

»Sie hat wohl mal gesagt, dass sie dort ihre Schwester besuchen wollte. Aber ganz genau konnte er sich nicht daran erinnern. Jedenfalls war sie plötzlich weg. Es hat ihr wohl keiner nachgetrauert.«

»Wusste er etwas von den Todesumständen?«

Lilianne blickte angestrengt durch die Frontscheibe, offensichtlich versuchte sie, ihre Gedanken zu ordnen. »Nun ja, er war sehr zurückhaltend. Meinte, dass sie entweder freiwillig ins Wasser gegangen oder von der Flut überrascht worden sei. Aber er vermutete Ersteres.«

»Gab es einen Abschiedsbrief?«

»Nein.«

»Hat er auch etwas von Gewaltanwendung gesagt? Oder ... ähm ... über Vergewaltigung?«

Lilianne blickte unwillig. »Ich hab doch gesagt, dass er von Selbstmord gesprochen hat.«

Büsum. Das Grab auf dem Friedhof war schnell gefunden. Steffen fotografierte den schlichten Stein von allen Seiten, fotografierte die Kirche und schließlich – auf ihren besonderen Wunsch – Lilianne vor dem Grabstein. Danach spazierten sie am Deich entlang, gingen jedoch nicht ins Watt, weil Lilianne Angst vor einer plötzlich hereinbrechenden Flutwelle hatte. Schließlich trieb sie der scharfe Wind auf einen Pharisäer ins nächste Lokal.

Am Nachmittag, als sie wieder in Hamburg waren, verdrückte sich Lilianne in Sylvias Büro, um mal ordentlich von Frau zu Frau zu reden, wie sie sagte. Steffen wählte die Nummer des Amrumer Kirchenbüros, Margarete meldete sich mit hörbarer Zurückhaltung. Er hätte sich eigentlich etwas mehr Begeisterung gewünscht, sie brauchte ja nicht gleich durch die Leitung zu springen, aber mehr Freude wäre schon nett gewesen.

In kühlem Tonfall fragte er nach der Schwester von Tabea Kirsch.

»Wie ist ihr Vorname?«

»Keine Ahnung.«

»Ich kenne niemand mit dem Namen Kirsch auf Amrum. Wenn die Schwester geheiratet hat, dürfte es ohnehin schwierig werden.«

»Vielleicht stammt jemand auf der Insel aus Westpreußen?«

»Die meisten Frauen hier sind in der Landfrauenvereinigung und im Kirchenchor. Von denen kommt keine aus dem Osten.«

Steffen war unzufrieden mit dem Verlauf des Gesprächs. Irgendwie hatte er das Gefühl, als würde Margarete nur das Nötigste sagen. Die Vertrautheit, die sie einmal verbunden hatte, schien es nicht mehr zu geben. »Jemand müsste Tabea Kirsch doch begegnet sein«, sagt er unwirsch. »Sie muss schließlich irgendwo gewohnt haben.«

»Vielleicht ist sie mit der Fähre rübergekommen und gleich danach ins Wasser gegangen.«

»Das hätte sie auch auf dem Festland machen können.«

Etwas störte ihn immer noch, etwas war nicht echt an diesem Gespräch. Hielt Margarete Informationen zurück, wusste sie mehr? Es konnte doch nicht sein, dass ein Mensch mit der Fähre ankam, unerkannt über die Insel rannte und sich in selbstmörderischer Absicht ins Wasser warf.

Mit einem Mal veränderte sich ihre Stimme. »Pastor Markmann ist gerade gegangen, jetzt kann ich besser reden. Ich habe mich umgehört auf der Insel. Keiner will über diese Frau sprechen …«

Es knackte, dann war die Leitung unterbrochen.

27

LEER, 9. OKTOBER 1954

Johann Schepers blickte über die Tasse Kaffee hinweg zu seiner Frau. Anna stellte eine zweite Kerze auf den Tisch, faltete die Hände, betete still, in ihren Augen schimmerte es tränenfeucht. Schließlich nahm sie die »Ostfriesenzeitung« hoch und las mit rauer Stimme die Überschriften: »Opfer des Orkans über der Nordsee. Fischkutter verschwand in der Orkanbö. RIKKE SKOU *gesunken.« Sie machte eine Pause und schnäuzte sich.*

»Weiter!«, drängte Johann.

»Da steht eine ganze Menge, aber ich mache es kurz. Der Fischkutter EDITH *ist plötzlich auf der Höhe von Helgoland aus einer Gruppe von Kuttern mit Mann und Maus verschwunden. Und bei dem Dänen haben sie acht Seeleute von einem Floß lebend runtergeholt, nachdem sechs kurz zuvor weggespült worden sind. In einem Rettungsboot haben sie dann noch vier Tote gefunden.«*

»Schrecklich!«

»Dann fehlen noch Lebenszeichen der beiden holländischen Fischkutter JONKER JOCHEM *und* HENDRIKA.*« Anna legte die Zeitung weg und wischte auf der Brille herum. »Da ist noch dieser Hamburger Kümo* REIND *…«*

»De REIND, *de* REIND*!« Vor Aufregung verfiel Johann ins Platt. »Dor is doch Rinhard Gerdes ut Haren op. Wat is mit den?«*

»Der ist überfällig, der ist nicht in Brunsbüttel angekommen.« Sie fuhr mit dem Finger über die Zeilen. »Hier: ›Wie Radio Norddeich mitteilte, sind inzwischen ein Rettungsboot mit der Aufschrift REIND *und Teile eines Ruderhauses auf der ostfriesischen Insel Langeoog angespült worden. Von der Besatzung fehlt jede Spur.‹«*

Johann stand auf, es ging nicht so gut, das Rheuma steckte ihm wieder in den Knochen. Er schlurfte zum Fenster und blickte zum

Deich. »De Dübel ok!« Er drehte sich zu seiner Frau um, auch in seinen Augen glänzte es feucht. »Ich hatte es gleich im Gefühl, dass da draußen der Teufel los ist.« Er fuhr sich mit dem Jackenärmel unter der Nase entlang. »Die Jungs von der Reind *können wir vergessen. Es sei denn, es geschieht ein Wunder.«*

Anna faltete die Hände und schaute ins Kerzenlicht. »Ich bin froh, dass du nicht mehr fährst.«

Johann hatte sich wieder gefangen. »An die Arbeit!«, sagte er und griff nach Schere und Klebetube.

28

Die Besprechung war auf 15 Uhr angesetzt. Kurz vor Beginn scharte sich das gesamte Institut um Sylvias Kaffeemaschine, danach trottete die Mannschaft zum Konferenztisch, auf dem die Sekretärin mehrere liebevoll dekorierte Teller mit Keksen verteilt hatte. Professor Hübner war bereits anwesend. Er hatte ein halbes Pfund Kekse in der einen Hand und stopfte sich gerade die gleiche Menge in den Mund. Wie kann man sich nur so vollfressen, dachte Steffen, und dann auch noch auf Institutskosten.

Der Professor stellte zunächst die Vollständigkeit der Versammlung fest, dann fragte er der Reihe nach den Stand der Arbeiten ab. Der Kollege Holzgräbe referierte über sein Seminar »10 Jahre Rockmusik«. 80 Studenten hätten sich zu Beginn des Semesters in dem kleinen Seminarraum gedrängelt, erklärte er stolz, die Resonanz sei riesengroß. Man habe sich fast um die Referatsthemen geprügelt. Holzgräbe war von sich begeistert, er kam so richtig in Fahrt. Schließlich unterbrach ihn Hübner. »Woher haben Sie die Schallplatten für das Seminar? Woher die Musikanlage?«

»Schallplatten? Musikanlage?«

Der Professor zog erstaunt eine Augenbraue hoch. »Ein Seminar über Rockmusik ohne Musik?«

Nach einem Augenblick der Unsicherheit polterte Holzgräbe los. »Natürlich ohne Musik, wir sind schließlich in einem historischen Seminar und nicht auf einem Rockkonzert.«

»Achtzig Studenten?«, fragte Hübner lauernd.

»Ja, genau achtzig.«

»Und wie viele sind es jetzt noch?«

Holzgräbe wand sich. »Vielleicht knapp die Hälfte.«

»Wenn Sie das Seminar im Wintersemester noch einmal anbieten, dann erwarte ich Musik.«

Als Nächstes berichtete Dr. Eichbaum über den Kongress, den er besucht hatte. Er redete ausführlich und langatmig, sehr langatmig. Die Kollegen flegelten sich in eine bequemere Sitzposition, Sigrist malte auf seinem karierten Block herum, Sylvia blätterte in den Unterlagen.

»Danke, Dr. Eichbaum«, unterbrach der Professor den Vortrag, »ich glaube, das genügt. Der Nächste!«

Steffen hatte sich auf seinen Kurzvortrag gut vorbereitet. Viel reden, wenig sagen, war das Gebot der Stunde. Hübner sollte nicht merken, dass die bisherigen Ergebnisse eher mau waren. Er wies auf den Besuch der verschiedenen Bibliotheken und Landesarchive hin und erklärte, dass die Quellenlage ziemlich schwierig sei, dass sie jedoch bereits zwei Schiffe ausfindig gemacht hätten und dass sie wohl bald mehr herausbekommen würden.

»Waren Sie schon in Kopenhagen?«

»Kopenhagen?« Steffens Hirn lief auf Hochtouren. Zum Teufel, was sollen wir in Kopenhagen? Wegen der Toten von der FIDRA braucht man doch nicht nach Kopenhagen zu fahren, da reicht doch Esbjerg oder das Archiv in Tondern. »Nein, da waren wir noch nicht. Ich wollte erst hier alle Quellen erschließen. Wegen der Reisekosten …«

Hübner wandte sich an Lilianne. »Haben Sie schon etwas gelernt, Fräulein Feldmann?«

»Oh ja, sehr viel!«

»Wie lange dauert Ihr Praktikum noch?«

»Eine Woche.«

Der Professor fixierte Steffen mit scharfem Blick. »Ich erwarte demnächst eine Zusammenfassung Ihrer Forschungen, Herr Stephan. Aber mit belastbaren Fakten, wenn ich bitten darf.« Steffen nickte, der drohende Ton war ihm nicht entgangen.

Jetzt kam Hübner zum Besprechungspunkt »Informationen durch die Institutsleitung«. »Professor Doktor Peter Walthauser, einer der bekanntesten lebenden Historiker, wird in diesem Jahr achtzig Jahre alt. Wir werden zu diesem Anlass eine Festschrift herausgeben. Ich brauche von jedem von Ihnen einen Aufsatz im Umfang von fünfzehn Schreibmaschinenseiten. Hat jemand etwas in der Schublade?«

Niemand meldete sich. Die einen blickten gebannt zur Decke, die anderen auf ihren Schreibblock.

»Ich könnte mit dem Thema ›Der Sargzwang im Wandel der Zeiten‹ zur Festschrift beitragen«, sagte Steffen schließlich.

Der Professor verzog das Gesicht, als wären ihm gerade alle vier Weißheitszähne gleichzeitig gezogen worden. »Vielleicht ist das nicht das richtige Thema angesichts des fortgeschrittenen Alters von Professor Walthauser. Können sie nicht über diese Minenproblematik in Friedenszeiten schreiben? Es sind ja in der letzten Zeit einige Schiffe untergegangen. Und es hat Tote gegeben. So etwas haben Sie doch gerne in der Friedhofsgruppe.«

Keiner lachte.

29

Leer, 21. Oktober 1954

Heute gab es keine Brötchen. Johann hatte bestimmt, dass es der Gesundheit schade, täglich weißes Mehl zu essen. Er hatte seiner Frau einen Vortrag über »Skorbut« und »Beriberi« gehalten. Außerdem, hatte er erklärt, würde es viel besser schmecken, wenn man zwischendurch mal am harten Schwarzbrot kaute, so wie früher an Bord.

Anna hatte milde gelächelt.

Dennoch war er unterwegs gewesen und hatte die Zeitung mitgebracht. »Schau mal nach, ob was Neues über den Kümo aus Haren drinsteht.«

»Du könntest endlich mal deine Brille reparieren lassen.«

»Das nützt gar nichts. Ich vergesse doch ständig, wo ich sie hingelegt habe.«

Zwischen Schwarzbrot mit Honig und einer Tasse Tee blätterte Anna die Zeitung durch, in der Hand die Schere, die sie wie eine Sichel schwang. Plötzlich stutzte sie und schnitt einen Artikel aus. Sie holte die Zeitungsschnipsel der letzten Tage vom Nähmaschinentischchen und reihte alle fein säuberlich nebeneinander auf.

»Nun mach schon«, drängte Johann.

»Stör mich nicht, sonst komme ich durcheinander.« Sie hielt den ersten Abschnitt hoch. »Hier, am 13. Oktober haben sie geschrieben: ›Inzwischen keine Hoffnung mehr für den Kümo.‹ Und da: ›Zwei Besatzungsmitglieder der Reind *am Oststrand von Norderney angeschwemmt. Es sind der in Emden an Bord der* Reind *gestiegene Vetter des Kapitäns und ein Matrose.‹«*

»Ja, ja, das weiß ich doch.«

»Am 14. Oktober wurden auf Norderney Weißblechplatten angespült, und Fischer hatten solche Platten in ihren Netzen.«

»Schrecklich!«

»Heute steht in der Zeitung, dass ein Manometer und eine Lederjacke angetrieben sind. Und hier schreiben sie: ›Auch wird auf einen schnellen Untergang des Schiffes geschlossen, weil die beiden bisher tot angetriebenen Besatzungsmitglieder keine Schwimmwesten trugen.‹«

Johann blickte erstaunt hoch. »Keine Schwimmwesten? Sehr ungewöhnlich. Äußerst ungewöhnlich.« Er blickte auf die Zeitungsausschnitte. »Wie viele Leute waren an Bord?«

»Vier.«

»Also fehlen noch zwei. Mal sehen, wo die angespült werden.«

30

Sylvia hatte einen großen Briefumschlag auf Steffens Schreibtisch gelegt, es war die zweite Sendung aus Leck. Weder Steffen noch Lilianne zeigten annähernd die gleiche Begeisterung wie bei der ersten Sendung. Wahrscheinlich stand hinter jedem Datum der immer gleiche Satz: *Unbekannte männliche Leiche, Personenverhältnisse nicht bekannt.* Während Steffen den Inhalt des Umschlags auf der Tischplatte ausbreitete, zupfte Lilianne mit bemerkenswerter Ausdauer die Noppen von ihrem Pullover. Sie hatte die Schuhe ausgezogen und ihre Füße auf Steffens Schreibtisch gelegt.

»Gibt's was Neues?«, fragte sie gelangweilt.

Steffen starrte auf die hochgelegten Beine. So etwas machte man nicht, das machten höchstens ungehobelte Cowboys in amerikanischen Filmen. Und Frauen saßen schon gar nicht so da, immerhin könnte der Rock hochrutschen.

Jetzt störten die Füße wirklich. Er brauchte den Platz für die Informationen aus Leck. Seine Hand mit den letzten Blättern zitterte etwas, allerdings nicht vor Ärger, sondern aus innerer Unruhe. Es waren nicht ihre Beine oder die Füße, die ihn unruhig machten, obwohl es wohlgeformte Beine und hübsche Füße waren. Letztere klein, keine Hühneraugen, die Fußnägel rot lackiert. Es war Liliannes Rock, der ihn zittrig machte. Er war hochgerutscht, hatte ihre Knie freigelegt und ein Stück des Oberschenkels. Steffen schluckte. Sie hatte schöne, runde Knie. Keine knochigen oder fetten, nein, runde. Sein Blick wanderte über die Knie hinaus.

Lilianne beendete das Zupfen am Pullover und zog mit einer lässigen Bewegung den Rock über die Knie. Dabei blickte sie Steffen direkt ins Gesicht. Er sah den spöttischen Zug um ihren Mund und das Funkeln in ihren Augen. Er fühlte die Hitze in seinem Gesicht, schnell konzentrierte er sich auf die Unterlagen. Er legte die Kirchenbuchaufzeichnungen neben das Register des Standesamtes Amrum und begann zu vergleichen. Doch er war nicht bei der Sache. Immer wieder schielte er auf Liliannes Knien, aber die blieben züchtig bedeckt.

»Schon was gefunden?«, fragte sie.

»Nein. Aber ich bin auch noch nicht ganz durch.«

Lilianne beschäftigte sich wieder mit ihrem Pullover.

»Hier habe ich was!«, rief Steffen und las vor: *»Bei der im Kirchenbuch am 18.11.1954 eingetragenen unbekannten Wasserleiche handelt es sich um den Kapitän Reinhard Gerdes, geboren am 23. Juni 1913 in Haren/Ems, katholische Religion. Der Verstorbene war verheiratet mit Marie Gerdes, geborene Schepers.«*

Mit einem Satz war Lilianne auf den Beinen. »Wer ist das?«

»Der Schiffer mit dem blauen Hemd und dem grauen Pullover.« Steffen lehnte sich zurück. Er wartete auf das gleiche Glücksgefühl wie bei diesem FIDRA-Seemann, doch es stellte sich nicht ein. Dieser Todesfall war zu nahe, viel zu nahe, Kapitän Gerdes hätte vom Alter her sein Vater sein können. Steffen stand wortlos auf, trat ans Fenster und blickte auf die andere Seite des Innenhofs. Dort saß eine Frau, die sich über ein Blatt Papier beugte. Plötzlich blickte sie hoch, ihre Blicke trafen sich, sie lächelte, Steffen grüßte mit einem Kopfnicken. »Was machen wir jetzt mit diesem Kapitän Gerdes?«, fragte er.

Er bekam keine Antwort, stattdessen stand Lilianne neben ihm und blickte ebenfalls in den Innenhof. »Wer ist das?«, fragte sie scharf. »Kennst du diese Frau?«

Das ist keine normale Frage, dachte Steffen, da liegt ein lauernder Ton in ihrer Stimme. »Welche Frau?«

»Die da drüben. Du hast sie gegrüßt. Also kennt ihr euch.«

»Nein. Sie hat gelächelt. Daraufhin habe ich gegrüßt. Das hat etwas mit Höflichkeit zu tun.«

Der Weg vom Institut zum Postamt in der Schlüterstraße war nicht weit. Steffen blätterte im Telefonbuch von Ostfriesland. »Du meine

Güte«, stöhnte er, »die Hälfte der Leute heißen Schepers und die andere Hälfte Gerdes. Die scheinen alle miteinander verwandt und verschwägert zu sein.« Er fuhr mit dem Finger die Spalten ab. Bei der Auswahl ging er nach dem gleichen Muster vor wie schon beim Fischer aus Büsum: Keine Frau anrufen, denn eine von ihnen könnte die Witwe sein. Lieber einen Mann mit altertümlichem Vornamen. Es blieben trotzdem noch genügend Gerdes' übrig. Diesmal wurde ihm die Entscheidung allerdings leicht gemacht, weil er auf eine Berufsbezeichnung stieß. »Ich habe einen Kapitän Gerdes gefunden!«

Lilianne riss sich nur mühsam von der Postgebühren-Tabelle los. »Ich denke, der liegt auf Amrum?«

»Wahrscheinlich sind alle Gerdes' Kapitäne oder Steuerleute.«

Kapitän Gerdes war der Stimme nach ein betagter Herr. »Ach, diese alte Sache«, sagt er. »Dazu kann ich mich nicht äußern, ich war auf See zur damaligen Zeit.«

»Können Sie uns wenigstens jemanden nennen, der mehr weiß?«, fragte Steffen.

»Die Witwe würde ich an Ihrer Stelle nicht anrufen, die ist immer noch nicht über den Tod ihres Mannes hinweg. Besser fragen Sie die Schwester des damaligen Steuermanns. Die ist robust, das ist eine richtige Seemannsfrau.«

Steffen legte auf und schaute Lilianne mit Widerwillen im Blick an. »Ich rufe da keinesfalls an.«

»Kein Problem, das mache ich. Das klären wir von Frau zu Frau.«

Die Schwester konnte nur sagen, dass ihr Bruder mit der REIND in einen Orkan gekommen und auf Langeoog tot angeschwemmt worden war. »Ein halbes Jahr später haben Fischer das Wrack gefunden. Es ging ein Taucher runter. Der sagte, das Schiff läge dort unten wie ein zerknüllter Haufen Blech.«

»Was bedeutet das?«

»Ich weiß es nicht.« Die Frau machte eine Pause, sie schien nachzudenken. »Sie sollten nach Leer ins Stadtarchiv fahren. Der Archivar weiß bestimmt mehr über den Untergang. Außerdem werden dort alle Zeitungen aus der Region gesammelt.«

Lilianne legte den Hörer auf die Gabel. »Fahren wir?«

Steffen nickte.

31

Leer entpuppte sich als ein hübsches Städtchen mit einem übersichtlichen Hafen und einem türmchenbewehrten Rathaus. Ein Schild neben der schweren Doppeltür wies auf das Stadtarchiv hin. Auf den Stufen blieb Steffen überrascht stehen. »Da ist jemandem die Einkaufstüte geplatzt. Es sollte wohl Milchreis zu Mittag geben.«

Lilianne bedachte ihn mit einem Blick, der zwischen Mitleid und Fassungslosigkeit schwankte. »Steffen Stephan, in welcher Welt lebst du eigentlich? Hier im Rathaus war gerade eine Hochzeit.«

»Was hat eine Hochzeit mit Reis zu tun?«

»Man wirft Reis, weil es Glück bringt.«

»Scheint eine alte chinesische Sitte zu sein.«

»Nein, eine neue amerikanische.«

»Merkwürdig. Ich dachte, die essen nur Steaks.«

Das Archiv war leer bis auf einen Mann, der die Tageszeitung las. Der betagte Archivar stellte sich als Johann Schepers vor und fragte nach ihren Wünschen.

»Wir möchten alles einsehen, was mit dem Untergang der REIND zu tun hat«, erklärte Steffen. »Das Schiff sank 1954.«

Der alte Mann blinzelte Lilianne interessiert an, schabte sich übers Kinn und schlurfte davon.

»Komischer Kauz«, sagte Steffen.

»Finde ich nicht. Der sieht doch wie ein netter Opa aus. Bestimmt war er früher auch Kapitän, wie alle Schepers hier.«

Kurz darauf schob der Archivar einen Wagen herein, auf dem dicke, schwarze Folianten und ein dünner Hefter lagen. »Hier sind die Ostfriesischen Nachrichten vom vierten Quartal 1954«, sagte er schwer atmend. »Und in dieser Mappe sind die gesammelten Meldungen über den Untergang der REIND.«

Die Mappe brachte eine Reihe von Erkenntnissen, doch letztendlich ließ sich nicht feststellen, warum das Schiff gesunken war.

»Der Steuermann und der Matrose sind auf Norderney angeschwemmt worden«, fasste Steffen zusammen, »und der Kapitän liegt auf dem Seemannsfriedhof auf Amrum. Aber wo ist der Junge?«

Lilianne versuchte, eine widerspenstige Haarsträne hinter dem Ohr festzuklemmen. »Ich weiß es nicht. Vielleicht steht noch etwas in der Zeitung, das der Archivar übersehen hat.«

Während sie sich über die Folianten hermachte, schaute Steffen aus dem Fenster und betrachtete die Schiffe im Hafen. Mit so einem sind die Männer wohl auf die Nordsee hinausgefahren. Wenn ich an die großen Pötte in Hamburg denke, würde ich mich mit einem so kleinen Schiff nicht mal auf die Elbe trauen.

»Ich hab was gefunden«, unterbrach Lilianne seine Gedanken. »Am 2. Dezember haben Fischer bei Baltrum ein unbekanntes Wrack entdeckt. Die Zeitung schreibt: ›Ist es das Wrack der REIND?‹. Und am 11. Dezember wurden Teile des Schiffes durch einen Sturm auf den Inseln angeschwemmt.«

»Sonst noch etwas?«

Lilianne blätterte unschlüssig durch die Seiten. »Es gibt noch eine Meldung über eine große Seemine, die am 29. Dezember bei Scharhörn an den Strand getrieben wurde. Man hat aus sicherer Entfernung auf sie geschossen und sie so zur Exposition gebracht.«

»Damit hätten sie auch bis Silvester warten können.«

Steffen hatte kleine Lust, auch noch die Zeitungen des Jahres 1955 durchzusehen. Stattdessen fragte er den Archivar.

»Ja«, sagte der Mann, »an den Untergang kann ich mich gut erinnern. Ich kannte Kapitän Gerdes, ich war ja auch Kapitän. Wir lagen mit unseren Schiffen oft im gleichen Hafen.« Er dachte einen Augenblick nach. »Ein paar Monate nach dem Unfall ging ein Taucher runter und hat sich das Wrack angesehen. Der sagte, da sei ein riesiges Loch im Vorschiff.«

Die beiden blickten den Mann überrascht an.

»Was bedeutet das?«, fragte Steffen.

»Dass die Reind nicht im Sturm gesunken, sondern auf eine Seemine gelaufen ist. Das passt auch zu der merkwürdigen Tatsache, dass die Männer keine Schwimmwesten trugen. Wenn ein Schiff im Sturm zu sinken droht, würde ich als Erstes eine Schwimmweste anlegen. Das mit der Mine passt auch zum Bericht der Wasserschutzpolizei Norderney.«

»Da war kein Bericht im Ordner«, sagte Lilianne.

»Vielleicht falsch abgelegt?«

Der schmale Hefter, den der alte Mann nun hereinbrachte, enthielt nur ein einziges Blatt. Steffen und Lilianne beugten sich neugierig darüber.

»*Wasserschutzpolizeistelle Norderney, November 1954.*

Bezüglich der verschollenen M/S Reind wird folgendes vermerkt: Das Schiff hat seinen Bestimmungshafen nicht erreicht und ist wahrscheinlich in der Nacht zum 7.10.54 nördlich der Insel Baltrum im Sturm gesunken. Von der vierköpfigen Besatzung wurden am 11.10.1954, gegen 10:30 Uhr, am Ostende der Insel Norderney der Miteigner Reinhard Gerdes und der Matrose Horst Schmunz als Leichen geborgen. G. hatte eine stark klaffende Halswunde, die sich von der linken Seite Kehlkopf bis zur rechten Seite der Wirbelsäule hinzog. Schmunz hatte eine etwa 4 cm lange Wunde oberhalb der rechten Augenbraue. Der Kapitän Reinhard Gerdes und der Junge Dieter Hoffmeister sind bisher nicht gefunden worden. Die Untergangsursache und die Lage des Wracks sind nicht bekannt. Einige Anwohner von Norderney berichteten, dass sie in der fraglichen Nacht einen lauten Knall gehört haben, als hätte eine Explosion stattgefunden. Ob dieser Knall mit dem vermissten Schiff in Zusammenhang steht, ist nicht gesichert.«

»Wie ist das, wenn man auf eine Mine fährt?«, fragte Lilianne.

Kapitän Schepers blickte auf seine mit Altersflecken übersäten Hände. »Ich hatte zum Glück nie Minenkontakt, aber aus dem Krieg weiß ich, dass es recht schnell geht mit dem Tod. Da ist mit einem Mal ein merkwürdiges Geräusch unter dem Kiel, dann eine riesige

Wasserfontäne. Gleich darauf fliegt Ihnen das Deck um die Ohren und das Schiff sinkt.«

Steffen trat ans Fenster und blickte durch die Butzenscheiben zum Hafen. In seinen Ohren waren wieder das Heulen der Bomben, die Explosionen und das Tackern der Maschinengewehrsalven.

Eine Hand umfasste seinen Arm und zog ihn vom Fenster weg.

»Hallo, Steffen! Ich hab dich was gefragt. Ich will wissen, was du darüber denkst.«

Er schüttelte unwillig den Kopf. »Ich verstehe das alles nicht.«

»Aber ich sehe jetzt ganz klar. Es gab eine Explosion. Zwei Mann der Besatzung wurden auf Norderney angeschwemmt. Und die beiden anderen? Das sind die Explosionsopfer in dem Doppelgrab auf Amrum. Das würde Sinn machen.«

»Nein, nach den Aufzeichnungen im Kirchenregister liegt Kapitän Gerdes in einem Einzelgrab.«

»Wer kann das schon so genau wissen. Man kann die Toten ja nicht mehr fragen, wer sie sind. Uns selbst die Kirche kann sich mal irren.«

Ich bin Archivar, dachte Steffen, ein Mann der Schrift. Ich glaube an das, was geschrieben steht, auch wenn die äußeren Umstände dagegen sprechen. Wo kämen wir denn hin, wenn das geschriebene Wort nicht mehr gilt.

Er sagte nichts, er war zu müde zum Streiten. Lilianne hakte sich bei ihm ein. »Wollen wir nach Hause?«

»Nein. Wir fahren nach Haren.«

»Was willst du denn da?«

»Dort lebten die Gerdes'. Ich will wissen, wie es sich anfühlt als Kapitän und als Steuermann auf dem platten Land.«

Sie blickte auf die Uhr. »Es könnte spät werden.«

»Ist mir egal.«

32

Es wurde spät. Sie erreichten erst bei Sonnenuntergang die kleine emsländische Stadt mit ihren einstöckigen Backsteinhäusern. Im Hafen und an der alten Schleuse lagen Schiffe. Binnenschiffe, aber auch Küstenmotorschiffe, die wie Binnenschiffe aussahen. Auf einigen brannte Licht, andere lagen dunkel wie schwarze Schatten. Auf der Ems trieb ein dicker Ast vorbei, die Zweige noch begrünt. Sie setzten sich ans Wasser, Steffen musste an Kapitän Gerdes denken. Hier, vielleicht genau hier, hatte sein Schiff gelegen. Er war an Bord gegangen, die Ladungspapiere unterm Arm, die eine gute Fracht versprachen. Und an dieser Stelle, wo er, Steffen Stephan, jetzt zehn Jahre später saß, hatte wohl seine Frau gestanden. Sie hatte ihm eine gute Reise gewünscht. Sie hatte nicht geweint zum Abschied, Seemannsfrauen weinen nicht. Der Matrose hatte den Motor angeworfen, der Schiffsjunge die Leinen eingeholt und dann waren sie losgefahren. Ins Verderben.

»Wie lange brauchen wir bis Hamburg?«, fragte Lilianne.

»Sicherlich die halbe Nacht. Wir müssen durch halb Deutschland.«

Sie schaute ihn kritisch an, legte dann ihre Hand auf seinen Unterarm. »Du hast nicht viel Lust zu fahren?«

»Eigentlich nicht. Ich bin ziemlich müde.«

»Dann bleiben wir hier.«

Die Rezeption demonstrierte massive deutsche, wenn auch etwas in die Jahre gekommene Hotelkultur. Dunkles Holz und schwere Übergardinen, die Stores zu Wolken gerafft. Auf dem Empfangstresen lag Nippes, auf kleinen Deckchen drapiert. An der Rückwand hingen vergilbte Postkarten von Gästen, die sich für die sauberen Zimmer, das gute Essen und die familiäre Atmosphäre bedankten. Der Dank muss einer früheren Hausdame gegolten haben, keinesfalls der jetzigen, die den beiden kühl und abweisend entgegenblickte.

»Zwei Einzelzimmer bitte«, sagte Steffen.

Die Kühle mit der grauen Frisur und dem Granitgesicht musterte erst ihn, dann Lilianne. »Wir haben nur noch ein Doppelzimmer«, sagte sie schroff.

»Schade, dann müssen wir es woanders versuchen.«

»Hier in der Gegend werden sie wohl kein Bett mehr bekommen. Wir haben Landwirtschaftsmesse, wir könnten doppelt so viele Betten vermieten.«

»Und warum haben Sie dann noch ein Zimmer frei?«

»Es wurde gerade abgesagt. Wegen eines Todesfalls.«

Steffen blickte Lilianne ratlos an.

»Wir nehmen das Doppelzimmer«, sagte sie.

Das ist keine gute Idee, dachte Steffen erschrocken, das ist absolut keine gute Idee.

Die Hausdame legte den Kopf schief. Sie bedachte Lilianne mit einem eisigen Blick, blieb dann an Steffens rechter Hand mit dem fehlenden Ehering hängen. Als sie wieder hochblickte, konnte er deutlich einen Auszug aus dem Strafgesetzbuch in ihren Augen erkennen. § 180, vorsätzliche Vermittlung und Beförderung der Unzucht, der Kuppelei-Paragraph. Mit einem Mal verblasste das Paragraphen-Zeichen und machte einem dicken Dollarzeichen Platz. »Es ist eines unserer besten Zimmer und nicht billig.«

Sie nannte einen astronomischen Preis. Steffen verschluckte sich fast, doch Lilianne schien nicht überrascht. Sie handelte den Preis um die Hälfte herunter.

Das Zimmer hatte Rosenmuster an den Wänden, ein riesiges Doppelbett dominierte den Raum.

»Ich finde es unverschämt teuer«, sagte Steffen.

Lilianne schien seinen Unwillen nicht zu teilen. »Wenn ein unverheiratetes Paar ohne Reisegepäck in einem Doppelzimmer übernachten will, müssen sie schon etwas springen lassen. Das ist so eine Art Stillhalteprämie.«

»Und wie hast du dir das nun gedacht?«

»Wir gehen zunächst einmal in ein Kaufhaus, wenn die hier so etwas haben. Ich brauche eine Zahnbürste und für morgen einen frischen Schlüpfer, eine Bluse und Nylons.« Sie blickte kritisch an Steffen herunter. »Ich wünsche, dass auch du frische Sachen anziehst. Auf jeden Fall eine frische Unterhose.«

»Ja, Mami.«

Haren zeigte sich von seiner freundlichen Seite. Sie bekamen alles, was sie suchten, und sie bekamen auch ein gutes, günstiges Abendessen in einem Gasthof – trotz der Landwirtschaftsmesse. Sie blieben etwas länger, denn das Bier war ausgezeichnet gezapft. Steffen trank mehr als üblich, um seine Unsicherheit zu kaschieren.

Und dann standen sie wieder im Zimmer, ein jeder auf seiner Seite des Doppelbetts.

»Und jetzt?«, fragte er mit schwerer Zunge.

Lilianne hatte den Granitblick der Hausdame angenommen. »Es gibt hier klare Regeln, Steffen Stephan. Du gehst eine Viertelstunde um den Block, und zwar sofort. Wenn du wiederkommst, hast du das Badezimmer für dich allein. Ich werde inzwischen einen Elektrozaun im Bett installieren, damit du dich nicht auf meine Seite verirrst.«

»Keine Sorge, Fräulein Feldmann«, giftete er, »ich vergreife mich nicht an Rothaarigen. Aber wenn du vor mir Angst hast, kann ich auch im Auto schlafen.«

»Quatsch nicht! Verschwinde endlich.« Sie öffnete die Tür und schob ihn nach draußen. »In fünfzehn Minuten bist du wieder hier.«

Es regnete und es war windig. Steffen stellte sich in einen Hauseingang und blickte zum Hotelzimmer hinauf. Es gab nichts zu sehen, Lilianne hatte die Vorhänge zugezogen. Gerade, als er um den Block gehen wollte, kam ein Mann mit einem Hund vorbei. Der Mann blieb stehen, blickte Steffen misstrauisch an, schaute dann zum Hotel, wo Lilianne eben die Vorhänge beiseitezog. Der Hund knurrte bedrohlich, der Mann machte einen schnellen Schritt auf Steffen zu.

»Was machen Sie hier?«, fragte er grob.

»Wir hatten Streit. Meine Frau hat mich rausgeschmissen. Ich darf erst wieder zurück, wenn sie eingeschlafen ist.«

Der Hundebesitzer blickte noch mal zum Fenster hinauf, wo in diesem Augenblick das Licht ausging. »Kenn ich«, sagte er und fingerte in der Hosentasche. »Zigarette?«

Der Hund schnupperte an Steffens Hose und leckte ihm die Hand.

Als er zur festgesetzten Zeit ins Zimmer kam, vermutete er einen Augenblick lang, Lilianne hätte das Auto dem gemeinsamen Ehebett vorgezogen. Sie war weder im Raum noch im angrenzenden Badezimmer, sie stand auch nicht hinter den schweren Vorhängen. Schließlich nahm er das Bett näher in Augenschein. Da lag sie auf ihrer Hälfte, ganz an die Außenkante gedrückt, hatte die Decke über den Kopf gezogen und verschmolz fast mit der Matratze. Er löschte das Licht, zog im Dunkeln Hose und Socken aus und kroch vorsichtig auf seine Seite. Auch er lag an der Außenseite des Bettes, Lichtjahre von Lilianne entfernt, die Schulter gegen das Holz des Rahmens gepresst.

Steffen kämpfte sich mühsam aus den Tiefen des Schlafs an die Oberfläche des Bewusstseins. Es mochte mitten in der Nacht sein, es war stockdunkel, er wusste sofort, was ihn geweckt hatte. Da war ein Tier im Bett. Keine Ratte, ein größeres Tier. Eine Katze vielleicht? Er tastete nach dem Fell auf seiner Brust. Nein, keine Katze, eher ein Hund, einer von der struppigen Sorte. Erst lag er ganz steif vor Schreck, dann tastete er vorsichtig weiter. Der Hund musste Haarausfall haben, vielleicht die Staupe. Da war kein Fell mehr, da war eine runde, warme Schulter. Der Hund brummte zufrieden, wälzte sich auf den Rücken und kuschelte sich in Steffens Achselhöhle. Der legte seinen Arm um das schutzbedürftige Wesen, mit der Hand auf den Rippenbögen. Im nächsten Augenblick war er wieder eingeschlafen.

33

Sie bekamen ein deutsches Frühstück: Kaffee in einer großen Kanne, zwei Brötchen, ein Ei, Erdbeermarmelade und Honig. Steffen dachte sehnsüchtig an das opulente Frühstück, dass er einmal in Holland serviert bekommen hatte. Kaffee, Kakao und Milch stand zur Auswahl auf dem Tisch, es gab Wurst und Käse und Rührei, sogar Fisch. Und Orangensaft. Er hatte die Holländer wegen ihres Lebensstils beneidet.

Lilianne wischte sich den Mund ab und warf die Serviette achtlos auf den Teller. »Ich bin satt, wir können nach Hause fahren.«

Steffen ließ sich Zeit. Er feuchtete den Zeigefinger an und tupfte sorgfältig die Brötchenkrümel auf. Als der Teller blank war, faltete er die Serviette und legte sie korrekt im rechten Winkel neben seine Tasse. »Ich würde gerne noch etwas bleiben.«

»Was willst du noch hier? Wir haben alles gesehen. Wir waren in der Stadt und am Hafen. Mehr gibt es nicht.«

»Doch. Den Friedhof.«

»Ach ja, ich hatte ganz vergessen, dass ich mit einem Friedhofsforscher unterwegs bin.« Abrupt stand sie auf. »Der Totenacker von Amrum genügt mir. Ich geh da nicht hin. Ich schaue mir lieber den Dom an. Der ist sicherlich viel interessanter.«

»Das kommt auf die Sichtweise an«, sagte Steffen mild.

Der Harener Friedhof lag nicht neben dem Dom, sondern etwas weiter entfernt in einem Wohngebiet. Doch sonst hatte er alles, was einen ordentlichen Friedhof ausmacht: eine kleine Kapelle, ein alter Baumbestand, ein Areal mit bemoosten Grabsteinen, neuere Gräber, eines noch mit Blumen und Kränzen bestückt, da war wohl kürzlich eine Beerdigung gewesen. An diesem frühen Vormittag war nichts los, nur an einem der frischen Gräber stand ein Mann mit gesenktem Kopf und schien zu beten. Steffens Blick streifte die gebeugte Gestalt. Sie kam ihm irgendwie bekannt vor. Doch vielleicht stehen alle vom Leid gebeutelten Menschen ähnlich vor frischen Gräbern.

Er ging über weiße Kiesel zum alten Teil des Friedhofs. Hier roch es streng. Das konnte nicht an den Gräbern liegen, das war die Buchsbaumhecke. Warum muss Buchsbaum nach Katzenpisse stinken, was hat das für einen Sinn?

In einem abgeteilten Bereich dominierten massive Grabsteine aus schwarzem Marmor. Das war das Seefahrer Areal, wie an den Inschriften zweifelsfrei zu erkennen war. Allesamt waren sie Kapitäne gewesen, die hier lagen, und fast alle hießen Schepers. Daneben gab es noch die Gerdes', ebenfalls Kapitäne.

Steffen schritt langsam die Reihen ab. Plötzlich stockte er. Da war dieser Name, fast hätte er ihn übersehen. Nein, nicht übersehen. Es war ihm, als wollte sein Gehirn den Augen nicht trauen, das Erblickte nicht zulassen. An das Geburtsdatum konnte er sich nicht mehr erinnern, doch das Sterbedatum stand ihm überdeutlich vor Augen: 7.10.1954, der Untergang der REIND!

Der Schreck schoss ihm durch die Glieder, er musste sich gegen einen Grabstein lehnen, weil seine Beine plötzlich nachgaben. Seine Hände fühlten sich eisig an, kalter Schweiß stand ihm auf der Stirn. Als sich die Schwäche davonstahl wie die zurückweichende See bei Ebbe, raffte er sich auf, zückte den Fotoapparat und knipste mit zitternden Händen einen ganzen 24er-Film voll. Er fotografierte den Grabstein von links, fotografierte ihn von rechts, die Inschrift von links und von rechts. Er fotografierte die Gräberreihe mit den Kapitänssteinen, fotografierte die Kapelle und dann wieder den schwarzen Marmorstein. Während er mit seinem Fotoapparat hantierte, schaute der andere Friedhofsbesucher interessiert zu ihm hinüber. Als der Film voll war, wankte Steffen zum Ausgang, an dem es mit einem Mal überaus belebt zuging. Die Friedhofsverwaltung hatte die Kapelle geöffnet, Angestellte eines Beerdigungsinstituts trugen Kränze mit Schleifen herein, ein Leichenwagen fuhr auf den Parkplatz und kam neben einem anderen Leichenwagen mit den grauen Raffgardinen zum Stehen.

Lilianne verließ gerade die Kirche, als Steffen an der Wand des Doms Halt suchte. »Was ist mit dir?«, rief sie erschrocken. »Ist etwas passiert? Du bist weiß wie ein Gespenst.«

Steffen fühlte schon wieder diese Schwäche. »Mir ist ein Geist begegnet.«

»Verstehe ich nicht.«

»Wir suchen uns ein Café«, sagte er mit kraftloser Stimme, »bei Friedhöfen gibt es immer Cafés. Ich brauche etwas ganz Starkes. Und dann reden wir.«

Der Kaffee belebte seinen Geist, der Kreislauf rappelte sich mühsam auf. »Ich habe das Grab von Reinhard Gerdes gefunden.«

»Klar! Das Grab des Steuermanns.«

»Nein, das Grab von Kapitän Reinhard Gerdes. Er liegt hier – und nicht auf Amrum.«

Lilianne forschte in seinem Gesicht, dann legte sie die Hand auf seinen Arm. »Ist dir nicht gut, Steffen?«

»Der Kapitän liegt hier. Er ist überführt worden. Das Grab auf Amrum ist leer.«

»Das kann nicht sein! Leere Gräber werden eingeebnet. Wie bei Charlotte Otto und beim Fischer Krüger aus Büsum.«

»Du hast recht. Es gibt keine leeren Gräber auf Amrum.« Steffen wischte fahrig über die Tischdecke. »Und was folgern wir daraus?«

Lilianne blickte verständnislos. Sie wartete auf eine Erklärung. Als die nicht kam, setzten sich ihre eigenen Gedanken in Gang. Die Farbe wich auch aus ihrem Gesicht, ihre Unterlippe zitterte. »Es gibt zwei Leichen, Steffen. Meinst du das? Eine auf Amrum und eine hier?«

Er nickte.

Lilianne blickte lange aus dem Fenster. »Wir können uns täuschen.«

»Nein, wir täuschen uns nicht. Mir ist noch etwas aufgefallen, was wir bisher nicht bemerkt haben. Wir kennen Kapitän Gerdes durch die Eintragung im Kirchenbuch, nicht wahr?«

Lilianne nickte kaum merklich.

»Dieser Hinweis fehlt in der Liste des Standesamtes.«

»Tatsächlich! Da war kein Kapitän Gerdes im Bericht.« Sie schlug mit der flachen Hand auf den Tisch, die anderen Gäste blickten erschrocken hoch. »Die Amrumer haben uns den Kapitän unterschlagen. Da stinkt doch was zum Himmel!«

Steffen nickte. »Die Insel scheint ein gefährliches Pflaster zu sein.«

»Sollen wir die Polizei informieren?«

»Keinesfalls! Die stecken doch alle unter einer Decke. Auch dieser unangenehme Polizist.«

»Wir müssen an den früheren Polizisten herankommen«, überlegte Lilianne laut. »Der könnte uns bestimmt einiges erzählen.«

»Wenn er nicht ein Mörder ist. Schließlich ist er Hals über Kopf verschwunden.«

Liliannes Augen blitzten auf. »Stell dir die Schlagzeile vor: ›Angehende Journalistin deckt Mord auf!‹ Damit komme ich ganz groß raus.«

Wieder lag Streit in der Luft. Er hätte sie zurechtweisen können, wie beim letzten Mal, als die Fantasie mit ihr durchging. Doch er wies sie nicht zurecht. Wir haben die Nacht zusammen im Bett verbracht, dachte er, wenn auch platonisch, das verbindet, auf gewisse Weise. Vielleicht sollten wir häufiger das Bett teilen, es wäre gut für den Projektfortschritt.

»Wir müssen vorsichtig sein, Lilianne. Die Amrumer werden uns nicht mit offenen Armen empfangen.«

»Ach was! Wenn die uns nichts sagen, drohen wir mit der Mordkommission aus der Landeshauptstadt.«

Steffen war sich nicht sicher, ob sie die richtige Begleitperson war, wenn es darum ging, die Leute auf Amrum nach dem Grab von Kapitän Gerdes zu befragen. Sie war zu auffällig mit ihren roten

Haaren und dem forschen Auftreten. Diese Aufgabe erforderte mehr Fingerspitzengefühl, als sie aufbringen konnte.

»Um den Fall zu lösen«, sagte sie, »müssen wir uns in den Mörder hineinversetzen. Der hatte nämlich ein großes Problem: Wohin mit der Leiche.«

Darüber wollte Steffen nicht nachdenken, irgendwie arbeitete sein Gehirn noch zu langsam. Doch Lilianne nahm darauf keine Rücksicht. »Was würdest du tun, wenn du jemanden umgebracht hast? Die Leiche im Keller liegen lassen?«

»Eine Leiche stinkt recht schnell, das würden die Nachbarn sicherlich riechen.«

»Du musst aber den Toten loswerden. Und zwar möglichst schnell. Würdest du ihn ins Wasser werfen?«

»Das wäre eine Möglichkeit. Das Meer ist tief und verschwiegen. Aber es ist unzuverlässig. Ständig werden Wasserleichen an den Strand geschwemmt.«

»Bleibt nur noch begraben. Und zwar auf dem Seemannsfriedhof. Der ist weit genug vom Ortskern entfernt. Wenn man das nachts macht, bekommt das so schnell keiner mit.«

»Man könnte die Leiche in einen der noch freien Plätze versenken«, überlegte Steffen, »doch das wäre zu gefährlich. Beim nächsten Angeschwemmten würde man auf unbekannte Knochen stoßen.«

»Also ab mit dem Toten ins Grab von Kapitän Gerdes, das war ja noch nicht eingeebnet. Und solange dort das Grabkreuz steht, wird auch niemand graben. Es gibt keinen idealeren Platz.«

Steffen bemühte sich, logisch und strukturiert zu denken. Es fiel ihm immer noch schwer. »Warum haben die Amrumer das Grabkreuz stehen gelassen, obwohl Kapitän Gerdes bereits überführt worden war?«

»Ich weiß es nicht.«

Er bestellte noch einen doppelten Kaffee und dazu ein Stück Plattenkuchen. Plattenkuchen waren immer hervorragend in Cafés in Friedhofnähe. Lilianne lehnte mit Hinweis auf ihre Figur ab.

»Wer wohl der Tote im Grab auf Amrum ist?«, fragte Steffen zwischen zwei Bissen.

»Ein Inselbewohner kann es nicht sein, der würde fehlen. Vielleicht jemand vom Festland?«

Steffen schaute aus dem Fenster. Niemand war zu sehen, nur etwas weiter entfernt, auf der gegenüberliegenden Straßenseite, saß ein Mann im Auto und las die Zeitung. »Bei einem Toten vom Festland hätten wir die Auswahl zwischen sechzig Millionen Opfern.«

Lilianne ruckte mit dem Kopf hoch, offenbar hatte sie eine neue Idee. »Wie wäre es mit dem früheren Polizisten? Der ist doch verschwunden.«

»Ach, nein. Ich glaube nicht, dass Polizisten sterblich sind. Als Kind hat mich der Dorfpolizist noch verfolgt, obwohl er längst Rentner war. Und außerdem soll der Kniewitz jetzt in der Nähe von Husum leben.«

»Wir brauchen mehr Informationen«, seufzte Lilianne.

In Steffens Gehirn drängten wieder Erinnerungen an die Oberfläche, Erinnerungen an eine frühere Zeit. Amrum könnte gefährlich werden, dachte er, und eine gefährliche Insel hatte ich schon mal. Damals wäre ich um ein Haar umgebracht worden. Andererseits: Wenn er Hübner einen Friedhof mit einem ausgewachsenen Mord präsentieren konnte, wäre das schon eine spannende Sache. Immerhin würde eine solche »Story«, wie Lilianne es nannte, einer Veröffentlichung so viel Leben einhauchen, wie sich das der Professor wohl wünschte.

»Also gut«, sagte er, »nächste Woche fahren wir auf die Insel.«

»Geht nicht. Das Praktikum ist zu Ende. Ich muss nach Berlin. Aber ich komme am Wochenende nach Amrum.« Sie hob drohend den Finger. »Und dass du nicht vorher den Mörder festnimmst!«

»Wir sollten nach Hause fahren«, sagte Steffen mit einem Blick auf die Uhr.

Die Rückfahrt verlief in absoluter Stille, beide waren mit ihren Gedanken beschäftigt. Lilianne lehnte sich irgendwann gegen Steffens Schulter, so wie damals, als sie aus Kiel zurückgefahren waren. Doch heute schien es ihm nicht, als würde sie schlafen.

»So schweigsam«, sagte er.

»Ich denke.«

»An was denkst du?«

»Ich überlege, ob ich mich in dich verliebt habe.«

Der Wagen kam kurzzeitig auf die Gegenspur. Merkwürdig, dachte Steffen erschrocken, warum lande ich mit dieser Frau immer auf der falschen Straßenseite. Und dann dachte er, dass es nicht so geklungen hatte, als ob er sich nun auch in sie verlieben müsste, als Gegenleistung sozusagen. »Das ist der Abschiedschmerz, da wird man melancholisch. Das vergeht wieder.«

Lilianne setzte sich gerade hin und blitzte ihn ärgerlich an. »Darüber denke ich ja gerade nach.«

»Außerdem gehören zwei zum Verlieben.«

»Das glauben alle Männer. Stimmt aber nicht. Frauen verlieben sich ganz alleine.«

»Das musst du mir erklären.«

»Was glaubst du, warum bei jedem Auftritt der Beatles Hunderte kreischender Teenager vor den Clubs stehen?«

»Weil sie verrückt sind.«

»Nein, sie sind nicht verrückt. Sie kreischen, weil sie sich verliebt haben, sie ganz allein, ohne Georg Harrison oder den süßen Ringo um Genehmigung zu fragen.« Lilianne drehte an einer Haarsträhne und blickte mit einem ausgesprochen konzentrierten Gesichtsausdruck durch die Frontscheibe. »Frauen verlieben sich besonders gerne, wenn die Männer gerade nicht da sind. Die stören nur.«

»Verstehe ich nicht.«

»Eine Frau prüft ihre Gefühle, ganz allein für sich, im stillen Kämmerlein. Sie setzt ihr Gehirn in Gang und wägt Vorteile gegen Nachteile ab. Und dann bespricht sie sich mit ihrer besten Freundin. So läuft das ab. Aber davon habt ihr Männer ja keine Ahnung.«

»Und? Wiegen die Vorteile die Nachteile jetzt auf?«

»Vielleicht.«

»Bei mir wiegen die Nachteile schwerer. Ich mag keine Liebe auf Distanz. Du sitzt nämlich in Berlin und ich in Hamburg, wenn du dich richtig erinnerst. Da müsste ich immer hinfliegen. Das kann ich mir nicht leisten.«

»Du könntest über die Transitstrecke durch die Ostzone fahren. Tausende machen das.«

Steffen nahm die Hände vom Steuer und fuchtelte empört vor der Scheibe herum. »Das habe ich nur einmal gemacht, das mache ich nie wieder. Die Volkspolizisten haben mir fast das Auto auseinandergeschraubt. Vier Stunden habe ich in der Kälte gestanden. Und aufs Klo gehen durfte ich auch nicht.«

»Da musst du irgendwas falsch gemacht haben.«

»Nein. Es war nur so, dass mich dieser Ostzonengrenzer zu seinem Häuschen herangewinkt hat. Und als ich vor ihm gebremst habe, hat er mich zusammengeschissen, weil ich das Stoppschild nicht beachtet hatte. Da musste ich ihm erklären, dass in unserem Land – in dieser faschistischen Republik, wie er sich ausdrückte –, die Polizisten höher geachtet würden, weil bei uns Handzeichen vor Schilderzeichen gehen.«

Lilianne schmiegte sich an seinen Arm. »Du bist ziemlich naiv, mein Lieber. Aber das macht dich so liebenswert.«

Schade, dachte er, und ich Idiot habe geglaubt, dass sie mich mag, weil ich so mutig, tapfer, intelligent und gutaussehend bin.

Am Nachmittag, nach einer quälend langen Fahrt über holprige Straßen und kurze Autobahnteilstücke, setzte Steffen seine Praktikantin vor dem Studentenwohnheim ab. Sie blickte ihn an, in ihren Augen glaubte er wieder diese Sternchen glitzern zu sehen, wie damals bei ihrem Ausflug an die Elbe.

»Mach den Motor aus, Steffen.«

Er machte den Motor aus.

»Zieh die Handbremse an.«

Er zog die Handbremse an.

Sie warf sich ohne Vorwarnung auf ihn, soweit es der Schaltknüppel zwischen ihnen zuließ, und bedeckte ihn mit Küssen. Er roch ihr Parfüm, vermischt mit ihrem Eigengeruch, spürte ihre widerspenstigen Haare in seinem Gesicht, fühlte ihre Zunge zwischen seinen Zähnen. Das war nicht unangenehm, überhaupt nicht unangenehm, eigentlich angenehm – sehr angenehm sogar. Das hätten wir gestern Abend einfacher haben können, konnte er gerade noch denken, bevor sein Gehirn von einer Gefühlswelle überschwemmt wurde.

»Fühlt sich an, als hättest du dich in mich verliebt«, sagte er, als er wieder Luft bekam.

Lilianne legte ihre Hand auf seinen Arm und lächelte liebevoll.

Komisch, dass die so gucken kann, dachte er, ob es sie sehr anstrengt?

»Hast du dich auch ein bisschen in mich verliebt?«, fragte sie.

Er dachte daran, dass sie seine Praktikantin war. Erfüllte das hier schon den Tatbestand der Unzucht mit Abhängigen? »Männer verlieben sich im Bett.«

»Wir waren zusammen im Bett.«

»So habe ich das nicht gemeint.«

34

Steffen räumte die Unterlagen von der rechten Schreibtischseite auf die linke. Und wieder zurück. Er wartete. Auf Lilianne. Er sortiere die Akten um. Die untersten nach oben. Nein, er wartete nicht. Natürlich nicht. Warum sollte er auf eine Praktikantin warten?

Er schaute über den Innenhof in das erleuchtete Büro. Die Frau saß nicht an ihrem Schreibtisch. Was ist mit mir; warum kann ich mich nicht auf meine Arbeit konzentrieren? Er fuhr sich sacht über die Lippen und dachte an den vergangenen Nachmittag. Nein, ich werde mich nicht verlieben, es ist sinnlos. Zwischen Hamburg und Berlin liegen nicht nur dreihundert Kilometer. Dazwischen liegt eine Diktatur, die ihr Volk einsperrt, seit drei Jahren bereits.

Die Praktikantin schleppte ein Paket Kuchen ins Büro. Zum Abschied. Sylvia hatte versprochen, Kaffee zu kochen. Lilianne klapperte die einzelnen Büros ab und lud die Kollegen ein.

Am Nachmittag erschien die versammelte Mannschaft des Instituts zum Abschiedskaffee. Lilianne teilte Kuchen aus, Sylvia machte mit großen Thermoskannen die Runde. Die meisten Historiker gaben sich der Praktikantin gegenüber höflich-reserviert, sie hatten nicht viel mit ihr zu tun gehabt. Sigrist stand am Rand. Er sah unglücklich aus. Steffen hatte den Eindruck, dass er von Zeit zu Zeit seufzte.

Und wie ging es ihm selbst? Er wurde von dumpfen, tief in seiner Seele verschlossenen Gefühlen bedrückt. Sollte er nicht vor Glück jauchzen, jetzt, wo er diese nervende Praktikantin los wurde? Endlich konnte er sich wieder auf das Projekt konzentrieren, ohne diese ständigen Streitereien. Aber wollte er das?

Er beobachtete, wie Lilianne mit den Kollegen scherzte. Ihre Haare standen wirr vom Kopf ab, sie gestikulierte und lachte, ihre helle Kleidung hob sich auffällig von den dunklen Anzügen und den Krawatten in gedeckten Farben der Historiker ab. Seine Augen tasteten ihre schlanke Figur ab. Ich muss trennen zwischen der Kollegin Feldmann und Lilianne als Frau. Als Teil der Friedhofsgruppe werde ich sie vielleicht ein paar Tage lang vermissen. Und als Frau? Werde ich sie als potenzielle Freundin vermissen? Nein, ich werde sie nicht vermissen! Berlin und Hamburg, das passt nicht. Ich will nicht schon wieder unglücklich sein.

Kurz vor Feierabend stattete Hübner einen Besuch ab, schlagartig wurde der Ton im Raum förmlicher. Der Herr Professor schlang in wenigen Minuten zwei Stücke Kuchen in sich hinein, räusperte sich und hielt eine kurze Rede. Er sprach geschliffen, druckreif, anscheinend ohne sich groß vorbereitet zu haben. Bei aller Abneigung musste Steffen diese Begabung neidvoll anerkennen.

Der Professor lobte Lilianne für ihr großes Engagement in einem so fremden Metier, bedankte sich für die Erforschung des Amrumer Kapitänsfriedhofs und hob besonders hervor, dass Fräulein Feldmann frischen Wind ins Institut gebracht hatte.

Das ist der falsche Friedhof, dachte Steffen zerknirscht, der hat es immer noch nicht begriffen.

Hübner stopfte noch ein Kuchenstück in sich hinein. »Könnten Sie sich vorstellen, in unserem Institut zu arbeiten?«, fragte er mit vollem Mund.

Lilianne gab sich diplomatisch. »Keine schlechte Idee«, sagte sie mit einem schnellen Seitenblick zu Steffen, »ich werde darüber nachdenken.«

Der Institutsleiter war auf dem Weg in sein Büro, die Gesellschaft löste sich auf, man wollte pünktlich zu Hause sein. Steffen half Sylvia, das Geschirr in die kleine Institutsküche zu bringen.

»Und?«, fragte die Sekretärin. »Hat es gefunkt zwischen euch?«

Es war eng im Raum, sie stand direkt vor ihm, er konnte ihr nicht ausweichen.

»Wieso gefunkt?«, fragte er gereizt. »Fräulein Feldmann ist eine Studentin. Ihr Praktikum ist zu Ende, morgen ist sie nicht mehr da.

Und sicherlich wirst du mir bald jemand anderes aufs Auge drücken.«

Sylvia trat ganz nahe an ihn heran, Steffen gewann einen tiefen Einblick in ihr beeindruckendes Dekolleté. Sie schaute ihn mit ihren großen braunen Augen an und legte ihre warme Hand auf seinen Arm. »Ich glaube dir nicht, Steffen. Du bist traurig, dass die Zeit vorbei ist. Eine Frau spürt das.« Sie beugte sich vor und hauchte ihm einen Kuss auf die Wange.

Steffen räusperte sich. »War das jetzt ein Abschiedskuss? Willst du auch gehen?«

»Nein, ich bleibe dir erhalten. Sicherlich noch sehr lange.«

Sie standen im Büro, Steffen am Fenster, Lilianne am Schreibtisch. Sie blickten sich an, keiner sagte etwas. Die Stimmung wirkte so befangen wie am ersten Tag im Institut. Schließlich streckte ihr Steffen die Hand hin. »Also dann, viel Spaß in Berlin. Vielleicht sehen wir uns auf Amrum.«

Sie kam hinter dem Schreibtisch hervor und ging auf ihn zu, die Hände demonstrativ hinter dem Rücken verschränkt. Sie lächelte, in ihren Augen blitzte der Schalk. »Noch ist der Tag nicht zu Ende, Steffen. Ich möchte, dass du mich heute zum Abschied ausführst. In einen Club.«

Darüber musste er erst einmal nachdenken. Mit Doreen war er häufiger in den Clubs gewesen, es hatte ihm sogar Spaß gemacht, solange er am Rand bleiben konnte und nicht mitten hinein musste in die tanzende Meute. Doch in den vergangenen Monaten hatte ihn nichts in einen Club gezogen. Allerdings, auch das musste bedacht werden, war Hamburg in den letzten Jahren das Zentrum der Musikwelt geworden. Die Beatles hatten hier ihre Karriere begonnen – und sie waren wiedergekommen. Toni Sheridan hatte in der Stadt sein Quartier bezogen, St. Pauli zog nicht mehr nur die Seeleute aller Länder an.

»Okay«, sagte er, »machen wir einen Zug über die Reeperbahn. Ich hol dich ab.«

Auf dem Weg nach Hause überlegte er, was er Lilianne bieten konnte – und was er selbst wollte. Keinesfalls wollte er in den STAR-Club in der Großen Freiheit; dort hatte er sich nie wohl gefühlt. Es war eine hohe, dunkle Halle, ein ehemaliges Kino eben, das aussah, als hätte jemand die Besuchersessel geklaut und eine Bühne aufgebaut wo die Leinwand gewesen war. Doreen hatte beleidigt die Nase gerümpft, als sie in dieser mattschwarzen, etwas schäbig wirkenden Halle stand, und auch er hatte sich nicht getraut, das Geländer an der Treppe anzufassen, weil er befürchtete, daran festzukleben. Außerdem war es ihm zu voll gewesen. Und zu unübersichtlich. Und zu laut. Sicher, die Musiker, die im STAR-Club auftraten, waren großartig, doch gute Musik konnte man auch im TopTen auf der Reeperbahn hören, also fast um die Ecke. Dort trafen sich Besucher, die auf ordentliche Kleidung wert legten, was eher Steffens Archivars-Einstellung entsprach, und nicht in diesem Einheitsschwarz des STAR-Clubs daherkamen. Außerdem konnte man im TopTen besser tanzen.

»Was machen wir?«, fragte Lilianne, als sie huldvoll die Stufen des Studentenwohnheims herunterkam. Bevor er antwortete, betrachtete er sie erst einmal wohlwollend. Sie trug wieder dieses Hippie-Kostüm und die großen Ohrringe wie damals auf Amrum. Es schien Steffen, als wären seitdem Jahre vergangen, er konnte sich kaum noch daran erinnern, dass er ihre Kleidung jemals unpassend gefunden hatte.

»Wir gehen auf die Reeperbahn. Ins TopTen.«

»Nicht in den STAR-Club?«

»Nein, nicht in den STAR-Club.«

In Liliannes Augen blitzte es ärgerlich auf. »Ich will aber in den STAR-Club!«

»Wer die Musik bezahlt, bestimmt.«

»Bei uns in Berlin darf die Dame wählen. Immer! Das hat nichts mit dem Bezahlen zu tun.«

»In Hamburg bestimmt immer der, der bezahlt.«

Sie saßen sich in der Straßenbahn gegenüber und blickten sich beleidigt an. Das kann ja heiter werden, dachte Steffen.

»Die Beatles haben vor ein paar Jahren im STAR-Club gespielt«, versuchte Lilianne ihn zu locken, »dort wurde Musikgeschichte geschrieben.«

»Na und? Was habe ich mit diesen Typen zu tun? Die tragen Frauenfrisuren und Jäckchen mit Samtkragen. Außerdem spielen die keinen richtigen Rock'n'Roll. Nicht wie Bill Haley. Das ist nur lauwarmer Aufguss.«

Der STAR-Club war fast leer. Es spielte eine unbekannte Kapelle, die wohl keine Gelegenheit gehabt hatte, ihre Instrumente auf die Lautsprecheranlage einzustimmen. Außerdem war das Licht ausnahmsweise so hell, dass man den rissigen Putz an den Wänden erkennen konnte.

»Das ist vielleicht ein Schnarchladen hier«, schimpfte Lilianne, »da ist ja in Berlin am Totensonntag mehr los.«

Das TopTen versöhnte sie wieder etwas mit Hamburg. Der Club war gut besucht, man spielte internationalen Rock'n'Roll, Steffen tanzte sogar ein wenig und hatte Spaß dabei. Als die Musiker eine Pause machten, stellten sie sich an den Tresen, wo der Barkeeper ohne einen Funken Anstand mit Lilianne flirtete. Blöder, bierbäuchiger Affe, dachte Steffen verstimmt.

Nach der Pause war Chubby Checker angesagt. Die Kapelle spielte *Let's Twist Again* und *Limbo Rock*. Steffen ließ sich von der Musik anstecken, er tanzte Twist, diesen merkwürdigen Tanz, der vor Kurzem aus Amerika herübergekommen war. Doch schließlich reichte es ihm. Er lehnte sich an die Bar, nippte an seinem Bier und fühlte eine bleierne Müdigkeit in sich aufsteigen. Er war früh aufgestanden, der Tag hatte sich in die Länge gezogen, jetzt wollte er nach Hause. Lilianne dagegen schien immer munterer zu werden. Sie schmiegte sich kurz an ihn, legte ihre Hand auf seinen Arm und bestellte sich noch einen Pineau. Er knirschte mit den Zähnen. Und wartete … Und wartete …

Lilianne tanzte in einer Gruppe von jungen Männern, genoss die Blicke der Tänzer, lachte und flirtete. Steffen kam es wie ein Déjà-vu vor: Er sah Doreen auf der Tanzfläche, wie sie den Männern auffordernde Blicke zuwarf; wie sie sich in der Aufmerksamkeit dieser halbwüchsigen Schnösel suhlte.

Er trank aus und bezahlte.

Mit einem Mal stand Lilianne neben ihm. »Ich will gehen«, sagte sie und verbannte eine Haarlocke hinter das Ohr.

Ich schon lange, dachte Steffen.

Auf dem Weg nach Hause saßen sie sich in der Bahn wie Fremde gegenüber. Kurz vor dem Studentenheim setzte sie sich neben ihn und lehnte ihren Kopf gegen seine Schulter. »Ich glaube, es war keine gute Idee, heute Abend auszugehen.«

Er sagte nichts.

Sie rückte etwas von ihm ab. »Viel Spaß auf Amrum, Steffen.«

»Viel Erfolg in Berlin, Lilianne.«

Er fuhr mit der S-Bahn nach Hause, setzte sich ins dunkle Wohnzimmer und fragte sich, was an diesem Abend falsch gelaufen war.

Teil 4

Insel Amrum

35

AMRUM, MITTE JULI 1964

Ferien in Deutschland. Die Urlauber drängten sich auf die Fähre. Auf dem Hauptdeck der PIDDER LYNG standen die Autos Stoßstange an Stoßstange, Motorräder waren in die Lücken zwischen die Poller geschoben worden, die Radfahrer mussten sich behelfen so gut es ging.

Im Salon des Schiffes herrschte ein beängstigendes Geschiebe und ein Höllenlärm. Steffen blickte sich angeekelt um, zog die Nase kraus und flüchtete vor dieser Stätte ungezügelter Urlaubsfreude. Doch auch das Oberdeck barst nahezu vor Menschen, trotz des kalten Windes und des anhaltenden Nieselregens. Die Erwachsenen unterhielten sich lautstark, um das Blubbern des Schornsteins zu übertönen, kleine Mädchen warfen den Möwen Brotkrümel zu, ihre Brüder suchten mit furchtlosem Piratenblick die See nach Beute ab.

Schließlich stand Steffen während der gesamten Überfahrt mit hochgezogenen Schultern in einem zugigen Durchgang zwischen Koffern und Rucksäcken, den Kragen des Trenchs hochgeschlagen, die Hände missgelaunt in den Taschen vergraben. Was mache ich hier eigentlich? Ich begebe mich auf eine Insel, auf der irgendjemand lebt, der einen anderen umgebracht und im Grab von Kapitän Gerdes verscharrt hat. Ich muss nicht hierher fahren, es zwingt mich niemand, doch Hübner will Fakten haben, sonst bin ich arbeitslos. Der FIDRA-Seemann und der Fischer aus Büsum sind schon mal ein Anfang. Doch Tabea Kirsch, Kapitän Gerdes und diese unbekannte Leiche vom Strand sind genau das, was ich zusätzlich brauche.

Kurz vor der Ankunft drängte sich Steffen nach vorn zur Rampe, um möglichst schnell von Bord zu kommen. Die Festmacherleine war bereits an Land geworfen worden, die dicke Trosse über den Poller am Kai gehakt. Jetzt beobachtete der Matrose der Fähre, wie sich die Leine knarrend strammzog. Er war ein untersetzter Mann mit breiten Schultern, bekleidet mit einem blauen Overall und schweren Gummistiefeln. Obwohl Steffen ihn nur von hinten sah, durchfuhr ihn, wie bei der letzten Fahrt nach Amrum, wieder dieser eisige Schreck. Er kannte diese Haltung: den leicht vorgebeugten Oberkörper, den breitbeinigen Stand, die in die Hüften gestemmten Arme. Sie rief in ihm die Erinnerung an eine frühere Gefahr wach, einer tödlichen Gefahr.

Das Schiff schwankte leicht unter dem Zug der Leinen, dann legte es sanft an der Landungsbrücke an. Der Matrose nickte zufrieden und drehte sich um. Schlagartig wurde Steffen bewusst, woher er den Mann kannte. Er war damals als Matrose auf der RUNGHOLT gewesen, er hatte zusammen mit dem Kapitän auf der Fahrt von Nordhörn zum Festland an Deck gestanden und jede Bewegung auf dem Schiff kontrolliert.

Der Matrose reckte das Kinn. »Ach, der Herr Archivar«, sagte er mit einer dunklen, kratzenden Stimme. »Mal wieder unterwegs zu einer Insel? Sie sind wohl süchtig nach Schwierigkeiten?«

»Wer sollte mir Böses wollen?«, fragte Steffen gereizt.

Der Mann ging wortlos vorbei, öffnete die Schranke und winkte die Autos von Bord. Als Steffen an Land gehen wollte, hielt ihn der Matrose am Arm fest. »Sehen Sie sich vor. Es gibt Leute, die sehr nervös werden, wenn Friedhofsforscher auf die Insel kommen.«

Steffen riss sich los und stapfte über die Gangway. Freund oder Feind?, fragte er sich.

»Übernachtung?« Der spöttische Zug um den Mund der knochigen, brustlosen Angestellten im Büro des Zimmernachweises verstärkte sich. »Sie hätten vor mindestens drei Wochen buchen müssen, junger Mann. Wir haben Sommerferien in Deutschland, wenn Ihnen das noch nicht aufgefallen ist. Die ganze Insel ist belegt. Alle Hotelzimmer, alle Gasthäuser, alle Pensionen.«

Steffen blickte hilflos.

»Vielleicht versuchen Sie es in der Jugendherberge.«

»Die nehmen mich nicht. Da muss man Mitglied sein.«

»Dann kann ich Ihnen nur noch die Zeltplätze empfehlen. Davon haben wir zwei.« Ihr Blick strich unverschämt langsam über seinen Oberkörper, dann nach unten bis zum Gürtel. Weiter kam sie nicht, da war der Tresen im Weg. »Sie sollten es bei den Nackten versuchen. Da ist immer etwas frei.«

Steffen bedankte sich nicht, obwohl es vielleicht ein Kompliment gewesen sein mochte.

In der Anmeldung des »Sonnenstrandes« stieß er diesmal auf einen älteren, grauhaarigen Mann, der ihn freundlich musterte. »Wie lange wollen Sie auf unserer schönen Insel bleiben?«

»Eine Woche sicherlich.«

»Wir sind vollständig belegt, nur die Nummer zwölf ist noch frei.« Er lächelte entschuldigend. »Das ist der Ersatzwohnwagen. Den halten wir immer bereit, falls jemand mit der letzten Fähre kommt und noch keinen Schlafplatz hat. Sie können allerdings nicht viel Komfort erwarten.«

Steffen erwartete keinen Komfort und war deshalb auch nicht enttäuscht. Es gab nur ein schmales Bett, eine Sitzecke und die unvermeidlichen Hängeschränke. Dass der Wohnwagen keine Heizung hatte, störte ihn nicht, es war schließlich Sommer. Doch der fehlende Kühlschrank bedeutete eine gewisse Einschränkung.

Die Matratze war durchgelegen und roch säuerlich; Steffen schlief schlecht. In den Wachphasen brütete er über die Vorgehensweise nach, doch als er am Morgen im Anblick der Dünen beim Frühstück saß, hatte er sich noch immer keinen Plan zurechtgelegt. Nein, das war nicht richtig. Er hatte eine Unzahl von Alternativen durchgespielt, sie miteinander kombiniert und schließlich alle wieder verworfen. Die Sache war aber auch zu schwierig: Er musste herausfinden, wer im Grab von Kapitän Gerdes lag, doch gleichzeitig durfte niemand auf die Idee kommen, dass er etwas ahnte. Und dann war da noch Tabea Kirsch. Nach wie vor stand die Frage im

Raum, wie diese Frau zu Tode gekommen war und ob ein Gewaltverbrechen ausgeschlossen werden konnte.

Ich frage zuerst die unverfänglichen Inselbewohner, dachte Steffen zwischen zwei Schlucken Pulverkaffee, dann taste ich mich in immer engeren Kreisen an die Wahrheit heran. Doch wer ist unverfänglich? Bruno ganz sicher, vielleicht auch der Rettungsboot-Vormann. Was ist mit dem Postboten? Und mit Margarete? Schwierig, sehr schwierig. Und dieser Fischer Thies Thiesen? Und der Pastor? Der müsste eigentlich wissen, was auf dem Friedhof passiert, schließlich ist es sein Arbeitsbereich, doch der war schon beim letzten Gespräch ziemlich verstockt. Und der Polizist? Der ist noch nicht lange hier, der weiß wohl nichts. Und wenn er etwas wüsste, würde er sicherlich nicht plaudern. Oder doch?

Steffen kratzte sich nachdenklich am Kinn. Es könnte möglicherweise gefährlich werden. Wenn der Mörder des zusätzlichen Toten auf der Insel wohnt, weiß er sicherlich schon, dass ich hier bin. Was würde ich tun, wenn ich ein Mörder wäre? Ich wäre extrem aufmerksam und würde genau beobachten, was dieser Friedhofsforscher macht.

Mehr würdest du nicht tun, fragte eine spöttische Stimme in ihm.

Nein, nur belauern und beobachten, sagte eine andere Stimme.

Du würdest im Zweifel einen weiteren Mord begehen, antwortete die erste Stimme.

Nein, das würde ich nicht!

Du willst es zwar nicht hören, Steffen, doch du weißt genau, dass du auf der Abschussliste stehst. Wie schon einmal.

Mein Gott, schimpfte Steffen, ich will doch keinen Mord oder Totschlag aufklären, das sollen andere machen, die dafür bezahlt werden. Ich will nur wissen, wer in diesem leeren Grab von Kapitän Gerdes verscharrt worden ist, schließlich bin ich Friedhofsforscher. Und eine so spannende Geschichte kann Hübner nicht beiseiteschieben, so etwas interessiert die Leser.

Bruno lag in der Sonne, den Rücken gegen den grauen Strandgutstamm gelehnt. Er hatte die Augen geschlossen, ein verträumtes Lächeln umspielte seine Lippen. Neben ihm im Sand stand ein mit Heftpflaster umwickeltes Transistorradio, aus dem Friedel Hensch und die Cyprys in einem blechernen Ton *Nichts ist so schön wie der Mond in Wanne-Eickel* über den Strand plärrten.

Steffen schlich heran, stellte die Flasche Hennesy hin und drehte an der Sendereinstellung des kleinen Geräts. Es rauschte. Ohne die Augen zu öffnen streckte Bruno die Hand nach dem Radio aus, doch da war kein Radio mehr. Er tastete über die Flasche, ungläubiges Staunen im Gesicht. Dann riss er die Augen auf.

»Mann, ich dachte, ich träume.« Er griff nach dem Cognac, betrachtete liebevoll das Etikett und verpasste der Flasche einen langen Kuss.

Steffen machte es sich ebenfalls am Baumstamm bequem. »Bist du Millionär geworden?«

»Ach was, das Radio lag kaputt auf der Straße. Ist wohl jemand runtergefallen. Ich hab's wieder zusammengeklebt. Funktioniert prima.« Bruno fixierte seinen Besucher aufmerksam. »Du siehst müde aus. Zu viel gearbeitet?«

Steffen erzählte von seinen Erfolgen bei der Identifikation der Toten; Bruno war wenig interessiert. »Tot ist tot, ob mit oder ohne Namen.«

»Kannst du dir vorstellen, wer im Grab von Kapitän Gerdes liegen könnte?«

»Na, wohl dieser Mensch, den du Kapitän nennst.«

»Könnte es sein, dass da jemand anderes liegt?«

Der Strandläufer war in den Anblick des Cognacs versunken. »Kann schon sein«, brummte er, »die Wasserleichen kann man ja nicht fragen, wie sie heißen.«

So geht es nicht, dachte Steffen, ich muss deutlicher werden. »Vielleicht wurde dort erst kürzlich noch jemand beerdigt.«

Bruno stellte den Cognac vorsichtig in den Sand und zog die Augenbrauen unwillig zusammen. »Woher soll ich das wissen?

Ich bin nicht für den Friedhof zuständig. Mein Revier ist der Strand.«

»Aber vielleicht hast du etwas gehört oder gesehen?«

»Ich gehe nie weg vom Strand. Niemals! Höchstens mal ganz frühmorgens zum Bäcker, um Brötchen vom Vortag abzuholen. Der stellt die immer vor die Tür.« Bruno dachte einen Augenblick nach. »Wenn du meinst, dass da jemand heimlich verscharrt worden ist, dann irrst du dich. Es fehlt niemand auf der Insel, schon seit Jahren nicht.«

»Es könnte dieser Angeschwemmte sein, von dem du erzählt hast.«

Bruno gab einen erschreckten Laut von sich und starrte Steffen entgeistert an »Was redest du da für einen Unsinn! Ich habe nie von einem Angeschwemmten erzählt.« Er beugte sich vor und legte seine Hand auf Steffens Schulter. »Lass die Toten in Frieden, Junge. Und die Lebenden auch. Diese Fragerei bringt nur Ärger.« Aus dem Transistorradio kamen die Nachrichten, Bruno schaltete es aus. »Du solltest dich lieber um deine hübsche Freundin kümmern, diese Rothaarige. Wo ist die eigentlich?«

»Sie ist nicht meine Freundin!«

»Warum nicht? Bist du ein Hundertfünfundsiebziger?«

Ja, warum ist sie nicht meine Freundin?, fragte sich Steffen.

Am Strand war Steffen bereits gewesen. Als Nächstes wollte er dem Friedhof einen Besuch abstatten, dann dieser fröhlichen Studentin im Einkaufsladen und schließlich Margarete. Oder sollte er erst am nächsten Tag aufs Kirchenamt gehen?

Das Pferd auf der Weide ignorierte ihn, da konnte er mit der Zunge schnalzen, soviel er wollte. Auf der Friedhofsbank saß Thies Thiesen. Er hatte sich vorgebeugt und stützte sich auf einen Krückstock. Steffen setzte sich ans andere Ende; Thiesen beachtete ihn nicht.

»Ich bin wieder da.«

»Schon gehört«, brummte der Fischer und blickte teilnahmslos über die Gräber, »so was spricht sich schnell rum auf der Insel.«

»Ist bei Ihnen wieder die Landfrauenvereinigung zu Besuch?«

Der Fischer zog ärgerlich die Augenbrauen zusammen. »Was reden Sie da? Die Landfrauen treffen sich doch immer bei Hüttmann in Norddorf. Da gibt es den besten Kuchen.«

Steffen war verwirrt. Thiesen hatte doch das letzte Mal von einem Treffen bei ihm zu Hause gesprochen, da war er sich ganz sicher. Oder fast sicher. Verwechsele ich jetzt schon die Leute? Spielt mir das Gedächtnis einen Streich? Vorhin hat Bruno auch etwas abgestritten, obwohl ich mir ganz sicher war. Vielleicht habe ich zu viele Fakten im Kopf, zu viele Leichen.

Steffen stand auf und ging die Grabreihen ab. In Gedanken grüßte er die Toten in der Tiefe wie alte Bekannte. Leider hatte er zu den ersten beiden Gräbern keine Informationen, da fehlte irgendwie der persönliche Kontakt. Der fehlte auch bei der Leiterin des Kinderkrankenhauses, bei Frau Otto, weil es kein Grab gab. Er wechselte zum FIDRA-Seemann.

»Was haben Sie denn so alles rausgefunden bei Ihren Forschungen?«, fragte Thies Thiesen hinter ihm, Steffen hatte ihn nicht kommen hören.

»Sie brauchen jetzt einen Stock, Herr Thiesen? Als ich das letzte Mal hier war, hatten Sie den noch nicht.«

Der Fischer blickte missmutig. »Werde eben nicht jünger.«

Gemeinsam schlenderten sie an den Gräber entlang, während Steffen seine neuesten Forschungsergebnisse erläuterte. Dann wechselten sie zur letzten Reihe. Auf einem der Gräber lag wieder ein Blumenstrauß. »Das hier ist der Schiffer Gerdes aus Haren und dort liegt Frau Kirsch.«

»Sie haben eine Menge herausgefunden«, sagte Thiesen anerkennend.

»Mag sein. Aber ich habe noch nicht herausgefunden, warum einige der Identifizierten nicht überführt worden sind.«

»Habe ich Ihnen doch gesagt: Die hatten kein Geld. So was ist nicht billig.«

»Ja, ja, ich weiß.« Steffen ließ sich auf die Bank fallen. »Dass bei Frau Kirsch niemand bezahlen wollte, kann ich vielleicht noch verstehen, die war ja im Irrenhaus gewesen. Aber ein Kapitän gehört normalerweise nicht zu den Ärmsten der Armen. Die Überführung hätte doch sicherlich die Schiffervereinigung beglichen.«

Der Fischer zog die Schultern hoch und rieb sich über seine weißen Bartstoppeln. »Wer kennt sich schon aus mit den Ostfriesen? Die sind katholisch, die glauben noch an die Auferstehung. Wahrscheinlich dürfen die ihre Toten nicht ausgraben, weil dann die Adresse im Himmelsverzeichnis nicht mehr stimmt.«

»Vielleicht sollte ich die Witwe fragen«, sagte Steffen leichthin, »die kann mir sicherlich mehr darüber erzählen.«

In den Augen von Thies Thiesen spiegelten sich Überraschung und Ablehnung gleichermaßen. »Sie werden doch nicht etwa die arme Frau belästigen?«, stieß er hervor. Er drehte sich um, rammte seinen Stock in den Kies und hinkte zur Pforte.

Hoppla, dachte Steffen verblüfft, was war das denn gerade? So viel Feingefühl hätte ich dem knurrigen Alten gar nicht zugetraut.

Steffen erfasste die Situation sofort, als er in den landwirtschaftlichen Nutzweg einbog. Mitten auf der Straße saß ein Mann wie ein großer, staubiger Rabe mit hängenden Flügeln, neben ihm lag ein altertümliches Fahrrad. Der Mann rieb sich die Schulter, offensichtlich hatte er Schmerzen.

Steffen beugte sich zu dem Raben hinunter. »Haben Sie sich verletzt, Herr Pastor?«

Markmann stöhnte. Er zog das linke Hosenbein hoch und betrachtete die blutige Schramme am Schienbein. Steffen half dem alten Mann auf die Füße.

»Hätte schlimmer kommen können, in Ihrem Alter«, sagte er.

Markmann blinzelte in die Sonne. »Sie haben recht. Ich habe wohl doch nicht zu stark gesündigt. Gott hat mich nur verwarnt.«

»Glauben Sie wirklich, dass Gott einen radelnden Pastor beobachtet? Der hat gewiss Wichtigeres zu tun.«

»Gott sieht alles!«

Steffen hob das Rad auf und richtete den verbogenen Lenker.

»Nächstenliebe bringt auf dem Himmelskonto doppelte Zinsen, Herr Stephan.«

»Nächstenliebe ist vielleicht etwas zu hoch gegriffen. Nennen Sie es Hilfsbereitschaft.«

Mit langsamen Schritten gingen sie nebeneinander her.

»Sind Sie immer noch mit dem Seemannsfriedhof beschäftigt?«

»Ja, immer noch.«

»Haben Sie schon etwas herausgefunden?«

Steffen horchte auf, doch da war kein Lauern in der Stimme des Pastors. »Ich weiß von ein paar Schiffsuntergängen, die meine Leser sicherlich interessieren werden.«

»Ja, es steht einiges in den Kirchenbüchern.«

»Es gibt allerdings eine Ungereimtheit.«

»Ungereimtheit?« Der Pastor war stehengeblieben und rieb sich die schmerzende Schulter.

»Warum wurde das Grab von Kapitän Gerdes nicht eingeebnet, nachdem die Leiche überführt worden ist?«

Markmann lächelte verschmitzt. »Vor ein paar Jahren hat sich der Gemeinderat gegen eine Einebnung der Gräber ausgesprochen. Wegen der Badegäste. Die sind ganz wild auf Wasserleichen. Was es auf Sylt gibt, wollen wir hier auch haben: einen schönen, großen Seemannsfriedhof mit vielen Leichen. Aber schreiben Sie das bitte nicht in Ihren Bericht.«

»Ich habe gehört, dass die Gemeinde den ganzen Friedhof auflösen will«, sagte Steffen schroff. »Das passt doch irgendwie nicht zusammen.«

Der Pastor blickte über die Felder in Richtung Nebel. »Ja, es gibt da eine neue Entwicklung. Flurbereinigung, sozusagen. Frau Paulsen hat den Antrag eingereicht. Die Landfrauen wollen die Gräber nicht mehr pflegen, weil …«

Markmann unterbrach sich mitten im Satz und blickte irritiert. Steffen wusste nicht, ob er laut gestöhnt hatte, doch innerlich zerbrach in diesem Augenblick etwas in ihm. Also doch Margarete! »Sind Sie sicher?«, keuchte er. »Stimmt das, was Sie da sagen?«

Der Pastor schaute beleidigt. »So viele Jahre habe ich nun auch wieder nicht auf dem Rücken, dass ich verwirrt bin. Und was die Gräber betrifft: Wir haben immer noch die Kapitänssteine. Die hat Sylt nicht.«

Inzwischen waren sie fast am Kirchenamt angekommen. Steffen verabschiedete sich hastig, er wollte Margarete auf keinen Fall begegnen. Er schlug den Weg zu den Dünen ein, schritt zügig aus, rannte schließlich, um das wirre Durcheinander seiner Gedanken und die Zweifel in seinem Herzen loszuwerden. Doch es nützte nichts. Welches Spiel spielt Margarete mit mir? Was geht vor auf dieser Insel, der Insel der Strandräuber, wie der Archivar aus Leck gesagt hat? Verscharren die immer noch ihre Leichen, wie in alter Zeit? Um Kosten zu sparen, oder um sich ungestört am Strandgut bereichern zu können, so wie Bruno? Oder, noch schlimmer, um ein Verbrechen zu vertuschen? Was hatte der Archivar gesagt? »Sie sollten nicht zu tief graben auf dieser Insel, weder im Sand noch in der Erde.«

Steffen kam einfach nicht weiter mit seinen Überlegungen. Die einzige Lösung wäre gewesen, Margarete zur Rede zu stellen. Doch ihrer Antwort fühlte er sich nicht gewachsen. Er wandte sich nach Norden, um möglichst viel Abstand zum Kirchenamt, zu diesem unsäglichen Friedhof – zur ganzen Insel zu bekommen.

Schließlich stand er zwischen den Häusern von Norddorf. Viel gab es nicht zu sehen. Das Hotel Hüttmann, den Kurpark mit dem Musikpavillon, die Sparkasse, die Polizeistation, einige Restaurants und Geschäfte. Vor einem der Läden hing ein Schild mit der Aufschrift »Bestattungsunternehmen Klages & Klages«.

Steffen betrachtete gerade ohne großes Interesse den Eichensarg mit den aufwändigen Messingbeschlägen im Schaufenster, als die Tür aufging.

»Kommen Sie herein, Herr Kollege«, sagte Gernot Klages, »ich habe gern Besuch, der aufrecht steht. Die meisten meiner Kunden liegen flach und nehmen keinen Kontakt zu mir auf.«

Komischer Humor, dachte Steffen, als er den Laden betrat. »Wer ist der zweite Klages? Ihr Vater?«

»Nein, mein Onkel. Mein Vater ist tot.«

Es entstand eine Pause, Gernot Klages blickte starr aus dem Fenster auf die Dünen und schien in eine andere Zeit abgedriftet zu sein.

»Das tut mir leid«, sagte Steffen in die Stille hinein.

Der Bestatter kam wieder in die Gegenwart zurück. »Darf ich Ihnen unsere Kollektion vorstellen?« Er machte eine raumgreifende Geste über die Ausstellungsstücke.

»Sie haben ganz schön viele Särge vorrätig. Erwarten Sie ein Massensterben auf der Insel?«

»Man muss vorsorgen«, sagte der Bestatter mit dunkler Stimme, »der Tod ist unberechenbar.« Er wischte ein Stäubchen von einem auf Hochglanz polierten Sargdeckel. »Wie läuft es bei Ihnen mit der Friedhofsforschung? Haben Sie schon etwas über unsere Angeschwemmten herausgefunden?«

»Kaum etwas. Deshalb bin ich bei Ihnen.«

Der Mann zog erstaunt die Augenbrauen hoch. »Ich weiß nichts über die toten Seeleute«, sagte er mit offensichtlicher Zurückhaltung in der Stimme.

»Ich möchte nur wissen, ob es bei dieser Frau im letzten Grab, bei Tabea Kirsch, eine polizeiliche Untersuchung gegeben hat.«

Der Bestatter druckste herum. »Ich darf Ihnen eigentlich nichts über meine Kunden sagen. Schweigepflicht, verstehen Sie.«

»Die kann es doch nicht mehr stören.«

»Aber ihre Nachfahren leben möglicherweise noch.«

»Ich will nur etwas über die Arbeit der Polizei wissen.«

Der Bestatter legte die Stirn in Falten. »Wenn ich mich recht erinnere, war der Polizist dabei, als der Arzt die Leiche untersucht und den Totenschein ausgestellt hat.«

»Wurden irgendwelche Besonderheiten festgestellt?«

Das Gesicht des Mannes wirkte jetzt verschlossen. »Es war ein ganz normaler Tod durch Ertrinken. Wie bei allen Wasserleichen. Warum fragen Sie?«

»Die Bekleidung der Frau war …, wie soll ich sagen …, sie war etwas ungewöhnlich.«

Gernot Klages zog die Augenbrauen hoch.

»Sie trug keine Unterhose.«

Der Bestatter legte den Kopf schief und blickte über seine Särge. »Seltsam. Aber wer kennt sich schon mit Frauen aus.«

Steffen blickte dem Bestatter jetzt direkt ins Gesicht. »Sie müssten doch gemerkt haben, dass die Hose fehlt, als Sie die Leiche fertig gemacht haben.«

»Ach, wissen Sie, wir brauchen diese Toten nie zu waschen, die haben ja lange genug im Wasser gelegen. Und ein Totenhemd bekommen sie auch nicht, weil sie oft so aufgedunsen sind, dass wir sie nicht aus ihrer Kleidung herausbekommen.«

»Legt der Pastor keinen Widerspruch ein?«

Gernot Klages lächelte mild. »Nein, das merkt keiner, der Sarg ist bei der Trauerfeier schon zu, alleine des Geruchs wegen.«

»Dennoch müsste es das Gemeindeamt merken, wenn Sie die Rechnung einreichen.«

»Nun ja«, Gernot Klages wischte verlegen über den Eichensarg, »ich mache keine detaillierte Aufstellung. Wir rechnen die Angeschwemmten immer über einen Pauschalpreis ab.«

Sicherlich, dachte Steffen, wirst du der Gemeinde trotzdem die Kosten für die Reinigung und das Totenhemd in Rechung stellen. Aber das war nicht sein Problem, was gingen ihn die Unredlichkeiten der Inselbewohner an. »Woran verdienen Sie mehr? An der Bestattung oder einer Exhumierung?«

Der Mann blickte misstrauisch – misstrauisch und wachsam. »Sind Sie von der Steuerfahndung?«

Steffen antwortete nicht.

»Exhumierungen kommen so gut wie nie vor«, erklärte Gernot Klages. »Wer neben der St.-Clemens-Kirche bestattet wird, will nie wieder weg. Immerhin ist es ein Friedhof mit Seeblick.«

»Mich interessiert eher der Friedhof der Angeschwemmten.«

Der Mann blickte belustigt. »Wohin sollten wir die toten Seeleute schicken? Da gibt es keine Adresse, es ist nicht umsonst der Friedhof der Namenlosen.«

Der spöttische Blick des Bestatters machte Steffen wütend. Meinte dieser friesische Dorfbewohner etwa, ihn zurechtweisen zu können? »Kapitän Gerdes ist exhumiert worden«, sagte er scharf und zuckte im gleichen Augenblick zurück. Was rede ich da, ich wollte mich doch vorsichtig herantasten.

»Er ist nicht exhumiert worden«, widersprach Gernot Klages mit fester Stimme.

»Ist er doch! Ich habe sein Grab auf dem Friedhof von Haren gefunden.«

Der Bestatter blickte durch Steffen hindurch, dann brach er in ein schrilles Lachen aus. »Ich befürchte, dass Sie auf einem ganz falschen Dampfer sind, Herr Stephan. Manche Hinterbliebenen stellen sich auf dem Friedhof der Heimatgemeinde einen Grabstein hin, um einen Ort zum Trauern zu haben. Oder sie sparen sich die Exhumierung und lassen zu Hause ein leeres Grab anlegen.«

Diese Informationen hatten einiges für sich, das musste Steffen zugeben. Darüber wollte er erst einmal nachdenken, aber nicht hier in diesem Sargzimmer. Er brauchte frische Luft, mit einem Mal er hatte das Gefühl, es würde sich Leichengeruch auf seine Lunge legen.

An der Tür holte ihn die Stimme des Bestatters zurück. »Zu der Frau ohne Unterhose fällt mir noch etwas ein, Herr Friedhofsforscher. Vielleicht hatte sie die Hose noch an, als sie angeschwemmt wurde, aber nachher, als sie zu mir gebracht wurde, nicht mehr.«

Steffen verstand ihn nicht.

Gernot Klages machte eine vage Geste. »Nun ja, nehmen wir mal an, dass die Frau nicht gleich gemeldet wurde, als die See sie auf den Strand warf. Sie könnte von Menschen, ich meine Männer, gefunden worden sein, bevor der Briefträger sie entdeckte. Und was den Bredhorst anbelangt, der ist hinter jedem Weiberrock her. Wer weiß, was der alles anstellt, wenn er tagsüber auf der Insel unterwegs ist.«

Steffen blickte verwirrt. »Ich weiß wirklich nicht, worauf Sie hinauswollen.«

Das Gesicht des Bestatters nahm wieder den betrübten, durch lange berufliche Übung perfektionierten Ausdruck an. Er legte die Fingerspitzen gegeneinander und blickte hilfesuchend gen Himmel, beziehungsweise zur Zimmerdecke. »Wissen Sie, es gibt Menschen mit recht ungewöhnlichen Vorlieben. Leichenschändung kommt in unserer Kultur durchaus vor, sonst wäre sie nicht ins Strafgesetzbuch aufgenommen worden.«

Steffen raste. Innerlich. Äußerlich zwang er sich, gemessenen Schrittes durch Norddorf zu gehen. Dieser Bestatter war wirklich ein ekliger Kerl, ein schleimiges Wesen. Sicherlich hatte er es nicht ernst gemeint mit seiner Vermutung, wahrscheinlich wollte er ihn nur ärgern. Doch das war schon schlimm genug.

Er lief am Strand parallel zur Wasserkante und stapfte zur Nordspitze. Dort blieb er stehen und blickte nach Sylt. Der Strand und der Leuchtturm von Hörnum verbargen sich in der diesigen Luft eines heranziehenden Tiefdruckgebiets, die Hitze stand unbeweglich zwischen den Inseln. Eine Unzahl kleiner Gewitterfliegen setzte sich auf Steffen und umschwirrte seinen Kopf. Mit den Armen um sich schlagend, hastete er wieder nach Süden.

Leichenschändung, dachte er, welch ein ekliger Gedanke. Mein Gott, die Frau hatte doch schon eine Woche im Wasser gelegen, die dürfte sich schon sehr stark verändert haben. Ich bin da nicht nahe rangegangen, hatte Bruno gesagt, die roch ja schon. Bruno! Ein netter Kerl, sicherlich, doch konnte man einem Alkoholiker vertrauen?

Dann war er wieder in Norddorf. Gerade, als er nach Nebel weitergehen wollte, fiel ihm ein blaues Schild mit weiß gezacktem Stern auf: das Polizeiemblem. Es kann wohl nicht schaden, dachte Steffen, wenn ich mich mal mit diesem hakennasigen Menschen unterhalte.

Schlimmer als das Gespräch mit dem Bestattungsunternehmer kann es wohl nicht werden.

Er schwenkte in Richtung Polizeistation und schaute von der anderen Straßenseite ins Fenster. Der Polizist saß in der Amtsstube über den Schreibtisch gebeugt und las. Dann blickte er hoch, fuhr sich erst mit der Hand übers Gesicht, dann am Nacken entlang und gähnte mit aufgerissenem Mund. Ganz offensichtlich langweilte er sich.

Als Steffen die Tür öffnete, schellte eine Glocke, wie er sie aus seiner Kindheit vom Milchgeschäft kannte. Sichtlich erstaunt blieb er auf der Schwelle stehen. Der Raum vermittelte nicht das Gefühl einer Polizeistation. Keine Schranke, die den Herrschaftsbereich von den Bittstellern trennte, keine Empore, von der der Allgewaltige auf das unbeamtete Volk herabblickte. Nicht einmal die deutsche Flagge hing an der Wand, auch kein Portrait von Bundespräsident Lübke. Vielmehr präsentierte sich die Amtsstube wie ein ganz normales Büro in irgendeiner Verwaltung: Es gab einen Schreibtisch, davor einen hölzernen Besucherstuhl und an der Wand einen Aktenschrank.

Der Polizist schien über Steffens Verblüffung amüsiert. »Hatten Sie nicht erwartet, mich hier zu sehen?«

»Doch, doch. Aber es sieht hier nicht aus wie auf einer Polizeistation. Hier fehlt die Sperre. Und ich sehe keine Steckbriefe.«

Der Polizist schmunzelte. »Wir leben doch nicht mehr in Kaisers Zeiten, auch wenn wir hier auf einer Insel sind. Aber täuschen Sie sich nicht«, er wies mit dem Daumen auf die Tür hinter sich, »dort sind die Ausnüchterungszelle und die Folterkammer.«

Der Mann schien Humor zu haben, er war Steffen nicht mehr ganz so unsympathisch wie damals in der Kneipe. »Ich habe eine Frage.«

Der Polizist lehnte sich in seinem Stuhl zurück, schlug die Beine übereinander und blickte ihn spöttisch an. »Normalerweise stellt die Polizei die Fragen.«

»Es ist nichts Dienstliches.«

»Sie sind doch dieser Mensch, der sich für den Seemannsfriedhof interessiert. Wie ist Ihr Name?«

»Ich heiße Steffen Stephan, und ich bin Friedhofsforscher.«

Der Polizist machte eine einladende Handbewegung zum Besucherstuhl und verschränkte die Hände im Nacken. »Dann schießen Sie mal los.«

»Ich brauche Informationen über die jüngsten Gräber. Es gibt da einige Lücken in den Unterlagen.«

»Ich habe Ihnen doch schon gesagt, dass ich nichts weiß, weil ich erst seit einem Jahr hier im Dienst bin.«

»Ja, ja, aber vielleicht können Sie mir den Aufenthaltsort Ihres Vorgängers sagen. Der war ja recht lange auf der Insel.«

Der Mann hinter dem Schreitisch kam mit einem Ruck hoch. Er stemmte die Fäuste auf den Schreibtisch. »Dessen Aufenthaltsort kennt niemand! Wenn wir ihn wüssten, würde ich ihn heute noch verhaften. Ich verrate sicherlich kein Amtsgeheimnis, wenn ich Ihnen erzähle, dass Horst Kniewitz wegen Schmuggel, Zollvergehen und Steuerhinterziehung steckbrieflich gesucht wird.«

»Das wusste ich nicht«, sagte Steffen überrascht.

»Es ist aber so.«

»Hätten Sie ihn nicht festnehmen können, als er Ihnen die Amtsgeschäfte übergeben hat?«

Der Polizist lachte bitter. »Er hat mir überhaupt nichts übergeben. Er hat sich rechtzeitig abgesetzt, bevor ihn die Zollfahndung hochnehmen konnte.« Der Mann zögerte einen Augenblick, dann sprach er weiter. »Immerhin hatte er noch Zeit genug, sein Geld vom Konto abzuheben.«

»Vielleicht hat das Geld jemand anderes abgeholt.«

»Nein, das haben die Kollegen von Föhr geprüft. Der Schalterbeamte der Sparkasse hat unter Eid ausgesagt, dass Herr Kniewitz das Geld persönlich abgehoben hat. Er kam sogar zweimal, weil beim ersten Mal nicht genügend in der Kasse war.«

Steffen hörte den Groll in der Stimme des Polizisten. »Sie konnten ihn nicht leiden«, sagte er, »ich spüre es.«

»Nein, der Mann ist mir persönlich egal, ich kenne ihn ja nicht einmal. Aber ich kann es nicht leiden, wenn jemand seinen Geschäftsbetrieb nicht ordentlich übergibt.«

»Da sind wir uns ziemlich ähnlich.«

Der Polizist schenkte aus einer Thermoskanne zwei Becher Kaffee ein und schob einen über den Schreibtisch. Das Getränk war stark und lauwarm.

»Wann war das mit der Flucht und der Zollfahndung?«

»Ungefähr von eineinhalb Jahren. Danach war die Stelle ein halbes Jahr verwaist, die Insel wurde von Föhr aus betreut. Und seit einem Jahr bin ich hier der Inselpolizist.«

»Wurde Ihr Vorgänger nie wieder gesehen?«

»Doch. Der Fischereigehilfe Eike Claussen vom Kutter JOHANNA hat den Flüchtigen einmal in Husum gesehen. Die Nachforschungen sind allerdings ohne Erfolg geblieben.«

»Komische Sache. Ich danke Ihnen für das Gespräch«, sagte Steffen.

Eigentlich sind die Leute hier auf der Insel gar nicht so schlimm, dachte er auf dem Weg zum Kniepsand. In der Gruppe geben sie sich zwar ruppig, doch wenn man sie alleine trifft, sind sie recht umgänglich – bis auf den Bestatter.

Am Strand unterbrach ein hämmerndes Geräusch seine Gedanken. Er blickte sich neugierig um. Zwischen den Dünen stand ein Schuppen, recht massiv, für Jahrhunderte gebaut. Durch die geöffneten Torflügel konnte er ein schweres Boot erkennen, das auf einer Lafette stand; es erschien ihm ebenso stabil wie der Schuppen. Die Bordwand war grün gestrichen, das Unterwasserschiff rot, der Dollbord weiß. Um das Boot herum führte ein massiver Schutz aus geflochtenem Tauwerk.

»Hallo, Herr Behrens!«, rief Steffen, als das Hämmern einen Augenblick aussetzte.

Ein Brummen war die Antwort, dann tauchte über dem Boot ein Kopf mit einer wirren, blonden Mähne und einem beeindruckenden Vollbart auf. »Sieh einer an, der Herr Totengräber besucht mich auch mal.«

»Ein schönes Boot haben Sie«, sagte Steffen, nachdem der Mann die Leiter heruntergestiegen war.

Die Augen des Vormanns leuchteten. »Das ist der Mercedes unter den Rettungsbooten. Ziemlich schwer, aber man kann damit bis Windstärke sieben rausfahren.«

»Wie bewegt man so ein Boot?«

»Entweder segelt man, wenn der Wind günstig steht, oder man rudert.«

»Kein Motor?«

Hauke Behrens schnaubte unwillig. »Witzbold! Das ist das Boot, mit dem mein Großvater und auch noch mein Vater auf Rettungsfahrt waren. Es ist jetzt ein Museumsstück. Der moderne Rettungskreuzer liegt in Steenodde auf Station. Haben Sie den nicht gesehen?«

Während Hauke Behrens von den Rettungsfahrten seiner Vorfahren erzählte, betrachtete Steffen die Kisten mit Signalraketen, Rettungsleinen und Korkgürteln auf dem Boden. Alles sehr interessant, wirklich, doch in Gedanken war er schon wieder bei der toten Frau. »Können Sie mir etwas über Tabea Kirsch sagen?«, fragte er in den Wortschwall des Rettungsmanns hinein.

»Tabea Kirsch? Der Name sagt mir nichts.«

»Sie wurde vor fünf Jahren an den Strand gespült und ist auf dem Seemannsfriedhof bestattet.«

»Ach, Sie meinen diese tote Frau. Dazu kann ich nichts sagen. Ich bin nicht für den Strand zuständig, dort herrscht der Strandvogt. Diese Aufgabe übernimmt immer der Polizist, also früher Horst Kniewitz und heute der Sönke Eschels.« Hauke Behrens verschwand im hinteren Teil des Schuppens und kam kurz darauf mit einer Thermoskanne und zwei Muggen zurück. Die Tassen sahen nicht besonders vertrauenerweckend aus. Der Rettungsbootsmann schenkte Tee ein, Steffen wischte verstohlen über den Rand seiner Mug. »Ich kann Ihnen nur etwas über die geretteten Seeleute erzählen«, sagte der

Bootsmann, während er lautstark seinen Tee schlürfte, »aber die liegen nicht auf dem Friedhof, weil wir schneller waren als der Tod.«

Steffen blickte am Boot vorbei zum Meer. Welch eine mühsame Aufgabe, keiner weiß etwas, keiner sagt etwas. Wenn ich wenigstens an diesen früheren Polizisten herankommen könnte. »Haben Sie eine Ahnung wo ich Herrn Kniewitz finde? Er wäre der Schlüssel zu meinen Forschungen.«

»Nö, keine Ahnung.«

»Irgendjemand hat ihn in Husum gesehen. Also muss er noch in der Gegend sein.«

Der Rettungsboot-Vormann blickte nachdenklich in seine Teetasse. »Eine seltsame Sache ist das. Verschwindet der Kniewitz einfach so. Ich kann es immer noch nicht glauben.«

»Kannten Sie ihn näher?«

»Wir waren nicht befreundet, wenn Sie das meinen, dafür war er zu schroff. Ich habe ihn aber als Polizisten akzeptiert. Er hatte strenge Ansichten, sehr rechtstaatlich, der drückte nie ein Auge zu. Das war noch ein Mann, bei dem man immer wusste, woran man war. Ein Mann von Schrot und Korn, wie man so sagt: aufrecht, zuverlässig, genau. Der war ganz anders als die jungen Leute heutzutage. Diese Halbstarkenbanden auf ihren Mopeds, die mit Fahrradketten anständige Bürger niederknüppeln. Das hätte es bei ihm nicht gegeben.«

Das ist das falsche Thema, dachte Steffen, ich muss ihn wieder auf die Insel zurückholen mit seinen Gedanken. »Wenn der Kniewitz so ein Korrekter war, wie verträgt sich das dann mit seiner Schmuggelei?«

»Ach was! Der hat überhaupt nicht geschmuggelt.«

»Der soll doch ein ganzes Warenlager an Schnaps und Zigaretten gehabt haben.«

»Haben Sie die Sachen gesehen? Ich nicht. Es wird viel erzählt auf der Insel.«

»Weshalb sollte er von einem Tag auf den anderen verschwinden, wenn nichts gegen ihn vorlag?«

Der Vormann legte den Kopf schief und dachte einen Augenblick nach. »Vielleicht hat er sich zu sehr mit den Strandräubern angelegt und die haben ihn bedroht. Auf die hatte er es nämlich besonders abgesehen, die hat er unbarmherzig verfolgt. Ich muss das tun, hat er immer gesagt, die vergreifen sich an Staatseigentum. Ich hab oft gesagt, Horst, hab ich gesagt, drück mal ein Auge zu, die Leute schlagen dir sonst den Schädel ein. Die schleppen seit tausend Jahren das Strandgut weg, das haben die hier im Blut, das treibst du denen nicht aus. Da hat er nur gelacht.«

»Und dann war er weg.«

»Da stimmt was nicht, das sage ich Ihnen jetzt ganz im Vertrauen, da ist was faul.« Hauke Behrens rückte näher an Steffen heran und dämpfte die Stimme. »Ich habe schon die ganze Zeit das Gefühl, dass ihn jemand reingelegt hat. Irgendeiner wollte ihn loswerden.«

Ist ja interessant, dachte Steffen, dieser Kniewitz scheint die Insel polarisiert zu haben. Auf der einen Seite stehen die ordentlichen rechstaatlichen Bürger, die sich mit ihm arrangiert haben, auf der anderen Seite diejenigen, die er verfolgt hat. Doch die internen Inselprobleme sind nun wirklich nicht mein Thema, das sollen die Leute untereinander ausmachen. »Ich habe gerade den Gernot Klages getroffen«, sagte er, um das Thema zu wechseln. »Das ist ein wirklich merkwürdiger Mensch.«

In den Augen von Hauke Behrens blitzte es ärgerlich auf. »Merkwürdig, sagen Sie? Verrückt ist der! Ist ja nicht anders zu erwarten, bei seinem Beruf. Da war sein Vater ein ganz anderer. Arnulf Klages war Tischler, der war ein richtiger Amrumer. Ein gesunder Mensch mit einem gesunden Verstand und nicht so eine Hungerharke wie der Gernot.«

Steffen dachte an das merkwürdige Verhalten des Bestatters. »Der Tod des Vaters scheint den Sohn immer noch mitzunehmen.«

Behrens blickte über die See und fixierte einen imaginären Punkt am Horizont. »Ja, das war eine schreckliche Sache damals. Das war im Krieg. Plötzlich war Arnulf weg.«

Steffen horchte auf. »Verschwunden? So, wie der Kniewitz?«

»Ne, ne, ganz anders. Das war vierundvierzig. Da tauchte die Gestapo plötzlich auf der Insel auf und hat ihn einkassiert. Mitten in der Nacht haben sie ihn abgeholt, stellen Sie sich das mal vor.«

»War er Jude?«

»Ach was! Er hat nur den Engländer im Radio gehört, den Feindsender, wie wir alle. Wir bekamen den Sender hier auf der Insel immer gut rein. Wir haben sogar den Thomas Mann, den Schriftsteller, auf BBC gehört. Doch den Klages muss jemand verpfiffen haben. Jemand von der Insel.« Behrens strich sich fahrig über seinen Vollbart. »Den Arnulf haben wir nicht wieder gesehen, der ist wohl im KZ gelandet. Auf Feindsenderhören stand ja die Todesstrafe.«

Steffen kam es vor, als würde er einen Bericht aus einer anderen Welt hören. Oder zumindest aus einer längst vergangenen Zeit.

»Da muss einer nachts um die Häuser geschlichen sein, an den Fenstern gelauscht und dann die Feindhörer gemeldet haben«, fuhr der Rettungsbootmann wie unter Zwang fort. »Es wurden nämlich noch andere Männer abtransportiert, die sind auch nicht wiedergekommen. Alles Staatsfeinde, Wehrkraftzersetzer, wie es damals hieß.«

»Hat man den Denunzianten später ermittelt?«

»Wir haben das nie rausbekommen. Natürlich gibt es Vermutungen. Viele Vermutungen.« Hauke Behrens blickte Steffen nun direkt an, sein Gesicht war grau und eingefallen, er wirkte plötzlich zehn Jahre älter. »Es ist wie ein Fluch, der über der Insel liegt. Die Väter sind verschwunden, aber die Söhne gibt es noch. Die sind inzwischen erwachsen, das sind kraftvolle Männer. Und die haben die Nacht nicht vergessen, als ihre Väter abgeholt wurden.«

»An wem wollen sie Rache nehmen?«

»Das ist ja das Problem. Solange niemand weiß, wer die Männer damals verraten hat, ist jeder aus der Vätergeneration verdächtig.«

»Also auch Sie.«

Hauke Behrens griff sich unwillkürlich an den Hals. »Die Angst geht auf der Insel um, jeder misstraut jedem. Die Schützengräben öffnen sich, die Schatten der Vergangenheit kriechen ans Licht. Es würde mich nicht wundern, wenn eines Tages jemand tot am Strand liegt.«

Steffen steuerte die nächste Telefonzelle an und wählte die Nummer in Leck.

»Guten Tag«, sagte der Archivar, »sind Sie weiter gekommen mit Ihren Forschungen?«

»Nun ja, es gibt da einige Ungereimtheiten.«

»Hab ich Ihnen doch gesagt. Die Leute auf der Insel sind nicht einfach.«

»Die Ungereimtheiten beziehen sich eher auf Sie.«

Am anderen Ende der Leitung war ein Laut zu hören, den Steffen nicht zuordnen konnte. Es mochte ein Räuspern gewesen sein, vielleicht auch ein Ausruf des Erschreckens.

»Sie haben mir einmal erzählt, dass Sie vor zehn Jahren die Insel verlassen haben. Doch noch vor fünf Jahren haben Sie die Grabrede für Tabea Kirsch gehalten. Da stimmt doch was nicht!«

Jetzt war es still in der Leitung, doch der Archivar hatte nicht aufgelegt, Steffen hörte ihn gepresst atmen.

»Ist Ihnen aufgefallen, dass ich einen leichten Dialekt spreche?«, fragte der Mann nach einer schier endlosen Zeit des Schweigens, in der Steffen angstvoll das Verschwinden des Kleingelds im Telefonautomaten beobachtete.

»Ja, aber ich kann ihn nicht zuordnen. Vielleicht Süddeutschland?«

»Ich komme aus Marbach.«

Diese Information schlug in der Telefonzelle wie eine Bombe ein. »Ach, deshalb!«, brach es aus Steffen heraus.

»Ja, deshalb.« Die Stimme des Archivars klang jetzt sarkastisch. »Die Bewohner und dieser Inselpolizist haben mich natürlich sofort verdächtigt. Sie vermuteten eine Beziehungstat. Streitigkeiten zwischen Liebenden oder so. Dabei kannte ich die Frau nicht einmal. Sie war nicht meine Altersgruppe, wir sind uns nie begegnet. Seit dieser Zeit sage ich immer, dass ich damals nicht auf der Insel war.«

»Ich hätte es wohl auch so wie Sie gemacht.«

»Vielen Dank für Ihr Verständnis.«

Steffen stapfte über den Kniepsand Richtung Süden. Es war spät geworden, üblicherweise würde jetzt die Sonne untergehen, ihre letzten Strahlen gen Osten schicken und den Stand und die Dünen in ein mildes rotes Licht tauchen. Doch da war keine Sonne und auch kein mildes rotes Licht. Eine schwarze Wolkenbank zog von Nordwesten heran, es stürmte, das Meer türmte hohe Wellen auf, doch noch regnete es nicht. Der aufgewirbelte Sand peitschte gegen Steffens Körper, Salz brannte in seinen Augen. Die Möwen hatten sich hinter die Dünen verzogen und die, die noch unterwegs waren, kämpften mit den Böen, verwehte Schreie ausstoßend.

Schließlich hatte Steffen die schützenden Dünen erreicht, doch auch hier drückten die Böen den Strandhafer flach und zerzausten die niedrigen Büsche. Den Bohlenweg hörte er dieses Mal nicht unter seinen Schritten poltern, das Tosen der Elemente war einfach zu laut.

Er hatte gerade die letzte Düne umrundet und konnte seinen Wohnwagen bereits sehen, als er erschrocken zurückprallte. Ein Mann stand hinter seinem Wagen. Er hatte Steffen den Rücken zugedreht und beobachtete aufmerksam den Weg zur Rezeption. Schon wieder ein Einbrecher? Ein unbändiger Groll stieg in ihm auf. Zwei Einbrüche reichten ja wohl, die Leute hier sollten sich gefälligst von seinem Eigentum fernhalten. Schnell trat er auf den Mann zu, tippte ihm auf die Schulter und brüllte unbeherrscht: »Was suchen Sie hier?«

Der angebliche Dieb fuhr herum – es war der junge Mann von der Rezeption. Er lehnte sich erschrocken an die Wand des Wohnwagens und sah ganz blass und elend aus; womöglich zitterte er sogar, doch da war sich Steffen nicht ganz sicher.

»Was machen Sie denn hier?«, keuchte der Mann.

»Das könnte ich Sie auch fragen.«

»Es laufen Leute auf dem Platz herum. Das sind keine Gäste. Ich muss aufpassen, dass nichts passiert.«

Steffen saß in seinem Wohnwagen, der im Sturm schwanke, als wären sie auf hoher See. Er betrachtete nachdenklich das Häufchen Sand auf dem Fußboden, dass durch eine Ritze in der Tür hereingeweht war und das mit jeder Minute größer wurde. Merkwürdige Menschen hier auf der Insel, dachte er. Erst dieser Klages und dann der junge Mann vom Campingplatz. Glücklicherweise waren der Polizist und der Rettungsboot-Vormann welche, mit denen man ganz normal reden konnte.

Er dachte an die Gräber. Die arme Tabea Kirsch war eindeutig eine Frau, die konnte man nicht verwechseln. Doch war der andere Angeschwemmte wirklich Kapitän Gerdes? Oder jemand anderer, der noch nicht identifiziert war? Wie hatte Bruno richtig gesagt: Die Leichen erzählen ja nicht, wie sie heißen.

Je mehr er darüber nachdachte, desto weniger war er sich sicher, dass im vorletzten Grab der Kapitän beerdigt worden war. Schließlich war die Reind damals auf eine Mine gelaufen und sowohl den Kapitän als auch den Schiffsjungen hatte man nicht gefunden. Wenn man die Sachlage ganz realistisch einschätzt, passte das Doppelgrab eher zur Reind-Besatzung: zwei Leichen, angetrieben im November, beide durch eine Explosion ums Leben gekommen. Plötzlich war er sich sicher, dass der Kapitän und der Schiffsjunge im Doppelgrab lagen.

Wie ist das eigentlich, wenn man dem Untergang entgegen fährt? Hatte Kapitän Gerdes mit dem Tod gerechnet? Ist die Fahrt von Emden nach Brunsbüttel auf einem Küstenschiff nicht das Gleiche wie eine Fahrt mit der Eisenbahn? Rechnet ein Lokführer auch mit dem Tod während seines Dienstes? Nein, Seefahrt war etwas anderes, man bewegte sich im Wasser, einem lebensfeindlichen Element, jedenfalls für Menschen. Ein Kapitän war wohl eher mit dem Piloten in einem Flugzeug zu vergleichen. Im Notfall konnte der auch nicht einfach die Arme ausbreiten und weiterfliegen, genauso wenig wie Kapitän Gerdes im Orkan hätte an Land schwimmen können.

Ihn beschäftigten jetzt die Männer, die damals den englischen Feindsender gehört hatten. Mein Vater ist an einem Herzinfarkt gestorben, als ich noch ein Kind war, ich kann mich nicht einmal an ihn erinnern. Dennoch habe ich den Verlust immer gespürt. Was muss es für ein Gefühl sein, unter Menschen zu leben, und das mehr als zwanzig Jahre lang, unter denen sich immer noch der Mordhelfer der Gestapo befindet? Wäre ich noch voller Hass, nach all der langen Zeit? Ja, das wäre ich! Schon um die Mutter zu rächen, die ihr Kind alleine großziehen musste.

Steffen beobachtete das größer werdende Sandhäufchen. Was mache ich eigentlich hier? Ich sitze in einem schäbigen Wohnwagen, kümmere mich um Leichen, die mich nichts angehen, während Einbrecher darauf lauern, sich an meinen Unterlagen zu vergreifen. Warum führe ich kein normales Leben wie meine früheren Kommilitonen? Nahezu alle sind verheiratet, haben Kinder und eine Arbeit, die sie mögen – und wo nicht, warten zumindest ein auskömmlicher Verdienst und eine regelmäßige Beförderung auf sie. Sie träumen von einem Häuschen am Stadtrand, wo die Grundstückspreise noch erschwinglich sind, und viele werden dieses Ziel über kurz oder lang auch erreichen. Sie sind rundum zufrieden mit ihrem »kleinen Glück«, wie Doreen es einmal abwertend genannt hat. Archivarsglück eben.

36

Mitten in der Nacht schreckte Steffen hoch. War da ein fremdes Geräusch gewesen? Schlich jemand um den Wohnwagen? Er presste das Kopfkissen vor den Bauch, fühlte sich aber dennoch völlig ungeschützt, nahezu nackt hinter den dünnen Wohnwagenwänden aus Pappe und Celluloid. Er horchte angestrengt, doch da war nichts als der Wind und das entfernte Donnern der Brandung.

Es war nicht das erste Mal, dass er in dieser Nacht aufgewacht war, eigentlich war er ständig wach. Und wenn ihn zwischendurch der Schlaf übermannt hatte, war der eklige Bestattungsunternehmer durch seine Träume gegeistert. Außerdem musste er immer wieder an den jungen Mann von der Anmeldung denken, aus dem er nicht schlau wurde. Er blickte auf den Wecker, es war kurz nach vier. Da an Schlaf nicht mehr zu denken war, zog er sich an und schlich zwischen den Zelten und Wohnwagen zur Straße.

Wittdün lag in totaler Finsternis, nur in einem großen Anwesen am Ortseingang brannte Licht. Dort war rhythmisches Klopfen zu hören. Steffen blieb im Schutz der Dunkelheit stehen und blickte in den erleuchteten Raum. Zwei Männer in weißer Kleidung arbeiteten mit aufgekrempelten Ärmeln. Sie hatten weiße Gesichter, einer wischte sich gerade den Schweiß von der Stirn, die Arbeit schien schwer zu sein. Der Jüngere wuchtete eine klebrige Masse aus einer Maschine, einem großen Kessel ähnlich, der Ältere hantierte an der Ofenklappe. Bäcker scheint ein schwerer Beruf zu sein, dachte Steffen, ganz abgesehen vom frühen Aufstehen.

Er ging gerade an der Backstube und dem Lastwagen mit der Aufschrift »Husumer Mühle« vorbei, als im Wohnhaus des Bäckers die Haustür geöffnet wurde. Im hellen Schein der Innenbeleuchtung stand ein Mann, der Steffen den Rücken zukehrte. In der einen Hand hielt er eine große Brötchentüte, mit der anderen griff er nach der Frau, die im Hausflur stand. Er lachte rau, zog sie an sich und küsste sie leidenschaftlich. Die Frau befreite sich aus seinem Griff, Steffen hörte ihr helles, lockendes Lachen. Er war sich sicher, dass es die Bäckersfrau war, die dort lachte, er kannte ihre Stimme von seinen Einkäufen. Und den Mann, der gerade mit einer Tüte unter dem Arm in der Dunkelheit verschwand, den kannte er auch. Schau einer an, der Bruno, dieser Halunke, holt sich nicht nur die alten Brötchen vom Vortag, der gönnt sich auch gleich noch einen süßen Nachtisch.

Steffen war sich zunächst unsicher, doch dann folgte er dem Strandgänger in sicherer Entfernung. Der schien von seinem Schatten nichts zu ahnen, pfiff fröhlich vor sich hin und schlenkerte mit der Brötchentüte. Einmal blieb er stehen, suchte in der Tüte herum und zog etwas heraus, das nicht wie ein Brötchen aussah, eher wie ein Stück Plattenkuchen. Bruno biss hinein, stieß einen überraschten Pfiff aus und ging, das Gebäck wie ein wertvolles Geschenk vor sich hertragend, Richtung Nebeler Wald.

Steffen blieb stehen. Er war müde und sehnte sich nach seinem Bett. Doch gerade als er umkehren wollte, trug der Wind seltsame Geräusche zu ihm herüber: Irgendetwas wurde bewegt, getragen oder gestapelt. Also schlich er auf dem schmalen Pfad zwischen Waldsaum und Dünen an der Aussichtsdüne vorbei nach Norden. Der Weg war trotz der Dunkelheit gut zu erkennen. Rechts standen schwarz und drohend die Kiefern, links türmten sich die weißen Dünen. Der Blitz des Leuchtturms ließ ihre Kuppen in regelmäßigen Abständen aufleuchten.

Schließlich hatte er die Stichstraße erreicht und blieb im Schutz der Bäume stehen. Vor ihm stand der Lastwagen von »Feinkost Hinrichsen«. Die Plane am Heck war aufgerollt, jemand hantierte im Inneren des Lkws. Steffen konnte die Menschen, die zwischen Strandkiosk und Lastwagen hin und her gingen, nur in der Abfolge der Leuchtfeuerblitze erkennen. Sie erschienen ihm wie ein Film, in dem ein Großteil der Einzelbilder nicht belichtet worden war: Ein Mann trug einen Stapel Bretter aus dem Kiosk … dunkel … der Mann war auf dem Weg zum Auto … dunkel … er reichte er das Holz in den Lastwagen hinein … dunkel.

»Ist da noch was?«, fragte der Zweite, als er von der Ladefläche sprang. Es war ein kräftiger Mann mit zerzauster Frisur und einem beeindruckendem Vollbart. Ich fass es nicht, dachte Steffen, Hauke Behrens beim Strandraub. Das dürfte den Polizisten mächtig interessieren.

»Zwei angeschwemmte Ölfässer«, sagte jetzt eine Stimme aus dem Kiosk. Steffen horchte auf. Diese dunkle, schleppende Stimme, wo hatte er die schon mal gehört? Er hätte gern den Mann zu der Stimme gesehen, doch der blieb im Kiosk verborgen.

»Die Ölfässer laden wir noch ein«, sagte der kleine Dicke, der die Bretter getragen hatte, »das bringt richtig viel Geld.«

Steffen schlich davon. Er war ängstlich darum bemüht, kein Geräusch zu machen. Das also sind die Männer, denen der frühere Polizist auf den Fersen gewesen war. Das ist ungesetzlich, sagte eine Stimme in ihm, das musst du melden. Doch warum sollte er? Er hatte nichts mit dem Strand zu tun, sein Revier war der Friedhof.

Stunden später, Steffen hatte zwar im Bett gelegen, aber kaum geschlafen, machte er sich auf den Weg nach Nebel, um bei Kaffee und Kuchen über die Angeschwemmten nachzudenken. Gab es überhaupt eine andere Leiche im Grab von Kapitän Gerdes auf der Insel? Vielleicht sind das alles nur Hirngespinste von Lilianne und mir. Könnte nicht der Kapitän immer noch in Ruhe und Frieden hier auf Amrum liegen? Nein, dagegen sprach die Eintragung der Exhumierung im Kirchenregister. Doch können sich Pastoren nicht auch irren?

Er bat die Bedienung um einen weiteren Kaffee, ein Blatt Papier, einen Bleistift. Systematisch vorgehen, sagte er sich, rein wissenschaftlich arbeiten, nur nicht von Gefühlen und Vermutungen beeinflussen lassen. Er schrieb auf, was er an Informationen hatte:

Untergang der REIND:	*7.10.1954*
Kapt. Gerdes auf Amrum angeschwemmt:	*10.11.1954*

Kapt. Gerdes auf Amrum beerdigt:	*18.11.1954*
Kapt. Gerdes identifiziert:	*3.3.1956*
Kapt. Gerdes exhumiert:	*?*

Steffen war nicht zufrieden. Er hatte die Daten zwar in eine Reihenfolge gebracht, sie widersprachen sich nicht, doch immer noch blieben zwei Fragen. Erstens: Könnte Kapitän Gerdes nicht auch eine der Leichen in dem Doppelgrab von 1954 sein? Zweitens: War der Reinhard Gerdes auf dem Friedhof in Haren identisch mit dem Reinhard Gerdes auf Amrum – sofern es überhaupt eine Leiche im Grab in Haren gab? Er nahm sich vor, diese Fragen als Nächstes zu klären.

Die Gretje, ein alter Kutter, jedoch gut gepflegt, dümpelte am Anleger von Steenodde. An Deck stand ein Mann und rollte Tauwerk zusammen.

»Guten Tag, Herr Thiesen.«

Der Fischer blickte mit mürrischem Gesicht hoch. »Ich mache keine Ausflugsfahrten für Badegäste.«

»Ich möchte keine Fahrt machen.«

»Was wollen Sie dann?«

»Mich mit Ihnen unterhalten.«

»Keine Zeit.«

»Sie haben doch damals die beiden verstümmelten Leichen aus dem Wasser gefischt. Wie sahen die aus?«

Der Fischer warf mit einer ärgerlichen Bewegung das Seil auf das Deck. Er griff nach der Reling und richtete sich mit einem unterdrückten Stöhnen auf. »Eklig sahen die aus. Ich hatte damals einen guten Fang, das Netz voller Fische. Aber mitten drin diese aufgeschwemmten Leichen. Ich musste alles wieder ins Wasser werfen, den Fisch hätte mir auf der Insel niemand abgekauft.«

»Wie sahen die Leichen aus?«

»Na ja, Beine weg und untenrum ziemlich zerfetzt. Wie das so ist, wenn einem das Deck um die Ohren fliegt.«

»War sonst noch alles dran? Ich meine, der Kopf und so.«

»Sie können vielleicht Fragen stellen.« Thies Thiesen legte den Kopf schief und blickte angeekelt zu Steffen hoch.

»Waren es ein Mann und ein Junge?«

»Ach, wissen Sie, bei Wasserleichen kann man das nicht mehr so richtig erkennen. Die Toten verändern sich im Wasser. Die können wie zwanzig aussehen, auch wenn sie vierzig sind. Aber in diesem Falle waren die Männer wohl älter. Beide.«

»Sind Sie sicher?«

»Meinen Sie, ich bin blöd?«

Also doch nicht der Kapitän und der Junge, dachte Steffen. Er bedankte sich, Thies Thiesen sah ihm kopfschüttelnd nach.

Tief in Gedanken ging Steffen die Landstraße entlang. Hinter sich hörte er ein Motorengeräusch, dann knatterte ein Volkswagen mit einer blauen Lampe auf dem Dach vorbei. Kurz darauf blitzte das Blaulicht auf, die Bremslichter leuchteten und der Wagen kam mit quietschenden Bremsen am Straßenrand zum Stehen. Aus dem Inneren quälte sich der lange Polizist heraus.

»Bin ich zu schnell gegangen«, fragte Steffen, »oder habe ich das Halteverbot übertreten?«

Sönke Eschels lehnte sich mit verschränkten Armen gegen sein Dienstfahrzeug und blickte grimmig. »Nein, nicht zu schnell. Ich könnte Sie aber mit eine Strafe belegen wegen unbefugter Benutzung einer Schnellstraße.«

Steffen blickte sich um. »Dies ist keine Schnellstraße.«

»Ja. Leider.«

War das jetzt so eine Art Polizisten-Scherz? »Also?«, fragte Steffen.

Mit einem Mal lächelte der Polizist. »Ich habe etwas dabei, was Sie interessieren dürfte.«

»Lassen Sie mich raten: Sie haben eine Wasserleiche gefunden.«

»So ähnlich.« Der Polizist beugte sich ins Auto, kramte auf den Fußboden herum und kam mit einem Bündel schmutziger Papiere wieder zum Vorschein. »Das lag ganz hinten im Kohlenkeller der Dienststelle. Es sollte wohl zum Anzünden des Ofens dienen.«

Steffen sah ihn verständnislos an.

»Das sind die Unterlagen aus den Jahren 1959 und 1960. Ihre Frau Kirsch ist auch dabei.«

Steffen streckte beide Hände aus. »Geben Sie her!«

Sönke Eschels warf den Stapel zurück in den Wagen. »Die Akten können Sie nicht haben, das sind polizeiamtliche Unterlagen. Aber ich kann Ihnen sagen, was drinsteht.« Er runzelte die Stirn, anscheinend musste er sich die Worte zurechtlegen. »Viel haben die Kollegen damals nicht herausgefunden. Es ist nicht einmal sicher, ob Frau Kirsch überhaupt bis nach Amrum gekommen ist. Niemand auf der Fähre konnte sich an sie erinnern, und sie hatte auch keine Fahrkarte bei sich, als sie gefunden wurde. Vielleicht hat ihr Geld nicht für die Überfahrt gereicht, möglicherweise ist sie bereits auf dem Festland ins Wasser gegangen und ihre Leiche wurde nach Amrum getrieben.«

»Kann man einen Mord ausschließen?«

»Es gab jedenfalls keine Merkmale einer Gewaltanwendung. Entweder war es Selbstmord, oder sie wurde im Watt von der Flut überrascht und ist ertrunken. Alle Anzeichen deuten jedoch auf Selbstmord hin.«

»Also hat sie einen Abschiedbrief hinterlassen.«

»Nein, hat sie nicht. Aber sie kam aus einer psychiatrischen Anstalt. Was glauben Sie, weshalb sie dort war?«

Steffen zuckte mit den Schultern.

»Weil sie schon mehrere Versuche hinter sich hatte. Da ist es doch naheliegend, dass sie es noch einmal versucht.«

»Und was ist mit der fehlenden Unterhose?«

Der Polizist blickte überrascht. »Fehlende Unterhose? Davon steht nichts in dem Bericht.«

Sie suchten gemeinsam in den schmutzigen Papieren, die der Polizist jetzt auf der Motorhaube ausgebreitet hatte.

»Hier!« Sönke Eschels tippte auf ein Blatt: *»Sie war bekleidet mit einem schwarzen Rock mit Reißverschluss, einem weißem Unterhemd, rosa Unterrock, rosa Unterhose sowie schwarzen Schuhen mit Keilabsatz.«*

»Wirklich erstaunlich«, sagte Steffen verwirrt.

Der Polizist legte den Kopf schief und blickte Steffen nachdenklich an. Dann trat er an ihn heran und legte ihm die Hand auf die Schulter. »Ich kenne dieses Gefühl. Man hat eine Theorie und klammert sich daran fest. Doch plötzlich wird man von der Wirklichkeit eingeholt – und die ist ganz anders.«

»In der Zeitung stand nichts von einer Unterhose«, sagte Steffen trotzig.

In der Telefonzelle am Ortseingang von Wittdün roch es stark nach einem süßlichen Parfüm, Steffen rümpfte die Nase. Er steckte das Geld in den Schlitz und wählte die Nummer in Berlin, nur so auf Verdacht, es war nicht abgesprochen. Lilianne nahm nach dem zweiten Klingeln ab.

»Hier spricht Amrum«, meldete er sich im näselnden, unpersönlichen Tonfall der Bahnhofsansage.

»Oh, Steffen! Schön, dass du anrufst. Ich habe schon so lange nichts von dir gehört.« Sie schien sich wirklich zu freuen. »Wie geht es dir? Ich habe dich vermisst, es ist schrecklich hier, all dieser Lärm in Berlin und die vielen Autos …«

Es knackte in der Leitung, dann war die Verbindung unterbrochen. Steffen horchte angestrengt, mit einem Mal war Liliannes Stimme wieder da.

»… und gestern gab es wieder einen Mauertoten. Schrecklich, sage ich dir. Die von drüben haben ihn erschossen, es soll ein junger Mann gewesen sein. Heute liegen Blumen an der Mauer, und die Leute, ich meine die hier im Westen, haben ganz viele Kerzen aufgestellt. Wenn solche Sachen passieren, will ich weg …«

»Wann kommst du?«, fragte er in den Wortschwall hinein.

»Mittwoch ist mein letztes Seminar für diese Woche. Ich kann die Fähre am Donnerstag nehmen, früher geht es nicht.«

»Es könnte knapp werden mit der Unterkunft. Die Insel ist rappelvoll.«

»Ich werde schon was finden. Ich kenne ja noch viele Leute auf Amrum.«

Du könntest auch bei mir schlafen, dachte er.

»Ich muss Schluss machen«, sagte Lilianne, »ich muss gleich ...«

Wieder Knacken, wieder Tonausfall.

»... das ist ein langweiliges Seminar, sage ich dir. Also dann bis Donnerstag.«

»Ich hol dich von der Nachmittagfähre ab.«

Als Nächstes wählte er die nächste Nummer des Bürgermeisteramtes in Haren und fragte sich zum Friedhofsamt durch. Wieder kam es zu diesem Knacken und dem Aussetzer. Merkwürdig, dachte Steffen, während er wartete, das hörte sich nicht an wie das Klacken der Relais, wenn man eine Nummer wählt, das hier ist anders. Fast so wie bei der Handvermittlung des Fräuleins vom Amt, damals vor dem Krieg. Aber es gibt keine Handvermittlung mehr, auch nicht bei Ferngesprächen.

Schließlich hatte er die Dame an der Leitung, die für die Beerdigungen zuständig war. Sie hatte eine ruhige, angenehme Stimme, leider lispelte sie. »Reinhard Gerdes?«, fragte sie. Im Nachnamen kam ein »s« vor, Steffen hörte es im Ohr zischen, fast hatte er das Gefühl, dass es nass geworden war. »Gerdes haben wir mehrere. Welchen meinen Sie?«

Steffen nannte das Geburts- und das Sterbedatum.

»Ach, Kapitän Gerdes. Ja, den haben wir hier.«

»Wann wurde er in Haren beerdigt?«

Im Telefon war das Rascheln von Papier zu hören. Dann nannte sie das Datum: 6. August 1958.

Steffen konnte seine Überraschung nicht verbergen. »So lange hat es gedauert? Er ist doch viel früher identifiziert worden.«

»Die Sache zog sich unendlich hin. Die Sterbekasse wollte erst nicht zahlen, weil er ja schon einmal auf Amrum beerdigt worden war. Die Witwe hat sich lange mit diesen Leuten herumgestritten.« Wieder dieses Zischen im Hörer bei »Sterbekasse«.

»Aus unserer Sicht war es kein Problem, dass das so lange gedauert hat«, sagte die Dame jetzt. »Er war ja auf der Insel ordnungsgemäß bestattet worden. Wenn er die ganze Zeit irgendwo herumgelegen hätte«, sie kicherte in den Hörer, »zum Beispiel im Kühlfach, dann hätten wir interveniert.«

»Vielen Dank für die Auskunft.«

»Wenn Sie weitergehende Informationen haben wollen, müssen Sie ein Formular ausfüllen und ein allgemeines Interesse nachweisen. Wenn Sie Journalist sind, zum Beispiel. Oder Sie kommen persönlich vorbei.«

»Danke, das genügt erstmal. Sie haben mir sehr geholfen.«

Die Antwort, wenn es eine Antwort gab, konnte Steffen nicht mehr hören, weil es wieder in der Leitung knackte.

Er stand neben der Telefonzelle und starrte nachdenklich auf den Strandhafer, von dem ein intensiver Uringeruch ausging. Dann wusste er, was zu tun war.

Das Postamt war noch geöffnet, doch der Schalter geschlossen. Steffen beugte sich zum Ständer mit den Postkarten und den Briefumschlägen hinunter, tat so, als würde er das Blatt mit den Postgebühren studieren, und blickte durch die Glasscheibe des Schalters in den Raum dahinter. Es ging drei Stufen hoch, dann kam ein kurzer Gang, es öffnete sich ein weiterer Raum, von dem Steffen jedoch nur einen schmalen Ausschnitt mit der rechten Seitenwand erkennen konnte. Dort schien eine Art Schalttafel angebracht zu sein, jedenfalls konnte er einige schwarze Kabel erkennen, die aus runden Öffnungen herausragten und in anderen verschwanden. Vor der Schalttafel saß die Postbeamtin mit dem kantigen Gesicht und den farblosen Augenbrauen an einem schmalen Tisch. Sie hatte einen schwarzen Bakelit-Kopfhörer übergestülpt und schien aufmerksam zu lauschen. Jetzt beugte sie sich vor, zog ein Kabel aus der Öffnung und stöpselte es an einer anderen Stelle wieder ein, über der ein Lämpchen grün aufleuchtete. Sie drückte den Kopfhörer fester an die Ohren und verharrte einen Augenblick in dieser Stellung, dann stahl sich ein Lächeln in ihr Gesicht. Sie schloss die Augen und lehnte sich gemütlich zurück.

Steffen fühlte eine Welle des Zorns in sich aufsteigen. »So ist das hier also«, schimpfte er vor sich hin und trat ärgerlich gegen den Postkartenständer.

Für diesen Nachmittag hatte er sich vorgenommen, Margarete einen Besuch abzustatten. Nur sehen, nicht sprechen! Er sehnte sich zwar nach ihrem Geruch und dem Steppenbrand in ihren Augen, doch gleichzeitig fühlte er sich einer persönlichen Begegnung nicht gewachsen. Woran das lag, wusste er nicht genau. Vielleicht an dieser im Raum schwebenden Friedhofsauflösung, vielleicht auch an Lilianne und ihren Küssen. Warum ist die Welt so schrecklich kompliziert? Monatelang lerne ich keine Frau kennen, und plötzlich sind zwei da. Nein drei, denn mit einem Mal zeigt Sylvia ein außerberufliches Interesse an mir, nach so vielen Jahren der Zusammenarbeit. Doch mehr als einer Frau, das wusste er aus Erfahrung, war er nicht gewachsen.

Es war zu früh für den Besuch, sicherlich war der Pastor noch im Kirchenamt. Daher nahm Steffen den Bus und fuhr erstmal nach Norddorf. Der Polizist zog die Augenbrauen hoch und packte widerstrebend die Tageszeitung beiseite, als Steffen die Amtsstube betrat. »Ich habe keine weiteren Wasserleichen für Sie«, sagte er mürrisch.

»Es geht nicht um die Angeschwemmten. Ich habe jetzt ein anderes Thema.«

Der Polizist blickte fragend.

»Sie sind doch Strandvogt?«

»Ja, ich bin ordentlich bestallter Strandvogt nach der Strandungsordnung von 1874. Haben sie den Fund von Strandgut zu melden? Oder einen Strandraub?«

»Nein, nein. Ich habe mich nur gefragt, wozu man einen Strandvogt braucht, wenn es kaum noch Schiffsuntergänge gibt.«

Der Polizist lehnte sich entspannt zurück. »Sie haben recht. Es gibt glücklicherweise nur noch wenige Schiffsuntergänge. Aber es gibt immer noch Strandgut. Wenn zum Beispiel ein Holzfrachter im Sturm oder bei Eisgang seine Deckslast werfen muss, um nicht zu kentern. Oder wenn andere Ladungsteile durch Seeschlag von Deck eines Schiffes in die See gerissen werden.«

»Wenn hier auf Amrum etwas angeschwemmt wird, was machen Sie dann?«

»Als Strandvogt muss ich nach jedem Sturm den Strand nach Gütern absuchen und sie bergen. Und ich muss aufpassen, dass nichts geklaut wird. Und dann muss ich den Ladungseigentümer ausfindig machen und ihm die Güter übergeben.«

»Letzteres finden die Inselbewohner wohl etwas überflüssig.«

»Ganz richtig. Strandraub gibt es hier immer noch, wie schon seit tausend Jahren.«

»Und wie schaffen Sie es als einzelner Polizist, einen Strandräuber zu überführen?«

Sönke Eschels beugte sich vor und blickte Steffen mit traurigen Augen an. »Das genau ist mein Problem. Schön wäre es, wenn ich die Diebe auf frischer Tat erwischen könnte. Kommt aber selten vor. Der Kniepsand ist riesig, und die Leute sind nicht blöde. Die warten ja nicht, bis ich da bin. Erfolgreicher sind Hausdurchsuchungen. Doch oft sind die Güter bereits irgendwo versteckt oder auf krummen Wegen aufs Festland geschmuggelt worden. Dann habe ich das Nachsehen.«

Steffen stand auf. »Sie haben einen interessanten Beruf. Ich möchte aber trotzdem nicht mit Ihnen tauschen.«

»Sie haben nicht zufällig einen Strandraub zu melden?«, fragte der Polizist lauernd.

Steffen war schon fast an der Tür, als ihm noch etwas einfiel. »Wie sieht es eigentlich mit der Schmuggelei aus hier auf Amrum?«

»Dafür bin ich nicht zuständig, darum kümmert sich der Zoll. Doch Schmuggel haben wir hier kaum, jedenfalls nicht in großem Stil. Dazu fehlt uns der Hafen, in dem Schiffe von Übersee anlegen könnten. Und wir sind auch zu nahe am Festland. Die Zollfahndung wäre sehr schnell hier.«

»Aber Ihr Vorgänger hat geschmuggelt.«

»Ja, merkwürdig.« Der Polizist blickte etwas ratlos. »Ich weiß wirklich nicht, warum er geflüchtet ist. Das waren keine großen Mengen, die er im Keller hatte, dafür wäre er nicht ins Gefängnis gegangen. Mehr als eine Geldstrafe hätte er nicht bekommen.«

Als Steffen beim Kirchenamt ankam, ging es bereits auf Feierabend zu. Durch das geschlossene Fenster sah er, wie Margarete auf ihre Vorkriegsschreibmaschine einhackte. Sie trug wieder die Ordensschwesternkleidung, die Kette mit dem Kreuz wippte im Takt ihrer Bewegungen. Steffen lehnte sich gegen den Zaun auf der anderen Seite der kleinen Straße und starrte auf das Fenster wie ein Gymnasiast, der zu feige ist, das Mädchen seines Herzens anzusprechen. Was machst du hier eigentlich, du blöder Gockel, schimpfte er mit sich selbst. Doch ungeachtet dessen konnte er sich nicht von ihrem Anblick lösen.

Hinter dem Fenster hielt Margarete in ihren Bewegungen inne. Sie drehte sich auf dem Stuhl um und sagte etwas zu einer Person, die Steffen nicht sehen konnte. Kurz darauf trat Pastor Markmann aus der Tür. Er klemmte seine dünne Aktentasche auf den Gepäckträger und schob das Rad durch die Gartenpforte zur Straße. Steffen, noch in den Anblick von Margarete versunken, war zu überrascht, um rechtzeitig abzutauchen.

»Oh, mein Retter in der Not«, rief der Pastor erfreut. »Wollen Sie zu mir?«

»Nein, nein, ich bin nur gerade vorbeigekommen.«

Markmann schob sein Rad Richtung Süddorf, Steffen ging neben ihm her.

»Kannten Sie den Polizisten Kniewitz gut, Herr Pastor?«

Der alte Mann zog die Augenbrauen hoch. »Ich dachte, Sie sind nur an toten Seeleuten interessiert.«

»Der Polizist ist die Schlüsselfigur bei meinen Forschungen. Er ist wohl derjenige, der bei der Bergung der letzten Toten dabei war.«

»Ich kannte Horst Kniewitz sehr lange. Der war ja schon im Krieg als Soldat hier.«

»Was war er für ein Mensch?«

Pastor Markmann blieb jetzt stehen und strich über seinen kahlen Kopf. »Das war ein richtiger Preuße, er kam ja aus Berlin. Der hielt sich an seine Paragraphen, da gab es kein Abweichen.«

»Hört sich an, als konnten Sie ihn nicht leiden.«

»Nein, so ist das nicht. Ich hatte keine Probleme mit ihm. Ein harter und furchtloser Gesetzesvertreter ist gut für die Insel. Diesen sturen Friesen muss man sich entgegenstemmen, sonst herrscht hier Sodom und Gomorrha.«

»Dann war der Kniewitz wohl genau der Richtige.«

Der Pastor wiegte den Kopf. »Eher nicht. Es bringt überhaupt nichts, immer nur auf das Gesetz zu pochen. Dazu sind die Leute hier zu freiheitsliebend, die begehren auf. Man muss die Menschen an der richtigen Stelle packen können. Das sind Fischer und Seeleute, die lassen sich von einem preußischen Beamten nichts sagen.«

»Immerhin hat er sich fast zwanzig Jahre gehalten.«

»Das schon, aber nur mit Gewalt. Er war wie ein Bulle, mit dem legte man sich nicht gerne an. Und er hatte seine Dienstpistole. Und seine Gesinnungsgenossen von damals, die aus der Partei, die hatte er hinter sich. Wenn hier nicht gleich Ruhe herrscht, hat er öfters rumgebrüllt, dann steht morgen eine Hundertschaft auf der Insel.« Der Pastor schob sein Fahrrad wieder an, er wollte wohl nach Hause.

»Hatte Kniewitz viele Feinde?«, fragte Steffen schnell, um das Gespräch nicht abreißen zu lassen.

»Ach, wissen Sie, wir Alten hatten kein Problem mit ihm. Wir haben bei den Nazis gelernt, uns zu ducken. Aber die jungen Männer hassten ihn geradezu.« Markmann schob sein Fahrrad jetzt nicht mehr mit gebeugtem Rücken in der Art alter Männer. Er war stehengeblieben, streckte seinen Körper und hielt das Rad mit beiden Händen, die eine auf den Lenker gestützt, die andere auf den Sattel. Er hatte das Kinn vorgeschoben und schaute Steffen mit einem harten Blick an. »Wussten Sie, dass auf den Kniewitz geschossen worden ist?«

Steffen blickte überrascht. »Nein, nie gehört. Das ist ja ein Ding.«

»Ein paar Tage bevor er abgehauen ist, hat jemand nachts in sein Schlafzimmer geschossen.«

»Wurde er verletzt?«

»Ach nein, es war wohl nur ein Warnschuss. Man kann niemanden verletzen, wenn man von der Straße aus ins Obergeschoss zielt. Der Schuss ging in die Decke.«

»Die Rache eines Strandräubers?«

»Schon möglich, dass sich ein Strandgänger rächen wollte. Die hat er ja gnadenlos verfolgt. Obwohl ... Ich habe eher einen anderen Verdacht ...« Pastor Markmann hielt mitten im Satz inne. Er blickte Steffen an, als würde er jetzt bewusst, mit wem er da sprach. »Ich muss nach Hause«, sagte er hastig und stieg auf das Rad.

Steffen blickte dem Pastor nach, der, über die Lenkstange gebeugt, kräftig in die Pedale trat. Schon wieder eine Halbinformation, dachte er zerknirscht.

Margarete stand in ihrer Schwesterntracht neben dem Schreibtisch und sah Steffen mit einem verhaltenen Lächeln an. Sie hatte ein leichtes Tuch über die Schultern gelegt und ihre Handtasche unter dem Arm. Als Zeichen des Arbeitsendes hatte sie ihre Haare vom Dutt befreit und in ihren Augen züngelten, ganz versteckt, kleine Flammen.

Eine schöne Frau, dachte Steffen wieder einmal. Wohl dem, der sie bekommt. »Hast du auf mich gewartet?«, fragte er scherzhaft.

»Ja. Ich wusste, dass du vorbeikommst.«

»Kannst du Gedanken lesen?«

»Selbstverständlich! Jede Frau kann Gedanken lesen. Aber ich kann es besonders gut, es gehört zu meinem Beruf. Die Leute, die zu uns kommen, sagen nicht immer, welche Probleme sie haben.«

Er bekam schlagartig rote Ohren. »Dann muss ich mir in Zukunft sehr genau überlegen, was ich denke.«

Margarete machte einen Schritt auf ihn zu. Sie lachte, in ihren Augen loderte das Buschfeuer hell auf. »Erstens, mein Lieber, kann man sein Denken keiner Zensur unterwerfen. Die Gedanken sind frei. Man kann zwar kontrollieren, was man sagt, nicht jedoch, was man denkt.«

Sie beugte sich vor und hauchte ihm einen Kuss auf die Wange. Er war wie benebelt von ihrer Nähe und dem teuren Parfüm. Ich wüsste zu gerne, welche Marke das ist, blitzte es in ihm auf.

»Und zweitens«, fuhr Margarete fort, »schmeichelt es mir, was du über mich denkst.«

Steffens rote Ohren stachen jetzt farblich nicht mehr ab, denn sein ganzes Gesicht glühte.

Margarete nahm ihre Tasche und ging zur Tür. »Das Parfüm heißt übrigens Galoré«, sagte sie beiläufig.

»Ich finde, dass du eine schöne Frau bist. Schön und aufregend.« Er sagte das nur zur Bestätigung, obwohl es unnötig war, wahrscheinlich hatte sie es ohnehin in seinen Gedanken gelesen.

»Du hast noch nichts gegessen.«

»Stimmt.«

»Du bis hiermit eingeladen. Bei mir zu Hause. Es gibt etwas Leichtes.«

Jetzt erst wurde Steffen bewusst, dass er am heutigen Tage nur gefrühstückt hatte. Mit einem Mal überkam ihn ein unbändiges Hungergefühl. »Lass uns gehen. Ich sterbe vor Hunger.«

»Nicht so schnell! Du gehst eine Stunde spazieren, dann kannst du kommen.« Sie schrieb ihre Adresse auf einen Zettel. »Und achte darauf, dass dich nicht zu viele Anwohner sehen.« Als er erstaunt die Augenbrauen hob, fügte sie erklärend hinzu: »Die Damen vom Chor achten streng darauf, dass ich keinen unsittlichen Lebenswandel führe.« Sie kicherte. »Als ob das hier möglich wäre.«

37

Er saß auf dem Friedhof und warf mit Steinchen nach den Grabkreuzen der Namenlosen. Er hatte immer noch Margaretes Gesicht vor Augen, ihr spöttisches Lächeln, die locker fallenden braunen Haare, das Glühen in ihren Augen, die Bluse, die sich unter ihren Atemzügen hob und senkte. Ich muss es irgendwie schaffen, meine Gedanken zu verbergen. Wenn sie liest, was ich denke, könnte es ziemlich peinlich werden. Auf jeden Fall darf sie nichts von meinen Zweifeln wegen der Friedhofsauflösung erfahren.

Welche Zweifel?

Margaretes Häuschen war schnell gefunden, in Süddorf gab es nur zwei Straßen. Steffen blickte sich unauffällig um, doch niemand war zu sehen. Die meisten Menschen auf der Insel saßen wohl beim Abendbrot. Allerdings war er sich nicht sicher, ob nicht doch die weiblichen Mitglieder des Kirchenchors hinter den Gardinen standen und ihn mit zusammengezogenen Augenbrauen böse musterten.

Die Glocke dröhnte noch, da wurde die Tür bereits aufgerissen. Margarete zog ihn in den Flur, Steffen blickte überrascht an ihr herunter. Sie trug einen einteiligen, hellblauen Hosenanzug aus einem flauschigen Stoff, »Frottee« hieß der wohl. Den Reißverschluss, den man ganz offensichtlich brauchte, um in dieses enganliegende Kleidungsstück hineinzukommen, hatte sie etwas geöffnet. Er ließ ein Stück Haut zwischen ihren Brüsten frei, sie trug keinen BH.

»Würdest du dich bitte umdrehen«, sagte er tonlos.

»Warum?«

»Ich möchte dich von allen Seiten betrachten. Du siehst fantastisch aus.«

Margarete drehte sich lächelnd um die eigene Achse. »Recht so?«

Steffen antwortete nicht, stattdessen wandte er sich der Tür zu.

»Was ist?«, fragte sie besorgt.

»Ich möchte nicht, dass du siehst, was ich gerade denke. Wahrscheinlich würdest du mich sofort rauswerfen. Oder die Polizei rufen.«

Margarete drückte ihre Brüste gegen seinen Rücken und küsste ihn auf den Nacken. »So schlimm wird es schon nicht sein. Außerdem bestimmt immer noch die Frau, was passiert.« Sie griff nach seinem Arm und drehte ihn zu sich hin. »Gedankenlesen kann man übrigens nur, wenn man gelassen und unaufgeregt ist. Und das bin ich zurzeit überhaupt nicht.«

Ihr Wohnzimmer war modern möbliert: helles Holz, leichte, luftige Stores, ein Tisch mit abgerundeten Kanten schwebte auf dünnen Beinen über der Auslegeware, davor schmale Stühle mit hohen Lehnen, an der Wand ein Wohnzimmerschrank mit indirekter Beleuchtung. Auf der andern Seite des Zimmers eine kleine Couch, davor ein Nierentisch mit Mosaikauflage und goldfarbener Umrahmung.

»Schau dich ruhig um«, hatte Margarete gesagt, bevor sie in die Küche verschwand, »ich habe nichts zu verbergen.«

Steffen strich mit den Fingerspitzen an den Büchern auf dem Sideboard entlang und las die Titel. Es war eine beeindruckende Sammlung von Simmel-Romanen, aber auch eine Bibel mit Goldschnittprägung und daneben das dreibändige Werk der *»Geschichte der abendländischen Philosophie«*. Er überlegte, ob das ein Widerspruch war, kam jedoch zu keinem Ergebnis.

Er hob den Tonarm des Plattenspielers an, schwenkte ihn über die LP, das Gerät schaltete sich automatisch ein, dann senkte sich der Saphir auf die Platte. Nach einem kurzen Rauschen und Knacken ertönte die Stimme von Elvis Presley. Sieh einer an, dachte Steffen, die Schmalzlocke hat mal wieder ein Frauenherz erobert, sogar hier auf der Insel.

Aus der Küche drang ein süßlicher, unbekannter Geruch und dann Margaretes Stimme. »Du kannst schon mal die Kerzen anzünden und den Wein einschenken. Der Öffner liegt neben der Flasche.«

Der Tisch war für zwei Personen gedeckt: cremefarbene Teller mit schmalem Goldrand auf einer weißen, faltenlosen Leinentischdecke, ebensolche Servietten, in einen Serviettenring gezwängt. Daneben Silberbesteck und zwei geschliffene Gläser pro Gedeck, was Steffen verwirrte.

»Welches Glas für den Wein? Das große oder das kleine?«

»Das große! Das andere ist für Wasser.«

Margarete kam mit einer Platte herein, auf dem mehrere längliche Dinge angeordnet waren. Sie deutete Steffens Blick richtig. »Das sind gebackene Bananen. Ein neues Rezept. Hab ich in der »Constanze« gefunden.«

Du meine Güte, dachte Steffen, was man heutzutage alles isst. Erst vor Kurzem hatte er mit Sylvia einen dieser neumodischen italienischen Fladen gegessen, den sie »Pizza« nannte, und jetzt gab es sogar etwas Afrikanisches. »Ich wusste gar nicht, dass man Bananen backen kann.«

»Es ist nicht einfach. Man muss genau aufpassen, dass sie nicht zu weich werden und an der Pfanne festkleben.«

Misstrauisch beäugte er das längliche Gebilde auf seinem Teller. »Ich sehe keine Bananen.«

Margarete amüsierte sich köstlich. »Die kannst du nicht sehen, die sind innen drin. Um die Bananen herum wird gekochter Schinken gewickelt und Parmesankäse darüber gestreut. Probier es einfach mal.«

»Muss ich die Zahnstocher mitessen?«, fragte er scherzhaft, doch insgeheim musste er zugeben, dass ihm dieses ausländische Gemüse recht gut schmeckte.

Sie stießen mit den Gläsern an, es gab einen tiefen, melodischen Klang. Vom Sideboard her sorgte Elvis' dunkle Stimme für die richtige Stimmung. Sie plauderten über Literatur, über Simmel und Böll, in Steffen stieg ein merkwürdiges Gefühl auf. Er wünschte, ewig hier sitzen zu können, trotz der Bananen. Es war irgendwie so, wie er es sich immer vorgestellt hatte, wenn man verheiratet ist.

Margarete legte ihr Besteck säuberlich ausgerichtet auf den Teller. Dann erhob sie sich, Energie im Blick. »Ich räume ab. Danach gibt es Kaffee. Den nehmen wir auf der Couch.«

»Ich helfe dir. Das mache ich bei meiner Mutter auch immer.«

»Ach, nein. Es wäre zu schade um das Geschirr meiner Großeltern. Ihr Männer seid so schrecklich ungeschickt.«

»Ich bin sehr geschickt!«

Margarete schob ihn wortlos in Richtung Couch.

»Wir müssen noch über den Seemannsfriedhof reden«, sagte er.

»Später«, rief sie aus der Küche.

Der Kaffe war stark und gut. Noch mehr erregte ihn allerdings Margaretes Nähe. Sie tranken in kleinen Schlucken, schmusten ein wenig, tranken wieder in kleinen Schlucken und küssten sich. Eingedenk des Ratschlags der Studentin im Einkaufsladen, »lassen Sie sich Zeit, Frauen möchten nicht gedrängt werden«, überließ er Margarete die Initiative, obwohl es ihm nicht leicht fiel, sich zu bremsen.

Schließlich lehnte sie sich ein Stück zurück, fixierte Steffen mit einem ernsthaften Blick und strich leicht über seine Wangen. »Schade, dass du nur zu Besuch auf der Insel bist.«

Er hüllte sich in Schweigen. Was sollte er dazu schon sagen.

Margarete küsste ihn auf die Nasenspitze, dann zog sie mit einem entschlossenen Ruck den Reißverschluss ihres Frotteeanzugs nach oben. »Bevor etwas passiert«, sagte sie mit einem wehmütigem Lächeln, »gehen wir lieber auf Distanz.«

»Ich hätte es noch eine Weile ausgehalten.«

Sie ging in die Küche und kam mit einer Schachtel »After Eight« zurück. »Etwas Süßes. Als Ersatz.«

Wieder zu weit vorgewagt im Feindesland, dachte Steffen zerknirscht. Der Körper der Frau, ein vermintes Gelände, die Psyche ohnehin.

Nun saßen sie nebeneinander wie ein altes Ehepaar, kauten Schokoladentäfelchen und verfolgten die Tagesschau. Wichtigstes

Thema war der Überfall von nordvietnamesischen Truppen auf ein südvietnamesisches Militärlager, bei dem es einhundert Tote gegeben haben sollte, worauf amerikanische Kriegschiffe vor Nordvietnam in Stellung gegangen waren. Hinter dem Nachrichtensprecher wurde die Karte eines unbekannten Landes eingeblendet.

»Wird es Krieg geben?«, fragte Margarete besorgt.

Steffen zuckte mit den Schultern. »Könnte sein.«

»Wo liegt dieses Land eigentlich?«

»Keine Ahnung. Am Ende der Welt. Es muss irgendwie etwas mit dem früheren französischen Indochina zu tun haben.«

Margarete fasste erst nach ihrem goldenen Kreuz, dann faltete sie die Hände. »Die Leute dort tun mir leid.«

»Hab keine Lust, über den Krieg zu reden. Mir reichen schon die Kriegsversehrten, die man immer noch sieht. Die ohne Beine und ohne Arme. Oder das halbe Gesicht weggeschossen.«

Die nächste Meldung handelte von einem Pressesprecher der NATO, der der Spionage für Russland überführt worden war. Dann kam Bundespräsident Lübke ins Bild.

»Dass sie den wiedergewählt haben? Der Heuß, der Professor, war doch ein ganz anderes Niveau als dieser schlichte Landwirtschaftsminister.«

»Immerhin ist er aus Schleswig-Holstein«, sagte Margarete spitz, »also einer von uns.«

Zum Schluss zeigte die Tagesschau den neuesten Modetrend aus den USA und England: den Minirock.

»Die haben ja gar nichts an«, empörte sich Margarete.

»Haben sie schon. So eine Art Gürtel. Sieht aber gut aus. Mir gefällt's.«

Sie rückte etwas von ihm weg und schüttelte missbilligend den Kopf. »Das kann ich mir gut vorstellen, dass euch Männern das gefällt. Aber mich wirst du nie in einem so unpassenden Aufzug sehen.«

Steffen schaute noch einmal ganz genau hin, dann lenkte er ein. »Wahrscheinlich ist das nur etwas für Mädchen und ganz junge

Frauen. Für diese Mode muss man runde Knie haben. Knochige oder fette Knie sehen nicht gut aus. Und erwachsene Frauen haben das ohnehin nicht nötig, die haben andere Reize.«

»Welche meinst du?«, fragte Margarete kokett.

»Schlecht zu erklären. Ich müsste handgreiflich werden.«

Sie kuschelte sich an seine Schulter. »Damit warten wir lieber noch etwas.« Jetzt hatte Margarete keine Lust mehr auf die Tagesschau. Sie griff nach der Programmzeitschrift. »Welcher Tag ist heute?«

»Dienstag.«

Sie raschelte mit den Blättern. »Hier. Es gibt gleich einen Film. *Die letzte Folge.* Den sollten wir uns ansehen.«

»Wenn es die letzte Folge ist, lohnt es sich nicht, weil ich die anderen Folgen nicht gesehen habe.«

»Nein, es ist keine Fernsehserie. Hör mal.« Sie ging mit den Augen ganz nahe an den Text heran. »Jean Pierre ist Fernsehautor, der sich auf Krimis spezialisiert hat. In einem Landhaus auf einer einsamen Insel schreibt er die letzte Folge. Dann wird die Insel durch Hochwasser von der Außenwelt abgeschnitten … und so weiter.«

Meine liebe Margarete, du brauchst eine Brille, dachte Steffen. »Was passiert dann?«

»Das schreiben sie natürlich nicht. Da es ein Krimi ist, wird es wohl einen Mord geben. Oder eine Verfolgung.«

Steffen fröstelte plötzlich, er schluckte trocken und griff sich an den Hals. Das hatte er schon einmal erlebt: die abgeschnittene Insel, die Verfolgung, die Bedrohung. Er war sich nicht sicher, ob er diesen Film sehen wollte. Nein, diesen Film würde er sich garantiert nicht anschauen.

Er blieb zwar neben Margarete sitzen, betrachtete die bewegten Bilder aber ohne jede Begeisterung. Er fand es anstrengend, mit seinen hohen Dioptrienwerten in den Fernseher zu starren, das Flimmern bereitete ihm Kopfschmerzen, seine Augen begannen zu tränen. Irgendwann stand er auf, griff wahllos nach einem Buch und setzte sich an den Tisch. Margarete störte es nicht, sie saß aufgeregt auf der Couch und fieberte der Auflösung entgegen.

»Noch einen Kaffee?«, fragte sie, nachdem der Mörder gefasst war.

»Nein, danke. Ich glaube, ich gehe jetzt nach Hause.«

Margarete hakte sich auf dem Weg zur Tür bei ihm ein. Sie bemühte sich, die Distanz zu überbrücken, die sich zwischen ihnen aufgetan hatte, doch die prickelnde Spannung war verflogen. Es ist tatsächlich wie in einer richtigen Ehe, dachte Steffen ernüchtert, nur dass sich dort einer ins Schlafzimmer zurückzieht und schmollt, während der andere in der Küche sitzt und Kaffee trinkt.

Die Sonne war bereits ins Meer gesunken, doch es war noch nicht dunkel. Niemand war auf der Straße zu sehen, die Süddorfer schienen sich allesamt vor dem Fernseher versammelt zu haben. Nur in Richtung Wittdün entfernte sich ein Mann, sein Fahrrad quietschte bei jedem Tritt.

Steffen brauchte Zeit zum Nachdenken. Die Weite des Kniepsands würde ihm helfen, seine Gedanken zu ordnen. Warum kippte in der letzten Zeit immer die Stimmung, wenn er einer Frau näher kam? Bei Liliannes Abschied war es so gewesen und jetzt auch bei Margarete.

Trotz der späten Stunde war der Strand noch bevölkert. Doch es waren keine Badegäste, die im Wasser tollten, es waren junge Leute, die aus Strandgutbrettern einen provisorischen Tisch aufgebaut hatten, auf dem nun Schüsseln mit Kartoffelsalat, ein Käseigel und eine große Platte mit Frikadellen standen. Das Bier und die anderen alkoholischen Getränke hatte man in Einkaufsnetzen im Wasser verankert, um sie kühl zu halten. Ein Batteriegerät plärrte die neuesten Schnulzen über den Strand, die Stimmung der wohl zwanzig Gäste hatte bereits einen ersten Höhepunkt erreicht, der Wortführer der Gruppe gab gerade das Buffet frei.

Steffen wollte sich unbemerkt an der Stätte ausufernder Fröhlichkeit vorbeidrücken, doch damit hatte er kein Glück. Einige junge Frauen umringten ihn, drängten ihm ein Bier auf, und als er Protest einlegen wollte, blieben ihm die Worte im Hals stecken. Man kann nun mal nicht reden, wenn man eine Frikadelle in den Mund geschoben bekommt.

Eine der Frauen hakte sich bei ihm ein. »Du musst Kai gratulieren. Er wird dreißig und ist noch nicht verheiratet. Und du musst ihm eine Lebensweisheit mit auf den Weg geben.«

Was soll ich dem armen Kerl schon sagen, dachte Steffen zerknirscht. Ich bin bereits über dreißig, genau genommen dreiunddreißig, und auch noch nicht verheiratet. Doch ungeachtet dieser Gedanken wurde er wie ein Delinquent zu Kai eskortiert, der – mit Häubchen und Schürze bekleidet – den Strand fegte.

Steffen hielt die Flasche Bier hoch. »Herzlichen Glückwunsch, Kai. Ich hoffe, dass du nicht mehr lange fegen musst. Eigentlich kannst du gleich damit aufhören. Du brauchst dich nur hier unter den vielen hübschen Frauen umzuschauen. Die meisten würden dich sicherlich aus dem Stand weg heiraten.«

Seine kleine Rede wurde von den anwesenden Damen mit Beifall quittiert. Er bekam einen Schnaps, dann war er entlassen.

Irgendwie nett, so eine Gruppe, dachte er. Doch sie hatte ihn aus dem Konzept gebracht. Er setzte sich ans Wasser und versuchte, die Gefühle bei seiner Verabschiedung von Margarete wieder einzufangen. Es gelang ihm nicht. Dafür drängten andere, grundlegendere Gedanken an die Oberfläche. Wieso war es mit den Frauen immer so schwierig? Doreen hatte irgendwann ein kaltes und abweisendes Gesicht bekommen, wenn er von der Arbeit nach Hause kam, womöglich sogar Pickel und Ausschlag an Stellen, die nicht sofort ins Auge fielen. War der Grund ihres erkennbaren Rückzugs seine Ordentlichkeit, »diese Pedanterie«, wie sie immer häufiger gesagt hatte? Das kann nicht sein, so wollen uns die Frauen doch haben: ordentlich, treu, zuverlässig, hilfsbereit. Natürlich hätte ich meine schmutzigen Unterhosen einfach unters Bett werfen können und vom Tisch aufstehen, ohne meinen Teller wegzuräumen, aber das geht mir gegen den Strich und außerdem hat mich meine Mutter nicht so erzogen.

Irgendwann stand er auf und machte es sich auf den Weg zu den Dünen. Natürlich war es falsch gewesen, mit Doreen zusammenzuziehen. Es konnte nicht gut gehen mit ihnen, dazu waren sie viel zu verschieden. Er, der ordentliche Archivar, und sie, die Chaotin im häuslichen Bereich. In ihrem Zimmer sah es immer, tatsächlich immer, wie nach einem Flugzeugabsturz aus. Sie verteilte ihre abgelegte Kleidung zwanglos auf dem Fußboden zwischen den Büchern und den Schallplatten – Schallplatten auf dem Fußboden, unglaublich! –, setzte sich dazwischen, zündete Teelichter an und lächelte glücklich, während er Zahnschmerzen bekam beim Anblick dieses Chaos.

Eines Abends, Doreen war schon lange ausgezogen, hatte er all seine Bücher aus den Schränken geräumt, sie auf dem Boden zu Türmchen gestapelt und die Türmchen dann umgeworfen. Danach hatte er seinen Schreibtisch verwüstet, auch ein paar schmutzige Teller und Gläser aus der Küche hochgebracht und sie zwischen die umgefallenen Buchstapel drapiert. Er hatte Kerzen angezündet, sich auf den Boden gesetzt, die Unordnung betrachtet und auf das Glücksgefühl gewartet. Es hatte sich nicht eingestellt. Irgendwann war er aufgestanden und hatte alles wieder aufgeräumt; was kein Problem gewesen war, denn er wusste genau, was wohin gehörte. Schließlich hatte er sich in die Tür gestellt und die Ordnung betrachtet. Ein Glücksgefühl hatte sich zwar auch dann nicht eingestellt, doch ein tiefes Gefühl der Zufriedenheit, das die Seele und das Herz wärmte.

Im Gegensatz zu der lärmenden Gruppe am Stand war es zwischen den Dünen friedlich und angenehm still. Nur das leise Piepen eines Vogels war zu hören, ein Stück vom Bohlenweg entfernt mümmelten Kaninchen am Strandhafer. Steffen blieb stehen und blickte hinüber. Eines der Tiere richtete sich auf und musterte ihn aufmerksam. Als es sicher war, dass von ihm keine Gefahr ausging, legte es die Ohren wieder flach und hoppelte zu seinen Artgenossen.

Steffen hatte gerade eine Senke zwischen den Dünen überquert, in der sich bei Regen Wasser sammelte und die der Bohlenweg auf niedrigen Pfosten überquerte, als direkt neben ihm, aus einem kleinen Loch in der Düne, Sand in die Luft flog. Den Schuss hörte er im gleichen Augenblick.

Er ließ sich in die Senke fallen, robbte blitzschnell unter den Bohlensteg, kroch zwischen die Holzkonstruktion und schob sich so weit unter den Brettern in Richtung Strand, bis der Sand ihm den weiteren Fluchtweg verbaute. Er lag jetzt direkt unter den Hölzern, das Gesicht in den kalten, harten Sand gepresst, er rang nach Luft und bemühte sich gleichzeitig, möglichst flach zu atmen.

Die Bretter wippten, jemand kam auf leisen Sohlen heran. Stille. Kurz darauf erneut Schritte. Wieder Stille. Steffen wendete vorsichtig den Kopf und schielte durch die Ritzen des Bohlenwegs. Wenn er schon erschossen wurde, wollte er zumindest wissen, wer ihn tötete. Er nahm jedoch nur einen schmalen Spalt des Himmels über sich wahr.

Jemand kam auf ihn zu, dem schweren Schritt nach wohl ein Mann. Der blieb direkt über ihm stehen, den Lauf seines Gewehrs nach unten gerichtet. Unter dem Gewehrträger vergrub Steffen sein Gesicht in den Sand. Er hätte sich gern den Angstschweiß von der Stirn gewischt, doch das ging wegen der Enge des Verstecks nicht, und eigentlich war es auch nicht mehr wichtig. Das war's dann wohl, dachte er resigniert, diesmal kommst du nicht davon.

Er hatte nicht einmal richtig Angst, da war nur tiefes Bedauern. Normalerweise müsste jetzt der Film des Lebens ablaufen, jedenfalls hatte er davon gelesen. Doch es lief kein Film ab. Weder Margarete noch Lilianne blitzten in seinen Gedanken auf, nicht einmal seine Mutter. Da waren nur Grabkreuze, er konnte jedes Datum genau erkennen. Schade, so viel Arbeit investiert, einiges herausgefunden und doch alles umsonst.

Der Gewehrträger schien unschlüssig zu sein. Er wippte auf den Ballen, ging ein paar Schritte weiter, verharrte wieder. Jetzt stand er dort, wo sich Steffen in den Sand hatte fallen lassen. Angespannte Stille herrschte zwischen den Dünen, nicht einmal das Piepen des Vogels war mehr zu hören. Nur vom Strand her drangen Lachen und Singen herüber. Vielleicht gibt es noch Hoffnung, dachte Steffen, vielleicht weiß der Mörder nicht, wo ich bin.

Der Bohlenweg schwankte, als der Mann in die Senke sprang. Steffen konnte sein Gesicht nicht sehen, nur die Beine, einen Teil des Oberkörpers und das Gewehr, das er in der Armbeuge hielt. Dieser Mensch war hartnäckig, der gab nicht auf, der wollte sein Wild erlegen. Er ging zu den Dünen, blieb wieder stehen, machte eine Kehrtwendung und kam direkt auf Steffens Versteck zu. Dessen Magen zog sich zusammen, Schweiß trat aus allen Poren. Jetzt hat er mich, dachte er.

In diesem Augenblick begann der Bohlenweg zu vibrieren und zu schwanken, als wäre eine ganze Armee im Anmarsch. Ein letzter Funken Hoffnung blitzte in Steffen auf. Die Rettung? Nein, eine Armee konnte es nicht sein, Soldaten schwatzten und lachten nicht, man lachte nicht bei der Bundeswehr.

Ungeachtet seiner Zweifel kam die Armee näher, das Rumpeln fand seinen Widerhall in Steffens Kopf. Dann Ruhe.

»Husch«, sagte eine Stimme, »der böse Onkel da hat ein Gewehr.« Der Mann, zu dem die Stimme gehörte, schien ziemlich betrunken zu sein, seine Aussprache glitschte ihm zeitweise weg.

»Was machen Sie hier?«, schimpfte der Gewehrträger. Steffen horchte auf. Wo hatte er diese dunkle Stimme schon einmal gehört? Es fiel ihm nicht ein.

»Haben Sie schon was geschossen?«, fragte eine beschwipste Frau.

»Nein!«

»Der Mann braucht Zielwasser«, sagte einer aus der Gruppe. »Mädels, ihr habt den Schnaps.«

»Bleiben Sie, wo Sie sind!«, schrie der Mann in der Senke.

Es nützte nichts. Einige Frauen sprangen vom Bohlenweg in den Sand, umringten den Mann und drängten ihm den Schnaps auf. Die anderen standen auf den Brettern und kommentierten das Geschehen.

Wenn der Gewehrträger geglaubt hatte, mit einem Schluck davongekommen zu sein, hatte er sich getäuscht.

»Und jetzt gratulieren Sie unserem Kai zum Geburtstag«, bestimmte der Wortführer.

»Nein! Ich werde nicht gratulieren. Was machen Sie überhaupt hier? Dies ist Jagdgebiet. Haben Sie nicht die Schilder gesehen? ›Kaninchenjagd. Betreten verboten. Lebensgefahr!‹«

Die Gruppe um den Gewehrträger wollte einen Glückwunsch erzwingen, doch die anderen auf dem Bohlenweg begannen sich zu langweilen.

»Kommt rauf«, rief der Wortführer, »lasst den verknöcherten Sack da unten stehen. Soll er sich doch an seinen toten Kaninchen aufgeilen.«

Johlend und Flaschen schwenkend setzte sich die Geburtstagsgruppe wieder in Bewegung; um eine Person verstärkt, die zwar den Kopf gesenkt hielt, aber ebenfalls laut johlte, trotz der weichen Knie und dem Sand zwischen den Zähnen. Gierig nahm sie einen tiefen Zug aus der kursierenden Schnapsflasche.

Eine der Frauen wischte Steffen den Sand aus dem Gesicht und vom Hemd. »Mit wem hast du dich denn im Sand gewälzt?«, fragte sie.

Er wollte antworten, doch seine Stimme gehorchte ihm nicht.

Vor dem Campingplatz schwenkte die Gruppe nach rechts, in Richtung Wittdün. Steffen schaute sich vorsichtig um, doch der Gewehrträger war ihnen nicht gefolgt. Er ließ sich zurückfallen, blieb bei dem Schild »Kaninchenjagd. Betreten verboten. Lebensgefahr!« stehen und dankte Gott, dass der ihm Kai und seine Geburtstagsgruppe geschickt hatte.

Der Schock saß tief. Steffen tapste apathisch zu seinem Wohnwagen. Auf halber Strecke musste er sich in den Sand setzen, weil Arme und Beine zitterten. Du meine Güte, dachte er, während er sich fröstelnd über die Oberarme rieb, fast wäre ich das Opfer eines Jagdunfalls geworden. Also doch kein Verfolger in mörderischer Absicht. Doch dann fiel ihm ein, dass man Kaninchen mit Schrot jagte, jedenfalls machte es sein Onkel so. Und Schrotgewehre hatten zwei Läufe, da war er sich ganz sicher, dieses Gewehr hier hatte aber nur einen gehabt.

Wenn es ein Anschlag auf mein Leben war, dann wäre es wohl nicht besonders schlau, jetzt in den Wohnwagen zu gehen. Ein Schütze bräuchte nicht einmal das Schloss aufzubrechen, durch diese Pappwände könnte er ohne Probleme hindurch schießen.

Er umrundete das Gelände im großen Bogen und passierte schließlich die offene Waschstelle, an der einige Camper ihr Geschirr spülten. Der junge Mann, der ihn wohl schon einige Zeit beobachtet hatte, kam aus dem Flachbau geschossen. »Sind Sie gerade vom Strand gekommen?«, fragte er mit erschrecktem Blick.

Steffen nickte stumm.

»Sie sollten nicht mehr alleine unterwegs sein. Es laufen merkwürdige Menschen in der Gegend herum.«

»Jagdgesellschaften, oder so?«

»Ja, die auch.«

Er nahm nicht die Landstraße, die erschien ihm zu gefährlich. Er schleppte sich mit zitternden Knien querfeldein über die offene Heidefläche, blickte häufig zurück, sah jedoch niemanden, der ihm folgte, und auch niemanden, der mit einem Gewehr auf ihn zielte.

Dann hatte er den schützenden Wald erreicht. Hier, zwischen den Bäumen, würde er ein schlechtes Ziel abgeben, zumal in der einbrechenden Dunkelheit. Von hier aus konnte er nach Süddorf kommen, ohne gesehen zu werden. Dennoch blieben seine Sinne angespannt. Mit zunehmender Panik registrierte er die Geräusche des Waldes; hier ein Rascheln, dort das Knacken von Zweigen. Als er ein Pärchen am Wegesrand flüstern hörte, machte er sich vor Schreck fast in die Hose.

Schließlich war er auf der Höhe von Süddorf. Jetzt brauchte er nur noch die Felder zu überqueren. Aber dabei wäre er gut sichtbar und ungeschützt. Aufmerksam beobachtete er die Umgebung. Nicht weit von ihm entfernt grasten Rehe, ein Bock sicherte mit erhobenem Kopf, er schien nicht beunruhigt zu sein. Arme Viecher, dachte Steffen, immer auf der Flucht, so wie ich. Dann sprintete er los.

Margarete riss die Tür auf, als Steffen Sturm klingelte. Sie blickte ihm ins Gesicht, schien die Situation sofort zu erfassen, zog ihn in den Flur und schlug die Tür zu. »Was ist passiert, Steffen?«

»Man hat auf mich geschossen.«

»Wer?«

»Weiß nicht.«

Sie schob ihn ins Wohnzimmer, drückte ihn auf die Couch und zog die Gardinen mit einer heftigen Bewegung zu.

Steffen war am Ende seiner Kräfte. Die Nerven zuckten, ihm war übel, er wollte nur noch sitzen, hier, in der sicheren Obhut dieser Frau, weit entfernt von Männern mit Gewehren. »In den Dünen standen Schilder mit der Aufschrift ›Kaninchenjagd. Betreten verboten. Lebensgefahr!‹«

»Ja, das machen sie manchmal.« Margarete holte zwei Cognac-Schwenker und eine Flasche aus dem Schrank.

»Man hat mit einem richtigen Gewehr auf mich geschossen, nicht mit einer Schrotflinte.«

»Es gibt hier nur wenige Schrotflinten, aber viele Gewehre aus dem Krieg. Und es gibt Leute, die ballern auf alles, was sich bewegt.«

»Sehe ich aus wie ein Kaninchen?«

Sie schenkte die Gläser bis zum Rand voll, ihre Hand zitterte etwas.

»Glaubst du, dass jemand aus Versehen auf mich geschossen hat?«

Margarete blickte auf die zugezogenen Gardinen. »Vielleicht. Es könnte aber auch …« Sie sprach nicht weiter, nahm stattdessen einen großen Schluck.

»Was könnte auch?«

»Ach, nichts. Nur so ein Gedanke.«

»Ich will es wissen!« Das war zu laut, er wusste es, doch seine Nerven waren zurzeit nicht in bester Verfassung.

Margarete schien sich überwinden zu müssen. »Es ist nur … Es gibt da einen Mann, der mir nachstellt. Vielleicht hat er dich heute bei mir gesehen und ist eifersüchtig geworden.«

Steffen dachte an das quietschende Fahrrad. »Wer ist es?«

»Das tut nichts zur Sache. Du hast damit nichts zu tun.«

»Wer ist es?«

Margarete, die ruhelos im Zimmer herumgewandert war, setzte sich auf die Couch und schmiegte sich an ihn.

»Ich will nicht, dass du dich mit ihm anlegst. Er ist ziemlich kräftig. Gegen ihn hättest du keine Chance.«

»Im Faustkampf bin ich ziemlich geübt«, sagte Steffen. Es kam leider nicht so selbstbewusst rüber, wie er gehofft hatte.

Margarete legte ihren Arm um seinen Nacken und drückte sein Gesicht gegen ihre Brüste.

Es war spät geworden, beide waren müde. Während Margarete im Schlafzimmer war, versuchte Steffen, sich auf der Couch auszustrecken. Es ging nicht gut, weil die Liegefläche zu kurz war. Wenig begeistert betrachtete er den Fußboden, wohl seine Schlafstelle für die heutige Nacht. Als er es noch einmal auf der Couch versuchte, nun in Fötushaltung, hörte er Margaretes Lachen. Sie stand in der Tür, trug ein langes, weißes Nachthemd mit Stickereien, darüber ein Strickjäckchen in der gleichen Farbe, sie schien sich köstlich zu amüsieren.

»Ist das deine Abendgymnastik?«

»Ich bekomme das schon hin.«

Margarete machte eine einladende Handbewegung zum Schlafzimmer. »Das Bett ist gerichtet, Herr Stephan.«

»Ich möchte mich nicht aufdrängen …«

»Red nicht dumm rum! Du kommst mit ins Bett. Es wird vielleicht etwas eng, aber wir werden wie Bruder und Schwester einträchtig nebeneinander liegen. Ich glaube, dass ich dir trauen kann.«

Mitten in der Nacht wachte Steffen auf. Schon wieder mit einer Frau im Bett, dachte er zerknirscht, während er ihren ruhigen Atemzügen lauschte, und wieder nur platonisch. Ich glaube, ich werde alt.

38

Irgendwann tauchte Steffen aus den Tiefen der nächtlichen Bewusstlosigkeit auf. Es war dunkel, er wusste nicht, wo er war. Er hörte das Klappern von Geschirr, dann öffnete sich eine Tür, jemand schlich herein und zog die Gardinen zurück. Steffen schloss geblendet die Augen.

»Frühstück ist fertig«, sagte eine weiche Stimme.

Er riskierte ein Auge. Vor ihm stand Margarete in ihrer gestärkten Bluse und einem grauen Faltenrock – im Nachthemd wäre sie ihm lieber gewesen. Er bekam einen Kuss auf den Scheitel gedrückt; falls da am frühen Morgen überhaupt ein Scheitel war.

»Du kannst dich hinten in der Waschküche frisch machen, ich habe dir ein Handtuch und eine Zahnbürste hingelegt. Ein Hemd und eine Männerunterhose habe ich leider nicht.«

Steffen sagte nichts, er war am frühen Morgen kein großer Redner. Er schlurfte in die Waschküche im Anbau, ließ Wasser in die grüne Schüssel laufen und schaute sich mit kleinen Augen um. Der Boden war aus Beton und senkte sich leicht zu einem Gully in der Raummitte, die Wände hatte man weiß gekalkt. Rechts stand ein großer, beheizbarer Waschkessel mit zerbeultem Deckel, auf der linken Seite ein Nachtschränkchen mit Marmorplatte aus Großmutters Zeiten, auf dem Tuben, Döschen und Wässerchen standen; Frauenzeug eben. An der gegenüberliegenden Wand befand sich ein graues Metallregal aus Kriegsbeständen, in dem fein säuberlich beschriftete Gläser mit Marmelade und eingekochtem Obst lagerten.

Er überlegte, ob er die Schublade des Schränkchens aufziehen sollte. Er hätte zu gerne gewusst, ob Margarete die Pille nahm. Doch warum sollte sie die Pille nehmen, es sah nicht danach aus, als würde sie regelmäßig Männerbesuch bekommen. Während er sich widerwillig mit kaltem Wasser wusch, dachte er an die Radiosendung, die er vor zwei Jahren gehört und die ihn stark beeindruckt hatte. Damals war die Pille ganz neu gewesen und ein Reporter hatte sich vorgenommen, junge Frauen auf dem Hauptbahnhof danach zu fragen. Weit kam er nicht mit seiner Reportage, denn bereits die erste Frau verpasste ihm bei eingeschaltetem Mikrofon eine so kräftige Ohrfeige, dass er, Steffen, vor dem Radioempfänger erschrocken zurückgeschreckt war.

»Was trinkst du?«, rief Margarete aus der Küche.

Steffen nahm die Zahnbürste aus dem Mund. »Kaffee«, rief er, weiße Spritzer landeten auf dem Spiegel.

»Den musst du dir selbst machen. Ich stelle dir ein Glas Pulverkaffee hin. Wir auf der Insel trinken Tee.«

Als er in die Küche kam, empfingen ihn ein liebevoll gedeckter Tisch und eine liebevoll lächelnde Margarete.

»Es gibt Brötchen?«

»Ja, aber nur eines. Die Bäckersfrau wäre misstrauisch geworden, wenn ich mehr gekauft hätte.«

Er fragte sich, ob sie mehr um ihren guten Ruf oder um seine Unversehrtheit besorgt war. Was ihn jedoch nicht davon abhielt, sich über das Brötchen und die Marmelade herzumachen.

»Ich bin stolz auf dich«, sagte Margarete.

Steffen blickte verwirrt.

»Ich bin stolz auf dich, dass du es ausgehalten hast, so friedlich neben mir zu liegen, trotz deiner aufgeregten Gedanken gestern Abend.«

»Ich hatte keine aufgeregten Gedanken.«

»Doch. Du hast es nur nicht gemerkt.«

Steffen versenkte den Blick in die Kaffeetasse, um Zeit zu gewinnen. »Warum willst du den Friedhof auflösen lassen?«

Margarete war nicht erschrocken, sie hatte wohl damit gerechnet, dass diese Frage kommen würde. Sie trank einen Schluck Tee und blickte aus dem Küchenfenster in den kleinen Garten. Er beobachtete sie aufmerksam, wie sie so dasaß, und mit einem Mal glaubte er, ganz versteckt in ihren Augenwinkeln, etwas glitzern zu sehen, was eine Träne sein mochte.

»Ich wusste, dass du mich irgendwann fragen würdest.« Sie blickte ihn mit ihren blauen Augen an, die dunkler waren, als er sie in Erinnerung hatte. »Ich wollte den Friedhof weghaben, damit du nicht wiederkommst.«

Vor Schreck fiel ihm das Messer auf den Teller. »Ich kann sofort gehen, wenn du mich nicht mehr magst.«

»Du verstehst mich nicht, Steffen. Ich mag dich sehr. Viel zu sehr. Deshalb wollte ich nicht, dass du wiederkommst. Es ist zu gefährlich für dich hier auf der Insel.«

Er verstand immer noch nicht. »Du kannst den Friedhof nicht auflösen lassen«, rief er empört, »dort liegen die Erinnerungen an deinen Verlobten.«

Margarete schlang ihre Arme um ihn. »Ich hätte meine Erinnerungen für dich geopfert. Aber jetzt ist es nicht mehr nötig. Weil du leider hier bist.«

Sie küssten sich mit ungewohnter Leidenschaft, Steffen konnte seine Finger nicht still halten. Schließlich löste sich Margarete von ihm und zog ihre Bluse glatt.

»Ich muss zum Amt. Du kannst hier bleiben, ich habe nichts dagegen. Vielleicht ist es hier sicherer als sonst wo auf der Insel.«

»Mal sehen.«

Steffen saß im dunklen Wohnzimmer und schnupperte Margaretes Duft hinterher, der mehr und mehr verflog. Ruhig nachdenken, sagte er sich, ganz kühl und wissenschaftlich an die Sache herangehen. Doch er war nicht ruhig. Wäre ich fast das Opfer eines Jagdunfalls geworden. Oder trachtet mir jemand nach dem Leben? Wer könnte das sein? Er kam zu keinem Ergebnis. Wenn ich hierbleibe, habe ich ein zusätzliches Problem: den verhinderten Liebhaber von Margarete. Und sie hat auch ein Problem. Eifersüchtige Männer sind sicherlich noch gefährlicher als Kaninchenjäger, die entziehen sich jeder Logik, sie sind unberechenbar.

Er machte sich noch einen Kaffee. Ich könnte von der Insel verschwinden, mit der Fähre abhauen und diese gefährlichen Leute einfach zurücklassen. Sollen sie doch in ihrem eigenen Saft schmoren. Nein, das geht nicht. Wenn ich die Mittagsfähre nehme, kommt mir Lilianne mit der anderen Fähre im Wattenmeer entgegen, und ich kann sie nicht warnen.

Mit festen Schritten stapfte er durchs Wohnzimmer, von der Tür zum Fenster und wieder zurück. Will ich überhaupt weg von hier, nur wegen eines blinden Kaninchenjägers? Vielleicht hat Lilianne recht. Abhauen bedeutet auch, die Arbeit im Institut hinzuschmeißen. Hübner wird sofort nach Ergebnissen fragen, tragfähigen, veröffentlichungswürdigen Ergebnissen. Aber die gibt es bislang kaum. Ich habe gerade mal Tabea Kirsch und einen Fischer aus Büsum, der nicht einmal ein Grab auf Amrum hat. Kapitän Gerdes wäre eine tolle Geschichte, er wäre das Sahnehäubchen der Forschungen, Hübner will doch immerzu Kapitäne haben. Doch bei Gerdes ist alles schwammig.

Steffen machte sich noch einen Kaffee, ungeachtet der Tatsache, dass sein Magen Ablehnung signalisierte. Dann schob er die Gardinen vorsichtig beiseite und blickte übellaunig in den strahlenden Sonnenschein. Auf der Straße war niemand zu sehen, die Luft schien rein. Ich muss mich unsichtbar machen, ich muss heute Nachmittag unbemerkt bis zur Fähre kommen und Lilianne abholen. Gemeinsam sind wir sicherer, es wird sich wohl niemand getrauen, zwei Menschen gleichzeitig zu erschießen.

Steffen schlenderte durch Süddorf wie ein Badegast, er wollte kein Aufsehen erregen. Doch am Ortsausgang rannte er über die Äcker, und verschwand schwer atmend im Nebeler Wald.

Am Kniepsand herrschte ausgelassene Urlaubsfröhlichkeit, die ihn willig aufnahm. Er suchte sich eine verlassene Sandburg, besserte den Schutzwall aus, legte sich flach auf den Rücken und beobachtete mit scharfem Blick die Umgebung. Von den Dünen konnte er hinter seinem Burgwall nicht gesehen werden, vom Wasser aus auch nicht. Das war beruhigend. Beruhigend war auch, dass sich niemand um ihn kümmerte – bis auf ein paar halbnackte Kinder, die sich lautstark über den vollständig angezogenen Mann in seiner Sandburg unterhielten. Steffen blaffte sie an, das machte ihnen Beine.

Er lag auf dem Rücken und blickte in den hohen, blauen Himmel. Die Sonne brannte gnadenlos und trieb ihm den Schweiß aus den Poren. Zwangspause, dachte er, ich habe Zwangspause, ich kann nichts tun, es ist noch zu früh, um Lilianne abzuholen. Das Gedankenkarussell begann wieder zu rotieren. Was ist eigentlich mit diesem Seemannsfriedhof los? Egal wen ich frage, ich bekomme immer nur Halbwahrheiten aufgetischt, oder Verdächtigungen, oder gar keine Antwort. Oder bilde ich mir das alles nur ein? Es wird Zeit, dass Lilianne kommt, vielleicht kann sie Licht ins Dunkel bringen.

Schließlich stand er auf, klopfte sich den Sand von der Kleidung und machte sich auf den Weg zur Fähre. Er war gerade auf der Höhe des Seemannsfriedhofs, als er die Friedhofspforte knarren hörte. Schnell drückte er sich in die Buschrosen. Kurz darauf stand der Postbote auf dem Weg, in der Hand einen Blumenstrauß.

»Guten Tag, Herr Bredhorst«, sagte Steffen.

Der Briefträger fuhr herum, sein Gesicht zeigte eine Mischung aus Bestürzung und Ärger. Schnell verbarg er die Blumen hinter dem Rücken.

Den werde ich mir vorknöpfen, dachte Steffen. »Der Friedhof scheint ein beliebtes Ausflugsziel der Inselbewohner zu sein.«

»Kein Ausflug, gar kein Ausflug.« Bredhorst räusperte sich. »Ich muss nachsehen, ob noch alles in Ordnung ist.«

»Wollten Sie nicht den Strauß auf dem Friedhof ablegen?«

Der Briefträger bekam rote Ohren. »So was Dummes, hab ich doch glatt vergessen.« Mit schnellen Schritten war er am Opferstock und ließ den Strauß dort fallen. Dann schwang er sich auf sein Fahrrad und trampelte mit quietschender Kette davon.

Steffen blickte ihm kopfschüttelnd nach. Wollte Bredhorst einer Frau mit einem geklauten Blumenstrauß imponieren? Vielleicht hat der Bestatter doch recht, dieser Briefträger ist hinter jedem Weiberrock her. Er nahm die Blumen und legte sie wieder dort ab, wo sie von Rechts wegen hingehörten: auf das Grab von Kapitän Gerdes – oder wer auch immer dort beerdigt war.

Die Fähre hatte gerade am Kai festgemacht, als Steffen den Anleger erreichte. Inselbewohner, die von einem Tagesausflug zurückkamen, schleppten schwere Einkaufstaschen von Bord, Vermieter wuchteten die Koffer ihrer Gäste ins Auto, der junge Mann vom Campingplatz stand mit einem Traktor an der Rampe und lud Koffer, Reisetaschen und Zeltsäcke einer lärmenden Schülergruppe auf den Anhänger.

Und dann war Lilianne da. Sie fegte wie ein Wirbelsturm über den Anleger und warf sich Steffen an den Hals. Er hatte erhebliche Mühe, einen sicheren Stand zu behalten. Während er ihren aufgeregten Wortschwall über sich ergehen ließ, schaute er sich verstohlen um, ob nicht vielleicht Margarete irgendwo stand und ihn beobachtete. Das war zwar nicht der Fall, doch der junge Mann vom Campingplatz guckte ihn stirnrunzelnd an.

»Puh«, stöhnte Lilianne, »mir ist vielleicht heiß. Lass uns irgendwo was trinken. Auf der Fähre gab es keine Getränke mehr, die hatten die Kinder schon weggekauft.«

»Wir gehen in die neue italienische Eisdiele. Ich lade dich ein.«

Sie fanden einen Tisch direkt am Fenster, Lilianne bestellte einen Eiskaffee, Steffen nahm eine Cassata. Er blickte sich aufmerksam um. Die meisten Gäste saßen draußen in der Sonne, ließen sich braten und sonderten ein Gemisch aus Schweiß und Sonnencreme ab. Hier im Raum können wir ungestört reden, dachte er beruhigt. »Wie war es in Berlin?«, fragte er der Höflichkeit wegen.

Lilianne erstattete Bericht. Sie referierte über ihre Seminare, bedachte die Professoren mit kritischen Bemerkungen und plauderte über ihre Kommilitonen. Steffen hörte kaum hin, er konnte sich nicht konzentrieren, die Anwesenheit von Lilianne machte ihn nachdenklich. Merkwürdig, wie viel Distanz wir haben, dachte er überrascht, ich zumindest, dabei haben wir in der Vergangenheit so viel Zeit miteinander verbracht. Ob Nähe nur durch Nähe entsteht? Oder durch ein gemeinsames Ziel? Doch mit Margarete habe ich kein gemeinsames Ziel, und trotzdem ist sie mir näher.

»Und bei dir?«, fragte Lilianne plötzlich. »Was hast du herausgefunden?«

Ja, was habe ich herausgefunden?, fragte sich Steffen. Er informierte sie über die polizeilichen Unterlagen Tabea Kirsch betreffend, über die beiden durch eine Explosion getöteten älteren Männer im Doppelgrab und über die Beerdigung von Kapitän Gerdes in Haren. Den Kaninchenjäger erwähnte er nicht. »Es wäre besser, wenn du nicht nach Amrum gekommen wärst«, sagte er schließlich.

»Was soll das denn nun wieder? Wir hatten eine Verabredung.«

Steffen druckste herum. »Die Leute sind so komisch hier. Irgendwie unfreundlich, vielleicht sogar gefährlich. Ich will nicht, dass du in Schwierigkeiten gerätst.«

»Wir werden doch nicht aufgeben. Jetzt, wo wir der Story so nahe sind.«

»Ich wünschte, du wärst nicht gekommen.«

»Steffen Stephan, spiel jetzt nicht den Ängstlichen! Ich bin hier, und wir klären den Fall gemeinsam auf. Das sind wir Professor Hübner schuldig.«

»Ich bin nicht ängstlich, Fräulein Feldmann, sondern vorsichtig.«

Angespanntes Schweigen im Raum. Steffen schaute zur Terrasse, auf der die Urlauber genüsslich ihr Eis löffelten. Lilianne nippte an ihrem Eiskaffee. Plötzlich verengten sich ihre Augen. »Ich glaube immer noch, dass im Grab von Kapitän Gerdes dieser frühere Polizist liegt.«

»Quatsch! Der ist es nicht. Das hatten wir doch ausgiebig diskutiert.«

»Was haben wir diskutiert?«

»Dass der Kniewitz noch vor einiger Zeit in Husum gesehen worden ist. Es hat ihn ja wohl keiner auf dem Festland umgebracht und hier verscharrt.«

»Wer hat ihn in Husum gesehen?«

»Weiß nicht.« Steffen grub in seinem Gehirn. »Irgendein Fischereigehilfe. Ich glaube, der heißt Claussen. Er hat so einen komischen Vornamen.«

»Eike Claussen?«

»Ja, genau der.«

»Den Eike kenne ich, mit dem habe ich als Kind in der Sandkiste gebuddelt. Der ist also jetzt Fischereigehilfe. Sehr ungewöhnlich.«

»Was ist daran ungewöhnlich auf einer Insel?«

»Der ist ein bisschen … wie soll ich sagen: Er ist etwas zurückgeblieben. Geistig, meine ich.«

»Wie kommen wir an den ran?«

»Kein Problem. Die Krabbenfischer liegen abends immer in Steenodde. Auf einem der Kutter muss er sein.«

Die Fischkutter hatten hintereinander am Kai festgemacht, etwas weiter entfernt lagen der Tonnenleger und der Seenotrettungskreuzer.

Steffen blickte sich ratlos um. »Wie machen wir es jetzt? Wir können doch nicht von Schiff zu Schiff gehen und nach Eike fragen.«

Lilianne stellte sich vor ihn, schlang ihre Arme unvermittelt – zumindest für ihn unvermittelt – um seinen Hals, ihre Hüften drückten sich gegen seine, in ihren Augen funkelten die gleichen Sterne wie damals bei ihrem gemeinsamen Wochenende in Hamburg. »Wir spielen Liebespaar. Das ist unauffällig. Schließlich ist es Sommer, es ist warm und wir sind auf einer Urlaubsinsel.«

»Spielen wir nur …?«, wollte Steffen fragen, doch er nicht kam nicht dazu, weil Lilianne ihn bereits küsste.

Aus Richtung der Kutter war das Schlagen einer Metalltür zu hören, kurz darauf kletterte ein junger Mann in Arbeitskleidung auf die Pier.

»Das ist er«, sagte Lilianne.

»Dann wollen wir mal!«

Eike Claussen schien müde zu sein. Er hielt den Kopf gesenkt und schlurfte den Weg entlang wie ein Schlafwandler. Die beiden überholten ihn mit zügigen Schritten, blieben dann stehen und bauten sich vor ihm auf.

»Ich möchte mit dir reden, Eike Claussen«, sagte Steffen.

Der junge Mann hob den Kopf. »Was is?«

»Du hast bei der Polizei zu Protokoll gegeben, dass du vor einem halben Jahr den früheren Polizisten Horst Kniewitz in Husum gesehen hast.«

Eike Claussen schaute nervös zwischen Steffen und Lilianne hin und her. »Sind Sie Polizist?«

»Was ist?«, fauchte Lilianne. »Hast du ihn gesehen oder nicht?«

»Ja, ja, ich hab ihn gesehn.«

»Was trug er?«

Eike blickte verständnislos.

»Was für eine Kleidung hatte er an?«, präzisierte Steffen.

»Weiß nicht.«

»Warum weißt du das nicht?«, fragte Lilianne empört. »Du hast ihn doch gesehen.«

Der junge Mann legte den Kopf schief. Er musterte Lilianne lange, schien sie jedoch nicht wiederzuerkennen.

»Wir können das auch anders machen«, sagte sie mit harter Stimme. »Wir zerren dich nach Wyk vors Gericht. Wenn du dann nicht redest, kommst du ins Gefängnis. In Beugehaft.«

Darüber musste der Fischereigehilfe erstmal nachdenken. Schließlich räusperte er sich. »Was haben Sie gefragt?«

»Welche Kleidung Horst Kniewitz trug.«

»Keine Ahnung.«

»Aber du hast ihn doch gesehen.«

»Schon, schon. Aber der stand ja nicht direkt vor mir.«

»Wie weit war er weg?«

Pause. »Vielleicht hundert Meter.«

Diese Aussage machte die beiden für einen Augenblick sprachlos. »Es war Markttag in Husum«, sagte Steffen mit einem warmen

Ton in der Stimme, »deshalb seid ihr doch hingefahren mit den Krabben. Und es waren viele Leute auf dem Markt.«

»Ja, so ungefähr.«

»Und später hast du gesagt, dass du zwischen all diesen Leuten auf hundert Meter Entfernung den Kniewitz gesehen hast?«

»Ich hab ihn gesehn!«, schrie der Fischereigehilfe. Er drehte sich weg, als wollte er in die andere Richtung davonstürmen, doch plötzlich wirbelte er herum und rammte ohne Vorwarnung seine Faust in Steffens Magen. Dem entwich pfeifend die Luft aus den Lungen. Ihm wurde schwarz vor Augen, dann klappte er zusammen.

Er kam wieder zu Bewusstsein, als sich Lilianne zu ihm hinunter beugte. »Alles in Ordnung?«

»Wo ist er?«, krächzte Steffen.

»Weggerannt.«

Er setzte sich auf und schüttelte benommen den Kopf. »Blöder Kerl!«

»Was hältst du von der Sache?«

»Eike lügt. Der hat den Kniewitz nie gesehen.«

»Können wir es beweisen?«

»Leider nein.«

Sie nahmen den Bus nach Nebel, während der ganzen Zeit sprach keiner ein Wort. Lilianne blickte nachdenklich aus dem Fenster, Steffen rieb sich über die Stelle, an der ihn Claussens Faustschlag getroffen hatte. Sie schmerzte immer noch.

»Ich muss zu meinem Vermieter«, sagte sie an der Haltestelle, »sonst glaubt er, ich hätte die Fähre nicht bekommen.«

»Wieso hast du ein Zimmer, wo doch alles besetzt ist?«

»Der Vermieter, bei dem ich immer übernachte, hatte auch kein Zimmer mehr frei. Aber ich kann auf einer Campingliege im Gartenhaus schlafen.« Sie sah ihm in die Augen. »Treffen wir uns heute noch einmal?«

Er antwortete nicht gleich. Es gab so vieles zu bedenken. Die fehlende Nähe machte ihm zu schaffen, trotz der Küsse an der Pier von Steenodde, er musste sich erst wieder an sie gewöhnen. Und dann war da Margarete. Sicherlich ging sie davon aus, dass er heute wieder zu ihr kommen würde – oder gar nicht erst weggegangen war. Doch vor allen Dingen musste er sich über etwas ganz anderes klar werden. Da war irgendetwas bei dem Gedanken an Kapitän Gerdes, das er nicht benennen konnte. Eine Beobachtung vielleicht, oder ein Gesprächsfetzen, etwas drängte an die Oberfläche. »Heute Abend geht nicht. Ich muss noch was erledigen.«

Lilianne zog erstaunt die Augenbrauen hoch.

Steffen sehnte sich nach Margarete, nach ihrem Geruch, ihrem Lächeln, dem Steppenbrand in ihren braunen Augen. Im Einkaufsladen in Nebel kaufte er aus alter Gewohnheit einen Apfel für das Pferd und schlenderte zum Kirchenbüro. Natürlich ist es gegen jede Vernunft, sagte er sich, doch ich will sie sehen. Wir könnten gemeinsam zu ihr nach Hause schlendern, händchenhaltend wie ein verliebtes Paar, und zuvor noch einen Umweg zur Pferdekoppel machen.

Hinter dem erleuchteten Fenster sah er Margarete am Schreibtisch lehnen, ihre Handtasche stand auf der Arbeitsplatte. Sie sprach mit jemandem auf der anderen Seite des Raums. Vorsicht, dachte Steffen, gleich kommt Pastor Markmann heraus und erwischt mich wieder. Doch da war nicht der Pastor im Vorzimmer, es war der Bestatter, dieser Gernot Klages, der gerade einen Schritt auf Margarete zuging.

Es schien Steffen, als würden die beiden kein freundliches Gespräch führen. Margarete gestikulierte heftig, dann schrie sie den Bestattungsunternehmer an. Steffen hätte zu gerne gewusst, um was es ging, doch kein Ton drang durch das geschlossene Fenster nach draußen. Immerhin schien es ihm nicht, als würde Margarete angegriffen werden und müsste sich verteidigen. Im Gegenteil, der Klages war offensichtlich bemüht, das Gespräch zu entkrampfen, jedenfalls machte er beruhigende Handbewegungen, und einmal fasste er Margarete an den Arm.

Steffen blickte aufmerksam die Straße hinauf und hinunter, ob jemand zuschaute, wie er die Vorgänge im Kirchenbüro beobachtete. Schließlich wandte er sich wieder dem Geschehen hinter dem Fenster zu. Der Streit schien beigelegt. Der Bestatter stand nun direkt vor Margarete, er hatte seine Hand auf ihre Schulter gelegt und lächelte sie an. Und Margarete? Die reckte sich hoch, lächelte ebenfalls – und drückte Klages einen Kuss auf die Wange.

Steffen fühlte eine heiße Welle des Zorns und der Eifersucht in sich hochsteigen. Doch er konnte seine Gefühle nicht ausleben, denn in diesem Augenblick öffnete sich die Tür des Kirchenamts.

»Es bleibt, wie verabredet«, rief Margarete dem Bestatter nach, der mit langen Schritten den Vorgarten durchquerte, »und wehe, du stehst nicht zu deinem Wort.«

Verbittert steuerte Steffen den Seemannsfriedhof an, er rannte fast. Als er ein Schnauben neben sich hörte, blieb er stehen und griff nach dem Apfel in der Tasche. Während der Braune die Frucht vorsichtig mit den Lippen nahm, durchlebte Steffen noch einmal die Situation vor dem Kirchenamt. Was ist das für ein Spiel, das Margarete mit mir spielt? Macht sie mit diesem ekligen Klages gemeinsame Sache? Wollen die beiden den Seemannsfriedhof auflösen, um daran zu verdienen? Immerhin würde die Exhumierung und Überführung der Leichen auf den regulären Friedhof eine Menge Geld bringen. Nur leider gab es da diesen Friedhofsforscher, der ärgerlicherweise das Geschäft zu verhindern suchte. Den konnte man natürlich ausschalten. Mit einer Kugel zum Beispiel.

Der Braune hatte den Apfel verdrückt und stand mit gespitzten Ohren vor Steffen. Der verzichtete darauf, den Hals des Pferdes zu tätscheln, wie er es bisher immer gemacht hatte. Er würde nie wieder einen Hals tätscheln, nie wieder irgendjemandem Vertrauen entgegenbringen, weder Mensch noch Tier.

»Dieses Leben ist beschissen«, sagte er zu dem Braunen. Das Pferd schnaubte und blickte Steffen aufmerksam nach.

39

Wieder einmal schlief Steffen schlecht. Er wurde häufig wach und horchte auf Geräusche vor dem Wohnwagen. Doch offensichtlich schlich niemand draußen herum und machte sich am Schloss zu schaffen. Trotzdem stand er mitten in der Nacht auf und gruppierte seine Kleidungsstücke und den Koffer zum Schutz um sich herum. Sandsäcke wären besser, dachte er. Die Alternative zu diesem unsicheren Nachtlager wäre gewesen, ungeschützt am Strand zu schlafen oder im Wald. Doch vor dem Wald mit seinen bedrohlichen Geräuschen fürchtete er sich. Außerdem, dachte er um sich selbst zu beruhigen, wird wohl niemand auf die Idee kommen, dass ich hier bin, sozusagen auf dem Präsentierteller.

Pünktlich um vier Uhr war es vorbei mit dem Gesundheitsschlaf, wenn es denn einer gewesen war. Er wälzte sich von einer Seite auf die andere, doch auch das nützte nichts. Schließlich setzte er sich auf. Der Satz des Kirchenarchivars war ihm wieder eingefallen: Sie sollten nicht zu tief graben, alles Leichen dort. Und hatte Bruno nicht auch von einem Toten gesprochen, der kurz am Strand aufgetaucht und dann wieder verschwunden war? Das ist es! Na klar, das war die gleiche Leiche, über die der Postbote nicht hatte reden wollen! Endlich wusste er, was zu tun war. Er durfte keine Minute unnütz verstreichen lassen.

Genau in dem Augenblick, als er den Dünengürtel erreichte, fiel der Schuss. Steffen schlug im Sand auf und rollte ein Stück zurück. Er lauschte, doch da waren nur sein gepresster Atem und der Wind, der durch die Dünen strich. Vorsichtig reckte er den Kopf. Es gab hier kein Versteck, kein Bohlenweg, kein Busch, nicht mal Strandhafer, hinter dem er sich niederkauern könnte. Das ist das Ende, dachte er resigniert, jetzt erwischt mich der Kaninchenjäger.

Wieder knallte es und wieder. Steffen wartete auf die Projektile, die sich in seinen Körper fraßen, auf die Schmerzwellen, die ihn in das tiefe, schwarze Loch der Bewusstlosigkeit reißen würden ... Doch nichts davon ereignete sich. Er blickte sich um. Nirgendwo spritzte Sand auf. Merkwürdiger Jäger, wenn der mich nicht erwischt, wie will er dann ein Kaninchen treffen?

Das schrille Kreischen eines Vogels riss ihn aus seinen Gedanken. Steffen sah die Möwe, die in der Luft taumelte und verzweifelt Höhe zu halten versuchte; eine Spur von Federn hinter sich herziehend. Plötzlich färbte sich das Federkleid des Vogels rot, dann fiel er wie ein Stein vom Himmel.

Keine Gefahr. Kein Kaninchenjäger, auch kein Menschenmörder. Er kam aus dem Sand hoch, rannte in gebückter Haltung bis zur letzten Düne und blickte zum Strand hinunter. Was er sah, verblüffte ihn derart, dass er sich erst einmal hinsetzen musste. Dort unten, in der Nähe seiner Strandholzhütte, stand Bruno auf schwankenden Beinen, in der einen Hand eine Pistole, in der anderen Hand eine Flasche.

»Ich kriege euch noch, ihr Mörder«, brüllte der Strandläufer, »mich erwischt ihr nicht, ihr elenden Gespenster.«

Er nahm einen tiefen Schluck aus der Flasche und fuchtelte mit der Pistole in der Luft herum. Doch es gab kein Ziel mehr: Die anderen Möwen hatten sich nach dem Verlust ihres Kameraden eilends in nördlichere Gefilde verzogen. Bruno blickte nachdenklich auf die Waffe, warf sie schließlich achtlos in seine Hütte. Er ließ sich am Strandholzstamm nieder, brabbelte eine Zeitlang vor sich hin, dann kippte sein Kopf zur Seite.

Steffen baute sich vor ihm auf und stemmte die Fäuste in die Hüften. »Bruno, du bist stinkbesoffen. Nein, noch schlimmer, du bist im Delirium.«

Der Strandgänger nahm den Kopf hoch, es dauerte eine Weile, bis er Steffen erkannte. »Was willsu hier?«, fragte er müde.

»Mit dir reden.«

»Keine Lust. Ich red nich mit jedem.«

»Das macht nichts. Erstmal rede ich.«

Bruno blickte aufs Meer und rülpste.

»Vor zwei Tagen ist auf mich geschossen worden.«

»War ich nich.«

»Woher hast du die Waffe?«

»Ist noch aus'm Krieg.« Es klang wie eine Ausrede.

»Ich dachte, du verachtest Waffen.«

»Ja, ich hasse sie! Aber manchmal können sie Leben retten.«

»Hast du sie deshalb rausgeholt?«

Bruno plierte nach der Flasche, doch die stand nicht mehr in Reichweite. Er winkte Steffen zu sich heran. »Es gibt bald mächtigen Ärger auf der Insel«, flüsterte er. »Ich spür das. Es laufen hier zu viele Männer mit Gewehren rum. Da muss man sich schützen.«

»Glaubst du, dass dich jemand umbringen will?«

Der Strandgänger lachte rau. »Is ziemlich wahrscheinlich. Ich weiß was, was keiner wissen darf. Aber zuerst werden sie den erschießen, der immerzu nach bestimmten Gräbern fragt.«

Jetzt war es Steffen, der nachdenklich über das Meer blickte. Hatte ihn sein Gefühl also doch nicht getrogen. »Was ist das, das keiner wissen darf?«

Bruno schien von Minute zu Minute nüchterner zu werden. »Aus mir bekommst du nichts raus«, sagte er mit fester Stimme.

»Wetten, dass du gleich redest?«

»Bestimmt nicht!«

»Unerlaubter Waffenbesitz bringt zwei Jahre Gefängnis.«

»Niemand kann beweisen, dass mir die Pistole gehört«, schrie der Strandgänger, »jeder weiß, dass ich Waffen verachte.«

Steffen trat ärgerlich gegen die Schnapsflasche. Er hatte keine Lust mehr auf dieses Geplänkel. Jetzt ging es ums Ganze: um sein Leben. »Hör gut zu, Bruno, und überlege dir ganz genau, was du sagst. Wenn du lügst, musst du die nächste Fähre nehmen und kannst nie wieder hierher zurückkommen.«

Bruno wollte widersprechen, doch der Ausdruck in Steffens Gesicht ließ ihn verstummen.

»Du hast vor einigen Jahren eine Wasserleiche am Strand gesehen. Die lag nur kurz hier, dann war sie wieder weg.«

Bruno blickte misstrauisch.

»War es Horst Kniewitz, der Inselpolizist?«

»Ich hab keine Leiche gesehen. Das hab ich dir doch schon gesagt.«

»Schade«, sagte Steffen mit einem Anflug von Traurigkeit, »ich hätte mir gewünscht, du könntest hierbleiben. Doch das geht jetzt nicht mehr.«

Bruno richtete sich ärgerlich auf. »Was quatschst du für einen Scheiß. Mich treibt hier keiner weg.«

»Der Bäckermeister wird dir den Hals umdrehen, wenn ich ihm erzähle, dass du morgens nicht nur die alten Brötchen abholst, sondern auch gleich noch seine Frau verführst. Und deinem Liebchen wird er in der Knetmaschine alle Knochen brechen.«

Der Strandgänger riss erschrocken die Augen auf, dann sackte er in sich zusammen. »Ja«, flüsterte er, »da lag eine Leiche. Es war der Kniewitz.«

»Wie sah er aus?«

»Tot natürlich. Ertrunken.«

»Ich meine: Hatte er eine Verletzung? Ein Einschussloch im Kopf, oder so?«

»Nö, der sah aus wie alle Ertrunkenen.«

»Wie lange ist das her?«

»Weiß nicht mehr.«

»Du kannst dich doch sicher noch daran erinnern, dass der Kniewitz plötzlich verschwunden war.«

»Ja.«

»Wie viele Tage später hast du ihn hier am Strand gefunden?«

Bruno dachte nach, es dauerte. »Es war nicht lange danach. Drei oder vier Tage vielleicht. Die Leiche sah noch ziemlich frisch aus.«

»Und was ist dann mit ihr geschehen?«

»Hab ich doch schon gesagt. Die war plötzlich weg.«

»Könnte sie auf dem Seemannsfriedhof begraben worden sein?«

»Keine Ahnung. Dazu kann ich nichts sagen. Das ist zu weit vom Strand weg. Selbst wenn sie dort mit einem Bagger graben würden, könnte ich es hier nicht hören.«

Steffen blickte sich um. Die Sonne schickte ihre ersten Strahlen über die Insel, doch noch war niemand am Strand. Nur die Möwen waren wieder da. Er schaute auf Bruno herunter, der jetzt wie ein Häufchen Unglück am Baumstamm lehnte.

»Das Gespräch bleibt unter uns, Bruno. Ich verpfeife dich nicht. Doch die Waffe solltest du schnellstens im Meer versenken. Sonst hängt dir noch jemand einen Polizistenmord an.«

40

Sie trafen sich in der Kirche, was, im Nachhinein betrachtet, eine gute Entscheidung gewesen war, denn über Nacht hatte eine Wetterfront die Insel mit feuchtem Grau überzogen, und außerdem bevölkerten Menschen den Platz vor der Kirche, die nicht wie Badegäste aussahen. Nicht, dass sie mit einem Gewehr über der Schulter herumliefen, doch ihre Aufmerksamkeit richtete sich nicht auf die Kapitänsteine. Sie schienen vielmehr auf etwas zu warten.

Steffen hatte das Gefühl, den einen oder anderen Mann schon einmal gesehen zu haben – was nicht ungewöhnlich war auf einer Insel. Er machte einen großen Bogen um die Kirche, kam von der Wattseite, schlich am Mauerwerk entlang, entdeckte die Nische mit der niedrigen Tür, vielleicht der Eingang für den Küster. Er drückte den Griff herunter, die Tür schwang auf. Schnell huschte er in das Halbdunkel des Kirchenschiffs.

»Ich habe auf dich gewartet«, sagte eine Stimme hinter ihm.

Steffens Herzschlag setzte für ein paar Sekunden aus, er musste sich an einer Kirchenbank festhalten. »Mein Gott, Lilianne, lass diese Scherze.«

»Sei doch nicht so schreckhaft, Steffen.«

Er schritt das Kircheninnere ab, schaute in jeden Winkel, kletterte sogar zur Empore hinauf.

»Suchst du etwas, Steffen?«

Er antwortete nicht.

Sie nahmen auf einer der Kirchenbänke Platz, er erzählte von seinem Gespräch mit Bruno. »Wir müssen abhauen, Lilianne. Wir müssen die Insel mit der nächsten Fähre verlassen.«

»Bist du verrückt! Wir waren der Wahrheit noch nie so nahe wie jetzt. Soll alles umsonst gewesen sein?«

»Die Wahrheit nützt uns nichts, wenn wir tot sind.«

»So schlimm wird es schon nicht werden.«

Steffen blickte seine Praktikantin nachdenklich an. Eigentlich wollte er es nicht erzählen, er wollte sie nicht beunruhigen, doch jetzt konnte er nicht mehr schweigen. »Man hat auf mich geschossen.«

Lilianne riss die Augen auf. »Eben gerade?«

»Vorgestern. Der Täter wird es bestimmt noch einmal versuchen. Weil ich weiß, dass der Kniewitz tot ist.«

»Ich weiß es jetzt auch.«

»Dann geht es uns beiden an den Kragen.«

Lilianne drückte sich an ihn, als suche sie seine Wärme. Ihr Selbstbewusstsein war verschwunden, in ihren aufgerissenen Augen sah er Todesangst. Oder war es seine Angst, die sich in ihren Augen spiegelte? Du musst ein Held sein, du musst sie beschützen, sagte er sich. Doch wie er ein Held sein sollte, so völlig unbewaffnet, wusste er nicht.

Er drückte ihre Hand. »Ich dachte, du bist mutiger. Du gibst dich immer so forsch.«

»Wie kann man als einzelne Frau mutig sein zwischen all diesen gewaltbereiten Männern?«

»Seit Wochen reden wir über den Tod«, sagte Steffen nachdenklich, »er müsste inzwischen zur Normalität für uns geworden sein.«

»Es macht schon einen Unterschied, ob man über den Tod anderer Leute redet oder den eigenen vor Augen hat.«

Da musste er ihr Recht geben.

Sie saßen schweigend nebeneinander und blickten in Richtung Altar. Steffen schickte einen dringenden Hilferuf zum Kreuz, doch von dort kam keine Antwort. Gott war nicht anwesend, er stand draußen und hielt die Feinde in Schach. Die Stille im Kircheninneren, fernab der Gefahren des Lebens, wirkte beruhigend. Ich will hier bleiben, dachte Steffen. Ich will so lange hier sitzen, im Schutze dieser Mauern, bis die Männer dort draußen an Altersschwäche gestorben oder ihre Gewehre verrostet sind.

»Möglicherweise hat jemand ohne Absicht auf dich geschossen.«

»Na, ich weiß nicht.« Steffen blickte aufmerksam zum Eingang. War da ein Geräusch? »Man ballert nicht einfach so in der Gegend herum. Er wird es auf jeden Fall noch einmal versuchen, jetzt, wo er noch mehr Gründe hat als zuvor.«

»Meinst du wegen Eike Claussen?«

»Der wird sicherlich herumerzählen, dass wir nach dem Kniewitz suchen. Was würdest du als Mörder machen, wenn plötzlich Leute auftauchen, die sich für dein Opfer interessieren? Die auf dem Friedhof herumsuchen und die Kontakt zu einem Strandläufer haben, der die Leiche am Strand gesehen hat.«

Liliannes Augen verengten sich zu Schlitzen. »Vielleicht würde ich diese Leute beseitigen.«

»Die Frage ist, wer den Kniewitz umgebracht hat.«

»Vielleicht waren es die Strandräuber?«

»Lohnt sich ein Mord für einen Stapel Bretter?«

»Oder es gibt jemanden, der dieses Ekelpaket nicht leiden konnte.«

»Wenn alle Menschen umgebracht würden, die unbeliebt sind, wäre die Welt ziemlich entvölkert.«

»Vielleicht gibt es da eine alte Rechnung aus der Zeit des Kriegs. Er soll ja ein ziemlich scharfer Hund gewesen sein.«

»Ein Mord nach zwanzig Jahren erscheint mir ziemlich unwahrscheinlich.«

Sie verabredeten, sich beim Leuchtturm zu treffen und mit der Mittagsfähre von der Insel zu flüchten.

»Es könnte gefährlich werden bis dahin«, gab Steffen zu bedenken, »vielleicht sollten wir uns lieber gleich im Wald verstecken.«

»Ich muss meine Sachen packen. Fachbücher und Seminarunterlagen. Die kann ich nicht zurücklassen.«

»Ich habe auch noch Aufzeichnungen im Wohnwagen.«

Sie schlichen zur Küstertür und öffneten sie einen winzigen Spalt. Es war kein Wetter, um am Strand zu liegen, die Inselgäste ergingen sich in der Stadt und drängten sich auf dem Kirchplatz. Über allem hingen drohend die Wolken, es roch nach Regen, eine kalte Böe fegte über das Friedhofsgelände und rüttelte an den Fensterklappen des Kirchturms. Steffen blickte sich aufmerksam um. Niemand stand mit einem Gewehr im Anschlag und zielte auf ihn.

»Ich verschwinde in Richtung Watt«, flüsterte Lilianne, »ich kenne ein paar Schleichwege.«

»Pass gut auf dich auf.«

Sie drückte ihm einen langen Kuss auf die Lippen. Ein Abschiedskuss?

Steffen wartete, bis sie hinter den Büschen und Knicks verschwunden war. Dann mischte er sich unter die Leute und passte seinen Schritt deren schlendernder Gangart an. Er ließ sich treiben, äußerlich gelassen, innerlich jedoch völlig verkrampft. Von Zeit zu Zeit blickte er sich im Gewühl der Menschen um, doch da waren keine Männer, die sich heranzudrängen versuchten, um ihm ein Messer in die Rippen zu stoßen.

Als er in eine Seitengasse einbiegen wollte, hörte er in der Menge hinter sich eine tiefe, schleppende Stimme. Die hatte er schon mal gehört. Auf der Fähre? In der Kneipe? Wo auch immer, er wusste intuitiv, dass diese Stimme Gefahr bedeutete. Schnell betrat er den Einkaufsladen und stellte sich hinter das Obstregal. Die wortkarge Verkäuferin blickte misstrauisch zu ihm herüber. »Was wollen Sie?«

»Einen Apfel.«

Kurz darauf war Steffen bei der Windmühle. Er schaute sich um. Anscheinend war ihm niemand gefolgt, nur auf einem Findling saß jemand und studierte die Inselkarte. Der Mann blickte kurz hoch, stand dann auf und ging die Straße hinunter. Steffen öffnete, einer alten Gewohnheit folgend, die Pforte zum Seemannsfriedhof. Die quietschte gequält, wie immer. Im gleichen Augenblick fiel ihm ein, dass es keinen Grund mehr gab, die Gräber zu besuchen. Aber er hatte noch den Apfel in der Tasche.

Der Braune trabte heran, wieherte erfreut und reckte den Kopf vor. Seine Lippen tasteten nach der Frucht. Steffen spürte Haare über seine Finger streichen, Speichel tropfte ihm auf die Hand, dann war der Apfel zwischen den Zähnen zermahlen.

Auf der Straße knatterte ein VW heran. Bremsen quietschten, kurz darauf klappten Autotüren. Der Braune stellte die Ohren hoch, weitete die Nüstern und scharrte unruhig mit dem Huf. Auch Steffen horchte. Bei den Büschen hörte er gedämpfte Stimmen. Sofort schoss die Angst in ihm hoch. Sein Mund wurde trocken, sein Blick verengte sich. Wer flüsterte da? Sicherlich, man dämpfte seine Stimme, wenn man einen Friedhof betrat, aber die Männer waren gar nicht auf dem Friedhof, sie standen draußen an der Buschrosenhecke. Ob es die gleiche Gruppe wie vor der Kirche war? Ob sie es auf ihn abgesehen hatten? Natürlich, auf wen sonst. Er blickte sich gehetzt um. Da war der Friedhof, umgeben von der mächtigen Hecke, ansonsten freie Felder und Wiesen bis hin zum Wald. Steffen fühlte Schweiß auf der Stirn, trotz der kühlen Witterung. Sie waren in der Überzahl, er war diesen blutrünstigen, gewaltbereiten, schwerbewaffneten Männern hilflos ausgeliefert.

Doch es gab noch eine winzige Chance: Er konnte über die Felder zum Wald rennen. Vielleicht war er schneller als sie, Angst soll ja Flügel verleihen.

»Renn los!«, drängte sein Gefühl.

Doch er rannte nicht. Sein Verstand sagte ihm, dass Flucht keine Rettung war. Auf der gesamten Strecke gab es keinen Sichtschutz. Er würde wie eine Pappfigur beim Schießstand auf der Kirmes abgeknallt werden, genüsslich über Kimme und Korn anvisiert. Doch das hier waren keine Luftgewehre, hier würden sich schwere Geschosse in seine Eingeweide fressen. Oder, wenn er Glück hätte, sein Herz treffen. Dann wäre er wenigstens sofort tot.

Steffens Blick fiel auf das Pferd, das mit geblähten Nüstern und aufgestellten Ohren in Richtung Friedhof witterte und unruhig tänzelte. Plötzlich erkannte er noch eine weitere Möglichkeit, er musste sich nur schnell genug entscheiden. Vielleicht konnte er sich zwischen den Zaunlatten hindurch auf die Pferdekoppel zwängen und sich in den Büschen hinter dem Friedhof verstecken – wenn das große Pferd es zuließ.

Schritte auf dem gekiesten Weg, nun war kein Abwägen mehr möglich. Hastig quetschte sich Steffen durch den Zaun. Auf der anderen Seite zwang er sich, ruhigen Schrittes über die Koppel zu gehen, obwohl jede Faser seines Körpers Flucht signalisierte.

Der Braune schien nicht einverstanden zu sein mit dem, was da geschah. Er warf den Kopf hoch, trabte heran und baute sich vor Steffen auf. Es erschien ihm, als würde das Pferd ärgerlich schnauben. Keine Angst zeigen, dachte er, Angstschweiß macht Tiere angriffslustig, jedenfalls ist es bei Hunden so. Traf das auch auf Pferde zu? Er wich zur Hecke hin aus. Der Braune sah ihm mit geblähten Nüstern nach.

Welcher Tod ist leichter, schoss es Steffen durch den Kopf? Von einem Pferd zertrampelt oder von Männern bewusstlos geschlagen und in einem Priel ertränkt zu werden? Er kam zu keinem Ergebnis. Hastig suchte er in seinen Taschen nach etwas, mit dem er sich gegen den Braunen wehren konnte. Sofern man sich überhaupt gegen ein Pferd wehren kann. Er fand nichts außer einige Stücke Kandiszucker, die er in der Teestube eingesteckt hatte, weil er sie so gerne mochte.

Auf der anderen Seite der Hecke riefen sich die Männer etwas zu, das Steffen nicht verstehen konnte, weil er sich auf das nervöse Pferd konzentrieren musste. Er hielt dem Braunen die Zuckerstückchen mit weit ausgestrecktem Arm hin. »Nun nimm schon. Nimm endlich! Ich hab's eilig«, flüsterte er.

Hinter sich, auf der anderen Seite der Buschrosenhecke hörte er das Quietschen der Pforte, dann wieder die Stimmen der Männer.

Das Pferd ließ sich Zeit. Es schnupperte an Steffens Hand, beobachtete ihn mit großen Augen, schnupperte wieder, nahm dann die Zuckerstückchen und zermahlte sie lautstark.

»Das gibt's doch nicht«, rief eine aufgeregte, helle Stimme. »Er ist weg!«

»Kann nicht sein«, sagte eine andere Stimme. »Ich habe gesehen, wie er zum Friedhof gegangen ist. Und ich habe die Pforte gehört. Er muss hier irgendwo sein.«

»Ruhig, Männer«, sagte eine tiefe Stimme. »Wir kriegen ihn schon noch. Sucht unter der Hecke.«

Schon wieder diese Stimme, dachte Steffen. Wo habe ich die gehört? Anscheinend arbeitete das Gehirn schneller und genauer in Krisensituationen, denn plötzlich konnte er die Stimme einordnen. Er hatte sie in der Dunkelheit in den Dünen gehört. Und dann noch einmal, als auf ihn geschossen wurde: Es war die Stimme des Kaninchenjägers. Doch wer war der Mann hinter dieser Stimme?

»Vielleicht ist er nach draußen gekrochen«, sagte die aufgeregte Stimme.

»Durch diese Hecke kriecht keiner. Da kommt niemand durch.«

Steffen ging rückwärts und ließ das Pferd nicht aus den Augen. Plötzlich stieß ihn etwas in den Rücken: die stacheligen Zweige der Buschrosenhecke. Blitzschnell ließ er sich zu Boden fallen und rollte sich unter die überhängenden Äste. Dornen stachen in seine Arme und in den Nacken, doch das war jetzt nebensächlich. Viel bedrohlicher war das Rascheln auf der anderen Seite, wo die Männer herumsuchten. Er lag zwar zwei Armlängen von ihnen entfernt, doch auf Dauer konnte das kein sicheres Versteck sein. Immerhin hatte ihn das Pferd akzeptiert, wenigstens ein kleiner Erfolg.

Noch könnte ich aufspringen und wegrennen, schoss es ihm durch den Kopf. Doch schnell verwarf er den Gedanken. Bestimmt suchten nicht alle Männer auf dem Friedhofsareal, wahrscheinlich standen welche draußen und sicherten das Gelände. Dann würde er ihnen direkt in die Arme laufen. Außerdem war es einfacher, nur hier zu liegen und nichts zu tun, keine Entscheidung zu treffen, auch wenn das Nichtstun den Tod bedeuten konnte.

Mit einem Mal war Ruhe. Die Männer schwiegen, da war auch kein Rascheln unter den Büchen mehr. Steffen lauschte angespannt. Die Pforte quietschte wieder, die Männer schienen sich auf dem Weg zu versammeln.

»Er hat sich aufgelöst«, sagte der mit der hellen Stimme, »da ist Zauberei im Spiel.«

»Quatsch!«, brummte die dunkle Stimme. »Wir suchen die Umgebung ab. Ihr drei geht rechts herum, wir nach links. Er muss irgendwo in der Nähe sein. Und denkt immer daran: Er darf uns nicht entwischen. Wenn er es bis zur Fähre schafft, haben wir ein dickes Problem.«

Schritte auf dem Kies. Sie kamen näher, verstummten dann vor der Koppel. Steffen schloss die Augen. Eine Zeitlang geschah nichts, nur das Anreißen eines Streichholzes war zu hören. Auf der anderen Seite der Koppel vernahm Steffen die Stimmen der Männer, die den Friedhof umrundet hatten.

»Hier ist er nicht. Der Teufel weiß, wie er es geschafft hat, aber er ist abgehauen.«

»Bei uns ist er auch nicht. Vielleicht liegt er hier irgendwo im Gebüsch.«

»Das glaube ich nicht«, sagte einer der Männer an der Koppel. »Ich kann mir nicht vorstellen, dass sich ein Stadtmensch zu dem Hengst auf die Wiese traut. Der ist hinterhältig, der ist mit Vorsicht zu genießen.«

»Erzähl mir was von Pferden«, sagte der mit der dunklen Stimme. »Ich kenn mich aus mit schwierigen Gäulen. Den bekomme ich in einer Minute handzahm.«

»Wenn du so ein toller Typ bist, dann versuch's doch mal.«

Hoffentlich traut er sich nicht, dachte Steffen erschrocken. Der braucht doch nur unter die Büsche zu schauen, dann hat er mich. Wer mich hier erschießt, kann mich einfach liegen lassen und abwarten, bis die Ratten und die Ameisen meine Knochen abgenagt haben. Er hob den Kopf und spähte durch das Dornengestrüpp. Jetzt sah er den bulligen, untersetzten Mann mit der dunklen Stimme, der offenbar der Anführer der Gruppe war. Er hatte ihn schon mal gesehen, es war der Kneipenwirt. Dieser Typ, der ihn und Lilianne nicht bedienen wollte. Jetzt war es ihm klar, warum er die Stimme nicht mit der Person in Verbindung bringen konnte, denn der Wirt hatte damals das Bier mit verbissenem Schweigen gezapft.

Inzwischen hatte der Wirt ein Bein zwischen die Latten gestreckt und mühte sich nun ab, seinen Körper hinterherzuzwängen. Das

Pferd stand auf der Weide, hatte den Kopf gesenkt, die Ohren angelegt und schlug mit dem Schweif.

»Ich würde da nicht reingehen«, rief einer der Männer von der anderen Seite der Koppel.

Der Wirt kümmerte sich nicht darum. Er stand jetzt auf der Koppel, reckte das Kinn vor und starrte den Braunen an. Als der sich nicht bewegte, nahm er eine Pistole aus der Tasche und ging zielstrebig auf die Hecke zu.

Steffen versuchte, noch weiter ins Gebüsch hineinzukriechen und sich unsichtbar zu machen, doch das ging nicht, da er bereits an die Stämme gepresst lag. In seinen Händen und auch im Nacken steckten Dutzende kleiner, abgebrochener Dornen, um deren Einstichstellen sich Tröpfchen von Blut bildeten, die sich warm und klebrig anfühlten. Wie Jesus, dachte er in einem Anflug von Sarkasmus, blutend mit der Dornenkrone und auch bald tot, so wie er. Doch ich werde den Menschen kein Heil bringen.

Der Mann kam näher. Steffens Blick blieb an dem metall-glänzenden Pistolenlauf hängen, der suchend über das Gebüsch strich. Er wünschte sich, nicht im Gesicht getroffen zu werden. Er wollte eine schöne Leiche abgeben, wenn Lilianne oder Margarete oder Sylvia vor ihm knieten und ihm über die eiskalte Stirn strichen.

Plötzlich vibrierte der Boden. Das Pferd fegte im wilden Galopp heran. Der Mann drehte sich erschrocken um. Er wollte die Waffe heben, doch da hatte sich der Braune bereits auf die Hinterbeine gestellt und schlug wiehernd mit den Vorderhufen. Der Wirt wich zurück, streckte abwehrend die Hände von sich, die Pistole fiel zu Boden.

Der Braune galoppierte davon, wendete auf der Hinterhand und kam erneut auf den Mann zu. Erde spritzte auf, als der Hengst mit trommelnden Hufen und wehender Mähne auf den Eindringling zuschoss, den Hals vorgestreckt, die großen Zähne entblößt. Der Wirt hatte sich gerade gebückt, um die Pistole aufzuheben, doch jetzt prallte er erschrocken zurück und suchte sein Heil in der

Flucht. Er schaffte es bis zum Lattenzaun, wo er sich mit Hilfe seiner Kumpane in letzter Sekunde hindurchzwängte.

Die Pistole war irgendwo auf der Koppel verschwunden. Wahrscheinlich war das Pferd darüber galoppiert und hatte sie in den Boden gedrückt. Schade, dachte Steffen, die hätte ich gut gebrauchen können.

Die Männer hasteten am Friedhof vorbei, kurz darauf hörte Steffen das Knattern des VWs. Er wartete noch einige Zeit, dann robbte er unter den Büschen hervor. Den Mördern war er entkommen, doch da war der Braune, vor dem Steffen immer noch großen Respekt hatte. Doch das Pferd nahm keine Notiz von ihm, es trabte entspannt über die Koppel.

»Danke«, rief Steffen, während er sich davonschlich. »Wenn ich lebend von dieser Insel komme, spendiere ich dir eine ganze Steige Äpfel.«

Im Kiefernwald lehnte er sich an einen Baum und wartete, bis das Zittern in den Beinen und das Vibrieren der Magenwände nachließen. Dann sah er sich aufmerksam um. Der Wald erschien ihm mit einem Mal nicht besonders sicher. Er war zu schmal, eigentlich nur ein lang gezogener Streifen. Auf jeden Fall war er wegen der Nadelbäume, die im unteren Bereich kaum Sichtschutz boten, gut einzusehen. Angespannt schlich er nach Süden, Augen und Ohren in Alarmbereitschaft. Als er Stimmen zwischen den Bäumen hörte, warf er sich zu Boden. Kurz darauf radelte eine Familie an ihm vorbei.

Am Ende des Waldes breiteten sich die Dünen vor Steffen aus, abgesperrt durch einen Stacheldrahtzaun, dahinter sah er kleine Zelte und nackte Menschen. Aha, der Nudisten-Campingplatz. Er kroch vorsichtig unter den Drähten hindurch und entledigte sich langsam und umständlich seiner Kleidung. An einem Wasserhahn wusch er sich das angetrocknete Blut von Händen und Nacken, dann blickte er an sich herunter. Du meine Güte, wenn mich meine Mutter so sehen könnte, die würde mich sofort enterben. Andererseits, nackt werden mich meine Verfolger sicherlich nicht wiedererkennen, diese Verkleidung, oder besser gesagt Entkleidung, verändert den Menschen vollständig. Umständlich drapierte er sein Unterhemd über Kopf und Schultern, weniger wegen der verhaltenen Sonneneinstrahlung, vielmehr um sich nicht ganz unbekleidet zu fühlen.

Schließlich legte er sich zwischen den Dünen in den Sand und beobachtete durch halbgeschlossene Lider die Menschen um sich herum. Merkwürdigerweise bewegten sich die Männer und Frauen ganz normal, sie grüßten freundlich und redeten miteinander, ganz so, als hätten sie Kleider an. Merkwürdiges Völkchen. Ob Lilianne auch so nackt herumlaufen würde? Und Margarete? Lilianne hätte sicherlich kein Problem damit, Margarete jedoch konnte er sich hier überhaupt nicht vorstellen, keinesfalls.

Als die Sonne die letzten Wolken vertrieben hatte und heiß auf die Insel herunterbrannte, ängstigte sich Steffen wegen eines Sonnenbrands auf dem Po. Doch wenn er sich umdrehen würde, wären andere edle Körperteile der Sonne ausgesetzt, und außerdem wäre ihm das peinlich. Er deckte sein Unterhemd auf die gefährdete Stelle und konzentrierte sich auf das Wesentliche. Er musste zum Wohnwagen und seine Sachen zusammenraffen, dann bezahlen und zum Leuchtturm, um mit Lilianne die Fähre zum Festland zu nehmen. Doch sollte er überhaupt noch zum Wohnwagen? Dort lauerte doch dieser merkwürdige junge Mann. Nein, das war falsch gedacht. Der wartete nicht alleine, da waren auch noch Männer mit Gewehren, die wussten, dass er vorbeikommen würde. Also nicht zum Wohnwagen und nicht bezahlen. Nannte man das Zechprellerei? Oder eher Übernachtungsprellerei? Auf jeden Fall war es Betrug.

Es war Zeit zu gehen. Er verließ den Nudisten-Campingplatz wie er gekommen war – unter dem Zaun hindurch. Bis zum Leuchtturm waren es nur ein paar Schritte, niemand bemerkte ihn. Das ist erstmal geschafft, dachte er erleichtert. Und doch war er nicht zufrieden. Der Leuchtturm lag ein Stück von der Straße entfernt, Steffen konnte die Bewegungen des Feindes nicht verfolgen. Er nahm sich ein Herz und pirschte an eine stachelige Hecke heran, über die hinweg er auf die Straße blicken und alles beobachten konnte.

Lange Zeit tat sich nichts. Ein Auto mit Hamburger Kennzeichen fuhr vorbei, ein paar Radfahrer, allesamt Badegäste. Um sich zu beschäftigen, versuchte er, sich einige der abgebrochenen Stacheln aus dem Nacken zu ziehen, allerdings mit geringem Erfolg. Es schmerzte mehr als zuvor und er hatte wieder Blut an den Händen.

Zwei Angler kamen auf Fahrrädern die Straße von Süddorf herunter. Jedenfalls sahen sie aus wie Angler, denn sie trugen lange, grüne Futterale über den Schultern, in denen man üblicherweise Angelruten transportiert. Doch irgendwie schienen diese Angeln recht kurz zu sein, der obere Teil des Futterals schlenkerte haltlos hin und her. Keine Angeln, schoss es Steffen durch den Kopf – Gewehre! Hatte er die beiden, einen kräftigen und einen kleinen, dünnen Mann, schon einmal irgendwo auf der Insel gesehen? Er konnte sich nicht erinnern.

Der Kräftige bremste, der andere fuhr fast in ihn hinein.

»Was soll das?«, schimpfte der Dünne. »Wir müssen weiter. Zur Telefonzelle.«

»Ich muss mal pinkeln.« Der Kräftige lehnte das Fahrrad an einen Baum, stellte das Futteral mit dem Gewehr daneben und kam auf die Hecke zu. Steffen ging in die Hocke und zwängte sich zwischen die Zweige, immer bemüht, kein Geräusch zu machen. Schon wieder Dornen. Auf der anderen Seite der Hecke, nur eine Armlänge von ihm entfernt, hörte er den Urin rauschen.

Auf der Straße knatterte aus Richtung Wittdün ein VW heran. Er hielt vor dem Mann auf dem Fahrrad, die Scheibe wurde heruntergekurbelt. »Ihr könnt hierbleiben«, sagte eine Stimme, »die Stelle ist strategisch gut. Wenn er zum Campingplatz will, muss er bei euch vorbeikommen.«

»Vielleicht versucht er, über den Strand zu entkommen«, sagte der Dünne.

»Dann haben wir ihn. Dort stehen Nils und Fred.«

Der Kräftige ging zur Straße und knöpfte sich im Gehen die Hose zu. »An seiner Stelle würde ich versuchen, die Polizeistelle in Norddorf zu erreichen.«

Aus dem Auto klang ein überhebliches Lachen. »Das wird ihm nichts nützen. Der Polizist ist nicht da. Wir haben Eschels unter einem Vorwand nach Föhr gelockt.«

Steffen brach der Angstschweiß aus. Er war umzingelt, und die Typen sahen nicht so aus, als wollten sie ihn zu einer Tasse Kaffee einladen. Hoffentlich war Lilianne so schlau, direkt zur Fähre zu gehen, statt sich hier mit ihm zu treffen.

»Und was ist mit dem Mädel, dieser Rothaarigen?«, fragte der Dünne in den Wagen hinein.

»Rolf und Sven haben sie sicherlich geschnappt, bevor sie Piep sagen konnte. Frauen sind in schwierigen Situationen immer so hilflos.«

Steffen schnappte nach Luft und richtete sich erschrocken auf. Was werden die Mörder mit ihr machen? Sie foltern, vergewaltigen und dann ins Meer werfen? Er musste ihr helfen. Unbedingt! Aber wie?

In diesem Augenblick traf ihn das Geschoss. Es tat nicht übermäßig weh, was ihn erstaunte. Er fiel erst auf die Knie, dann nach vorn. Oder hatte er sich nach vorn fallen lassen? Er lag ausgesteckt hinter der Hecke und wartete auf den nächsten Einschlag. Nichts geschah. Schließlich hob er den Kopf und sondierte die Lage. Die Männer konnten es nicht gewesen sein, dic standen immer noch an der Straße und schwatzten. Steffen blickte sich um. Hinter ihm, am Maschinenhaus des Leuchtturms, stand Lilianne. Sie holte gerade aus, um einen weiteren Kiesel in seine Richtung zu werfen. Im Schutz des Busches robbte auf sie zu. »Hat es weh getan?«, fragte sie schuldbewusst.

Er drückte sie wortlos an sich. Sie kam ihm kleiner vor, irgendwie in sich zusammengesunken, wie sie dastand mit ihrer Reisetasche und den großen, erschreckten Augen. Von der selbstbewussten jungen Frau der letzten Wochen war nichts mehr zu spüren. Doch wie konnte sie selbstbewusst sein, wenn ihr die Mordbuben auf den Fersen waren, eine zu allem entschlossene Meute, gegen die sie als Frau nie eine Chance hätte?

Lilianne rieb sich die Arme, als wäre ihr kalt. »Da waren Männer«, flüsterte sie, »die haben mich verfolgt. Als mein Vermieter weg war, kamen zwei von denen durch die Küchentür ins Haus. Sie haben mich aber nicht gefunden. Sie wussten nicht, dass ich im Gartenhaus wohne.«

»Waren sie bewaffnet?«

»Ja. Einer hatte ein Gewehr. Und der andere, ein dicker, bärtiger, hatte eine Pistole.«

»Bruno?«

»Weiß nicht. Bruno kenn ich nicht.«

Steffen blickte vorsichtig um die Hausecke. Die Männer standen am Auto und rauchten. Einer machte eine weitläufige Geste zum Leuchtturm und zum Strand, der andere nickte.

»Wie hast du es hierher geschafft?«

»Ich kenne mich hier immer noch ganz gut aus. Als Kind bin ich überall rumgekrochen.« Sie hielt ihm ihre zerkratzten Unterarme entgegen. »Allerdings bin ich inzwischen größer geworden, oder die Büsche dichter.«

Steffen zeigte seine blutigen Arme. »Es liegt an den Büschen.« In diesem Augenblick hörten sie den VW anfahren. Steffen ging in die Knie und plierte um die Ecke. Die beiden Angler schulterten ihre Gewehre und gingen auf den Busch zu, hinter dem er sich gerade noch versteckt hatte. »Wir müssen weg«, flüsterte er hastig.

»Ich kenne einen Schleichweg nach Wittdün. Wenn es den noch gibt.«

Es gab ihn noch, es war der Pfad, den Steffen kurz zuvor gegangen war. Als sie an den Stacheldrahtzaun kamen, blieb Lilianne verblüfft stehen. »Mist! Der war früher nicht da.«

»Das ist der Nudisten-Campingplatz. Da können wir durch. Wir müssen uns aber ausziehen, die Leute sehen es nicht gern, wenn jemand in Kleidern zwischen ihnen herumläuft.«

»Mich stört das nicht. Aber du musst vor mir gehen.«

Steffen runzelte die Stirn, Lilianne zeigte ein schüchternes Lächeln. »Ich will nicht, dass du vor Aufregung über eine Zeltschnur stolperst.«

»Zurzeit hab ich andere Probleme, als eine nackte Praktikantin zu begaffen«, schimpfte er leise, während er sich auszog.

Sie schien ein ausgezeichnetes Gehör zu haben. »Bin ich dir zu hässlich?«

Er wusste, dass es eine Falle war, doch er stolperte sehenden Auges hinein, wie wohl alle Männer zu allen Zeiten bei dieser Frage. Sie war makellos, wie sie so vor ihm stand mit ihren flammendroten Haaren, ihrem schlanken Körper, der weißen Haut, dem flachen Bauch und den kleinen, festen Brüsten. Wie eine griechische Göttin, dachte er, abgesehen von dem spöttischen Lächeln und der Reisetasche. »Nein, nicht hässlich. Eher zu schön um wahr zu sein.« Schnell drehte er sich um, bevor sie sah, dass ihn ihr Anblick nicht kalt ließ.

Schließlich erreichten sie das Ende des Campingplatzes. Sie zogen sich wieder an, krochen unter dem Zaun hindurch und robbten zwischen flachen, mit Strandhafer bewachsenen Dünen in Richtung Straße.

»Es ist nicht mehr weit«, keuchte Lilianne hinter Steffen. »Vor Wittdün geht es steil zur Wasserkante hinunter. Da können wir im Schutz der Häuser bis zum Anlieger kommen.«

»Und dann knallen sie uns direkt vor der Fähre ab.«

»Ich glaube nicht, dass sie sich das trauen zwischen all den Leuten, die auf dem Anleger stehen. Außerdem müssen sie uns erstmal erkennen. Wir brauchen uns nur so unauffällig zu benehmen wie die anderen Badegäste.«

»Wie willst du das machen mit deinen roten Haaren? Dich erkennt man auf zehn Meilen Entfernung.«

Lilianne zerrte ein Tuch aus ihrer Reisetasche, wickelte es sich um den Kopf und stopfte ihre widerspenstigen Haare darunter. »Bin ich jetzt ausreichend verkleidet?«

»Na ja, geht so«, sagte er ohne Überzeugung.

Sie ließen zwei Autos und eine radelnde Familie mit Kleinkindern passieren, dann traten sie aus der Deckung und schlenderten untergehakt an der Telefonzelle und dem Eingang zum »Sonnenstrand« vorbei. Sie kamen zügig voran und erreichten ohne Zwischenfall den Bäcker-Hof, auf dem Steffen einige Nächte zuvor Bruno beobachtet hatte. Sie gingen an der Backstube vorbei, in der es jetzt still und dunkel war. Steffen wunderte sich, wie einfach es war, wie unbehelligt sie vorwärts kamen. Keine Männer mit Gewehren, die auf sie zielten, keine drohenden Ausrufe »Halt! Stehen bleiben!« und auch kein vorbeiknatternder VW. Dennoch blieb ein beunruhigendes Gefühl, das immer stärker wurde und seine Schritte lähmte.

Lilianne strich ihm beruhigend über den Arm. »Keine Angst, Steffen, es passiert nichts, gleich sind wir in Sicherheit.«

In diesem Augenblick war ihre Flucht jäh beendet: Ein Mann war aus dem Schatten des Bäcker-Hofs herausgetreten und versperrte ihnen den Weg. Mit gespreizten Beinen und entschlossenen Gesichtsausdruck stand er vor ihnen und zielte mit der Pistole auf sie.

»Nimm das Ding runter, Bruno! Es könnte losgehen.«

Der Strandläufer antwortete nicht. Er knurrte irgendetwas und dirigierte die beiden mit der Waffe hinter den Lastwagen der »Husumer Mühle«.

»Runter! Hinsetzen!«, zischte er.

Sie hockten sich auf den Boden in den Mehlstaub, dicht aneinandergedrängt, die Reisetasche neben sich. Lilianne zitterte, Steffen legte seinen Arm um ihre Schultern. Es sollte eine beruhigende, beschützende Geste sein, doch wie sollte er sie schützen? Du kannst hier nicht herumsitzen, dachte er, du kannst dich nicht einfach abknallen lassen. Er versuchte, Zeit zu schinden. »Hör zu, Bruno …«

Der Strandläufer, der gerade angespannt auf Straße geblickt hatte, fuhr herum, der Lauf der Pistole zielte auf Steffens Kopf. »Schnauze! Kein Ton!«

In Brunos Gesicht zeigte sich eine wilde Entschlossenheit, seine Augen funkelten. Es war das Funkeln eines Jägers auf der Pirsch. Steffen drückte Lilianne noch fester an sich. Sie hatte die Augen geschlossen, Tränen liefen an ihren langen Wimpern entlang und tropften auf seinen Arm. Er küsste sie auf das Kopftuch, das sie immer noch trug und das sie nicht gerettet hatte.

Bruno also, dachte Steffen, das hätte ich nicht erwartet. Wie konnte ich mich so in diesem Mann täuschen? Aber hatte er nicht irgendwann einmal von seinem Hass auf Kniewitz erzählt? Es war nicht beim Hass geblieben, er war zum Mörder geworden. Es war ein perfekter Plan, den er sich ausgedacht hatte. Besonders dieser Coup mit Eike Claussen, der für eine fingierte Aussage herhalten musste. Doch dann sind wir ihm in die Quere gekommen.

Als Steffen wieder hochblickte, war Bruno verschwunden, als hätte er sich in Luft aufgelöst, er hatte nicht einmal eine Bewegung bemerkt. Verwirrt schüttelte er den Kopf. Sollte das jetzt ein Tod auf Raten werden? Wollte dieser perverse Strandläufer sie leiden sehen? Oder wollte er erst seine Kumpels holen, damit jeder einmal schießen durfte, wie bei einer Hinrichtung?

Dann war Bruno wieder da. Die Pistole steckte im Gürtel, in einer Hand hielt er ein Gewehr. Steffen staunte, wie lautlos sich dieser schwere Mann bewegen konnte, das hätte er ihm nie zugetraut.

Bruno nahm die Pistole aus dem Gürtel, ging neben Steffen in die Hocke und deutete auf das Gewehr. »Der Kerl war zu nah gekommen. Ich musste ihn ruhigstellen.«

Steffen hörte die Worte wie durch ein schlecht eingestelltes Radio. Es rauschte, er konnte den Sinn des Satzes nicht entschlüsseln.

»Haben Sie ihn … umgebracht?«, fragte Lilianne.

Bruno gab ein raues Lachen von sich, das Steffen frösteln ließ. »Nein, nur betäubt und gefesselt und geknebelt.«

»Ich habe nichts gehört«, sagte Steffen.

»Hab ich dir doch erzählt. Ich bin Soldat von Beruf. Hatte eine Nahkampfausbildung. Gelände erkunden, anschleichen, unschädlich machen, Rückzug sichern, an anderer Stelle wieder angreifen. Was man jahrelang eingedrillt bekommen hat, verlernt man nie wieder.«

»Ich dachte, du stehst auf der anderen Seite.«

»Was bist du für ein Dummkopf, Steffen! Das kostet dich ein ganzes Fass französischen Cognac. Oder zwei.«

Sie saßen nebeneinander, sagten nichts, Steffen und Lilianne hielten sich an den Händen. Bruno verschwand von Zeit zu Zeit lautlos irgendwohin, um ebenso lautlos wieder zurückzukommen.

»Sind es die Strandräuber, die uns … fangen wollen?«, fragte Steffen.

Bruno kniff die Lippen zusammen.

»Es soll ja zu Kniewitz' Zeiten eine ganze Decksladung Holz angeschwemmt worden sein.«

»Holz wird immer angeschwemmt.«

»Was will man mit so viel Holz? Häuser bauen?«

Bruno sah Steffen düster zu an. »Hier gibt es keine Häuser aus Holz. Und für meine Hütte nehm ich kein frisches Holz. Ich nehm nur Bretter, die abgelagert sind, die jahrelang in der See getrieben haben.«

»Man könnte Fußböden draus machen«, sagte Lilianne, »oder Türen.«

»Nein. Die sind durchs Seewasser geschädigt, die kann man dafür nicht nehmen.«

»Vielleicht kann man sie auf dem Festland verkaufen«, sagte Steffen.

»Schon möglich.« Bruno betrachtete nachdenklich seine Hände. »Man kann auch Särge draus machen. Särge mit Wasserschäden werden immer gerne genommen auf der Insel.«

Steffen hatte den Wink verstanden. Schau einer an, dachte er überrascht, warum bin ich nicht früher darauf gekommen?

Aus Richtung Wittdün waren jetzt Stimmen zu hören. Kehlige Männerstimmen, kurze Sätze, wie Befehle.

»Ihr müsst abhauen«, sagte Bruno, »es sind zu viele, und sie kommen näher.«

»Ob wir es bis zur Fähre schaffen?«, frage Lilianne.

Bruno schüttelte den Kopf. »Die kommen von dort.«

»Wie kommen wir dann von der Insel?«

Bruno legte sein brüchiges Gebiss frei. »Ihr könntet in Steenodde einen Kutter klauen. Aber wahrscheinlich wisst ihr nicht, wie man die Maschine anschmeißt.«

»Vielleicht könnten wir von der Nordspitze aus nach Sylt schwimmen«, überlegte Steffen.

Bruno bedachte die beiden mit einem prüfenden Blick. »Das sind sechs Kilometer. Und es gibt starke Strömungen. Das schafft ihr nie.«

»Übers Watt! Wir müssen übers Watt nach Föhr.«

»Zu gefährlich. Man muss die Gezeiten und den Verlauf der Priele kennen; und man braucht einen professionellen Wattführer. Sonst ertrinkt man.«

Lilianne schien plötzlich zu frösteln. »Kennen Sie jemand, der uns sicher führen kann?«

Bruno kratzte sich im Bart. »Meist führt Rolf Peters die Badegäste nach Föhr. Aber den würde ich nicht nehmen. Es könnte sein, dass auch er der Sohn eines Feindsenderhörers ist.«

Plötzlich hatte Steffen eine Eingebung. »Margarete! Die hat erzählt, dass sie früher als Kind oft nach Föhr gegangen ist, um das Geld für die Fähre zu sparen.«

Bruno blickte Steffen lange an. »Meinst du die Kirchenfrau?«

Steffen nickte.

»Wer ist Margarete?«, fragte Lilianne spitz.

Der Strandläufer ließ sich Zeit mit der Antwort, doch Steffen spürte seine Ablehnung. »Darauf würde ich mich nicht verlassen. Die Priele verändern sich ständig. Und außerdem weiß ich nicht, auf welcher Seite der Pastor und diese Frau stehen.«

Jetzt waren die Männerstimmen deutlich zu hören. Steffen und Lilianne rückten wieder enger zusammen. Bruno hatte sich in Luft aufgelöst, kurz darauf war er wieder da. »Jetzt wird's ernst. Sie durchkämmen das Gebiet von Süden her. Ihr müsst nach Norden.« Er musterte Lilianne scharf. »Die Reisetasche bleibt hier.«

»Die brauche ich.«

Bruno schaute auf den Anhänger mit ihrer Adresse. »Ich schicke sie hinterher. Wenn ihr lebend aufs Festland gekommen seid.«

»Und was ist mit dir?«, fragte Steffen besorgt.

Bruno zeigte ein feines Lächeln. »Mich erwischen sie nicht. Ich bin unsichtbar für die Leute hier. Hatte ich das nicht schon mal gesagt? Und außerdem …«, er blickte zum Wohnhaus des Bäckers hinüber, in dem sich gerade eine Gardine bewegte, »habe ich dort jemand, der sehr genau darauf achtet, dass ich unversehrt bleibe.«

Steffen stand auf und reichte Bruno die Hand. »Danke, alter Ganove.«

»Red nicht rum. Haut endlich ab.«

Im Schatten des großen Hofs schlichen sie nach Norden. Hinter dem letzten Haus dehnte sich eine Heidefläche bis zum Wald aus, da gab es keinen Sichtschutz. Steffen nahm Lilianne fest bei der Hand, sie holten tief Luft – dann rannten sie los. Wie die Hasen, blitzte es in seinem Gehirn auf, im Zickzack rennen. Ihm stand der Angstschweiß auf der Stirn, in seinen Ohren dröhnte es, fast glaubte er, den Einschlag eines Projektils zwischen seinen Schulterblättern zu spüren. Ich will nicht von hinten erschossen werden wie ein Feigling.

Der Kiefernwald war bereits zum Greifen nahe, da stolperte Lilianne über eine Wurzel und schlug der Länge nach auf den Boden. Steffen riss sie hoch. Gemeinsam rannten sie weiter, doch sie waren jetzt deutlich langsamer, da Lilianne nur noch humpelnd vorwärts kam. Kurz vor dem schützenden Wald prasselte eine Schrotladung über sie hinweg und zerfetzte die Blätter eines Baums. Fast gleichzeitig wurde erneut geschossen, doch der zweite Schuss hörte sich hell und trocken an – wie aus einer Pistole. Jemand schrie auf, dann herrschte Ruhe.

Im Dunkel des Waldes hielten sie an, drückten sich hinter die dünnen Stämme, rangen nach Luft; Lilianne stand auf einem Bein.

»Ich schaffe es nicht mehr«, keuchte sie, »ich kann kaum noch auftreten.«

»Es ist nicht mehr weit.«

»Was ist nicht mehr weit?«

»Wir müssen nach Süddorf. Zu Margarete.«

41

Steffen klingelte. Es waren Schritte zu hören, dann öffnete Margarete die Tür. Ihr Blick streifte Steffen nur kurz und blieb an Lilianne hängen.

»Lilianne Feldmann«, sagte er, »meine Assistentin.«

»So, so, deine Assistentin.« Margaretes kühler Blick wanderte von den feuerroten Haaren bis zu den Sandalen, die Fältchen um ihre Mundwinkel verhärteten sich. »Eine nette Assistentin hast du dir ausgesucht. Ziemlich jung. Und ziemlich hübsch.«

Die Ablehnung flog ihn frontal an, er konnte sich keinen Reim auf ihr Verhalten machen. Das änderte sich jedoch sofort, als sie in die Küche kamen. Dort saß der junge Mann vom Campingplatz. Er starrte vor sich hin, drehte an einem Wasserglas und fühlte sich ganz offensichtlich unwohl in seiner Haut.

Jetzt konnte Steffen den abweisenden Blick nachvollziehen. Dieser unsympathische Mensch hat gepetzt, der hat natürlich sofort von Liliannes Begrüßungsküssen an der Fähre erzählt. Vielleicht war er ihnen sogar nachgeschlichen und hatte gesehen, wie sie bei den Fischkuttern ein Liebespaar gespielt hatten. Steffen hatte nicht übel Lust, dieser halben Portion eine reinzuhauen.

»Das ist Heiner, mein Neffe«, sagte Margarete.

Steffen starrte den Jungen immer noch an. Und dann, ganz langsam, stieg eine schreckliche Erkenntnis in ihm hoch: Wo sind wir hier gelandet? Margarete gehört zu dieser Mörderbande. Ganz sicher! Dieser Junge vom Campingplatz hat mich schon bei meinem ersten Besuch auf der Insel beobachtet und all meine Aktivitäten gemeldet. Sicherlich hat er auch bei mit eingebrochen.

Margarete wies mit einer knappen Bewegung auf die Küchenstühle. Sie setzten sich, Lilianne betastete ihren Fuß mit schmerzhaft verzogenem Gesicht.

»Sie sind hinter uns her«, sagte Steffen.

»Ich weiß.«

»Sie wollen uns töten.«

Margarete schwieg.

»Sie werden uns erschießen, so wie sie den Kniewitz erschossen haben.«

»Den hat keiner erschossen. Der war völlig betrunken. Er wollte zum Jungnamensand und hat es nicht mehr zurückgeschafft.«

Jungnamensand? Diesen Namen hatte Steffen schon einmal gehört. War das nicht die Sandbank vor Amrum? »Was sollte er da schon wollen?«

Margarete zuckte mit den Schultern.

»Lebt Ihr Vater noch?«, fragte Lilianne unvermittelt.

»Nein.«

»Sicherlich ist er im Krieg gestorben.«

»Es sind viele Menschen im Krieg gestorben.«

»War er ein Feindhörer?«

Margarete blickte erst auf die Uhr und dann zu dem jungen Mann. Der erhob sich wortlos und schlurfte zur Waschküche. Als er wiederkam, trug er Steffens Koffer.

»Ich habe geahnt, dass du es nicht mehr bis zum Campingplatz schaffst«, sagte sie. »Deshalb hat Heiner deine Sachen zusammengepackt.«

Was soll ich jetzt mit meinen Sachen, wo es um Leben und Tod geht?

»Ihr werdet gleich abgeholt«, sagte Margarete.

»Vom Erschießungskommando?«, fragte Lilianne tonlos.

Margarete starrte sie regungslos an. Steffen fragte sich, ob Scharfrichter auch diesen konzentrierten Blick hatten, kurz bevor sie das Beil hoben. »Ihr werdet im Leichenwagen von Gernot Klages aufs Festland gebracht.«

In Liliannes Augen zeigte sich Entsetzen. Sie verschluckte sich und bekam einen Hustenanfall.

Es war still geworden im Haus. Lilianne saß immer noch am Küchentisch, Steffen stand neben ihr, Margarete blickte durch das

Wohnzimmerfenster zur Straße. Es ging eine starke Anspannung von ihr aus, die sich bis in die Küche ausbreitete und Steffen flach atmen ließ. Heiner hantierte irgendwo in der Waschküche, jedenfalls waren von dort Geräusche zu hören.

Lilianne beugte sich zu Steffen. »Ich mag diese Frau nicht. Sie hasst mich. Wahrscheinlich holt der Junge gerade ein Gewehr. Und dann erschießt sie mich. Hier in der Küche.«

Steffen hörte kaum zu. Er hatte Wichtigeres zu tun, als sich auch mit den Animositäten zweier Frauen zu beschäftigen; er suchte fieberhaft nach einem Ausweg.

»Hattest du ein Verhältnis mit ihr?«, fragte Lilianne.

»Wir könnten übers Watt flüchten«, sagte er.

»Bist du verrückt? Dann können wir uns gleich erschießen lassen. Diese Strecke schafft nur ein ausgebildeter Wattführer. Im Watt ist es so, als würde man durch ein unbekanntes Moor gehen.«

»Immer noch besser, als hier auf den Tod zu warten.«

Lilianne beugte sich vor und blickte zu Margarete hinüber. »Sie würde uns ohnehin nicht gehen lassen. Eher bringt sie uns um.«

»Sie will dir nur Angst einjagen. Margarete erschießt niemanden. Das widerspricht ihrer christlichen Einstellung.«

»Steffen Stephan! Du wirst die Frauen nie verstehen.«

Lilianne war zu laut geworden. Margarete drehte sich zu ihnen um. Steffen sah den weichen Zug um ihren Mund, trotz des harten Blicks, mit dem sie ihn musterte. Nein, diese einfühlsame Frau kann niemanden umbringen. Doch auf welcher Seite steht sie? Auf der Seite der Kniewitz-Mörder? Oder auf der anderen Seite? Welche andere Seite? Gibt es überhaupt eine andere Seite, oder hatten sich alle auf der Insel gegen Kniewitz verschworen, so wie jetzt gegen ihn und Lilianne?

Während Margarete nervös vor dem Fenster auf und ab ging, kam der junge Mann aus der Waschküche. »Es wird Zeit«, sagte er, »die Fähre legt bald ab.«

Sie unterbrach ihre Wanderung, schaute kurz auf die Uhr und schüttelte missbilligend den Kopf. Dann guckte sie wieder aus dem

Fenster. »Gernot muss gleich hier sein. Aber du hast recht. Es wird eng.«

Steffen suchte einen Ausweg, und auch Lilianne sah sich aufmerksam um. »Ich will nicht erschossen und in einem Sarg aufs Festland gebracht werden«, flüsterte sie. »Wir sollten abhauen. Durch die Küchentür und dann über die Felder. Wir sind schneller als die.«

»Das schaffen wir nicht. Man kann nicht vor einem Projektil flüchten. Außerdem bin ich mir sicher, dass sie uns helfen will.«

»Vielleicht wird sie nicht auf dich schießen, aber ganz sicher auf mich.«

Aus Wittdün war das Typhon eines Dampfers zu hören. Steffen horcht auf. Das war's dann wohl mit unserer Flucht, dachte er resigniert.

»Die Fähre legt ab«, sagte Heiner überflüssigerweise.

Margarete, die für einen Augenblick eine leichte Unsicherheit gezeigt hatte, konzentrierte sich wieder. »Gernot hat mich reingelegt«, sagte sie mit schneidend scharfer Stimme. »Doch das wird er büßen. Der wird keine ruhige Minute mehr auf dieser Insel haben.«

»Was willst du jetzt machen?«, fragte Heiner.

»Wir gehen ins Watt.«

»Wenn ihr noch bis dorthin kommt.«

»Schau mal nach.«

Katzengleich schlüpfte der junge Mann durch die Küchentür und tauchte in das Gewirr der hochgewachsenen Sträucher. Margarete setzte sich zu Steffen und Lilianne an den Küchentisch.

»Willst du uns nach Föhr bringen?«, fragte er.

»Ja, ich werde dich übers Watt bringen.« Sie bedachte Lilianne mit einem langen Blick. »Diese Assistentin da kann mitkommen, wenn sie will. Sie scheint ja sehr an dir zu hängen.«

»Es ist nicht so, wie Sie glauben …«, begann Lilianne.

In diesem Augenblick tauchte Heiner wieder auf. »Sie durchkämmen die Insel«, berichtete er atemlos, »sie sind schon in Steenodde.«

»Dann nichts wie los!«, befahl Margarete.

Der Junge widersprach. »Wenn ihr bei Tageslicht ins Watt geht, kann man euch von überall auf der Insel sehen.«

»Wir warten in Norddorf.« Margarete ging ans Fenster und betrachtete den Himmel. Tiefhängende Wolken schoben sich über die Insel. »Heute Nacht wird es stockdunkel sein. Kein Mond, keine Sterne.«

»Zu gefährlich! Ab neun Uhr ist auflaufend Wasser. Ihr werdet gleich zu Anfang im Wasser waten. Und kurz vor Oldsum wird es euch bis zum Hals stehen. Wir haben Springflut.«

»Springflut?«, fragte Steffen. »Was ist das?«

»Besonders hohe Wasserstände bei Flut und besonders niedrige bei Ebbe.«

»Wir müssen es versuchen«, sagte Margarete, »allerdings weiß ich nicht, ob diese Fußkranke hier es schafft.«

»Ich bin zäher, als ich aussehe.«

Heiner war ein guter Pfadfinder. Er führte die kleine Gruppe im Zickzack nach Norden, vermied die Straßen, durchquerte abgeschiedene Gärten und ein Stück Wald. Sie schlichen gebückt an buschbestandenen Knicks entlang, verharrten dann hinter einem Hünengrab, während Heiner die Lage sondierte. Schließlich blieben sie im Schutz eines alten Bootsschuppens an der Wattseite stehen. Steffen blickte über die schlickige Fläche auf die andere Seite. Dort lag Föhr, die Insel der Sicherheit. Doch noch waren sie hier, auf der Insel der Mörder. Er wollte sich am Sonnenstand orientieren, doch es war keine Sonne zu sehen. Es wird noch sehr lange dauern, bis es dunkel ist, dachte er, schließlich haben wir Sommer. Noch nie hatte er das Ende des Tageslichts so herbeigesehnt wie jetzt.

Heiner rüttelte am Tor des Schuppens. Es rührte sich nicht. Er zerrte daran. Kein Erfolg. Gemeinsam bemühten sie sich, das Tor aufzuwuchten. Schließlich gaben die verrosteten Scharniere nach. Die Tür bewegte sich erst wenige Millimeter, dann mehr, knarrend schwang sie auf. Mit vorsichtigen Schritten tapsten sie ins Halbdunkel, vorbei an Gerätschaften, die irgendjemand vor endlos langer Zeit zum Fischen verwendet hatte. Jetzt waren sie dick mit Staub überzogen. Mit Abscheu betrachtete Lilianne die Spinnennetze.

»Das ist der Bootsschuppen vom alten Boyens«, sagte Margarete. »Der ist schon lange tot.«

Sie suchten sich einen Platz hinter alten Fischernetzen. Es war kein besonders gutes Versteck, aber etwas Besseres gab es nicht.

»Wenn sie kommen, lenke ich sie ab«, sagte Heiner. Er schnappte sich einen Eimer, kippte das Gerümpel aus und ging nach draußen. »Sei vorsichtig, wenn du nachher ins Watt gehst, Margarete«, sagte er in der Tür, »die Priele haben sich stark verändert in der letzten Zeit.«

Zu dritt zogen sie von innen das Tor zu, Heiner drückte von draußen. Endlich hatten sie es in die gleiche Position gebracht wie zuvor.

»Was will Heiner mit dem Eimer?«, fragte Lilianne.

Steffen hatte sein Gesicht gegen eine Ritze im Holz gepresst. »Der hat vielleicht Nerven, der steht im Watt und sammelt Muscheln.«

»Still«, zischte Margarete, »ich höre Stimmen.«

Schnell und geräuschlos glitten sie hinter die Fischernetze.

Es waren zwei Männer, die miteinander sprachen, Steffen erkannte ihre Stimmen sofort: Es waren die Angler vom Leuchtturm.

»Ich glaube nicht, dass sie hier im alten Boyens-Schuppen stecken«, sagte der mit der hellen Stimme.

»Wer weiß«, sagte der andere.

Der mit der hellen Stimme guckte durch die Ritzen im Holz. »Nichts zu sehen, alles dunkel da drin.«

Sie rüttelten am Tor, zogen und zerrten, das alte Holz knarrte, doch die Tür bewegte sich nicht.

»Da ist bestimmt keiner drin«, sagte der mit der hellen Stimme.

»Wir brauchen eine Stange oder einen Kuhfuß«, erklärte der andere.

»Sucht ihr was?«, rief eine jungenhafte Stimme vom Watt her.

»Was machst du denn hier?«, fragte die dunkle Stimme misstrauisch.

»Miesmuscheln sammeln. Hier an dem alten Steg sitzen sie dicht an dicht. Hab schon den ganzen Eimer voll. Willst du mal sehen?« Es gab ein klackendes Geräusch von aneinander reibenden Muschelschalen.

»Kann ich welche haben?«, fragte die helle Stimme.

»Hast du hier Leute gesehen in der letzten Zeit?«, fragte die dunkle Stimme.

Pause. Heiner schien zu überlegen. »Da war eine Familie mit Kindern auf dem Feldweg. Sonst niemand.«

»Sag ich doch«, sagte die helle Stimme.

»Fass mal mit an! Wir wollen das Tor aufstemmen«, sagte die dunkle Stimme.

»Was wollt ihr denn in dem ollen Schuppen? Da ist eh nur Gerümpel drin.«

»Mal reingucken.«

Lilianne biss auf ihre Handknöchel. Margarete blickte zur Dachkonstruktion hinauf und bewegte die Lippen. Sicherlich betet sie, dachte Steffen.

»Nö«, sagte Heiner vor dem Schuppen, »hab keine Lust. Ich muss nach Hause.«

»Lass uns auch gehen«, sagte die helle Stimme, »die sind bestimmt schon auf der Odde.«

Eine Zeitlang stritten sich die Männer noch, dann entfernten sich ihre Stimmen.

Die Verfolgten warteten auf die Nacht. Lilianne durchforstete den Schuppen nach etwas, mit dem man sich gegen Männer mit Gewehren schützen konnte, Steffen dachte an den toten Polizisten und an das, was Margarete ihm erzählt hatte. »Man ertrinkt nicht auf dem Jungnamensand«, sagte er mit Bestimmtheit in der Stimme, »die Sandbank liegt viel zu weit draußen.«

Margarete blickte abweisend. »Vielleicht ist Kniewitz mit einem Boot hingefahren.«

»Vielleicht hat ihn dort jemand ausgesetzt.«

Margarete schwieg.

Steffen versuchte, sich die Informationen ins Gedächtnis zu rufen, die er in den letzten Tagen in den Gesprächen mit dem Pastor, Hauke Behrens, Sönke Eschels und Bruno erhalten hatte. Es waren immer nur Bruchstücke gewesen, es war fast unmöglich, sie miteinander zu verknüpfen. Horst Kniewitz schien ein Mensch gewesen zu sein, der sein Umfeld gegen sich aufbrachte, bereits im Krieg und noch mehr in der Zeit als Polizist. Er musste viele Feinde gehabt haben auf der Insel: Strandräuber und solche, die ihm seine Machenschaften während des Krieges nachtrugen, wie zum Beispiel Bruno. Und wahrscheinlich auch die Söhne derer, die von der Gestapo abtransportiert worden waren. Vielleicht war der Kniewitz derjenige gewesen, der an Fenstern und Türen gelauscht hatte, um Wehrkraftzersetzer – Feindhörer – unschädlich zu machen. Ja, ganz sicher glaubte man auf der Insel, dass dieser unsympathische Mensch ein Verräter gewesen war. Aber warum hatte man dann so lange damit gewartet, ihn umzubringen? Wie würde er selbst einen Polizistenmord planen, ohne sich der Gefahr auszusetzen, erwischt zu werden?

Steffen stellte sich wieder an Schuppenwand und guckte durch die Ritze nach Föhr hinüber. Die Umrisse der Insel lösten sich langsam in der Dämmerung auf. Das Watt, das sich bisher grau und stumpf vor ihnen ausgebreitet hatte, bekam einen feuchten Glanz, an einigen Stellen hatten sich die ersten Wasserlachen gebildet.

»Ich denke«, sagte er mehr zu sich selbst als zu Margarete, »dass man den Kniewitz überfallen hat. Wahrscheinlich wurde er betäubt, dann mit einem Boot oder einem Kutter zum Jungnamensand transportiert, und dort bei Ebbe ausgesetzt. Als die Flut kam, ist er ertrunken.«

Margarete blickte ihn ausdruckslos an. Lilianne, die das Gespräch mitgehört hatte, kam näher.

»Bedauerlicherweise trieb der Kniewitz nicht aufs Meer hinaus, sondern landete als Wasserleiche auf dem Kniepsand. Von dort musste er schnellstens verschwinden, und was war einfacher, als ihn in dem leeren Grab von Kapitän Gerdes zu verscharren. Wichtig war natürlich, dass niemand einen Mord vermutete. Deshalb wurde im Keller vom Kniewitz Schmuggelware deponiert und die Zollfahndung benachrichtigt. Und zur Sicherheit musste Eike Claussen aussagen, dass er den Polizisten ein halbes Jahr später in Husum gesehen hatte.« Er klopfte sich innerlich auf die Schulter: Das war doch hervorragend kombiniert.

Margarete kräuselte ihre Lippen zu einem spöttischen Lächeln. »Eine ausschweifende Fantasie hast du, Steffen, du könntest Kriminalschriftsteller werden. Doch wie verträgt sich deine Theorie mit der Tatsache, dass Horst Kniewitz sein Konto bei der Sparkasse geräumt hat, bevor er gegen seinen Willen auf dem Jungnamensand ausgesetzt worden ist?«

So was Blödes, dachte Steffen, warum musste der auch noch sein Geld abheben.

»Wir müssen los«, sagte Margarete, »die Flut kommt.«

42

Steffen schüttelte den Kopf. »Es ist nicht dunkel genug. Für einen gezielten Schuss reicht das Licht allemal.«

»Das Risiko müssen wir eingehen, die Flut wartet nicht.«

»Wie läuft es sich im Watt?«, fragte Lilianne.

»Auf den ersten Metern ist Schlickwatt, das ist etwas mühsam. Doch danach kommt Sandwatt, auf dem man gut laufen kann.«

Sie zogen die Schuhe aus, hasteten über die Wiese und einen kleinen Abhang hinunter. Das Watt roch modrig, Krebse huschten über den Boden, von gierigen Möwen verfolgt; um die Bohrlöcher der Wattwürmer bildeten sich kleine Schlickhäufchen. Steffen blickte angeekelt auf seine Zehen, zwischen denen dunkelgrauer Modder hervorquoll. Er folgte Margarete mechanisch, doch mit seinen Gedanken war er woanders. Immer wieder musste er nach Amrum zurückblicken. Die Insel war in ein fahles Zwielicht getaucht, in Norddorf gingen die ersten Lichter an. Steffen blieb stehen und wischte sich den Schweiß von der Stirn. Es war nicht der Schweiß eines angestrengt Wandernden, es war Angstschweiß. Fast glaubte er am Strand Scharfschützen zu erkennen, die durch ihre Zielfernrohre drei schemenhafte Gestalten im Watt erblickten und die mit einem diabolischen Grinsen den Finger am Abzug krümmten. Doch es zischte kein Geschoss heran, da war auch kein Schuss, der die Luft zerteilte. Hinter sich hörte er nur das Keuchen von Lilianne und vor sich die ungeduldige Frage von Margarete, was denn nun schon wieder los sei.

»Können wir nicht langsamer gehen?«, stöhnte Lilianne.

»Nein. Ich gebe das Tempo vor. Ich allein.«

»Was ist los mit dir?«, fragte Steffen.

»Hilf mir! Ich kann nicht mehr. Mein Fuß tut schrecklich weh. Bald holt uns die Flut ein, und ich kann nicht schwimmen.« Sie blickte zurück und erschauderte. »Aber wenn ich umkehre, töten sie mich.«

Er nahm ihre Hand und zog sie mit sich.

Dann waren sie am ersten Priel, dem Mittelloch. »Wir haben keine Zeit, eine Furt zu suchen«, erklärte Margarete, »wir nehmen den direkten Weg.«

Steffen blickte misstrauisch in den dunklen Wasserarm. Es war nicht zu erkennen, wie tief er war.

Der direkte Weg schien tatsächlich der tiefste zu sein, das Wasser ging ihnen bis zum Bauch. Doch die Tiefe der Furt war nicht das Problem, es war die Strömung. Bei jedem Schritt war der Stand unsicher, der Untergrund tückisch und in Bewegung, er schien auf einen Fehltritt der Wattwanderer zu lauern. Zweimal wich der Boden unter Steffens Füßen weg, zweimal musste er sich unvermittelt einen festeren Stand zu suchen. Lilianne schien es nicht anders zu gehen. Margarete dagegen hatte offensichtlich Schwimmhäute an den Füßen. Unbeirrt strebte sie Föhr zu, kein Hindernis schien sie aufhalten zu können.

Auf der anderen Seite des Priels versammelte sich die kleine Gruppe, jetzt von völliger Dunkelheit umfangen.

»Woher weißt du, ob das die richtige Richtung ist?«, fragte Steffen.

»Ich weiß es eben.« Margarete zeigte auf einen hellen Punkt vor ihnen. »Ich orientiere mich am Licht von Oldsum.«

»Das ist gar nicht mehr so weit«, sagte Lilianne hoffnungsvoll.

»Das scheint nur so. Man verschätzt sich leicht im Wattenmeer. Und außerdem können wir in Oldsum nicht an Land gehen. Davor fließt ein tiefer Strom. Wir müssen am Priel entlang bis nach Dunsum. Das sind vier Kilometer weiter, also eine gute Stunde.«

»Vier Kilometer sind nicht viel«, sagte Steffen, »nicht Mal im Sandwatt.«

»Wenn wir Pech haben, kommt Seenebel auf.«

»Es sieht nicht nach Nebel aus.«

»Seenebel bildet sich schnell und ohne Vorwarnung. Wenn wir da hineingeraten, sind wir erledigt.«

Margarete fand wohl, dass genug geredet worden war. Sie setzten ihren Weg fort, das Wasser ging ihnen inzwischen bis zu den Waden. Steffens Augen hatten sich gut an die Dunkelheit gewöhnt, problemlos folgte er dem Schatten mit dem leichten Parfümduft. Lilianne dagegen, die wieder ein Stück zurückgefallen war, schien Orientierungsprobleme zu haben, denn plötzlich holte ihn ein verwehter Schrei ein: »Steffen! Wo bist du?«

Er stoppte und sah sich um. Weiter hinten hinkte eine Gestalt mit widerspenstigem Haupthaar und von sich gestreckten Händen im Wasser herum. Er platschte hinüber, griff nach Liliannes Hand und zerrte sie hinter sich her.

Margarete war stehen geblieben und hatte die Arme in die Hüften gestemmt. »So schaffen wir es nie! Die Flut ist schneller als wir.«

»Wenn wir ein stückweit rennen, können wir das Wasser hinter uns lassen.«

»Steffen Stephan! Man lässt keine Flut hinter sich. Dies ist kein ansteigendes Gelände. Das Wasser steht mit einem Mal überall gleich hoch. Hinter uns, neben uns, vor uns.«

Er fühlte Zorn in sich aufsteigen. Keinen direkten Zorn auf Margarete, sondern auf Amrum, diese Insel der Mörder. Doch sein Zorn entlud sich auf ihr, wie hätte er ihn auch an Amrum auslassen sollen. »Dann schwimme ich eben die letzten Meter. Das dürfte doch wohl kein Problem sein.«

»Es geht hier nicht um ein paar Meter, Steffen. Du wirst einen Kilometer schwimmen müssen. Gegen eine Strömung, die dich in die Nordsee ziehen will.«

Alpträume haben ein definitives Ende. Man wacht auf, und sie sind verschwunden, als hätte es sie nie gegeben. Doch dieser Alptraum hier schien nicht enden zu wollen. Steffen planschte hinter Margarete her, das Wasser ging ihnen bereits über die Knie, doch das Licht von Oldsum schien weiter entfernt als je zuvor.

»Ich gehe nicht weiter«, keuchte Lilianne, »ich habe Angst vor dem Wasser.« Sie versuchte, sich von Steffens festem Griff zu befreien.

Er packte ihre Hand noch fester. »Hier wird nicht gejammert. Reiß dich zusammen!«

Lilianne begehrte ein letztes Mal auf. »Du bist ein autoritärer Arsch! Ich hasse dich. Wäre ich doch dir und deinen beschissenen Friedhöfen nie begegnet.«

Steffen blieb unbeeindruckt. Er zerrte sie hinter sich her, ihre Tränen und Schluchzer ließen ihn kalt.

Dann waren sie am tiefen Priel. Margarete schwenkte nach Norden, das Licht von Oldsum versank hinter dem Deich. Lilianne konnte nicht mehr. Steffen schleifte sie mehr durchs Wasser, als dass sie aus eigenem Antrieb vorwärts ging.

Mit einem Mal hörte er es hinter sich platschen; irgendetwas oder irgendwer war ins Wasser gefallen. Margarete konnte es nicht sein, die lief vor ihm. Lilianne auch nicht, die trieb ohnehin bereits im Wasser und ließ sich willenlos wie ein Stück Treibholz ziehen.

Wir brauchen ein Boot, dachte er, wir schaffen es sonst nicht. Doch es gab keine Boote im Wattenmeer. Hauke Behrens konnte sie nicht aufpicken, der fuhr nur auf der Seeseite. Und die Föhrer hatten es nicht geschafft, diesen jungen Mann aus dem Watt zu retten, damals, 1921. Nur seine Mütze war angetrieben worden. Von uns bleibt noch nicht einmal eine Mütze, dachte Steffen resigniert.

Neben ihm blitzte eine Taschenlampe auf. Halluzinationen, dachte er, ich habe Halluzinationen. Doch da war tatsächlich ein Boot, von zwei kräftigen Männern gerudert. Ein dritter saß am Heck und richtete die Lampe auf die Flüchtenden; Steffen schloss geblendet die Augen.

»Ich fasse es nicht!«, sagte einer der Männer im Boot. »Es sind tatsächlich drei Badegäste, die bei Nacht und Hochwasser durchs Watt gehen.«

»Kommen Sie sofort ins Boot«, schimpfte der mit der Lampe. »Hier draußen gehen Sie dem sicheren Tod entgegen. Hab keine Lust, auch noch nach Leichen zu suchen.«

Lilianne, die sich bisher apathisch von Steffen hatte mitschleifen lassen, richtete sich im Wasser auf. »Bingen Sie uns nach Föhr?«

»Ha, ha, die Kleine ist vielleicht lustig«, lachte einer der Männer rau. »Wir sind über den großen Teich gerudert und jetzt bringen wir Sie zurück nach Amerika.«

Lilianne machte einen Schritt auf das Boot zu, das im Priel lag – und versank sofort im tiefen Strom. Doch die Männer waren aufmerksam gewesen. Sie griffen nach ihren Armen und zogen sie wie eine nasse Puppe ins Boot.

Das ist die Rettung, dachte Steffen. Er blickte zu Margarete, die etwas weiter entfernt stehen geblieben war und die Männer misstrauisch musterte. »Komm ins Boot«, drängte er. »Wenn das Wasser noch höher steigt, sind wir erledigt.«

»Es steigt nicht viel höher. Der Scheitelpunkt ist bald erreicht.« Steffen fühlte ihre Anspannung. Und ihre Ablehnung. Mit einem Mal schrie sie auf. »Steffen, nicht einsteigen! Komm mit mir, es ist nicht mehr weit.«

Er stand zwischen Margarete und Lilianne und wusste nicht, was er tun sollte. Warum sollte er nicht in das rettende Boot steigen? Dort waren sie jedenfalls sicherer als hier im Watt. Was war, wenn sich Margarete irrte, wenn sich die Priele verändert hatten?

Doch dann erinnerte er sich, dass sie Gedanken lesen konnte. Auch die Gedanken dieser Männer? Oder hatte sie einen von ihnen erkannt? Oder wollte sie, was auch bedacht werden musste, Lilianne ihrem Schicksal überlassen?

»Steig wieder aus, Lilianne«, rief er, »wir gehen zu Fuß weiter.«

»Bist du verrückt, Steffen? Ich bin nass. Ich friere. Mein Fuß tut fürchterlich weh. Ich bleibe hier in Sicherheit. Und du solltest auch kommen. Ich jedenfalls werde nie wieder einen Fuß ins Watt setzen. Ich fahre mit dem Boot nach Föhr.«

»Lass die blöde Assistentin in ihr Unglück rennen«, schimpfte Margarete. »Du kommst mit mir. Und zwar sofort!«

Steffens Gedanken überschlugen sich. Er schätzte Margaretes Zuverlässigkeit, er wusste, dass man sich ihr anvertrauen konnte, selbst hier im Watt und in der Dunkelheit. Plötzlich schossen ihm

Begriffe wie »Praktikantin«, »Institut«, »Verantwortung« durch den Kopf, dann schob sich Hübners massige Gestalt ins Bild. »Wo ist Fräulein Feldmann geblieben, Herr Stephan?«, würde er fragen. »Ach, Sie haben die Praktikantin des nachts ganz alleine zu drei unbekannten Männern ins Boot steigen lassen? Das klingt verdammt stark nach Verletzung der Aufsichtspflicht, Herr Stephan. Sie haben sich eines Vergehens gegenüber Schutzbefohlenen schuldig gemacht!«

Kaum war er ins Boot gestiegen, wendeten die Ruderer und hielten auf das Licht von Oldsum zu. Lilianne und er saßen im Bug, eng aneinandergeschmiegt, der Mann im Heck mit der Taschenlampe hielt die Pinne. Die Ruderer zogen kräftig an den Riemen, das Boot kam schnell vorwärts. Niemand sagte etwas, doch aus Richtung Dunsum, wo Margarete zurückgeblieben war, drang ein verwehter Schrei zu ihnen herüber. Er klang empört und gleichzeitig resigniert, Steffen hörte seinen Namen und noch etwas, das wie »Idiot« klang. Er überlegte, ob er die Männer schon einmal gesehen hatte, doch er konnte sich nicht erinnern. Wie sollte er auch, es waren ja Föhrer und keine Amrumer.

An der Stelle, wo die Fahrrinne zwischen Föhr und Amrum verlief, schwenkte das Boot nach rechts, dem offenen Meer zu.

»Halt!«, rief Steffen. »Sie steuern falsch. Föhr liegt jetzt hinter uns.«

Die Männer ruderten unbeirrt weiter; der an der Pinne tat so, als habe er nichts gehört. Steffen erstarrte, schlagartig überfiel ihn die Erkenntnis: Die Männer im Boot waren keine Föhrer, sie kamen von Amrum, es waren die Verfolger. Hatten sie ihn nun doch noch bekommen, diese Strandräuber, Feindhörer-Söhne oder was auch immer sie waren. Natürlich hatten sie ihn erwischt, wie konnte er nur so naiv sein und hoffen, ihnen zu entkommen. Das Watt war die letzte Fluchtmöglichkeit, das wussten auch die Mörder. Sie brauchten nur zu warten, bis er und Lilianne am großen Strom auftauchten. Wahrscheinlich hatten sie bereits die ganze Zeit dort auf der Lauer gelegen und sie beobachtet.

Er sprang hoch, um sich zwischen den beiden Ruderern hindurchzudrängen und dem Bootsführer die Pinne zu entreißen. Das Boot schwankte gefährlich, Steffen musste sich festhalten.

»Setz dich!«, befahl der Mann am anderen Ende des Boots. »Ich will nicht, dass du außenbords fällst. Wir sollen euch vollzählig abliefern.«

Steffen setzte sich widerwillig.

»Die haben uns reingelegt«, flüstere Lilianne ganz nahe an seinem Ohr.

Du hast mich reingelegt, liebe Lilianne, dachte er resigniert.

Er wollte wegrücken, wollte nicht länger so eng neben dieser unnützen Praktikantin sitzen, als sein Fuß gegen etwas auf dem Boden stieß. Es war ein Bootshaken mit einem spitz auslaufenden Ende, einer Lanze nicht unähnlich. Er riss die Waffe an sich und richtete sie auf den Bootsführer.

Der schien wenig beeindruckt.

»Siehst du, was ich in der Hand habe?« Steffen scheute sich, sofort zuzustoßen. Er hatte noch nie einen Menschen mit einer Lanze bedroht. Möglicherweise würde der Stoß tödlich sein. Die Taschenlampe leuchtete auf, in ihrem Lichtschein sah Steffen die Pistole, die der Mann in der Hand hielt.

»Bootshaken hinlegen!«, schnauzte der Bootsführer. »Hände hoch! Die Frau auch.« Er knipste die Lampe aus. »Und komm nicht noch mal auf dumme Gedanken, mein Junge. Wir sollen dich zwar lebend abliefern, aber niemand hat gesagt, dass du unverletzt sein musst.«

43

Das Boot schoss geradezu an Amrum vorbei, getrieben durch die kräftigen Ruderer und das in die Nordsee zurückflutende Wasser. Steffen sah in der Dunkelheit den Kniepsand als fahlen Streifen vorbeiziehen. Er wünschte, auf einer der Dünen würde Bruno stehen und mit dem erbeuteten Gewehr auf den Steuerer im Boot zielen. Doch die Rettung blieb aus. Der Strand wanderte achteraus und verblasste im Dunkel der Nacht. Steffen blickte resigniert vor sich hin. Das war's also. Jetzt rudern sie zum Jungnamensand und setzen uns dort bei Ebbe aus. Wenn die Flut kommt, wird uns das Wasser bis zu den Knien stehen, zur Brust, schließlich bis zum Mund – und dann ertrinken wir. Schade, ich hatte noch so viel vor.

Die Männer ruderten nicht zum Jungnamensand. Sie hielten auf einen Fischkutter zu, der schwarz und unbeleuchtet in der See dümpelte. Steffen konnte nicht erkennen, ob das Fahrzeug fischte, oder ob es vor Anker lag. Aber letztendlich war das egal.

Von der Seite des Schiffes hing eine Jacobsleiter herunter, an der das Boot festmachte. Einer der Männer stieg an Deck und nahm neben der Strickleiter Aufstellung; das schwere Ruder hielt er wie eine Waffe. Der an der Pinne gab ihnen mit der Pistole das unmissverständliche Zeichen, an Bord zu klettern. Der dritte Mann blieb im Boot.

Lilianne und Steffen standen nass und frierend an Deck des Schiffes, bedroht von dem Mann mit der Waffe und von dem mit dem Riemen. Eine Zeitlang geschah nichts, keiner sagte etwas, niemand rührte sich. Sieht aus, als würden sie auf etwas warten, dachte Steffen. Aber auf was? Er blickte mit zunehmendem Erstaunen über das Deck und das Ruderhaus. Er kannte diesen Fischkutter.

»Herzlich Willkommen an Bord«, sagte eine brüchige Stimme hinter ihm.

Steffen drehte sich langsam um, er wollte sich nicht zu schnell bewegen, man wusste ja nie, wie schreckhaft die Leute hier waren. »Sie also sind der Mörder«, sagte er kühl, »das hätte ich nun wirklich nicht gedacht.«

»Kein Mörder. Gar kein Mörder. Ich bin nur der Fährmann.«

Steffen hätte nicht übel Lust gehabt, diesem alten Tattergreis ins Gesicht zu spucken, doch er unterließ es, weil immer noch der Pistolenträger neben ihnen stand.

Thies Thiesen schlurfte zur Fischluke, aus der eine Leiter herausragte und machte eine einladende Handbewegung. »Wir möchten nicht, dass Sie beide verloren gehen. Deshalb haben wir Ihnen hier unten ein Separée hergerichtet.«

Steffen blickte in den dunklen Raum, der ihm kühl und abweisend wie eine Gruft erschien. »Ich steige da nicht runter«, sagte er mit fester Stimme.

Mit einem schnellen Schritt war der Bootsführer neben ihm und drückte ihm die Pistole gegen den Kopf. »Natürlich steigst du da rein.«

Steffen kletterte hinunter, Lilianne folgte ihm. Jemand zog die Leiter nach oben und schloss die Einstiegsluke. Um sie herum war es schwarz wie in einem Mauseloch.

»Es stinkt«, beschwerte sich Lilianne in der Dunkelheit.

Steffen schnupperte. »Ich finde, es geht. Dieser Thiesen hat wohl schon lange nicht mehr gefischt.«

»Sei endlich still«, kreischte sie, »ich will nicht ständig belehrt werden.«

»Nun beruhige dich doch.«

»Beruhigen?« Sie brach in ein hysterisches Gelächter aus. »Ich werde gerade zu meiner Hinrichtung gefahren, und dann sagt mir dieser fischblütige Mensch, ich soll mich beruhigen.«

Steffen tastete in der Dunkelheit an der Bordwand entlang auf der Suche nach etwas, was sie vielleicht retten konnte.

Lilianne bekam einen Weinkrampf. »Es tut mir so leid«, jammerte sie. »Ich habe Margarete nicht vertraut. Ich habe uns in diese schreckliche Situation gebracht. Ich alleine. Es tut mir so leid.«

Er horchte an den Wänden und tastete auf dem Boden herum. Er musste sich konzentrieren, das Gejammer störte. Konnte sie nicht endlich still sein? »Halt doch endlich mal den Mund. Dieses Gejaule hilft uns jetzt auch nicht weiter.«

Jetzt war Ruhe, nur hin und wieder unterbrochen von einem leisen Schluchzen. Steffen robbte zu ihr hin und nahm sie in die Arme. Beide kauerten auf den Holzplanken, hielten sich an den Händen und lauschten auf das Glucksen an der Bordwand.

»Ich kann mich nicht bewegen«, flüsterte Lilianne. »Ich habe Angst vor dunklen Räumen. Und ich habe Angst, über etwas zu stolpern. Vielleicht über einen Bottich voller Tintenfische und Quallen«

»Hier stolperst du über nichts. Der ganze Raum ist leer. Es gibt nur einen Holzboden und Holzwände und die Lukendeckel da oben.«

»Ich will hier raus!«

»Geht nicht. Keine Leiter. Aber wenn du mir auf die Schulter steigst, kommst du vielleicht an die Lukendeckel an.«

»Los, das machen wir!«

Steffen schüttelte den Kopf – ungeachtet der Tatsache, dass sie es nicht sehen konnte. »Da oben steht eine Wache. Kannst du ihn nicht hören?«

Tatsächlich, da waren Schritte an Deck. Langsame, gleichmäßige Schritte, immer um die Luke herum, genau über ihnen.

Lilianne kuschelte sich an Steffen und zog ziemlich laut die Nase hoch. »Ich hätte gerne mit dir geschlafen, Steffen. Sogar sehr gerne.«

»Ich mit dir auch.«

Sie zog seinen Kopf zu sich hin und küsste ihn. »Hast du Angst vorm Sterben, Steffen?«

»Ja.«

»Ob ertrinken weh tut?«

»Ich glaube schon. Sonst würden die Leute nicht bis zuletzt strampeln.«

»Sag nicht so was Schreckliches.«

Mit einem Mal waren weitere Schritte an Deck. Steffen zuckte zusammen. »Jetzt holen sie uns«, sagte Lilianne. Sie bohrte ihre Fingernägel in seinen Arm.

Die Schritte gingen an der Luke vorbei zum vorderen Teil des Schiffs. Das Brummen eines Elektromotors war zu hören, dann ein metallisches klick-klick, klick-klick.

»Sie holen den Anker ein«, sagte Steffen.

Das Geräusch auf der Back verebbte und wurde abgelöst durch das Nageln des Diesels im hinteren Teil des Schiffes. Der Kutter schwankte leicht, durch die Seitenwände hörten sie das Rauschen von Wasser.

»Was machen sie jetzt?«, fragte Lilianne.

»Ich denke, dass sie aufs Meer hinausfahren. Unsere Leichen sollen nicht gleich wieder an den Strand gespült werden.«

»Steffen! Sag nicht solche schrecklichen Sachen.«

Mit einem Mal polterte es über ihnen. Ein Lukendeckel wurde beiseitegeschoben, die Leiter heruntergelassen.

»Wenn ich den Friedhofsforscher bitten dürfte«, sagte Thies Thiesen höflich.

Lilianne klammerte sich an Steffens Arm. »Bleib hier, bitte.«

Er drückte sie kurz an sich, dann machte er sich frei. »Vielleicht kann ich dort oben etwas ausrichten. Sicherlich mehr als hier unten.«

Kaum stand er an Deck, wurde die Leiter hochgezogen und die Fischluke zugedeckt. Steffen dachte mit Bedauern an Lilianne, die jetzt alleine in diesem dunklen Verließ saß und sich zu Tode ängstigte. Er schaute sich um. Es war immer noch dunkel, er hatte keine Ahnung, wie lange sie in diesem Loch gesessen hatten.

Der Kutter tuckerte mit geringer Fahrt durchs Wasser, weit achteraus zogen die Lichtfinger des Amrumer Leuchtturms über die See, links davon blinkte verschüchtert das Quermarkfeuer. Auf der Back stand ein Mann in angespannter Haltung, ein Gewehr schussbereit in den Händen. Das Boot, mit dem sie hergebracht worden waren, lag nicht mehr an der Schiffsseite, und auch die drei Männer waren nicht mehr da. Im Ruderhaus sah Steffen schemenhafte Bewegungen, dort schienen sich mehrere Menschen aufzuhalten.

Thies Thiesen lehnte mit einem Lächeln auf den Lippen an der Reling. »Ziemlich ungemütlich da unten, nicht wahr? Ich hätte Ihnen gerne etwas Komfortableres geboten, doch meine Möglichkeiten sind beschränkt.«

»Im Ruderhaus hätte ich mich wohler gefühlt.«

»Geht nicht. Dort tagt das Gericht.«

Steffen fiel fast der Unterkiefer herunter. War der Alte jetzt ganz verrückt geworden? »Welches Gericht?«

»Das Standgericht.«

»Ein Standgericht war eine militärische Institution im Krieg. Wir haben aber keinen Krieg mehr.«

»Ein Standgericht ist eine sehr nützliche Einrichtung. Das weiß ich aus Erfahrung. Wir haben Kniewitz damals auch an den Errungenschaften seiner früheren Kampfgenossen teilhaben lassen. Er war ja so ein begeisterter Soldat, er sollte auch einmal zittern um sein bisschen Leben.«

»Wer war der Gerichtsherr?«

»Ich.«

»Wer der Ankläger?«

»Auch ich.«

»Und die Richter?«

»Alle Männer, die ihre Väter durch Verrat verloren haben.«

»Sie können mir doch nicht erzählen«, brauste Steffen auf, »dass Sie Ihren Vater verloren haben, wie die anderen. Der wäre damals schon mindestens hundert Jahre alt gewesen.«

»Ich habe meinen Sohn verloren«, sagte der alte Fischer sanft. Er drehte sich um, blickte über die See und schien sich in Erinnerungen zu verlieren.

Steffen lehnte sich ebenfalls an die Reling. Er beobachtete die Finger des Leuchtturms, dessen Lichtstrahlen über den Horizont zogen. »Gab es Beweise?«, fragte er nach einer Weile.

Der Fischer kam wieder in die Gegenwart zurück. »Nein, nur Indizien. Allerdings erdrückende Indizien.«

Eigentlich sind wir doch recht weit gekommen mit der Aufklärung des Mordes, dachte Steffen. Allerdings war da immer noch die Frage nach dem aufgelösten Konto. »Wer hat das Geld von Kniewitz' Konto abgehoben?«

»Das hat er selbst gemacht, als er merkte, dass seine Zeit auf der Insel abgelaufen war. Schließlich hatte kurz zuvor jemand auf ihn geschossen. Er wollte sich unbemerkt absetzen, doch auf dem Weg zur Fähre haben wir ihn eingeholt.«

»Woher wussten Sie, dass er flüchten wollte?«

»Wir wussten es eben. Wir haben so unsere Methoden.«

Steffen fragte nicht weiter nach. Er brauchte nicht zu fragen, er war ja selbst ein Opfer der Bespitzelung geworden. »Warum haben Sie so lange gewartet? Sie hätten sich ihn schon zwanzig Jahre früher vornehmen können.«

Thies Thiesen stöhnte. Er krümmte sich und stützte sich schwer auf seinen Stock. Nach einer Weile richtete er sich wieder auf. »Ach, wissen Sie«, sagte er mit gepresster Stimme, »wir sind keine Mörder. Vielleicht würde er heute noch leben, wenn er sich nicht mit den Strandgängern angelegt hätte. Es war schon immer gefährlich für einen Strandvogt, allzu aufmerksam zu sein.«

»Das war seine Aufgabe.«

»Man hat Ermessensspielräume, auch als Polizist. Die Strandgänger hatten ihn schon lange im Visier, doch als damals eine Schiffsladung angeschwemmt worden war und er sich wie eine Hundertschaft der Gestapo aufführte, hatte er die rote Linie überschritten.«

»Was hat das mit den Söhnen der Feindhörer zu tun?«

»Die Jungs von damals sind keine Kinder mehr, das sind kräftige Männer. Männer, die ohne Väter aufgewachsen sind. Die merkten plötzlich, dass sie nicht alleine waren mit ihrem Hass. Die merkten, dass der Kniewitz die halbe Insel gegen sich hatte. Da haben sie sich mit den Strandgängern verbündet. Die Söhne der Feindhörer haben für ein gerechtes Verfahren gesorgt. Hier auf der GRETJE.«

»Ich weiß nicht, was daran gerecht ist, wenn man einen Menschen ins Wasser wirft.«

Der Fischer richtete sich stolz auf. »Na, hören Sie mal! Es gab ein ordentliches Standgerichtverfahren. Er wurde zum Tode verurteilt, und das Urteil wurde sofort vollstreckt. Genau so, wie es uns damals seine braunen Genossen vorgemacht haben.«

»Wie vollstreckt? Haben Sie ihn über die Planke laufen lassen, wie bei den Piraten?«

»Nein, er hat nichts vom Tod gemerkt. Er wurde mit zwei Flaschen Schnaps auf dem Jungnamensand ausgesetzt. Als die Flut kam, war er schon so betrunken, dass er sich kaum noch auf den Beinen halten konnte.«

Steffen lief ein Schauer über den Rücken. Wie konnte der Alte nur so locker über die letzten Minuten eines Menschen plaudern? Aber dieser Fischer war ja auch nicht vom Tode bedroht. Doch er und Lilianne würden in Kürze ebenfalls auf dem Jungnamensand stehen, jeder mit zwei Flaschen Schnaps in der Hand. Er konnte sich die Situation so deutlich vorstellen, dass ihm die Knie weich wurden. Schnell hielt er sich an der Reling fest. »Was haben Sie mit dem Geld des Polizisten gemacht?«, fragte er rau. »Haben Sie es unter sich aufgeteilt?«

»Natürlich nicht! Es gab eine anonyme Spende, mit der die Kirche renoviert werden konnte.«

Steffen drehte sich um, weil jemand die Ruderhaustür geöffnet hatte. Dort stand ein Mann wie ein schwarzer Schatten – oder wie der Tod. Der Schatten blickte zuerst in Richtung Leuchtturm, dann nach vorne. Schließlich verschwand er im Ruderhaus. Der Mann mit der gebeugten Haltung kam Steffen bekannt vor. Sieh einer an, der Bestattungsunternehmer ist auch mit von der Partie. Und zu welcher Gruppe gehört er? Zu den Feindhörer-Söhnen oder den Standräubern? Oder zu beiden?

Steffen konzentrierte sich wieder auf Thiesen. Was mache ich hier eigentlich, fragte er sich, ich plaudere mit diesem Greis, als würden wir auf einer Promenade am Geländer stehen und über den Lauf der Welt philosophieren. Dabei geht es um mein Leben. Und außerdem sitzt Lilianne alleine da unten in diesem Fischloch. Die hat sich bestimmt schon in die Hose gemacht vor Angst. »Warum erzählen Sie mir das alles?«, fragte er ungnädig.

Der Fischer zwinkerte mit den Augen. »Vielleicht will ich mein Gewissen entlasten, so kurz vor dem Ende.«

»Es könnte jedem hier viele Jahre Gefängnis einbringen, wenn ich der Polizei erzähle, was Sie mir gerade gesagt haben.« Steffen hielt erschrocken inne, ein fürchterlicher Verdacht machte sich in ihm breit. »Oder haben mich Ihre Kumpane bereits zu Tode verurteilt, und die Verhandlung ist nur eine Farce?«

Thiesen blickte zum Ruderhaus. »Nein, das Standgericht tagt noch. Und vor der Polizei haben die Männer da hinten keine Angst. Denn ich werde den Tod von Kniewitz auf mich nehmen, ich ganz alleine.«

»Für einen Polizistenmord werden Sie sehr lange im Gefängnis sitzen.«

»Ich werde überhaupt nicht ins Gefängnis gehen.« Der alte Mann stützte sich mühsam auf seinen Stock. »Gerichtsverfahren wegen Mord ziehen sich endlos hin. Bis zur Urteilsverkündung wäre ich schon nicht mehr auf dieser Welt.« Er reckte das Kinn in Steffens Richtung. »Ich habe Krebs, verstehen Sie. Bauchspeicheldrüsenkrebs. Ich mache es nicht mehr lange.«

Aus dem Ruderhaus drang die dunkle, schleppende Stimme des Wirts. »Thies, komm her. Urteilsverkündung.«

Der Fischer humpelte nach achtern, der Mann von der Back nahm nun neben Steffen Aufstellung. Sein Gesicht zeigte die gleiche grimmige Entschlossenheit wie das Gewehr an seiner Schulter, sofern ein Gewehr Entschlossenheit zeigen kann.

Ich bin erstaunlich ruhig angesichts des Todes, dachte Steffen. Ich hätte gedacht, ich würde auf die Knie fallen und den alten Mann um mein und das Leben von Lilianne anflehen. Vielleicht jammern, in Tränen ausbrechen oder den Zorn sämtlicher Götter dieser Erde heraufbeschwören. Aber nein, ich stehe hier und blicke über die See. Von Todesangst keine Spur. Ja, während der Verfolgung hatte ich Angst um mein Leben, aber jetzt nicht mehr. Es ist alles so ruhig hier, niemand schießt auf einen, es ist wie eine Ausflugsfahrt, nur eben nachts. Und die Männer im Ruderhaus? Die sind so weit weg, als wären sie auf einem anderen Schiff. – Steffen, sei realistisch! Das ist keine Ausflugsfahrt. Bald sind wir am Jungnamensand, und dann werfen sie dich und Lilianne über Bord. Du musst dich wehren, solange es noch geht. Du könntest diesen Mann neben dir niederschlagen, ihm das Gewehr entreißen, auf die dunklen Gestalten im Ruderhaus feuern, immerzu, bis sich keiner mehr rührt. In Filmen machten sie das so.

Er sah den Mann an. Der war nicht viel größer als er, sah allerdings überaus kräftig aus. Wie ein Mann eben aussieht, der sein Leben lang mit seinen Händen, seinen Muskeln, seinem ganzen Körper gearbeitet hat. Entfernt erinnerte er an einen der Gärtner, damals auf dem Friedhof. Immerhin, dachte Steffen, könnte ich auf den Überraschungseffekt setzen und ihn überrumpeln.

Der Kopf des Mannes ruckte hoch. Er ging zwei Schritte beiseite, nahm das Gewehr von der Schulter und legte es schussbereit in die Armbeuge. Merkwürdig, dachte Steffen, können die hier alle Gedanken lesen?

Mit einem Mal hatte er das Gefühl, dass irgendetwas anders war. Das Auspuffrohr hinter dem Ruderhaus blubberte lauter als zuvor, das Schiff, das bisher mit geringer Geschwindigkeit nach Westen gefahren war, schwenkte herum und ging auf Gegenkurs. Kurz darauf war ein gleichmäßiges Klopfen an Deck zu hören: Thiesen mit dem Krückstock. Er lehnte sich schwer gegen die Reling und stöhnte. Lange Zeit sagte niemand etwas. Der Fischer nicht, der Mann mit dem Gewehr nicht, auch Steffen schwieg.

»Wir fahren zurück«, sagte der Fischer schließlich.

»Schon gemerkt.«

»Wissen Sie, was fehlt? Es fehlt der Hass. Es war einfach, den Kniewitz in den Tod zu schicken. Alle drängten sich geradezu danach, ihm über Bord zu helfen. Es tötet sich leicht, wenn einem die Rache die Hand führt. Und es macht kaum Gewissensbisse. Es ist ein Akt der Gerechtigkeit.«

»Für solche Fälle gibt es eine staatliche Institution, die sich Amtsgericht nennt.«

»Ach, nein. Das Ergebnis wäre uns zu unsicher gewesen. Wir auf den Inseln lieben klare Verhältnisse. Wer andere tötet, hat sein Leben verwirkt. – Bei Ihnen und Ihrer rothaarigen Assistentin ist es anders. Warum sollten wir Sie hassen? Sie haben uns nichts getan. Wir könnten Sie natürlich auf dem Jungnamensand aussetzen, damit Sie nicht erzählen, was Sie herausgefunden haben. Das wäre Mord zur Vertuschung einer Straftat, wie es im Strafgesetzbuch so schön heißt. Doch damit will hier niemand etwas zu tun haben, denn das wäre Mord aus Angst. Wir Friesen sind aber kein ängstlicher Volkstamm.«

In Steffen brandete der aufgestaute Ärger der letzten Tage hoch. »Ihre Leute hatten keine Probleme, in den Dünen auf mich zu schießen. Und wenn sie mich auf dem Seemannsfriedhof erwischt hätten, würde ich jetzt tot unter der Hecke liegen.«

»Ach das?« Thiesen lächelte belustigt. »Die Kaninchenjagd war nur ein Warnsignal, um Sie zu vertreiben. Sie glauben doch wohl nicht, dass die Leute hier auf der Insel so schlecht schießen. Und auf dem Seemannsfriedhof wollten wir Sie einfangen und hierher bringen. Aber Sie sind uns entwischt.«

Auf einen Wink des Fischers klappte der Mann neben ihnen die Fischluke auf und ließ die Leiter hinunter. Lange Zeit tat sich nichts. Sie warteten. Schließlich tauchten Liliannes Haare über dem Lukensüll auf, dann ihre großen, erschreckten Augen. »Hinrichtung?«, fragte sie kaum hörbar.

»Nein, Rückfahrt«, sagte Steffen.

Thies Thiesen stieß mit dem Stock in Richtung der beiden, die eng nebeneinander an Deck standen und sich so fest an den Händen hielten, dass Steffen seine Fingerknochen knacken hörte. »Kniewitz ist tot, die Sache ist erledigt, dem können Sie nicht mehr helfen. Ich gehe davon aus, dass die Sache mit dem Grab von Kapitän Gerdes unter uns bleibt. Wenn irgendeine Information über den Tod des früheren Polizisten die Insel verlässt, werden Sie von uns Besuch bekommen. Unser Arm reicht bis Hamburg und auch nach Berlin.«

Steffen schluckte trocken, Lilianne nickte.

Thiesen zog ein kleines Buch aus der Tasche, Steffen erkannte es sofort: Es war sein Tagebuch. Er machte einen schnellen Schritt auf den alten Fischer zu, doch der Mann mit dem Gewehr war schneller. Er stieß Steffen den Gewehrlauf in die Seite. »Zurück!«, fauchte er.

Derr Alte blitzte Steffen böse an. »Damit Sie es sich nicht plötzlich anders überlegen mit Ihrem Schweigegelübde, Herr Stephan, werden wir Ihr Tagebuch hier auf der Insel verwahren.«

»Was soll Ihnen das schon nützen?«, fragte Steffen mit Spott in der Stimme.

Thiesen schlug das Buch an der Stelle mit dem Lesezeichen auf. *»Hübner ist ein dicker, fetter Bulle«*, las er vor, *»ein stiernackiger Egomane, ein Vorgesetzter, der die Personalführung auf Sklavenschiffen gelernt hat.«* Er blätterte weiter. »Und hier: *Ein Abenteuer mit Sylvia wäre sicherlich recht nett, ich könnte es mir gut vorstellen mit ihr im Bett.«* Thiesen blickte zu Lilianne und klappte das Buch zu. »Da eine Dame anwesend ist, möchte ich auf weitere Details verzichten.«

In Steffen stieg die Hitze bis zu den Ohren hoch. »Ich wüsste nicht, was Sie damit anfangen können«, sagte er schwach.

»Ein Hinweis an geeigneter Stelle könnte Sie die Stelle kosten und Ihnen eine Klage wegen Verleumdung einbringen. Sicherlich würde sich auch dieses hübsche Fräulein von Ihnen abwenden.«

Lilianne drückte sich eng an Steffen. »Mich stört das nicht«, sagte sie schnippisch, »ich weiß, wie Männer sind.«

Thiesen hatte offensichtlich keine Lust mehr zu reden, möglicherweise machten ihm die Schmerzen zu schaffen. Er stieß wieder mit dem Stock in Liliannes Richtung. »Sie, junge Frau, erhalten eine kostenlose Fährfahrt nach Husum. Von dort aus können Sie nach Hause fahren.«

»Sind Sie verrückt?«, brauste Lilianne auf. »Sie können mich doch nicht so nass und ohne Geld an der Küste absetzen.«

Steffen sah sie überrascht an. Diese Frau war ihm immer noch ein Rätsel. Gerade dem Tode entronnen und schon wieder auf Widerspruch getrimmt.

»Ihnen wird schon etwas einfallen«, sagte der Fischer kühl. Er deutete auf Steffen. »Sie bringen wir nach Büsum, Herr Friedhofsforscher. Das wird Ihnen bestimmt gefallen. Dort liegt doch einer Ihrer Toten.«

»Warum dieser Aufwand?«

»Wir wollen verhindern, dass Sie gemeinsam zur Polizei gehen. Sie sollten sich unseren Vertrag erst einmal in Ruhe durch den Kopf gehen lassen. Am besten jeder für sich alleine.«

»Ein Vertrag ist eine beidseitige übereinstimmende Willenserklärung«, dozierte Steffen, »und davon kann hier keine Rede sein.«

»Wir haben Ihre stillschweigende Zustimmung vorausgesetzt«, sagte der alte Mann mit einem feinen Lächeln. »Verträge haben nämlich immer mit Macht zu tun. Und in diesem Falle ist es eindeutig ein Machtgefälle zu Ihren Ungunsten.«

Teil 5
Insel Sylt

44

Schleswig-Holstein, im Oktober 1964

Der Bahnhof von Itzehoe sagte ihm nichts. Natürlich war er hier schon gewesen, auf der Fahrt nach Norden hielt der Zug immer in Itzehoe. Doch wenn er aus dem Abteilfenster schaute, erinnerte er sich an nichts. Er hätte aussteigen können, auch noch in Heide, doch er stieg nicht aus. Stattdessen zerknüllte er das Papier in seiner Jackentasche. Minuten später holte er das Telegram wieder heraus und glättete es. »+++ STEFFEN, KOMM SOFORT NACH SYLT +++ SEHR WICHTIG +++ KUSS LILIANNE +++« stand auf dem schmalen Streifen. Er hatte nicht darauf geantwortet, hatte die Nachricht in den Papierkorb geworfen, sie wieder herausgeholt, erneut in den Papierkorb geworfen – und wieder herausgeholt.

Dann hatte sie ihn angerufen, er hatte es geahnt, diese Frau war hartnäckig. Der Teufel mochte wissen, woher sie seine Telefonnummer hatte. Jedenfalls nicht von Sylvia, niemand im Institut kannte seinen Aufenthaltsort. Eigentlich wusste nur seine Mutter von dem neuen Domizil. Sie hat doch nicht meine Mutter angerufen, fragte er sich erschrocken. Die würde Lilianne bis auf die Knochen seziert, auf Gebrechen abgeklopft, zu Krampfadern und nach Epilepsie in der Familie befragt haben. Denn möglicherweise war da eine potenzielle Schwiegertochter und Enkelproduzentin am Telefon.

Er stöhnte laut auf.

»Steffen! Du kommst jetzt sofort nach Sylt!«, hatte Lilianne ins Telefon gebrüllt. »Es ist wichtig. Es geht nicht ohne dich.«

Er hatte im Wohnzimmer gesessen, den schwarzen Hörer vor sich auf dem Telefontischchen. Er hatte sich die Ohren zugehalten, doch er konnte ihrer Stimme nicht entgehen.

Als ihre Befehle nichts bewirkten, hatte sie die Taktik geändert. »Liebster Steffen, ich brauche dich, ich schaffe es nicht alleine«, jammerte es jetzt aus dem Hörer. »Du hast als Wissenschaftler immer so klare Gedanken. Wenn ich die Abschlussarbeit in den Sand setze, war das gesamte Studium umsonst.«

»Ich fahre nicht mehr auf eine Insel!«, hatte er in den Hörer gebrüllt.

»Es ist keine Insel. Es ist eine Halbinsel.«

»Egal! Über kurz oder lang werde ich wieder flüchten müssen. Und dann bauen sie auf dem Damm eine Barrikade, halten den Zug zum Festland an, zerren mich raus und exekutieren mich direkt nehmen dem Waggon.«

Es hatte nichts genützt, er hätte es wissen müssen.

Ab Husum war er allein im Abteil. Es war keine Ferienzeit, die Menschen blieben lieber in ihren warmen Stuben auf dem Festland. In Niebüll gab es einen längeren Aufenthalt. Autos wurden in den Zug gefahren, es polterte und lärmte entsetzlich. Steffen erinnerte sich, dass es von hier nicht weit bis nach Leck war. Und er erinnerte sich mit Schaudern an das kurze Telefongespräch, das er vor zwei Monaten mit dem Kirchenarchiv geführt hatte. Oder war es vor einem Monat gewesen? Er hatte die Nummer dieses netten Archivars gewählt, warum, wusste er nicht mehr. Vielleicht wollte er nur einfach von Kollege zu Kollege plaudern, vielleicht erhoffte er sich Beistand von jemandem, der ähnlich dachte wie er, ein Archivar eben.

»Kreisarchiv der Nordelbischen Kirche, guten Tag«, sagte eine ruhige, weibliche Stimme.

Steffen hatte einen Hustenanfall bekommen. »Margarete?«

»Guten Tag, Herr Stephan. Wenn Sie den früheren Archivar suchen, der ist nicht mehr hier. Den erreichen Sie jetzt auf Amrum.«

»Margarete, was machst du in Leck?«

»Ich arbeite hier.«

»Margarete, ich wollte nur sagen, dass es mit leid tut. Ich wollte dich nicht …«

Es knackte im Hörer, das Gespräch war beendet.

Es hatte einen ganzen Tag gedauert, bis er sich zu einem Gespräch nach Amrum aufraffen konnte. »Hier Steffen Stephan«, sagte er zögernd, als der Hörer aufgenommen wurde.

»Ach, der Herr Kollege aus Hamburg.« Der Archivar schien in launiger Plauderstimmung zu sein. »Was macht die Friedhofsforschung?«

»Ich erforsche keine Friedhöfe mehr.«

Einen Augenblick war Schweigen in der Leitung. »Schade, ich hätte gerne weiter mit Ihnen zusammengearbeitet.«

»Warum sind Sie auf Amrum und nicht mehr in Leck?«

»Ach, wissen Sie, es hat sich eine Menge verändert in den letzten Monaten. Pastor Markmann ist in Ruhestand gegangen, und ich habe die Stelle bekommen. Ich war ja schon mal für einige Zeit auf der Insel. Meinen Posten in Leck hat jetzt Frau Paulsen, die kennen Sie vielleicht.«

»Flüchtig.«

»Der Friedhof soll übrigens doch nicht aufgelöst werden. Das erfreut Sie sicherlich.«

»Wissen Sie, wie es Herrn Thiesen geht?«

»Der Arme! Den haben wir vor einem Monat zu Grabe getragen. Der war ganz vom Krebs zerfressen.«

»Gibt es sonst noch Neuigkeiten?«

»Nein, eigentlich nicht. Die Urlaubszeit ist vorbei, hier versinkt wieder alles im Dornröschenschlaf.« Der Archivar schien einen Augenblick zu überlegen. »Ach, da war doch noch was. Der Bestattungsunternehmer, dieser Klages, hat sein Geschäft aufgelöst und ist aufs Festland gezogen. Als Grund hat er angegeben, dass es zu wenig Leichen auf der Insel gäbe.«

»Ich wünsche Ihnen viel Erfolg bei Ihrer Arbeit. Und beherzigen Sie die Warnung, die Sie mir einmal mitgegeben haben: Graben Sie nicht zu tief auf der Insel. Weder im Sand noch in der Erde. Überall Leichen dort.«

In das herzhafte Lachen des neuen Pastors hinein war wieder dieses Knacken in der Leitung zu hören gewesen.

Der Zug setzte sich langsam, eher zögerlich, in Bewegung. Steffen hätte immer noch aussteigen können, hier in Niebüll, hatte es auch ernsthaft erwogen, sogar dann noch, als die Lok bereits einiges an Geschwindigkeit erreicht hatte. Doch er war nicht gesprungen. Und nun rumpelte die Bahn über den Hindenburgdamm Richtung Westerland. Mit Widerwillen blickte Steffen nach draußen. Rechts zogen die immer gleichen Polder vorbei. Salzwiesen, dazwischen Entwässerungskanäle. Links das Wattenmeer. Aus dem Dunst über dem Meer schälte sich ein brauner Streifen: Sylt.

Seine Gedanken schweiften ab in eine Zeit, die endlos weit zurücklag. Nun ja, die drei Monate zurücklag. Er war damals in sein Büro gekommen, es war der erste Arbeitstag nach dem Aufenthalt auf Amrum und den zwei oder drei Tagen, die er apathisch zu Hause gesessen hatte. Neben dem Schreibtisch hatte sein Koffer gestanden, nachgeschickt vom Campingplatz »Sonnenstrand«. Er wunderte sich nicht darüber, er hatte Gefühle wie Erschrecken, Angst, Verwunderung, vielleicht auch Zuneigung und Liebe, für immer aus seinem Herzen verbannt. Widerstrebend hatte er die Unterlagen über den Seemannsfriedhof aus dem Koffer genommen und sich unwillig an den Abschlussbericht gemacht.

Er hatte noch nicht lange in seinem Büro gesessen, da zitierte ihn Hübner zu sich. Sylvia blickte erschrocken hoch, als Steffen das Vorzimmer betrat. »Mein Gott, wie siehst du denn aus? Richtig grau und abgestanden. Bist du krank?«

Er war wortlos an ihr vorbeigegangen.

Hübner war in aufgeräumter Stimmung, wie anscheinend alle im Institut. Er strahlte und rieb sich die Hände. »Ich möchte Ihre Unterlagen haben. Jetzt gleich! Sicherlich wird es eine großartige Veröffentlichung werden. Der Verlag hat bereits Zustimmung signalisiert. Sergio Conetti wird in altbewährter Weise die Steine ablichten. Wabernder Morgennebel, Tautropfen, solche Sachen eben.«

Steffen hatte wortlos seinen Papierstapel über den Tisch geschoben.

Eine halbe Stunde später hatte ein Löwengebrüll die heiligen Räume des Instituts erschüttert. Jemand hastete durch die Gänge, dann stand Sylvia in der Tür.

»Du sollst sofort zum Professor kommen«, keuchte sie, Erschrecken im Blick, »er ist außer sich vor Wut.«

Hübner hatte sich wie ein angreifender Stier über seinen Schreibtisch gebeugt, das Gesicht hochrot, der eine Mundwinkel zuckte hektisch. »Was erlauben Sie sich eigentlich, Sie Archivar?«, brüllte er, kaum dass Steffen in der Tür stand. »Monatelang haben Sie herumgeforscht, auf Institutskosten teure Reisen gemacht – und jetzt das.« Seine fleischige Hand klatschte auf Steffens Unterlagen. »Sie beschreiben einen abgelegenen Acker voller stinkender Wasserleichen. Es ist eine bodenlose Frechheit, mir so etwas vorzulegen! Sie sollten die Kapitänssteine an der Nebeler Kirche erforschen. Die Grabsteine dieser erfolgreichen Schiffsführer aus der Walfangzeit.« Einen Augenblick lang lastete Stille im Raum, doch Hübner war noch nicht fertig. Er wischte angeekelt über die Unterlagen. »Dieses Zeug hier druckt kein Verlag. Wer will so einen Mist schon lesen?« Dann wurde die Stimme des Professors leise, unangenehm leise. »Sie haben meine Erwartungen enttäuscht und mein Vertrauen missbraucht, Herr Stephan. Unsere Wege trennen sich. Sie werden mit sofortiger Wirkung von Ihrer Arbeitsverpflichtung entbunden. Räumen Sie das Büro innerhalb einer Stunde.«

Der Zug wurde langsamer, das Rütteln ging in ein sanftes Gleiten über. Steffen sah die ersten reetgedeckten Häuser neben der Bahnstrecke, doch er nahm sie nur am Rande wahr. Noch immer beschäftigte er sich mit dieser schrecklichen Zeit nach dem Rauswurf aus dem Institut. Da war sie also, die Arbeitslosigkeit, vor der er sich schon lange gefürchtet hatte. Glücklicherweise war der Mietvertrag für das teure Reihenhaus abgelaufen, so dass diese Belastung erst einmal wegfiel. Er hätte zu seiner Mutter ziehen können, sie hätte ihn mit Wonne aufgenommen, doch das war für ihn zu viel der Wonne. Er hatte eine kleine, billige Zweizimmerwohnung in einem der Backsteinkomplexe aus den dreißiger Jahren gefunden, nicht weit entfernt vom Stadtpark. Dort fühlte er sich viel heimischer als in diesem schrecklichen Haus in Stellingen. Und der Stadtpark war für ihn ein Segen. Dort ging er nachts stundenlang spazieren, um seine Gedanken nach der grauenhaften Zeit auf Amrum neu zu ordnen.

Langsam rollte der Zug in den Bahnhof von Westerland ein. Es warteten nur wenige Menschen auf dem Bahnsteig. Eine Taxe kam die Straße hoch und parkte hinter den anderen Droschken. Der Fahrer stieg aus, schlenderte zu seinen Kollegen, die plaudernd und Zigaretten rauchend in einer Gruppe zusammenstanden. Etwas weiter entfernt wartete der Linienbus mit laufendem Motor.

Steffen suchte die Gruppe der Wartenden ab, Gesicht für Gesicht. Nichts, Lilianne war nicht dabei. Enttäuscht blickte er über den Vorplatz. Weiter hinten stand eine Frau mit roten Haaren, die ihrerseits die Aussteigenden musterte. Jetzt hatte sie ihn ausgemacht. Sie veränderte ihre Haltung kaum, machte nur eine sparsame Bewegung. Auch Steffen hob kurz die Hand.

Er stellte seinen karierten Koffer vor ihr auf den Gehsteig. »Schön, dass du mich abholst.«

»Schön, dass du da bist.«

Schweigen.

Er stand ihr unschlüssig gegenüber, er war sich nicht sicher, ob er sie in die Arme schließen sollte. Eigentlich war er sich sicher, dass er sie nicht in die Arme schließen wollte, es könnte als eine Grenzüberschreitung gewertet werden. Außerdem war sie Teil eines früheren Lebens, mit dem er nichts mehr zu tun hatte.

Sie schob ihren Arm unter seinen und dirigierte ihn in ein Café in der Friedrichstraße. Dort bestellten sie »Qualle auf Sand« und machten sich schweigend darüber her.

»Wie geht es dir?«, fragte Lilianne schließlich.

Steffen schaute in seine Tasse. »Na ja, geht so.«

Sie legte ihre Hand auf seinen Arm, ganz leicht nur. »Ich weiß alles, Steffen. Sylvia hat es mir erzählt.«

Sein Kopf zuckte hoch. »Du hast doch wohl nicht meine Adresse an das Institut weitergegeben?«

»Nein, habe ich nicht.«

Wieder Schweigen.

»Mir geht es auch nicht gut, Steffen. Wenn ich das Wort ›Amrum‹ höre, bekomme ich hektische Flecken am Hals. Außerdem habe ich Albträume. Ich will aber nicht für den Rest des Lebens Albträume haben. Wir müssen etwas tun.«

»Was kann man da schon tun?«

»Wir müssen darüber reden. Wir müssen alles aufschreiben.«

»Meinst du, das hilft?«

Sie gingen Richtung Steilküste, untergehakt wie ein altes Ehepaar, jenseits aller Erotik. »Ich werde dir jetzt das Apartment zeigen. Es liegt fantastisch.« Sie musterte ihn mit einem spöttischen Blick. »Es ist zwar nicht mit deinem Wohnwagen in den Dünen von Amrum zu vergleichen, aber immerhin habe ich Meerblick.«

Sie hatte nicht zu viel versprochen. Die kleine Wohnung strahlte eine Gemütlichkeit aus, die ihm gleich das Gefühl gab, nach Hause gekommen zu sein. Daran hatten die hellen Möbel und die fröhlichen, bunten Teppiche einen großen Anteil. Durch die großen Panoramafenster eröffnete sich ein weiter Blick auf die Nordsee. Die Miete muss ein Vermögen kosten, dachte er.

Lilianne hatte offensichtlich einige Veränderungen im Wohnzimmer vorgenommen. Sie hatte den Esstisch vor das Fenster geschoben und rechts davon einen Beistelltisch gestellt, den sie von irgendwoher besorgt haben musste, denn er passte nicht zur übrigen Einrichtung. Auf dem kleinen Tisch stand eine elektrische Schreibmaschine, daneben lag je ein Paket Schreibmaschinen- und Kohlepapier. Interessiert betrachtete Steffen das Minibüro. Sollte er insgeheim Urlaubsgedanken gehegt haben, verschwanden diese so schnell wie Sand in einer Sturmnacht.

»Hast du etwas Bestimmtes vor?«

»Wir schreiben zusammen ein Buch über Amrum«, erklärte sie mit einer Bestimmtheit, die keinen Widerspruch duldete.

Steffen griff nach seinem Koffer. »Wenn du mich deshalb hergeholt hast, kann ich gleich wieder zurückfahren. Du weißt doch, dass Hübner das Amrumthema abgelehnt hat. Alles nur Wasserleichen, hat er gesagt, kaum etwas Substanzielles und vor allen Dingen keine Grabsteine. Das könnte ich nicht einmal dem Gesamtverband des Bestattungswesens andienen.«

»Hübner!« Lilianne schnaubte empört. Ihre abfällige Handbewegung und der verächtliche Zug um den Mund hätten dem Institutsleiter die Zornesröte ins Gesicht getrieben. Sie machte zwei schnelle Schritte und baute sich vor Steffen auf. »Du wirst einen Roman schreiben. Und ich werde dir dabei helfen.«

»Hast du mich deshalb herkommen lassen?«

»Ja, genau deshalb.«

Er hätte gerne einen Schritt zurückgemacht, aber der Beistelltisch stand im Weg. »Bist du verrückt? Einen Roman? Ich bin Wissenschaftler und kein Schreiberling!«

»Aber ich bin Literaturwissenschaftlerin und Journalistin …«

»Angehende Journalistin.«

»… und deshalb kann ich so etwas.«

»Dann schreib den Roman doch alleine!«

»Nein, das geht nicht. Wenn es ein Ladenhüter wird, habe ich meinen guten Namen verbrannt. Dann bin ich schon erledigt, bevor ich richtig angefangen habe.«

Steffen schaute – zwischen Beistelltisch und Lilianne eingeklemmt – aus dem Fenster auf das Meer. Die leichte Brandung täuschte Ruhe und Frieden vor. Sie lud dazu ein, gemütlich an der Wasserkante entlangzuschlendern, sich ab und zu nach einer Muschel zu bücken, und an nichts anderes zu denken als an ein gutes Buch, an den starken, heißen Kaffee und den selbstgebackenen Kuchen in einem gemütlichen Café. Warum muss mein Leben immer so kompliziert werden, sobald eine Frau darin auftaucht, fragte er sich wieder einmal.

»Über was soll ich schreiben?«

»Du schreibst über uns, über die Angeschwemmten von Amrum und über die Probleme der historischen Forschung.«

So viel Naivität brachte ihn aus der Fassung. »Mein Gott, Lilianne, du bist verrückt! Wenn die Strandräuber auf Amrum das lesen, bringen sie uns um. Wir könnten uns gleich vor den Zug werfen.«

»Wir werden die Namen ändern.«

»Aber es ist noch immer die gleiche Insel.«

»Das allerdings ist ein Risiko.«

Steffen stellte den Koffer wieder auf den Boden. Er musste Zeit gewinnen und die richtigen Argumente sammeln, um diese Frau von ihrem törichten und unnützen Vorhaben abzubringen.

Lilianne blickte von ihren Notizen hoch. »Du kannst den Koffer ins Schlafzimmer stellen. Und die rechte Seite im Badezimmer ist deine.«

Im hinteren Teil des Wohnzimmers gab es zwei Türen. Da sie durch die linke hereingekommen waren, öffnete Steffen die rechte Tür. Sie führte in eine kleine Küche, von dort ins Badezimmer und dann ins Schlafzimmer. Er stellte den Koffer vor der Spiegelkommode ab und blickte sich um. Auf der einen Seite des Doppelbetts lag Liliannes ordentlich gefaltetes Nachthemd, auf dem Nachtschränkchen blinkte ein Radiowecker, der null Uhr und null Minuten anzeigte. Steffen öffnete den Kleiderschrank. Auf der rechten Seite hatte sie ihre Blusen und Röcke an die Kleiderstange gehängt, in den Fächern lag ihre Unterwäsche, sehr exakt Stoß auf Stoß gestapelt, die BHs hatte sie an der Krawattenhalterung aufgereiht. Unten im Schrank stand ihre Reisetasche, davor ein Paar Schuhe, exakt nebeneinander gestellt. Er setzte sich aufs Bett und betrachtete nachdenklich die Ordnung im Kleiderschrank. Alles korrekt aufgeräumt, wirklich, sein Archivarherz hätte vor Begeisterung höher schlagen müssen, doch da schlug nichts höher. Recht nett, das alles, dachte er, aber irgendwie auch etwas pedantisch. Keine persönliche Note, das Ganze, sieht eher aus wie in der Wäscheabteilung eines Kaufhauses. Er grub in seinem Koffer nach dem Kulturbeutel, fand ihn nicht sofort, einige Wäschestücke fielen achtlos auf den Boden.

Im Badezimmer hatte Lilianne eine nicht unerhebliche Palette an Wässerchen und Cremes links vor dem großen Spiegel aufgereiht, alles schön in Reih und Glied geordnet, das System der Sortierung erschloss sich Steffen allerdings nicht. Er verteilte Seife, Haarbürste, die Tube mit dem Rasierschaum und die Klingen wahllos auf der Ablage und drückte die geschlossene Zahnpastatube in der Mitte, wie Frauen es machten; seinen Rasierpinsel drapierte er demonstrativ auf dem Badewannenrand. Danach wusch er sich die Hände – und ließ das Handtuch achtlos ins Waschbecken fallen. Er stellte sich in die Tür und überblickte lächelnd die sorgfältig arrangierte Unordnung. Es gibt noch eine Hoffnung, dachte er, auf gewisse Weise. Vielleicht ist es nur eine Frage der Konzentration.

Das Klima im Wohnzimmer hatte sich verändert. Es lag eine Spannung in der Luft, der er sich nicht entziehen konnte. Lilianne lehnte am Schreibtisch und lächelte. Ihre Augen lächelten jedoch nicht, ihr Blick schien nachdenklich – oder wachsam.

»Wie gefällt es dir hier?« Ihre Stimme klang noch dunkler und rauer als sonst.

»Es gefällt mir ausgezeichnet. – Aber …«

»Aber?«

Steffen räusperte sich. »Ich bin versehentlich in das Zimmer der Hausherrin geraten. Wo schlafe ich?«

Sie stieß sich mit einer entschlossenen Bewegung vom Schreibtisch ab, schlang die Arme um seinen Hals und kam seinem Gesicht so nahe, dass sich ihre Nasen fast berührten. »Steffen Stephan, du bist ein Idiot!«, sagte sie sehr bestimmt.

Nun ja, das war keine neue Erkenntnis für ihn, doch jetzt ging es um Wichtigeres. Er hörte ihre Worte nur sehr undeutlich durch das Rauschen in seinen Ohren, und da die Ohren anscheinend nicht mehr so richtig funktionierten, konzentrierte er sich auf seinen Geruchsinn. Da gab es einiges zu entdecken: den verführerischen Duft eines Parfüms und den aufregenden dieser Frau.

»Du glaubst doch nicht, dass ich meinen Vater für dieses sündhaft teure Apartment angepumpt habe, um mit dir Mensch-ärgere-dich-nicht zu spielen. Wir schlafen gemeinsam im Ehebett, Steffen. Du und ich! Diesmal ohne Stacheldraht zwischen den Matratzen. Allerdings erst, wenn du diesen neumodischen Radiowecker eingestellt hast. Kannst du das?«

Man muss nicht auf alle Fragen antworten, auch wenn Eltern ihren Kindern gegenüber anderer Ansicht sind. Irgendwann hatte Steffen gelernt, dass es durchaus hilfreich sein konnte, bestimmte Fragen zu überhören. Er zog Lilianne noch näher an sich heran. Sie roch wirklich sehr gut, irgendwie nach Fliederbusch, und sie fühlte sich seltsam weich und warm an, so ganz ohne Widerstand. Es war genau so, wie er es sich vorgestellt hatte, als er ihr Telegram bekam. Er war ja nicht so blöde, wie es ausschaute. Es war eben manchmal erfolgreicher, sich zaghaft und abwartend zu geben und die Frau die Geschwindigkeit des Kennenlernens bestimmen zu lassen. Da mochte die Studentin im Einkaufsladen auf Amrum tatsächlich recht gehabt haben, trotz ihres jugendlichen Alters.

Da standen sie nun, eng umschlungen. Steffen konnte wirklich sehr lange ruhig stehen, er hatte das gelernt, damals bei der Hitlerjugend. Lilianne hielt auch ganz gut mit. Sie lehnten Wange an Wange, Steffen blickte über ihre Schulter hinweg zur Schreibmaschine. »Die Namenlosen von Amrum« hatte sie auf das Blatt getippt. Und darunter: »Roman«. Und dann stand noch sein Name ganz unten auf der Seite.

ENDE

Epilog 1

Ja, ich gestehe: Ich habe Namen gefälscht und gefälschte Namen in Umlauf gesetzt. Ich habe Daten verändert. Ich habe Orte und einiges mehr erfunden. Doch das alles geschah nicht in böswilliger Absicht, es ging einfach nicht anders. Dass Sterbedaten von mir verändert wurden, liegt einfach daran, dass ich die Geschichte in das Jahr 1964 transportiert habe. Da wäre es ziemlich unlogisch, wenn eine Leiche erst 1969 am Strand gefunden würde. Ich habe allerdings (fast) nur die Jahreszahlen manipuliert, für den interessierten Amrumbesucher lassen sich die Gräber anhand von Tag und Monat leicht identifizieren.

Ich würde gerne wie Heinrich Steinfest in seinem Stuttgart-21-Roman schreiben »Die Geschichte ist selbstverständlich frei erfunden. Eine Stadt namens Stuttgart hat also nie existiert«. Aber er musste diese Aussage zum Ende seines Buchs wieder zurücknehmen, deshalb lasse ich es lieber gleich sein. Es gibt durchaus Inseln wie Amrum und Sylt, auch Städte wie Hamburg, Büsum, Leer und Haren. Es gibt aber kein Sozialhistorisches Institut in Hamburg, folglich auch keinen Professor Hübner, keinen Peter Sigrist und keine Sylvia Kamp.

Und die Namen der Toten? Auch dort habe ich gemogelt. Und zwar dann, wenn Persönlichkeitsrechte der Nachkommen betroffen sein könnten. Zum Beispiel bei Frau Kirsch. Sie hieß nicht Kirsch, und sie wohnte auch nicht in Marbach. Ihren wahren Namen und ihren richtigen Wohnort habe ich verschwiegen, weil es noch Verwandte von ihr gibt, die sicherlich nicht gerne beim Brötchenholen auf diese Frau aus der psychiatrischen Anstalt angesprochen werden möchten.

Auch der Archivar des Nordelbischen Kirchenkreisarchivs ist nicht der, der er hier zu sein scheint. Er ist in Wirklichkeit ein freundlicher, älterer Herr, sehr hilfsbereit übrigens.

Und dann meine Lieblingsinsel Amrum. Nette Leute dort. Sie sind manchmal wortkarg und zum Ende der Sommersaison etwas schroff und kurz angebunden, aber ich komme mit ihnen gut klar – und sie hoffentlich auch in Zukunft noch mit mir. Die Sache mit dem Kaffee, der auf die Untertasse schwappt, hat sich übrigens inzwischen erledigt. Man bekommt seinen Kaffee freundlich serviert – und wenn er schwappt, liegt es am Seegang oder an der eigenen Schusseligkeit.

Um es kurz zu sagen: Alle handelnden Personen des Romans sind frei erfunden (wie der Verlagsjurist es formulieren würde). Alle? Ach, da ist ja noch diese Praktikantin. Sie ist in Wirklichkeit keine Praktikantin, heißt auch nicht Lilianne, war 1964 noch nicht geboren – aber rothaarig ist sie.

Ich bedanke mich für die freundliche Bearbeitung meiner Anfragen und die Bereitstellung der Unterlagen durch

das Standesamt Amrum,
das Nordelbische Kirchenkreisarchiv in Leck,
die Schleswig-Holsteinische Landesbibliothek in Kiel,
das Schleswig-Holsteinische Landesarchiv in Gottdorf,
The British Library Newspapers in London,
Roger Newman-Turner, Letchworth/Herts. und
das Bundesamt für Seeschifffahrt und Hydrografie in Hamburg.

Sie alle haben mir bei meinen Forschungen sehr geholfen. Ganz besonders möchte ich mich bei Bettina Bug und Britta Heitmann bedanken, die als Testleserinnen mit viel Fachkenntnis, Geduld und Überzeugungskraft das Manuskript vorwärts gebracht haben. Die intensiven Gespräche und den guten Kaffee werde ich vermissen.

Epilog 2

Einhundert Jahre lang hat der Friedhof auf Amrum die sterblichen Überreste der Namenlosen bewahrt, doch dann konnte auch er den sich ändernden Zeiten nicht mehr trotzen. Wegen der Verbreiterung der Durchgangsstraße wurden ein Teil des Areals umgestaltet und mehrere Gräber verlegt. Wer heutzutage den Friedhof besucht, wird ihn nicht mehr ganz in der Form vorfinden, wie ihn Steffen sah und wie ihn Lilianne vermessen hat.

Anhang

Ausgewählte Gräber auf dem Friedhof der Namenlosen auf Amrum, soweit sie nicht bereits im Roman ausdrücklich gewürdigt wurden. Zu den auch hier nicht aufgeführten Gräbern – und das sind leider die meisten –, wurde nur der stereotype Hinweis »männliche Leiche« und »Personenverhältnisse unbekannt« in den Akten vermerkt.

† 2 Gräber vom 12.11.1911 und 1 Grab vom 19.11.1911:

»Am 7. November wurde eine unbekannte männliche Leiche auf dem Kniepsand vom Strandvogt Johannes Wilhelm Jensen gefunden …

Am 8. November wurde eine unbekannte männliche Leiche auf dem Kniepsand vom Strandvogt Johannes Wilhelm Jensen gefunden …

Am 11. November wurde eine unbekannte männliche Leiche auf dem Kniepsand vom Kaufmann Bernhard Bojens gefunden.«

(Quelle: Auszug aus dem Personenstandsregister Amrum)

Bemerkenswert ist, dass am 14. und am 18. November auch auf dem Westerländer Seemannsfriedhof auf Sylt je zwei Angeschwemmte bestattet worden sind.

Leider ist über keinen der Toten etwas bekannt, doch es gibt Hinweise auf einen schweren Sturm Anfang November 1911 an der Nordfriesischen Küste. Über seinen Rettungseinsatz während dieses Sturms berichtete der Vormann Boy Rinken der Sylter Rettungsstation Munkmarsch: »Am 6. November, 1.1/2 Uhr Nachmittags, bekam ich die telefonische Nachricht, dass südlich von Keitum ein

Schiff gestrandet sei. Ich begab mich sofort nach der Station, wo ich die Mannschaften schon versammelt vorfand. Um so schnell wie möglich an das Schiff zu gelangen, musste das Rettungsboot per Wagen nach Keitum befördert werden. Wir ließen das Boot so weit windwärts befördern, um das Schiff trotz der großen Abtrift des Bootes unter Segel erreichen zu können. Es herrschte zurzeit ein recht schwerer Weststurm, Stärke 9, begleitet von heftigen Regenböen. Um 4 Uhr langten wir bei dem Schiffe an. Es war der Seemooskutter ›Neptun‹ aus Westerland, Fischer Stuckmack. Das Schiff war gesunken und lag so tief, dass es fortwährend von den Wellen überspült wurde. Wir fanden nur den Gehilfen des Fischers vor, welcher aussagte, dass der Fischer über Bord gespült und ertrunken sei. Wir nahmen den Gehilfen, der vollkommen durchnässt und halb erstarrt war, in unser Boot und landeten um 5.1/2 Uhr wieder bei Keitum. Hier wurde mir gemeldet, dass ein weiteres Schiff südlich von Archsum gestrandet sein solle. Ich ließ darauf sofort das Rettungsboot, trotzdem wir alle vollkommen durchnässt waren, nach Archsum per Wagen befördern. Auf meine Erkundigung bei dem dortigen Strandvogt erhielt ich keine bestimmte Auskunft, weshalb ich mich mit dem Strandvogt zu dem Manne begab, welcher das Schiff bemerkt haben wollte. Dieser sagte mir, er glaube etwa 500 m östlich des gestrandeten Kutters einen zweiten Mast bemerkt zu haben, jedoch könne er es nicht mit Bestimmtheit sagen. Da wir aber bei der Rettungsfahrt gerade diese Stelle mit dem Fernrohr abgesucht hatten, ohne etwas zu bemerken, nahm ich an, dass sich der Mann getäuscht haben müsste. Ich ließ deshalb das Boot nach der Station zurückfahren, wo wir um 9.1/2 Uhr abends eintrafen.« [Lt. Zeitungsbericht vom 21.11.1911 ist der ertrunkene Fischer des Kutters NEPTUN zwischen Morsum und Archsum im Priel treibend gefunden worden.]

(Quelle: Deutsche Gesellschaft zur Rettung Schiffbrüchiger; Bericht über das Rechnungsjahr 1911/1912, S. 32f)

† Grab vom 15.9.1918:

Am 10. September, morgens 5 Uhr, wurde bei Wittdün eine unbekannte männliche Leiche vom Strandvogt Carl Quedens gefunden. Der Tote trug Fischerkleidung und hatte die Holzschuhe noch an den Füßen.

† Grab vom 6.7.1919:

Am 29. Juni, nachmittags 4 Uhr, wurde auf dem Kniepsand eine unbekannte Leiche vom Arbeiter Hugo Paulien gefunden, der Kleidung nach ein Fischer.

† Grab vom 10.12.1922:

Am 23. November, mittags 1 Uhr, wurde am Strande bei Norddorf eine unbekannte männliche Leiche gefunden.

Seeamt Hamburg, Seeamtliche Untersuchung betreffend den Untergang des Dampfers HERBERT SAUBER am 6.2.1923 (Auszug).

»Der Dampfer ist am 3. November 1922 in der Nordsee gekentert und gesunken, und es haben bei dem Unfall 25 Mann der Besatzung den Tod gefunden, während der Koch Wilhelm Burmeister von einem englischen Fischdampfer gerettet ist. Der Unfall muss darauf zurückgeführt werden, dass auf eine nicht näher festzustellende Weise Wasser in einen oder mehrere Bodentanks gedrungen ist und dadurch die Stabilität des Schiffe in hohem Maße beeinflusst ist. Ein Verschulden der Schiffsleitung liegt nicht vor.«

Niederschrift des Seeamts zur Aussage des Kochs Burmester über die letzten Minuten vor dem Untergang:

»Um 5.3/4 Uhr kamen schwere Seen über das Schiff, und der Dampfer neigte sich plötzlich bis zirka 24° nach Steuerbord über. Er richtete sich dann nicht wieder auf, sondern fiel langsam weiter nach Steuerbord um. Der Kapitän wollte sofort die Boote klarmachen lassen, doch war der 1. Offizier der Meinung, dass dies keinen Zweck habe, da das Backbordboot bei der großen Schlagseite nicht ausgesetzt werden könne und das Steuerbordboot entzwei geschlagen würde.

Der 3. Offizier ging mit dem Koch auf die Brücke und machte die Schwimmwesten klar. Der Koch fragte dort den Kapitän, warum der Dampfer nicht gegen die See gelegt worden sei, worauf dieser antwortete, dass dies nicht gehe, da der Dampfer nicht mehr dem Ruder gehorche. Ferner will der Koch den Kapitän Eckler gefragt haben, ob er keine bluelights [Notsignale] habe, um 2 in der Nähe fischende Fischdampfer heranzurufen, worauf dann Raketen abgeschossen worden sind. Da der Blechkasten, in dem die Raketen lagen, offen stand, ist der Inhalt durch einen hineingesprungenen Funken entzündet worden und mit einem Male explodiert.

Die Schwimmwesten sind dann verteilt worden, und der Koch ist, als sich der Dampfer immer weiter überlegte, mit 2 umgebundenen Schwimmwesten ins Wasser gesprungen. Als er wieder hochkam, war er nur noch 5–6 Meter vom Dampfer entfernt und sah jetzt Masten und Schornstein im Wasser liegen.

Nachdem er einige Stunden im Wasser getrieben hatte, ist er von dem zur Hilfe herbeieilenden englischen Fischdampfer RIVIERE, Kapitän G. Clark, aufgenommen und nach Grimsby gebracht worden.

Im Wasser liegend, will der Koch Burmeister beobachtet haben, dass ein Teil der übrigen Leute die Schwimmwesten nicht richtig umgelegt hatten und daher bald mit dem Kopf unter Wasser gekommen sind. Die Westen müssen stramm unter dem Arm und mit einem Bund um den Hals gebunden werden, was von den Ertrunkenen nicht gemacht worden sei. Irgendwelche Instruktionen über das Umlegen der Westen seien an Bord nicht gegeben worden. Er selbst habe sich die Westen früher einmal genauer angesehen und das richtige Anlegen von dem 3. Offizier erklären lassen.«

† 2 Gräber vom 17.5.1925:

Am 9. Mai, vormittags 10 Uhr, wurden auf dem Wrack HERMINA am Strande bei Wittdün zwei unbekannte männliche Leichen geborgen.

Seeamt Hamburg, Seeamtliche Untersuchung betreffend den Untergang des Motorseglers HERMINA am 27.5.1924 (Zusammenfassung).

»Anfang November 1923 verließ der eiserne Motorschoner HERMINA, 348 BRT, 250 PS Motorleistung, mit einer Holzladung den Hafen von Memel mit dem Ziel Hull in England. Wegen der fortgeschrittenen Jahreszeit entschied sich der Kapitän für die Strecke durch den Nord-Ostsee-Kanal. Das Schiff verließ am 13.11.1923 gegen 10 Uhr Brunsbüttel, ankerte kurz beim Feuerschiff ELBE III und gab den Kanallotsen ab.

Am 18.11.1923 kam das kieloben auf der Holzladung treibende Wrack der HERMINA an der Südspitze von Sylt auf Grund. Entweder hatte die verrutschte Ladung zum Kentern geführt oder die HERMINA war in eine Grundsee geraten.

Obwohl das Schiff mit Leinen an Land befestigt wurde, trieb es am 3.2.1924 in einem schweren Sturm nach Amrum, wo es wieder liegen blieb. Im Frühsommer 1925 öffnete man den Schiffsboden und barg zwei nahezu skelettierte Leichen.«

Dazu meldete die »Föhrer Zeitung« am 12.5.1925:

»Ob sich noch mehr Leichen im Schiff befinden, war bisher nicht zu ermitteln. Auf jeden Fall aber ist festgestellt, daß die Leute ertrunken und nicht, wie das Gerücht behauptet, verhungert sind.«

† Grab vom 17.10.1934:

Am 13. Oktober, vormittags 11 Uhr, wurde eine männliche Leiche an der Nordspitze von Amrum gefunden. Der Verstorbene heißt Henry Gabriel Le Fol, geboren am 3.3.1894 in Larzeau (Morbihan).

† Grab vom 8.10.1950 (aufgelöst) und Grab vom 9.10.1950:

Am 29. September wurde auf dem Kniepsand bei Wittdün eine männliche Leiche gefunden. Bei dem Verstorbenen handelt es sich um den Leutnant BN.U.R. John Weeden, wohnhaft in East Sheen, England. Amtshandlung: Feier in der Kirche und am Grab. Exhumiert.

Am 30. September um 17 Uhr wurde vor Wittdün auf Amrum eine männliche Leiche geborgen. Bei dem Verstorbenen handelt es sich um Peter Frederick White, Beruf und Religion unbekannt, wohnhaft in London, unverheiratet.

Meldung in »Der Insel-Bote« vom 2.10.1950:

»Wittdün. (Leichenfunde). Innerhalb von zwei Tagen wurden an der Amrumer Küste zwei Leichen geborgen. Am Freitag-Nachmittag fand, wie bereits gemeldet, ein Nebeler Einwohner am Kniepsandstrand in der Höhe des Leuchtturms eine verstümmelte männliche Leiche. Nach den noch vorhandenen Papieren handelt es sich um einen englischen Res.-Marineoffizier. Außer den an der Kleidung ersichtlichen Merkmalen englischer Herkunft wurden in den Taschen noch englische Schillinge vorgefunden.

Am Sonnabendnachmittag sichtete die Besatzung eines Fischerbootes in der Nähe der Wittdüner Einfahrt-Tonne gleichfalls eine Leiche, der der Kopf fehlte. Der Leichenfund wurde in Wittdün der Wasserpolizei übergeben. Nach der der Wasserpolizei bekannten Vermisstenmeldung und nach den aus den Kleidungsstücken ersichtlichen Kennzeichen handelt es sich um einen Angehörigen des gleichen Bootes, zu dem der englische Marineoffizier gehörte, und zwar um ein Marine-Pfadfinderboot, das vor ca. 10 Wochen in der Nähe der englischen Ostküste verunglückt sein soll.«

Meldung in »The Times«, Thursday 24.8.1950:

»SCOUTS MISSING IN THE CHANNEL. SEARCH FOR CREW OF TEN.

The whaler Wangle III, under the command of the group scoutmaster of the 1st Mortlake Sea Scouts, Lieutenant-Commander J. Weeden, and carrying three other scouters and six senior sea scouts of the troop, was yesterday reported missing in the channel.

The Boy Scouts Accosiation, who made the announcement, stated that the Admiralty had offered assistance and all shipping had been asked to keep a lookout for the boat …

The whaler, which left London for a Channel Cruise on August and arrived at Calais on August 16, was reported to have left for England on Sunday, but since then nothing has been heard of it.

Calais, Aug. 23. – Port authorities here have given up the scouts as lost. A port officer said today that he was on duty on Saturday morning when two scouts came und asked him for a weather report. He told them that the outlook was distinctly unfavourable for sailing. The conversation took place in French, which the scouts did not speak very well. Shortly afterwards, without notifying port police or Customs authorities, the whaler sailed out of Calais.«

† Grab vom 18.11.1954:
Kapitän Gerdes, Schiffsführer des Motorschiffes Reind.

Seeamt Hamburg, 19.11.1954. Untersuchung über den vermutlichen Untergang des Motorschiffs Reind auf der Reise von Emden nach Brunsbüttelkoog nach dem 6. Oktober 1954 (Auszug):

»Nach dem vorliegenden Ermittlungsergebnis muß als erwiesen gelten, daß M/S Reind in der Nacht vom 6. zum 7.10. nördlich der Ostfriesischen Inseln gesunken ist. Das Schiff ist anscheinend zuletzt von der Seenotfunkstelle Norderney gesehen worden. Ein Beiboot und die ersten Wrackteile wurden am 7.10. früh am Nordstrand von Langeoog gefunden.

Genaue Feststellungen über die Ursachen dieses bedauerlichen Unfalls sind nicht möglich, weil Augenzeugen fehlen. Es muß aber mit einer an Sicherheit grenzenden Wahrscheinlichkeit angenommen werden, daß dieses Schiff mit seiner vierköpfigen Besatzung ebenso wie die Fischkutter HEROLD und EDITH dem zu dieser Zeit in der Nordsee herrschenden Sturm zum Opfer gefallen ist. Nach dem Bericht des Seewetteramts Hamburg erreichte der Sturm im Seeraum Außenems – Ostfriesische Inseln während der Nacht zum 7.10. in Böen Orkanstärke. Außerdem muß das Umspringen des Windes zur Bildung einer steilen Kreuzsee geführt haben. Das Feuerschiff BORKUMRIFF meldete am 7.10. 04.00 Uhr Wellenhöhen von 4,5 m. Diesen Wetter- und Seegangsverhältnisse war ein kleines Motorschiff von 157 BRT kaum gewachsen.

Wahrscheinlich hat sich verhängnisvoll ausgewirkt, daß die Wetterentwicklung am Morgen des 6.10. noch nicht vorauszusehen war. Die Vorhersage für die Deutsche Bucht war nach der Wetterlage vom 6.10. 08.00 Uhr nicht so ungünstig, daß der Kapitän die Ausreise hätte verschieben müssen. Ob die erst nach dem Auslaufen des Schiffes vorbereiteten Sturmwarnungen an Bord gehört worden sind, ist nicht mehr festzustellen. Da nur die vom Rundfunk gesendeten Wettermeldungen empfangen werden konnten, ist eine rechtzeitige Warnung vielleicht nicht abgehört worden.«

Glossar

Freiwache	Freizeit an Bord, die gleichzeitig auch immer ein Bereitschaftsdienst war.
gieren	abweichen vom Kurs durch äußere Einflüsse, meist durch Wellenbewegungen.
glasen	Zeitangabe bei Schiffsuhren durch unterschiedliche Glockenschläge, die sich alle vier Stunden wiederholen.
Henkelmann	Blechgeschirr, in dem die Arbeiter ihr Mittagessen mit zur Arbeit nahmen.
Krängungsmesser	Geräte zur Anzeige des Neigungswinkels eines Schiffes.
Kümo	Abkürzung für Küstenmotorschiff.
Lukenfiez	Vorarbeiter einer Gruppe von Hafenarbeitern.
Persennige	Geteertes Segeltuch zum Abdecken der Ladeluken und der Rettungsboote.
Seeleichter	Wasserfahrzeug ohne Motor, das durch ein Schleppschiff zum Bestimmungshafen gezogen wird.
Setzschiffer	angestellter Kapitän, der keinen Eigenanteil am Schiff besitzt.
Talleymann	Ladungszähler
Vorstag	Drahtseil von der Mastspitze zum Deck, um einen Mast in seiner Position zu halten.

Friedhof der Namenlosen von Amrum

Lageplan der Gräber

(vermessen und beschrieben von Lilianne Feldmann, Juni 1964)

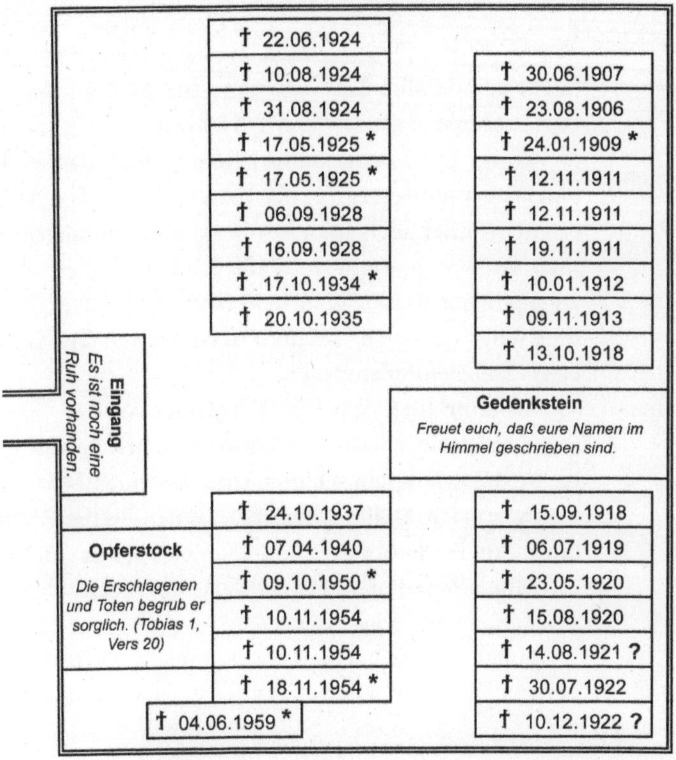

* Namenlose, deren Identität oder zumindest der Unfallhergang geklärt ist.

? Unfallhergang verrmutet

Buchhinweise

Der 1. Fall für Steffen Stephan

Nicht gerade eine Traumaufgabe für Aushilfsarchivar Steffen Stephan: das verlotterte Archiv der Inselgemeinde Nordhörn auf Vordermann bringen. Im Winter. Auf einer sturmumtosten Nordseeinsel, auf der das Wirtschaftswunder auch 1959 immer noch nicht angekommen ist. Wenn wenigstens die Einheimischen etwas zugänglicher wären. Aber nein, irgendwie scheint sich hier jeder davor zu fürchten, dass Steffen im Archiv etwas Belastendes entdeckt.

Als er erfährt, dass sein Vorgänger vor drei Jahren unter mysteriösen Umständen ums Leben gekommen ist, wird ihm langsam mulmig. Doch als pflichtbewusster Beamter macht Steffen unbeirrbar weiter. Bis die Verbindung zum Festland vom Eisgang unterbrochen wird und die Feindseligkeit in offene Gewalt umschlägt.

Steffen wird gejagt.

Auf einer Insel!

Buchhinweise

Hamburg 1845. Die Schrecken des Großen Brandes sind noch überall präsent. Auch der alte Kran im Hafen wurde zerstört. Während Reeder und Kaufleute als Ersatz einen eisernen Schwergutkran aus England fordern, plädiert der Werftbesitzer Elbrand für eine hölzerne Hebemaschine. Und er hat beste Kontakte zur Regierung.

Als Elbrand eines Nachts ermordet aufgefunden wird, gerät Roger Stove, Angestellter im Handelshaus Schröder & Westphalen und erbitterter Gegner der Hebemaschine, unter Verdacht und wird arretiert.

Kontorlehrling Moritz Forck glaubt nicht an die Schuld des Kollegen und versucht auf eigene Faust, den Mörder zu finden. Seine Nachforschungen führen ihn bis in die hintersten Winkel der berüchtigten Hamburger Gängeviertel. Obwohl Moritz spürt, dass er verfolgt wird, gibt er die Suche nicht auf. Schließlich will er nicht nur den Mörder finden, sondern auch Cäcilie, der Tochter seines Arbeitgebers, beweisen, dass er ein ganzer Kerl ist.

Buchhinweise

Fatale Bilanz

Ein Hamburg-Krimi

Stefanie Ross

12,00 € | 978-3-95400-030-2

Schüsse peitschen über den Hamburger Rödingsmarkt. Ein Scharfschütze nimmt den Bankmanager Joachim Kranz und die herbeieilende Polizei aufs Korn. Doch er verschwindet spurlos, ohne jemanden zu verletzen. Sven Klein vom Wirtschaftsdezernat des Hamburger LKA übernimmt den Fall und stößt auf mehr Fragen als Antworten. Als die Bank in Verdacht gerät, als Deckmantel für die Finanzierung von Al-Qaida zu dienen, wird Klein richtig neugierig.

Buchhinweise

Burnout - für immer auskuriert

Ein Juist-Thriller

Alice Spogis

12,00 € | 978-3-95400-218-4

Ella Brandt ist am Ende. Fertig. Den Job los. Den Mann los. Auf Juist sucht die Münsteraner Journalistin Rettung in der Dunenburg-Klinik. Und Dr. Rottmann versteht sein Handwerk. Dazu das Meer, die Dünen. Und dieser Lysander hat es ihr angetan, muss sich Ella widerwillig eingestehen. Schade, dass der sich mehr für ihre depressive Tischnachbarin Mascha interessiert. Doch eines Morgens ist Mascha tot.

Buchhinweise

Smaragdjungfer
Ein Wilhelmshaven-Krimi

Mara Laue

12,00 € | 978-3-86680-870-6

Kriminalkommissarin Paula Rauwolf hat einiges hinter sich. Wenigstens ist ihr neuer Fall ziemlich eindeutig. Mit blutigen Händen neben der Leiche, da wird auch der trickreichste Rechtsverdreher diesem Jerome Kastor nicht helfen können. Aber der Staatsanwalt lässt ihn laufen. Wer hält seine schützende Hand über Kastor? Als Paula eine Verbindung zwischen Kastor und dem mächtigen Reeder Graf entdeckt, scheint alles klar.

Weitere Krimis und Romane finden Sie unter:
www.sutton-belletristik.de